EL COMBATE DE INVIERNO

JEAN-CLAUDE MOURLEVAT

sm

Dirección editorial: Elsa Aguiar
Coordinación editorial: Berta Márquez
Traducción: Evelyne Tocut

Título original: *Le combat d'hiver*

Impresores, 2
Urbanización Prado del Espino
28660 Boadilla del Monte (Madrid)
www.grupo-sm.com

ATENCIÓN AL CLIENTE
Tel.: 902 12 13 23
Fax: 902 24 12 22
e-mail: clientes@grupo-sm.com

ISBN: 978-84-675-2693-6
Depósito legal: 5.565 - 2008
Preimpresión: M.T. Color & Diseño
Impreso en España / *Printed in Spain*
Gohegraf Industrias Gráficas, SL - 28977 Casarrubuelos (Madrid)

En recuerdo de Rony,
mi compañero de internado

Primera parte

La voz de Milena

Al ser emanación del alma, algo de la voz humana nos conmueve en lo más hondo.

Janet Baker,
mezzosoprano británica,
refiriéndose a la voz de Kathleen Ferrier

1
El internado

A una señal de la vigilante, una chica sentada en la primera fila se levantó y pulsó el interruptor metálico. Las tres bombillas desnudas alumbraron la sala de estudio con una luz cruda. Hacía tiempo ya que la oscuridad apenas permitía leer, pero el reglamento era estricto: en octubre, no se encendían las lámparas antes de las dieciocho y treinta horas. Helen aguardó aún unos diez minutos antes de decidirse. Había creído que la luz la ayudaría a disipar ese dolor anidado en su pecho desde la mañana y que le subía ahora a la garganta; era un nudo que la ahogaba y cuyo nombre conocía perfectamente: *tristeza*. Como ya había experimentado esa sensación más de una vez, sabía que no podría resistirlo y que si esperaba, no haría sino agravar el mal.

Así que estaba decidida, iría a ver a su consoladora aunque todavía estuvieran en octubre, a principio de curso. Cortó media hoja de su cuaderno y escribió: *Quiero ir a ver a mi consoladora. ¿Me acompañas?* Pensó que no hacía falta firmar, ya que la chica que iba a leer el mensaje no dudaría en reconocer su letra. Dobló la hoja en ocho partes y escribió el nombre y la dirección de la destinataria: *Milena. Fila ventana. Tercer pupitre.*

Deslizó el mensaje bajo las narices de su compañera, Vera Plasil, que dormía con los ojos abiertos ante su libro de Biología. La notita pasó discretamente de mano en mano. Siguió la fila del pasillo, la de Helen, hasta el cuarto pupitre, pasó luego sin ser descubierta hacia la fila central, llegó a la de las ventanas y prosiguió su camino hasta el otro extremo del aula para acabar finalmente en las manos de Milena. Solo había tardado un minuto. Era la regla: los mensajes debían circular libremente, con rapidez, y llegar siempre a su destino. Pasaban sin que ninguna se hiciera preguntas, aunque se detestase a la remitente o a la destinataria. Como el silencio absoluto era la norma, esos mensajes prohibidos significaban la única forma de comunicarse, tanto durante la hora de estudio como en clase. En los más de tres años que Helen llevaba en el internado, nunca se había extraviado una nota, ni tampoco había sido devuelta al remitente, ni nadie se había atrevido jamás a abrirla, y la que hubiese provocado semejante incidente lo habría pagado muy caro.

Milena leyó el mensaje. La masa voluminosa de su pelo rubio le caía en cascada por la espalda como si fuese la melena de un león. A Helen le habría encantado tener esa cabellera; por desgracia, su cabello era lacio y corto, un pelo de chico que resultaba muy soso. Milena se dio la vuelta frunciendo el ceño como si fuera a reñirla. Helen entendió perfectamente lo que significaba su gesto: «¡Estás loca! ¡Solo estamos en octubre! ¡El año pasado aguantaste hasta febrero!».

Helen meneó la cabeza con rabia y entrecerró los ojos: «Tienes razón, pero quiero ir ahora. Y bien, ¿me acompañas, sí o no?».

Milena emitió un suspiro. Accedía.

Helen ordenó cuidadosamente sus cosas en su pupitre, se levantó y cruzó el aula bajo la mirada curiosa de una decena de chicas. Al llegar al escritorio de la señorita Zesch, se dio cuenta de que la vigilante despedía un olor agrio a transpiración. Pese al frío, un sudor desagradable le brillaba en los antebrazos y en el labio superior.

–Quiero ir a ver a mi consoladora –susurró Helen.

La vigilante no pareció sorprenderse. Se limitó a abrir el gran registro negro que tenía delante.

–¿Su nombre?

–Dormann, Helen Dormann –contestó Helen, a sabiendas de que la vigilante conocía perfectamente su nombre aunque no quisiera demostrarlo.

Esta siguió la lista con su índice grasiento y se detuvo en la letra *D*. Comprobó que Dormann Helen no había agotado aún su cupo de salidas.

–Está bien. ¿Acompañante?

–Bach –dijo Helen–, Milena Bach.

La vigilante subió el dedo hasta la letra *B*. Bach Milena no había hecho de acompañante más de tres veces desde que había empezado el nuevo curso en septiembre. Levantó la cabeza y profirió un mugido tal que la mitad de las chicas se sobresaltaron:

–¡BACH MILENA!

Milena se levantó y se plantó ante el escritorio.

–¿Acepta acompañar a Dormann Helen a casa de su consoladora?

–Sí –respondió Milena sin mirar hacia su amiga.

La vigilante observó su reloj y apuntó la hora en una ficha, luego recitó con indiferencia, como si fuera una lección aprendida de memoria:

–Son las dieciocho horas y once minutos. Deben estar de vuelta dentro de tres horas, o sea, a las veintiuna horas y once minutos. Si no han regresado a esa hora, o si falta una de las dos, una alumna quedará encerrada en el «Cielo» y permanecerá allí hasta que vuelvan. ¿Tienen alguna preferencia?

–No –contestaron al unísono las dos amigas.

–Entonces será... –el dedo de Zesch paseó por la lista–, será... Pancek.

A Helen se le encogió el corazón; le resultaba muy desagradable imaginarse a la pequeña Catharina encerrada en el «Cielo». Pero otra norma tácita del internado era que nadie debía elegir a la chica que sería castigada en su lugar. Lo hacía la vigilante. Evidentemente, si le apetecía, esta podía perseguir diez veces a la misma persona, pero, al menos, quedaba preservada la solidaridad entre las chicas y no se podía acusar a ninguna de haber provocado deliberadamente la desgracia de otra.

El «Cielo» no se merecía semejante nombre. Lejos de encontrarse encaramado en las alturas, no era más que un calabozo situado debajo de los sótanos. Se accedía a él desde el refectorio a través de una larga y estrecha escalera en espiral cuyos escalones rezumaban un agua gélida. La habitación medía dos metros por tres aproximadamente. Las paredes y el suelo apestaban a tierra húmeda. Cuando la puerta se cerraba, no quedaba más remedio que buscar a tientas el catre de madera, sentarse encima o tumbarse y esperar. Durante largas horas, una se hallaba a solas consigo misma, aislada en las tinieblas. Se decía que, al entrar, convenía levantar rápidamente la mirada hacia lo alto de la pared situada enfrente de la puerta. En la viga, alguien había pintado un cielo. Un trozo de cielo azul con nubes blancas. Si se conseguía entreverlo, aunque no fuera más que un segundo antes de que se cerrase la puerta, se podía encontrar la fuerza suficiente para soportar mejor la oscuridad y no desesperarse. Por ese motivo se llamaba el «Cielo», y todas temían acabar allí o, sin proponérselo, mandar a otra chica.

–En todo caso –prosiguió Zesch–, se perderán la cena, lo saben, ¿verdad?

–Sí –contestó Helen por ambas.

–Entonces, ¡váyanse! –concluyó la vigilante.

Apuntó la fecha y la hora de salida en las fichas de las jóvenes, las selló y se desentendió de ellas.

Milena fue a ordenar sus cosas en su pupitre y se juntó con Helen, que ya esperaba en el pasillo arropada en un abrigo con capucha. Cogió el suyo, se lo puso y ambas se alejaron por el pasillo alumbrado por las luces de las salas de estudio. Bajaron la amplia escalera de piedra, cuyos escalones estaban totalmente desgastados en la parte central, y llegaron a la planta baja. Enfilaron otro pasillo muy oscuro, pues las aulas estaban vacías a esa hora. Hacía frío y los enormes radiadores de hierro fundido estaban apagados... ¿Habrían funcionado alguna vez? En silencio, cruzaron el patio. Helen caminaba delante con paso rápido. Milena la seguía con semblante enfurruñado.

Antes de pasar la reja, y tal y como exigía el reglamento, entraron en la portería en la que se encontraba Esqueleto. Esa vieja loca de una delgadez que asustaba, siempre envuelta en una nube de humo agrio, apagó nerviosamente su cigarrillo en un cenicero lleno a rebosar y levantó la mirada hacia las dos chicas.

–¿Sus nombres?

Debajo de la piel, en los pómulos y en los dedos, se adivinaban los huesos a punto de salir. Las venas azuladas dibujaban líneas entremezcladas.

–Dormann Helen –dijo Helen al tiempo que le enseñaba su tarjeta.

Esqueleto miró detenidamente el documento, tosió y se lo devolvió a la chica.

–¿Y usted?

–Bach Milena –dijo Milena, mientras depositaba su tarjeta en el escritorio.

Esqueleto levantó los ojos con cierto interés.

–¿Es usted la que canta bien?

–Canto... –respondió Milena con cautela.

–... ¿bien? –insistió Esqueleto.

Era imposible saber lo que esa mujer estaba pensando. ¿Sería envidia, admiración, o ambas cosas al mismo tiempo?

Como Milena permanecía en silencio, prosiguió:

–Canta... ¿mejor que yo, por ejemplo?

Era evidente que buscaba pelea.

–No lo sé. Puede ser... –replicó Milena.

Al cabo de tres años de internado, sabía cómo contestar a las vigilantes y a las profesoras: ser neutral, no afirmar nada, darles siempre la razón. De ello dependía su tranquilidad.

–¿No canta mejor que yo? ¡Conteste!

Estaba claro que aquel montón de huesos estaba dispuesto a reírse un rato a su costa. Encendió otro pitillo. Tenía tres falanges del índice derecho y del dedo corazón amarillas por la nicotina. Helen miró discretamente el reloj de la pared. ¡Estaban perdiendo mucho tiempo!

–No sé –replicó con calma Milena–. Nunca la he oído cantar.

–¿Le gustaría quizá? –preguntó, melindrosa, Esqueleto–. Le gustaría que le cantase algo, pero no se atreve a pedírmelo, ¿verdad?

Helen se preguntaba cómo conseguiría su amiga salir del apuro. Esqueleto estalló en una risa llena de flemas que degeneró rápidamente en una tos incontrolable. Incapaz de seguir hablando, se colocó un pañuelo ante la boca y, sin dejar de toser, les hizo una señal para que se largasen.

Había transcurrido ya casi media hora cuando las dos amigas pudieron por fin pasar la reja y pisar los adoquines de la calle.

–¡Loca de remate! –comentó Milena.

A su derecha, divisaban la ciudad y sus escasas luces; a su izquierda, el viejo puente, sus farolas y las cuatro estatuas de piedra que representaban a jinetes armados. Se dirigieron hacia el puente.

–¿Estás furiosa conmigo? –preguntó Helen–. ¿Es porque te has perdido la cena? No te preocupes, seguro que mi consoladora me dará algo para ti... Cocina muy bien...

–¡La cena me importa un bledo! –replicó Milena–. Total, ¡para lo que comemos! Seguro que esta noche toca sopa recalentada, así que... Estoy furiosa sobre todo porque estás gastando estúpidamente una salida en octubre. Sabes perfectamente que hacen falta dos por lo menos para aguantar el invierno. En cuanto oscurece pronto y las noches son más largas, las necesitamos. ¿Qué harás cuando las hayas agotado todas?

Helen sabía que su amiga tenía razón. Se conformó con comentar:

–No lo sé. Hoy lo necesitaba, nada más.

Una llovizna helada las obligó a cerrar los ojos. Se arrebujaron en sus abrigos e, instintivamente, caminaron muy juntitas. Las piedras desiguales de la acera brillaban bajo sus pies. Debajo del puente, el agua negra y dormida del río corría lentamente. Milena agarró el brazo de Helen y emitió un profundo suspiro como para decirle: «Me las haces pasar canutas». Se miraron y sonrieron. Sus querellas solían durar poco.

–¿Cómo se habrá enterado Esqueleto de que canto? –inquirió Milena.

–Lo sabe todo el mundo en el internado –respondió Helen–. Las cosas bonitas son escasas, se detectan enseguida y se comentan...

Recordó aquella tarde inolvidable, hacía tres años, cuando Milena había cantado por primera vez. Había cuatro alumnas nuevas, todas muy aburridas, sentadas en los escalones, cerca del refectorio. Se trataba de Doris Lemstedt, que solo había permanecido tres meses antes de irse muy enferma, Milena y Helen, que no eran aún amigas inseparables, y una cuarta, quizá Vera Plasil con sus dulces ojos azules. Doris Lemstedt propuso que cada una cantase algo para que el tiempo pasase más deprisa. Para animarlas, había empezado a canturrear una canción de su región. Ella provenía de la llanura. La canción hablaba de la mujer de un soldado que esperaba fielmente la vuelta de su esposo, aunque se adivinaba que no volvería nunca. Cantaba bastante bien y sus tres compañeras la habían aplaudido discretamente para que no las pillara una vigilante. *Está prohibido cantar o escuchar cualquier canción que no figure en el programa,* rezaba el artículo 42 del reglamento. A continuación, Helen había entonado una antigua canción cómica. Narraba las desventuras de un solterón que no sabía cómo actuar con las mujeres. Helen no recordaba toda la letra, aunque sí lo suficiente para que las tres amigas contuvieran con dificultad la risa, sobre todo en la parte en la que, una noche, el pobre infeliz susurra palabras de amor a una cabra al confundirla con su novia. Vera no conocía ninguna canción y había optado por renunciar. Entonces Milena se incorporó ligeramente, irguiendo el busto; con los ojos cerrados, le salió de la garganta el sonido puro de una flauta.

Blow the wind southerly, southerly, southerly...
blow the wind south o'er the bonny blue sea...

Las otras tres chicas se quedaron asombradas. No pensaban que se pudiera usar la voz de esa forma, modularla, hacerla vibrar, prolongar una nota, subirla para luego acallarla.

But sweeter and dearer by far 'tis when bringing...
the barque of my true love in safety to me.

Estupefactas, todas permanecieron en silencio tras las últimas notas. Doris se limitó a musitar:

–¿Qué es?

–Una canción tradicional inglesa.

–Es preciosa –comentó Doris.

Helen balbució:

–Gracias...

Habían pasado tres años y Milena no había cantado más de seis veces. Era un regalo inusual y valioso, ofrecido en el momento que ella elegía y para las personas que seleccionaba. Por ejemplo, una noche de Navidad en el dormitorio para unas diez chicas, o en una esquina del patio, para Helen únicamente un 14 de junio, día de su cumpleaños; o la última vez, una tarde de verano durante un largo paseo cerca del río. En cuanto abría la boca, se le ponía a una la carne de gallina. Aunque no se comprendieran las palabras del canto, este llegaba a todos hasta lo más íntimo. Hacía recordar caras queridas y desaparecidas, sentir caricias antiguas cuya dulzura se creía olvidada para siempre. Y, sobre todo, aunque una se sintiera triste al escucharla, daba ánimo y valor. El rumor se había difundido rápidamente: Milena «cantaba bien». Sin embargo, durante las clases de música y canto impartidas por la señora Zinzin, no revelaba nada de su habilidad. Su voz era como la de sus compañeras, común y sin ninguna gracia especial. Las clases de música no consistían más que en solfeo y se limitaban a repetir hasta la saciedad las tres canciones autorizadas, en especial el insoportable himno del internado:

Corazones alegres, almas puras,
cantamos todas juntas...

Las dos chicas se encontraban en ese momento en medio del puente, en el punto más elevado. A lo lejos, ante ellas, se erguía la colina de las consoladoras.

–¿Crees que nos cruzaremos con algunos chicos? –preguntó Helen.

–No creo –contestó riendo Milena–. Está claro que van a visitar a sus consoladoras menos que nosotras. Y para decidirse a hacerlo a estas horas en octubre, ¡hace falta llamarse Helen Dormann!

–Entonces, quizá nos crucemos con algunos que vuelvan...

–¡Sigue soñando! ¡Se esconden en los matorrales cuando nos ven aparecer! Hay que agitar las ramas y gritar al mismo tiempo: *¡Eh! ¿Hay alguien ahí?*

Helen estalló en carcajadas. Se sentía feliz al constatar que su amiga había recobrado el buen humor.

–¿Crees que las consoladoras les dan mimos como a nosotras? Bueno, quiero decir si los toman en sus brazos y esas cosas...

–¡No me cabe la menor duda! –contestó Milena–. Eso sí, ¡nunca lo confesarían aunque los torturasen!

Se metieron en la *Rue aux Ânesses*, empinada y escasamente iluminada. Tras las ventanas y a través de las cortinas, se vislumbraba gente cenando, reunida con su familia, bajo las bombillas amarillentas de las lámparas. Era otro mundo. Se oía a veces un grito, una risa. Pasaron ante la tienda del zapatero, que estaba cerrando. Este las saludó sacudiendo ligeramente la cabeza, sin mirarlas realmente. Al fin y al cabo, no eran más que chicas del internado, y todos procuraban no hablar con ellas. El campo empezaba al final de la calle. Ya no había ninguna casa hasta llegar a las de las consoladoras en la cima de la colina. Se pararon un momento para recobrar el aliento y contemplar la ciudad, ahí abajo, más allá del río. En ese momento, veían sus tejados de pizarra resplandecientes, los campanarios de las iglesias, las calles que brillaban a la luz de las farolas. A lo lejos, algunos coches circulaban silenciosos por la plaza; parecían enormes escarabajos ventrudos.

–Es precioso –suspiró Helen–, podría querer esta ciudad si no existiera eso...

Señaló con la barbilla el pesado y tosco edificio del que venían: el internado de las chicas, justo al otro lado del puente.

–... y si pudiéramos ir allí de vez en cuando... –terminó diciendo Milena al tiempo que señalaba el otro internado, el de los chicos, situado doscientos metros más allá.

Acababan de reanudar la marcha por el camino de tierra cuando unas siluetas se perfilaron en una curva, un poco más arriba. Dos chicos, que andaban a grandes zancadas, bajaban hacia ellas. Desaparecieron un instante para reaparecer más cerca al final de la línea recta. El primero era alto y delgado. Helen se fijó inmediatamente en su mirada, franca y directa, y en su barbilla. El segundo iba justo detrás. Era más bajo de estatura y tenía una cara redonda a la que daban vida unos ojos risueños. Se veía que tenía el pelo rizado porque asomaba un rizo por debajo de su gorra.

–¡Buenas noches! –dijeron los cuatro casi al unísono mientras permanecían inmóviles, frente a frente.

–¿Subís?... –preguntó el chico de la gorra; la pregunta resultaba absurda por obvia.

–Pues, sí... –contestó Helen.

Se reprochó inmediatamente su tono burlón y, para que la perdonaran, añadió:

–¿Y... vosotros bajáis...?

–Así es –replicó el chico.

–¿Quién acompaña a quién?... –se atrevió a preguntar Helen–, si no es una indiscreción...

Con aire indeciso, el chico permaneció en silencio algunos segundos, y finalmente optó por responder señalando a su compañero, el más alto:

–Él me acompaña a mí.

Helen tuvo la sensación de que el chico se había puesto colorado, lo que le pareció un detalle encantador. Para que no se turbara, dijo a su vez señalando a Milena:

–Ella me acompaña...

Eso significaba: «Ves, a mí también me pasa lo mismo, no hay por qué avergonzarse». El chico se lo agradeció. Sonrió y preguntó:

–¿Cómo os llamáis?

–Yo me llamo Helen, y ella se llama Milena.

–Yo me llamo Milos –replicó el chico–. Y él se llama Bartolomeo. Estamos en cuarto. ¿Y vosotras?

–Nosotras también –respondió Helen.

La coincidencia les hizo gracia. Luego, se quedaron sin argumentos y permanecieron callados, un tanto abrumados. Los dos jóvenes no se decidían a proseguir la bajada, ni las chicas la subida. Las ocasiones de encontrarse con chicos eran escasas. Habría sido estúpido despedirse tan rápidamente. Helen se dio cuenta de que Milena y Bartolomeo no dejaban de mirarse y la actitud de su amiga le pareció muy atrevida. Su mirada iba de uno a otro y buscaba desesperadamente un tema de conversación. Sin embargo, Milena habló primero:

–¿Y si nos enviáramos mensajes a través de Putois?

Helen se puso coloradísima. Según tenía entendido, transmitir mensajes a través de Putois estaba reservado a las alumnas de quinto y sexto. La propuesta de Milena le pareció descarada, como si, sin más ni más, hubiera querido transgredir la prohibición.

El hombre al que llamaban Putois era un viejecito esmirriado que cruzaba el patio del internado dos veces a la semana, el martes y el viernes, al final de la mañana. Tiraba con dificultad de su carrito, en el que apilaba un montón de sábanas sucias que llevaba a lavar a la ciudad. Era la única persona que iba libremente de un internado al otro, lo que suponía por tanto la ventaja considerable de poder transportar los mensajes y traer la respuesta una semana después o a la siguiente. Bastaba con depositar la carta en la cabaña para la ropa, acompañada, eso sí, de una pequeña gratificación: un billete en un sobre, o mejor aún, una botella de alcohol. Putois[1] sufría trastornos gástri-

[1] *N. T.* Putois significa en francés «turón», mamífero de olor hediondo.

cos que le provocaban un aliento insoportable. Si abría la boca a cinco metros de distancia, se respiraba un olor repugnante a col en descomposición. Para luchar contra esa desgracia, el infeliz bebía un asqueroso matarratas muy barato que le compraban en el pueblo.

–Es la primera vez que lo hacemos... –comentó el más alto, al que su amigo había llamado Bartolomeo–. Pero, según los mayores, funciona...

Tenía una voz grave y suave, como la de un hombre.

–Entonces nos damos nuestros nombres... –añadió Milena mientras rompía una hoja en cuatro trozos.

Todos buscaron en sus bolsillos un lápiz o un bolígrafo. Cada uno de los cuatro anotó con cuidado su nombre. Arrebujados en sus largos abrigos, formaban un islote de calor en medio del intenso frío. Cuellos levantados en el caso de los chicos, cabeza metida en las capuchas en el caso de las chicas; apenas se adivinaba algo de su piel, solo se veían las caras y las manos. En el mismo momento de entregar el papel en el que había anotado *Helen Dormann. Internado femenino. 4.º curso*, la chica no se lo pensó dos veces y se lo dio a Milos, que hizo lo propio al mismo tiempo. Sus dedos se rozaron, se sonrieron y guardaron el papel sin mirarlo. Milena y Bartolomeo ya se habían intercambiado sus señas.

–Convendría que nuestras cartas no se cruzasen –comentó Milena, que estaba en todo–. Escribiremos primero nosotras.

–De acuerdo –respondieron los chicos.

–Bueno –reaccionó Helen agarrando el brazo de Milena–, debemos seguir. Me queda poco tiempo...

–¡Nosotros también tenemos que darnos prisa si no queremos llegar tarde! –comentó Milos–. No me apetece que, por mi culpa, un compañero vaya al calabozo.

Y empezaron a bajar corriendo.

–Recordad que debéis escribir las primeras –recalcó el más alto mirando hacia atrás.

–¿Prometido? –insistió Milos, levantando el índice en actitud amenazante.

–¡Prometido! –dijeron, riendo, las dos jovencitas.

2
LAS CONSOLADORAS

Cuando Helen y Milena entraron en el pueblo de las consoladoras, las envolvió una llovizna helada que parecía un polvo líquido. Las partículas de hielo brillaban a la luz tenue de las farolas y ventanas. Las casas de ladrillo, muy juntas a lo largo de la calle, parecían miniaturas. Para entrar en la mayoría de ellas había que bajar unos escalones, y casi era necesario agacharse para franquear la puerta.

Milena se detuvo ante la primera casa:

–Te espero aquí... Y acuérdate de mí si tu consoladora ha preparado algo apetitoso; tengo hambre...

–No lo olvidaré, no te preocupes. Espero que no haga frío en la biblioteca...

Para comprobarlo, acompañó a su amiga al diminuto cuarto de techo bajo. Una llama temblorosa detrás del cristal de la estufa de leña despedía un calor agradable.

–Siempre cuidan la biblioteca –comentó Milena.

En la mesa, equipada con una sola silla, una lámpara encendida bajo una pantalla acogía al visitante. En la pared, a media altura, había dos estanterías con un centenar de libros desgastados.

Al tiempo que se quitaba el abrigo, Milena los miraba para elegir uno.

–¡Me voy! –gritó Helen al salir–. Hasta luego. ¡Que disfrutes de la lectura!

Ella había estado en la biblioteca unas diez veces cuando había ido a acompañar a Milena o a otras chicas. Le encantaba ese lugar alejado del mundo, en el que nadie iba a molestar y donde se podía leer y soñar sosegadamente. Lo comparaba con un nido o una cuna, en una palabra, con un lugar en el que hace calor y nadie desea hacerte daño. Únicamente pasaba, a veces, un hombre tranquilo, sin duda el marido de alguna consoladora, para echar leña a la estufa. Comentaba con amabilidad: «Y bien, señorita, ¿enfrascada en la lectura?». Ella asentía y el hombre se marchaba. Solo una vez había compartido ese momento con otro acompañante, un chico joven. Después de leer algunos minutos, este había acabado por acurrucarse en un rincón de la habitación y quedarse dormido con la cabeza metida entre las rodillas.

A todas las chicas les encantaba que las eligieran como acompañantes para poder pasar dos horas en aquella «biblioteca». Evidentemente, algunas habrían preferido visitar a su consoladora, pero el artículo 22 era tajante: *Está prohibido visitar a la propia consoladora cuando se va de acompañante.* Y la sanción impuesta no animaba a desobedecer: *Privación de salida para el resto del año.*

Helen caminó todo recto, torció a la izquierda a la altura de la fuente y tomó una calle en pendiente. Al llegar ante el número 47, se dio cuenta de que una sonrisa le afloraba en los labios. Sabía perfectamente la alegría que iba a proporcionar y también la que iba a recibir a cambio. Bajó los tres escalones y prefirió dar dos golpecitos en la ventana antes de llamar a la puerta. Los cristales estaban cubiertos de vaho. Inmediatamente, una mano pequeña limpió el cristal y apareció una cara radiante. La boca se abrió muy grande y Helen pudo leer en los labios del niño las dos sílabas de su nombre: ¡HE-LEN!

Algunos segundos después, Octavo se echó en sus brazos. Ella lo levantó y lo besó en sus rollizos mofletes.

–¡Cómo pesas!

–Peso veintiséis kilos –dijo el niño con orgullo.

–¿Está tu mamá?

–Está en la cocina. Yo estoy haciendo mis deberes. ¿Me vas a ayudar como la última vez? Me gusta cuando me ayudas.

Entraron. El cuarto no era mucho mayor que la biblioteca. A la derecha, una escalera subía a la primera planta. Ahí se encontraba el dormitorio, y había también una puerta que daba a la parte trasera, a la cocina. Apareció la mole imponente de Paula.

En una de sus primeras visitas, Helen se había dormido en los brazos de Paula tras derramar abundantes lágrimas. Al despertar, había murmurado:

–Paula, ¿cuánto pesas?

La chica no tendría por aquel entonces más de catorce años y el desparpajo de la pregunta le hizo mucha gracia a aquella señora tan gorda:

–No lo sé, hija mía... No tengo ni idea. Pero lo que sí es seguro, es que peso mucho...

Cuando la abrazaba, Helen ya no era capaz de distinguir lo que eran los brazos, los hombros, el pecho o la barriga; todo se confundía en un calor mullido y le entraban ganas de quedarse ahí para siempre.

Paula abrió los brazos para que la chica se refugiase en ellos.

–¿Qué me cuentas, preciosa?... Hacía mucho tiempo...

Paula solía dirigirle ese tipo de piropos, *preciosa, guapísima...*, al tiempo que le cogía la cara entre las manos para contemplarla mejor. A Helen le decían que era cabezota, apasionada, divertida, que se comportaba como un chico, pero nunca la habían llamado *preciosa* o *guapísima*. Paula sí se lo decía y ella se lo creía.

–La última vez fue antes del verano –confirmó Helen–. Quería haber esperado hasta diciembre al menos, pero no he podido...

–¡Anda, pasa! Estoy preparando la cena para Octavo. He hecho patatas al horno, y ha sobrado un trozo de tarta de peras del mediodía, ¿te parece bien?

–¡Ya lo creo! –exclamó la chica, llena de alegría.

Todo lo que comía en esa casa, lejos del refectorio, le sabía a gloria. Octavo se puso nervioso delante de sus cuadernos.

–¿Vienes o qué? No consigo hacer mis deberes...

Mientras Paula se metía en la cocina, Helen fue junto al niño y se sentó a su lado...

–A ver. ¿Qué estás estudiando?

–El masculino y el femenino...

–Muy bien. ¡Venga!...

–El ejemplo que nos dio la maestra era: *un panadero, una panadera*. Hay que encontrar tres.

–¿Y los has encontrado?

–Sí, he encontrado tres. Pero no estoy muy seguro del tercero...

–¡Anda!, te escucho.

–Un gato, una gata.

–¡Muy bien!

–Un mago, una maga.

–¡Perfecto! ¿Y el tercero?

–No estoy muy seguro.

–¡Venga!, ¡dilo!...

–Un pie, una mano.

A Helen le costó contener la risa. Al mismo tiempo, la melancolía la invadió con fuerza y violencia. ¿Tendría ella un hermano pequeño en alguna parte? ¿Un hermano pequeño que estuviese haciendo sus deberes también? ¿Que estuviese aplicándose con un ejercicio sobre el pretérito o sobre una multiplicación de dos cifras? No, no tenía hermanos ni hermanas en ninguna parte, ni siquiera padres. Rememoró aquel orfanato en el que había pasado toda su infancia y aquel día de otoño en el que lo había abandonado. ¿Cómo olvidarlo?

Tres hombres con traje oscuro la introducen en la parte trasera de un enorme vehículo. Bloquean el cierre de las puertas y conducen en silencio. Helen le pregunta al que está sentado a su lado:

–¿Por qué bloquea el cierre de las puertas? ¿Cree que quiero fugarme? ¿Adónde iría?

No contesta, ni siquiera la mira. Durante todo el trayecto, la chica respira el olor fuerte a cuero de su chaquetón y también el de los cigarrillos que fuman los otros dos hombres sentados en la parte delantera. Tras largas horas de carretera a través del campo, bordean el río para llegar a aquella pequeña ciudad desconocida, a aquel edificio gris: el internado.

Un centenar de chicas esperan allí, en grupos de cinco o seis. Llevan un abrigo en el brazo y un librito en la mano. Todas están asombrosamente calladas. La llevan por vetustos pasillos y la empujan hasta la sala de espera del despacho de la directora. Ahí permanece sola algunos minutos. Luego, la puerta se abre y sale una chica, con un abrigo en el brazo y un librito en la mano. Es bajita, lleva gafas de gruesos cristales y parece aún más desamparada que las demás. Más adelante, Helen se enterará de que se llama Catharina Pancek. Se limita a balbucir: «Te toca...», y desaparece. Helen empuja con miedo la puerta entornada.

–¿Su nombre?

Es la primera vez que oye la voz de la directora.

–Dormann. Me llamo Helen Dormann.

–¿Edad?

–Catorce años.

–Acérquese.

Helen se acerca al escritorio, en el que está sentada una mujer gruesa de cabello corto y canoso. Lleva una chaqueta de hombre que le cubre una espalda ancha y fuerte. Helen se enterará pronto de que todo el mundo la apoda Tank. Remueve entre sus papeles hasta encontrar el expediente de Helen, y lo consulta rápidamente. Luego, abre un cajón del que extrae un librito:

–¡Tome!

Es un librito muy estropeado cuya tapa ha sido reparada muchas veces.

–Es el reglamento, no lo pierda. Consta de ochenta y un artículos. Deberá aprenderse diez cada día. En caso de que

deba volver aquí, cosa que no le deseo, tendrá que saberlo de memoria. Pase a la habitación de ahí al lado, busque un abrigo que le sirva y salga. Si alguien está esperando fuera, dígale que pase.

Helen entra en el cuarto contiguo en el que hay decenas y decenas de abrigos colgados, como si de la galería de trajes de un teatro se tratase. La única diferencia es que, en ese caso, todos son idénticos: toscos abrigos de lana con capucha. Helen camina por aquel laberinto. Piensa que si algún día tuviera que esconderse, sabría adónde acudir. Elige un abrigo gris menos gastado que los otros, se lo prueba y se encuentra cómoda. Se lo quita, se lo coloca en el brazo y vuelve a entrar en el despacho de la directora, que la ignora.

En la sala de espera, sentada en el banco, aguarda una chica desgarbada y pálida. Sangra ligeramente por la nariz, que comprime con un pañuelo manchado de sangre. Se llama Doris Lemstedt; muy enferma, abandonará el internado seis meses más tarde.

–¡Te toca! –le dice Helen. Luego sale al patio, un tímido rayo de sol luce sobre las estáticas chicas, sobre los abrigos y los libritos.

–¿Lo sustituyo por *conejo, coneja*? ¿Mejor así?

Helen abandonó sus pensamientos y le sonrió a Octavo.

–Sí, así está mejor... Quizá menos gracioso, pero más correcto.

Desde la cocina le llegó el olor apetecible a patatas al horno y oyó la voz de Paula:

–¿Qué tal está tu amiga Milena? ¿Sigue siendo tu modelo?

–Está bien –respondió Helen riéndose–, y sigue siendo mi modelo. Me está esperando en la biblioteca. ¿Podré llevarle algo de comida?

–¡Por supuesto! Y también un trozo de tarta, ¡siempre y cuando sobre algo!

Paula se pasaba la vida cocinando. Para ella, para Octavo, para las visitas. Era imposible ir a verla sin que te diera algo de comer, ni marcharse sin llevarse algo de comida: una ración de pudín con pasas, un trozo de tarta de chocolate, o simplemente una manzana... Tenía un hijo, Octavo, pero no tenía marido. Un día en que Helen había abordado esa cuestión, Paula le había contestado que no le hacía falta un marido; la colina era el reino de las consoladoras. No había sitio para los hombres, a excepción de los que sabían mostrarse discretos. «Como el hombre que echa leña a la estufa», había pensado Helen; probablemente, este formaba parte de esos hombres-sombras que podían vivir en la colina. Los otros aparecían muy pocas veces, pues no se sentían a gusto y preferían vivir en la ciudad.

La mayoría de las consoladoras estaban muy gordas y se sentían orgullosas de su gordura, pues según ellas, una mujer huesuda no servía para acoger a alguien en su regazo y consolarlo. Algunas compañeras de Helen sostenían lo contrario: sus consoladoras eran menudas y de aspecto frágil; sin embargo, Helen nunca habría cambiado la suya por nada del mundo. Por ejemplo, Catharina Pancek repetía constantemente que su consoladora se parecía a un ratoncito que andaba a pasitos, y por eso la adoraba. Jamás le habría gustado sentirse tragada por una masa de carne como Paula.

Helen no había escogido a Paula. La vigilante que le había acompañado a la colina la primera vez, tres años antes, se había detenido ante el número 47 sin preguntarle su parecer, y había comentado escuetamente:

–Se llama Paula. Vendré a recogerla dentro de dos horas.

Helen había bajado los tres escalones y había llamado a la puerta. Paula había abierto y había estado a punto de reír a carcajadas al verla:

–¡Si pareces un gatito perdido! ¡Anda, pasa! ¿Te apetece comer algo? ¿Tienes sed? ¿Una taza de chocolate, quizá? Sí, eso es, un chocolate muy caliente. Así entrarás en calor.

Desde aquella primera vez, Helen no había vuelto más de seis veces, es decir, las que el reglamento autorizaba. En total, unas quince horas como mucho. Sin embargo, tenía la sensación de conocer a Paula desde siempre. Esa mujer gorda lo era casi todo para ella.

Octavo guardó su cartera y pusieron la mesa para cenar. Las patatas al horno estaban exquisitas y sabían tan bien que a Helen casi le costó comer los primeros bocados.

–¡Qué rico! ¡Dios mío, qué rico!...

Apenas se acordó de sus compañeras, que estarían sentadas ante un plato de sopa insípida. ¿Qué más daba? A ellas también les llegaría su turno. Mejor no pensar en ellas y aprovechar sin escrúpulos ese momento de felicidad. Hablaron sobre todo de Octavo y la escuela, de las bromas que gastaba. ¡Ese diablillo le dará mucho trabajo a la maestra! A las ocho, el niño subió a su dormitorio y volvió con el pijama puesto para despedirse de Helen y de su madre.

–Me encanta que vengas a visitarnos –le comentó a Helen–, pero prefiero que no sea por la noche, porque mamá no me da mimos.

–Iré a verte luego –le prometió Paula–. Ahora, ¡a dormir! A Helen solo le queda media hora; ya te he explicado que sería muy grave para ella volver tarde.

–¿Es cierto que encerrarían a otra chica en un agujero muy oscuro? –inquirió Octavo.

–¿Quién te ha dicho eso?

–Eso cuentan en la escuela.

–Es mentira. ¡Venga, a dormir!...

El niño subió con calma la escalera de madera con la mirada llena de miedo.

Contra la pared de la izquierda, había una amplia butaca bastante vieja en la que Paula se desplomó.

–¿Y qué, preciosa? ¿Qué me cuentas? ¡Acércate!

Helen se acurrucó a sus pies y apoyó la cabeza en el regazo de Paula. Con sus manos cálidas, esta le acarició lentamente la cabeza, desde la frente hasta la nuca.

–Paula, no tengo nada que contar, nunca pasa nada en el internado.

–Entonces, háblame de antes...

–No puedo, ya lo sabes...

Se quedaron en silencio un momento.

–Háblame de ti –siguió diciendo la joven–. De cuando eras una niña. Siempre me hace gracia imaginarte de pequeña. ¿Ya estabas...

–... ¿rellenita? Pues sí, siempre lo he estado. De hecho, un primo mío me lo dio a entender un día. Mi hermana Marguerite y yo habíamos cazado un erizo...

–¿Tienes una hermana? No lo sabía.

–Pues sí, una hermana mayor. Me lleva diez años y vive en la capital. Bueno, pues los erizos son gorditos, ya sabes, y...

Mientras le acariciaba la cabeza, le contó a Helen la historia del erizo, luego otra de un monedero extraviado, después otra. Nunca aconsejaba lo que una debía hacer o evitar hacer en la vida, se conformaba con narrar. Llegó un momento en el que Helen se sintió vencida por el sueño. No quería. Se incorporó y, como si fuera una niña, se acurrucó en el regazo de su consoladora. Paula la rodeó con sus brazos y le canturreó canciones que, en el sopor agradable que la iba invadiendo, se le mezclaban en la mente.

–Helen, ¿estás dormida? Tienes que irte...

–No estaba durmiendo...

El reloj marcaba las ocho y media. Salió lentamente de la somnolencia que la había invadido y cogió su abrigo.

–¿Me puedes preparar algo para Milena y también el trozo de tarta que le hemos dejado?

–Te lo pongo todo en una cesta. Podéis dejarla en la biblioteca. Pasaré a recogerla mañana. ¿Cuándo volverás a visitarnos?

–No lo sé. Procuraré esperar hasta enero para mi segunda salida. Espero que podamos subir y no haya demasiada nieve.

Permanecieron abrazadas un largo rato ante la puerta. Helen respiró el olor de Paula, de su delantal, su jersey, su pelo.

–¡Hasta pronto, Paula! ¡Muchas gracias! Dale un beso a Octavo de mi parte.

–Hasta pronto, preciosa. Te estaré esperando siempre.

Con la cesta en la mano, Helen se dio prisa por las calles del pueblo. Seguía lloviznando y no se veía nada. Entró corriendo en la biblioteca; se sentía feliz por agasajar a Milena con las patatas al horno. Tendría el tiempo justo para comérselas antes de volver al internado. Pero se paró en seco. El cuarto estaba vacío. Un trozo de leña se consumía en la estufa.

Pasado un primer momento de estupor, Helen pensó que a lo mejor su amiga estaba arriba. Había una puerta al fondo de la habitación y seguramente habría una escalera detrás.

–¡Milena! ¿Estás arriba?

Intentó abrir la puerta, pero estaba cerrada a cal y canto.

–¡Milena! ¿Dónde estás?

Se sintió presa de la angustia. ¿Por qué se habría marchado ya? ¿Temía llegar tarde? No encontraba ninguna explicación. De pronto, se dio cuenta de que había un libro sobre la mesa. Una hoja doblada asomaba entre las páginas. Helen se precipitó para cogerla. Reconoció la bonita letra de Milena; eran solo cuatro líneas.

Helen, no vuelvo al internado. Tranquilízate, no me ha ocurrido nada grave. Pídele perdón a Catharina Pancek de mi parte.

Milena

(Por favor, ¡no me odies!)

Helen, anonadada, no pudo reaccionar durante un largo rato. Luego la invadió la ira. ¿Cómo podía haberse atrevido? ¡Hacía falta ser cobarde para irse así y desaparecer sin dar ninguna explicación! Se sintió traicionada y empezó a llorar de rabia. «¡No me odies!...». Pues sí, en ese preciso momento, ¡la odiaba!, ¡no era más que una egoísta y una irresponsable! ¿Qué podía hacer ahora? ¿Correr a casa de Paula y contarle lo que acababa de ocurrir? No serviría de nada. ¿Huir y no volver al internado? Al fin y al cabo, ¿por qué no aprovechar la oportunidad? De todos modos, mandarían a la pequeña

Pancek al «Cielo»... Pero irse... ¿adónde? ¿Y si, mientras tanto, Milena volvía...? En tal caso, sería ella, Helen, la responsable de lo que le ocurriera a Catharina. Las preguntas se le agolpaban en la mente sin encontrar respuesta.

Se guardó el mensaje en el bolsillo y se marchó. Dejó en la silla la cesta que contenía el plato aún caliente, envuelto en un trapo de cocina, y el trozo de tarta de peras.

Mientras emprendía con cautela el camino de regreso, pensó de pronto que la noticia iba a tener mucha repercusión: en el internado no se conocía que ninguna chica se hubiera atrevido nunca a no regresar. La certeza de que las internas no osarían condenar a otra inocente al terrible castigo del «Cielo» era precisamente lo que había permitido que las dejaran salir del recinto del internado de vez en cuando. Los castigos más duros que figuraban en el reglamento, enviaban al «Cielo» por unas cuantas horas, pero nunca durante varios días, ni menos aún durante semanas enteras. ¿Eso significaba que se podía morir por estar tantos días?

Helen se sintió a punto de desfallecer. Presentía la vergüenza que soportaría dentro de unos instantes cuando tuviera que confesar a sus compañeras que Milena no había vuelto. Seguramente le preguntarían si había sufrido un accidente, y ella tendría que responder que no había vuelto sin más.

Le avergonzaba ser amiga de Milena...

Cruzó el puente y, el recuerdo de que solo unas cuantas horas antes había caminado por esa misma calle cogida del brazo de su amiga, le provocó un profundo desasosiego. Eran las veintiuna horas pasadas cuando entró en la portería de Esqueleto. Al ver a la chica sola, ella presintió enseguida que le había llegado su hora de gloria. Tras veinte años de vigilancia junto a esa reja, ¡qué triunfo poder anunciar por fin a la directora que una interna no había regresado! «No, señora directora, ¡no ha vuelto!». Disfrutó tranquilamente ese momento único:

–¿Ha salido... veamos... a las dieciocho horas y once minutos?

«No, solo a las dieciocho treinta por tu culpa», pensó Helen; sin embargo, había aprendido a dominarse.

–Eso es, a las dieciocho y once minutos.

–Y ahora son las veintiuna horas y siete minutos, de modo que usted ha llegado a la hora.

–Exacto, he llegado a la hora –repitió Helen al tiempo que pensaba: «¡Venga!, ¡escupe tu veneno!, ¡te mueres de ganas!».

El olor agrio del humo de cigarrillo le entraba por la nariz, por los ojos. ¿Nunca abría la ventana? Esqueleto habló con tono afectado algunos instantes y luego le espetó en voz muy baja:

–Y... ¿la cantante?

–No está –se limitó a responder la chica.

–Llegará antes de las veintiuna horas y once minutos, ¿verdad?

–No lo sé.

–¿No lo sabe?

–No, no lo sé.

–Entonces, vamos a esperarla juntas. Así lo sabremos y nos haremos compañía. ¿Le gusta estar en compañía?

Sus pequeños ojos con venillas rojas destilaban la crueldad de una serpiente.

–Me gusta estar en compañía –asintió Helen sin convicción mientras apretaba los dientes para no abalanzarse sobre esa sádica y molerla a palos.

Las agujas del reloj de la pared dieron tres vueltas completas a la esfera. A Helen le pareció una eternidad, mientras pensaba : «¡Por favor, Milena, te lo ruego!, ¡entra en la portería y haz que esta pesadilla acabe!».

–Sigue sin aparecer... –constató Esqueleto con aire falsamente afligido, aunque era evidente que, en el fondo, estaba encantada.

Un cigarrillo se consumía en el cenicero. La mujer no se dio cuenta y encendió otro. Con mano temblorosa, conectó la centralita y descolgó el teléfono. Al cabo de unos segundos, habló con su interlocutor.

–Buenas noches, soy la señorita Fitzfischer de la portería...

La señorita Fitzfischer... Helen pensó que, al menos, se había enterado de algo nuevo en ese día funesto. ¿Quién sabía que Esqueleto se llamaba en realidad Fitzfischer?

–Por favor, ¿podría hablar con la directora? Es urgente.

La conversación no duró mucho. Helen creyó que a Esqueleto le iba a dar un ataque al corazón al anunciar la noticia. Excitada, la voz le temblaba:

–... así es, una interna no ha vuelto... ¿Su nombre? Bach Milena, de cuarto curso... efectivamente, señora directora... sí, señora directora... sí, su compañera ha vuelto, ella... exacto, señora directora...

–¿Puedo ir al dormitorio? –preguntó Helen cuando Esqueleto hubo colgado el teléfono.

Se dio cuenta de que, al hacer esa pregunta, acababa de transgredir el artículo 17 del reglamento, que prohibía hacer preguntas a los adultos.

Sin embargo, Esqueleto se encontraba en un estado de excitación tal que no reparó en ello:

–Sí, puede retirarse.

Situado encima del refectorio, el dormitorio era una inmensa sala en la que cabían unas cincuenta literas y armarios metálicos de color gris. Guiándose con las luces de emergencia, entre murmullos y roces de sábanas, Helen cruzó el primer tramo ocupado por las internas más jóvenes. En el dormitorio de Zesch, situado en una esquina de la sala, la luz, que seguía encendida, proyectaba sombras imprecisas en el techo. Al alcanzar su cama, próxima a las ventanas, Helen se sentó en el borde y se descalzó. Por primera vez desde hacía más de tres años, la litera de Milena, justo encima de la suya, estaba vacía. Se quitó la ropa, se puso el camisón, se metió en la cama y se tapó entera con las sábanas, incluida la cabeza. No habían transcurrido ni diez segundos cuando su compañera, Vera Plasil, que ocupaba la cama vecina a la suya, le preguntó en voz muy baja:

–¿Dónde está Milena?

Helen asomó la cabeza con congoja:

–No ha vuelto.

–¿Va a volver?

–No creo...

Vera dejó escapar una queja:

–¡No puede ser! Y... ¿a quién han elegido para el castigo?

–Catharina Pancek...

–¡Oh! ¡Dios mío!

El dormitorio de las chicas de quinto y sexto curso estaba detrás del tabique. Una vigilante irrumpió bruscamente y se dirigió al cuarto de Zesch. Helen reconoció sin dificultad a Merlute, una mujer alta y jorobada cuya inmensa nariz parecía postiza. Se decía que era el perrito faldero de Tank, dispuesta siempre a lo que fuera por ella y obedeciendo ciegamente sus órdenes. Se oyó un diálogo en susurros y luego ambas salieron. Zesch y Merlute se dirigieron directamente al sector de las chicas de cuarto curso.

–¡PANCEK CATHARINA! –bramó Zesch.

Las chicas se sobresaltaron y se sentaron en sus camas.

–¡Catharina Pancek, levántese, vístase y venga aquí! –tronó Zesch.

En la fila contigua, la pequeña Catharina se incorporó, incrédula. Echó una mirada hacia la cama vacía y perfectamente hecha de Milena y entendió inmediatamente lo que la esperaba. Buscó la mirada de Helen, pero esta apartó la vista.

–¡Venga, rápido! –se impacientó Merlute.

Catharina se puso las gafas que colgaban de la cabecera de metal de su cama, abrió su armario, se vistió, se puso los zapatos y se fue con el abrigo debajo del brazo. Cuando pasó muy cerca de ella, y como las vigilantes esperaban un poco más lejos, Helen la llamó en voz baja:

–¡Catharina!

–¿Qué quieres?

–Milena te pide perdón...

–¿Cómo?

–Milena te pide perdón –repitió Helen con voz ahogada.

Catharina no respondió. Avanzó entre las filas de camas mientras un rumor de voces subía a su paso:

–¡Catharina, ánimo! ¡Aguanta! ¡No te olvidamos!

Una chica se abalanzó hacia ella y le dio un beso. Helen tuvo la impresión de que le ponía algo en la mano.

Con gesto de impaciencia, Merlute agarró a la chica del brazo y se la llevó a paso de carga. Las dos desaparecieron detrás de la puerta.

–¡Desgraciadas! –las insultó una chica.

–¡Cerdas! –añadió otra.

–¡Silencio! –gritó Zesch, y las voces se callaron.

Cuando volvieron el silencio y la calma, Helen se tapó entera con la sábana y las mantas y se hizo un ovillo. En la oscuridad, intentó pensar que no era más que una pesadilla y, al igual que Octavo, intentó distraerse buscando masculinos y femeninos: *un panadero, una panadera*; *un mago, una maga*; *un pie, una mano*; *un chico, una chica...*, y se sobresaltó al pronunciar en voz baja: *un Milos, una Helen.*

3
La asamblea anual

El día siguiente era un viernes, día de Putois. Helen debía darse prisa si quería escribir a Milos y depositar el mensaje en el cuarto de la ropa sucia antes de que pasara el viejecito. Aprovechó la clase de matemáticas, que la señora Mersch daba de nueve a diez de la mañana. Esta, sentada en su silla de ruedas de paralítica, no podría precipitarse sobre ella y arrebatarle la carta a medio redactar vociferando: «Señorita, ¿qué es esto?». Es verdad que tenía una vista de águila, pero Helen, al igual que sus compañeras, sabía disimular.

Dudó un momento cómo empezar la carta. *¿Querido Milos?*, si apenas se conocían... *¿Hola, Milos?* Sonaba demasiado familiar y sin alma. Al final, optó por *Milos* a secas. Él podría interpretarlo como quisiera. Le describió la biblioteca desierta, la vuelta al internado sin Milena, y, sobre todo, el dolor que sintió cuando se llevaron a la pequeña Catharina Pancek al calabozo. Le habló de Milena, que cantaba como los ángeles y a la que nunca habría creído capaz de traicionar a nadie. Le pidió que contestara rápidamente y precisó que esperaba su carta con «mucha impaciencia». Confeccionó luego un sobre improvisado con otra hoja de su cuaderno doblada por la mitad y pegada. Se sacó del calcetín el papel que Milos le había dado el día anterior y copió cuidadosamente sus señas: *Milos Ferenzy. Internado de chicos. Cuarto curso.* Antes de introducir la carta en el sobre, se lo pensó mejor y añadió bajo su firma:

Por cierto, no te he hablado de mí. Tengo diecisiete años, me gusta leer, me encanta el chocolate y estoy muy contenta de haberte conocido.

Al escribir las últimas palabras, se sintió un poco avergonzada y turbada. ¿Quizá se hubiese abierto demasiado o, por el contrario, se hubiese mostrado demasiado reservada?

Durante el recreo de las diez, se mezcló discretamente con un grupo de chicas de quinto curso, en una esquina del patio, y preguntó sin dudar:

–¿Qué hay que hacer para enviar cartas? Alguien las deposita en el cuarto de la ropa y Putois se las lleva, ¿verdad?

Una chica alta y delgada, bastante guapa, la contempló con dureza:

–¿Para quién es tu carta?

–Para un chico del internado, ahí al lado.

–¿En qué curso estás?

–En cuarto.

–¿Cómo te llamas?

–Dormann. Helen Dormann.

–Y él, ¿cómo se llama?

–Milos Ferenzy –contestó Helen.

Se puso furiosa al sentir que se había ruborizado. Las mayores se miraron con complicidad. Ninguna conocía a ese chico, seguramente porque era demasiado pequeño para ellas.

–Dámela –dijo la chica, y las otras formaron de modo espontáneo un escudo con su cuerpo para que el intercambio fuese discreto.

–¿La vas a dejar allí? –inquirió Helen.

–Sí, lo haré yo.

–Yo... yo no tengo regalo ni para ti ni para Putois. No tengo nada. No he tenido tiempo para...

–Está bien. Te traeré la respuesta... si es que te contesta...

Un poco antes de las doce, desde la sala de música que daba al patio, Helen vio llegar a Putois con su carro destartalado. Se metió en el cuarto de la ropa y salió con su cargamento de sábanas en el que, seguramente, estaban escondidas las cartas de ese día. Al verlo, la chica canturreó:

Corre, corre, mensajito,
corre y vuela hasta mi amor...

Helen estaba muy sorprendida de acordarse, de repente, de esa canción infantil que había aprendido en su niñez.

Los días siguientes le resultaron insoportables. Helen temía ser convocada en cualquier momento al despacho de Tank. Pero no ocurrió nada. Esa ausencia de reacción por parte de las autoridades era lo peor. Significaba que se cumplía a rajatabla el artículo 16 del reglamento: *En caso de que una alumna no volviera a las tres horas de su ausencia, se enviaría inmediatamente a otra alumna al calabozo, y permanecería ahí hasta la vuelta de la fugitiva.* Las cosas estaban en orden y el asunto zanjado.

Nadie se atrevía a mencionar a Catharina, pero era evidente que todas se acordaban de ella. ¿Conseguiría dormir? ¿Le llevarían comida y bebida? Helen preguntó a una chica de quinto curso que había estado una noche y una mañana en el «Cielo» el año anterior por tirar su plato de sopa contra la pared del refectorio, al tiempo que gritaba que estaba «¡harta, harta y más que harta!». Esta no dio muchos detalles y parecía preocupada sobre todo por saber si Catharina habría tenido tiempo de ver el dibujo pintado encima de la viga.

–¿Es muy importante? –indagó Helen–. ¿Tú lo viste?

–Conseguí entreverlo unos dos segundos, y eso me permitió no volverme loca. ¿Milena salió contigo?

–Sí.

La chica le dio la espalda. Era como si a Helen la hicieran responsable del drama o, al menos, la considerasen cómplice. Como no podían insultar a la ausente Milena, descargaban en ella sus sentimientos de rabia y rebeldía. Vera Plasil era la única que no le daba la espalda.

–No es culpa tuya. ¿Quién se lo podría imaginar? Estoy segura de que volverá. Tendría algo importante que hacer. Cuando lo haya hecho, regresará, ya lo verás.

–Entonces, ¿por qué no me dijo nada?

Vera lo ignoraba; se limitaba a mirar a Helen con sus enormes ojos azules llenos de compasión.

A partir del domingo, Helen ya no contaba los días que quedaban hasta el siguiente viernes, día en el que Putois solía aparecer, sino las horas. El tiempo parecía haberse detenido. Hizo lo posible por imaginarse lo peor para no sentirse muy desesperada cuando llegara el momento: no tendría ninguna respuesta de Milos y debería esperar otra semana. Esa posibilidad la desesperaba de antemano.

Y Milena no volvía... quizá no volvería nunca más... Y Catharina se moriría en su escondrijo. La cena era el momento más duro. Como el calabozo estaba situado en el sótano justo debajo del refectorio, las chicas sentían muy cerca la presencia de Catharina y les costaba comer.

Por fin, una mañana, Helen se despertó consciente de que era viernes. Diez minutos antes de las doce, apareció Putois, dando tumbos aunque puntual, tirando del carro de sábanas limpias por el patio. Desde el aula de música, Helen lo vio meterse en el cuarto de la ropa para dejar las sábanas limpias y coger las sucias. La señora Zinzin hacía repetir por enésima vez:

Corazones livianos, almas puras,
cantamos todos juntos.
Las flores y el ramaje...

Pero Helen ya no prestaba atención a las voces de sus compañeras. «¡Ojalá hubiera una carta para mí!», pensaba, «¡ojalá estuviese allí! No podría soportarlo una semana más».

A la salida del refectorio, una chica de sexto se le acercó:

–¿Eres Dormann?

–Sí, soy yo.

–¡Toma! ¡Tus cartas! Y la próxima vez, acuérdate del regalito.

–¡Te lo prometo! –contestó Helen, loca de alegría, metiéndose los dos sobres en el bolsillo.

¡Tenía dos cartas! Había temido toda la semana no recibir ninguna, ¡y resulta que tenía dos!

Buscó ansiosamente a Vera Plasil por el patio.

–Vera, ¿puedes vigilar la puerta un momento?

Los servicios eran vetustos, pero era el único lugar en el que podía estar sola y tranquila un momento, siempre y cuando alguien controlase la puerta. En cuanto se metió dentro, Helen sacó los sobres del bolsillo de su abrigo. En los dos figuraban sus señas: *Helen Dormann. Internado femenino. Cuarto curso.* Sin embargo, las letras eran distintas. La primera era la de Milos, la reconoció sin dificultad; era una letra grande de niño; la segunda, inconfundible y casi de adulto, era la de Milena. Abrió primero la de Milos. Al fin y al cabo, era la que llevaba esperando toda la semana. Era muy breve:

Helen:

He recibido tu carta. Esta es la mía. Espero que Putois no la haya «perfumado» demasiado. Bartolomeo no volvió la otra noche. Tengo cosas importantes que contarte. Procura estar el viernes a las doce de la noche en la esquina de los muros este y norte de tu internado. ¿Me lo prometes?

Milos

Por cierto, no te he hablado de mí. Tengo diecisiete años. Me encanta practicar la lucha grecorromana, comer y estoy muy feliz de haberte conocido.

Helen se preguntó si sería su primera carta de amor. La repetición casi exacta de la última frase del mensaje que le había escrito demostraba un deseo de complicidad por parte de Milos. Se emocionó tanto que la cabeza le daba vueltas. Había vivido momentos muy intensos en esos últimos días. Volvió a meter la carta en el sobre y abrió la de Milena. Era más larga.

Helen:

Me imagino la rabia que sientes hacia mí y te entiendo. Pero debes saber que no te he traicionado.

Ha pasado lo siguiente: Bartolomeo ha aparecido en la biblioteca justo después de tu marcha. Hemos estado charlando más de dos horas y, al cabo de ese tiempo, he decidido huir con él. Nos vamos esta noche. Ya no volveré nunca al internado.

Estábamos escondidos detrás de la fuente cuando has pasado hace un momento con una cesta en la mano. No sé lo que contenía, ¡pero te agradezco el detalle!

Te estoy escribiendo en casa de mi consoladora, donde nos encontramos ahora. Ella te hará llegar esta carta a través de Putois.

Hay muchas cosas que me gustaría contarte, pero no tengo tiempo. Milos lo sabe todo y te lo explicará. Pregúntaselo.

Espero que volvamos a vernos. Has sido mi mejor amiga durante todos estos años. No te olvidaré nunca. Me apena dejarte.

Besos.

Milena

P. D.: Lo siento muchísimo por Catharina, pero tenía que hacerlo.

–¡Helen! ¡Voy a acabar echando raíces aquí!... Además, por si no lo sabes, ¡está lloviendo!

Vera empezaba a sentirse impaciente. Helen se secó los ojos con su pañuelo, escondió los dos sobres en el bolsillo interior de su abrigo y salió.

En el aula de estudio de la tarde, el asiento vacío de Milena Bach en la tercera fila, y el de Catharina Pancek en la primera, parecían ocupados por sus fantasmas. La ausencia de las dos chicas torturaba a las demás. La señora Zesch, que sudaba más que ningún día, estaba a punto de dormirse.

–Vera, ¿qué es la lucha grecorromana? –preguntó Helen en voz baja.

–Creo que son unos tipos que llevan camiseta y que se tiran el uno contra el otro intentando tumbar al adversario sobre la espalda.

–¿Ah sí?

–Huelen a sudor y gruñen.

–Ah...

–¿Por qué me lo preguntas?

–No, por nada. Por saberlo...

Helen no dejaba de pensar en Milos y se decía que había que estar loca de remate para enamorarse de un chico al que había visto apenas cuatro minutos, ¡y además, en la oscuridad! Por otra parte, era incapaz de acordarse de su cara. Cuanto más intentaba rememorarla, menos lo conseguía. Creía recordar que Milos no era muy alto, que tenía mofletes, el pelo rizado y una sonrisa preciosa, pero no conseguía «verlo». Llegó a la conclusión de que deseaba tanto estar enamorada que cualquier chico podría haber servido. Sin embargo, esperaba no sentirse demasiado defraudada...

¿Qué querría de ella? Aunque se sentía atraída de antemano por esa cita, experimentaba también cierto temor. ¿«Cosas importantes»? ¿Qué significaba eso? Y tendría que escaparse del dormitorio a medianoche. Por suerte, la señora Zesch, que las iba a vigilar esa noche, roncaba como un cerdo en cuanto se dormía, y no paraba esa máquina infernal antes del amanecer. De todas las vigilantes era, con diferencia, a la que se podía engañar con mayor facilidad. Mucho más fácilmente, en todo caso, que a la señora Merlute, esa insomne que asomaba, con silencio y sigilo, su larga nariz entre las filas de literas a cualquier hora de la noche. El peligro vendría más bien de las otras chicas. Especialmente de Vera, que tenía el sueño muy ligero y querría saber adónde iba. Helen estuvo a punto de compartir su secreto con ella, aunque luego desistió, pues, para que Helen no se pusiera en peligro, Vera habría sido capaz de despertarlas a todas en el momento oportuno.

Metida debajo de las sábanas, Helen miró las agujas fluorescentes de su reloj: eran más de las diez y la señora Zesch no roncaba; tampoco roncaba a las once. Eso era muy extraño. La luz seguía encendida en su cuarto, aunque no se oía ninguna señal de vida. ¿Tendría intención de velar aquella noche, como solía hacer la señora Merlute, y merodear entre las camas como Jack el Destripador? Helen aguzaba desesperadamente el oído. En lugar de los rugidos habituales, se habría conformado con un ligero ronquido, pero no percibía ni siquiera eso.

A las doce menos cuarto, agotada su paciencia, decidió probar suerte y salir fuera como fuera. Echó una mirada a la cama próxima a la suya. Vera dormía plácidamente con la boca entreabierta. Helen se incorporó. Iba a levantarse para coger su ropa en el armario cuando la señora Zesch entornó la puerta de su cuarto. Primero se quedó de piedra, luego se volvió a tumbar con los ojos como platos.

Era evidente que la señora Zesch no estaba en su estado normal. Deseosa de no meter ruido, se deslizó de su cuarto lenta y sigilosamente como si fuera un asesino. Y, sobre todo, aunque Helen pensó que estaba soñando, ¡llevaba zapatos de tacón y un traje de noche! Y eso que nunca jamás la habían visto sin sus horribles zapatones y sus anchos pantalones de tela basta, como mucho con una gruesa falda de lana llena de agujeros. Cerró la puerta detrás de ella y salió de puntillas. Helen esperó a que hubiera desaparecido del todo, se quedó quieta unos minutos más, por si acaso se le ocurría volver. Luego, como ya no se movía nada, se vistió y se dirigió a la salida.

La noche estaba clara y fresca. Algunas nubes deshilachadas corrían por delante de la luna llena. Arrebujada en su abrigo, Helen dio la vuelta al edificio este y pasó por su parte trasera. Siguió el muro del recinto que se erguía, oscuro y amenazador, a la derecha. Una silueta imprecisa esperaba allí en la esquina. ¡Era Milos! Le hizo una señal con la mano y se dirigió hacia él con pasos cortos. Él también se acercó, sonriente, y la besó en las mejillas:

–¡Helen! ¡Qué mal lo he pasado! Llegas tarde.

Se sorprendió al constatar que era mucho más alto de lo que había imaginado. Bartolomeo debía de ser altísimo para que su compañero le hubiera parecido bajo.

–Discúlpame, pero no podía salir. Mi vigilante no dormía. Figúrate, ¡ha salido! Ha abandonado el dormitorio poco antes de las doce.

–¿Sí? Entonces sé adónde ha ido, ¡y te lo voy a mostrar!... siempre y cuando seas campeona en gimnasia.

–¡Soy la mejor! –comentó Helen.

–Perfecto. ¿Sabes subir por una cuerda?

–¡Como una ardilla!

No estaba segura de que las ardillas fueran capaces de subir por una cuerda, pero aquella noche estaba dispuesta a aceptar cualquier reto. Habría saltado por encima de una hoguera junto con Milos si este se lo hubiese pedido.

–Bien. Entonces espérame aquí, no tardaré más de tres minutos.

–Espero que me des al menos una explicación.

–¡Más tarde!

Milos ya se había metido la gorra en el bolsillo y emprendía la escalada. A Helen la dejaron estupefacta su flexibilidad y su fuerza. Colgado del canalón del tejado, subía como si fuese un mono. Los dedos, las manos, los brazos y las piernas se movían sin parar, y solo descansó un momento para recuperar el aliento apoyando el pie en el alféizar de una ventana de la segunda planta.

–¡Ten cuidado! –le suplicó Helen desde abajo.

Sin perder tiempo en contestar, prosiguió su ascensión y alcanzó rápidamente el tejado. Permaneció colgado del canalón unos segundos, luego se balanceó dos veces y lanzó su pierna derecha sobre el tejado. Mientras recuperaba el equilibrio, algo salió de su bolsillo y cayó a los pies de Helen.

–¡Mi navaja! –exclamó en voz baja–. ¡Cógela!

La chica se agachó y recogió del suelo una navaja bastante pesada de al menos seis hojas.

Después hubo un largo silencio y Milos desapareció. El frío le calaba el cuerpo por debajo del abrigo y Helen se preguntó de pronto qué pintaba en ese lugar, con ese acróbata que tenía «cosas importantes» que contarle.

Miraba inútilmente hacia el tejado cuando oyó un leve roce. A escasos metros, una cuerda se deslizaba por el canalón y bajaba por la pared. Fue corriendo hacia ella, se desabrochó el abrigo para que no la estorbara, se fijó la cuerda entre los tobillos tal y como le habían enseñado, y empezó a subir. A la altura del segundo piso, echó una mirada hacia abajo y sintió vértigo. Nunca en clase de gimnasia había alcanzado semejante altura y, además, ahora no había ninguna colchoneta para amortiguar la caída. Pensó que estaba viviendo una extraña cita romántica y se preguntó si sería siempre así. Respiró profundamente y prosiguió. Cuando alcanzó el canalón, no tuvo tiempo para pensar cómo podría subirse al tejado porque Milos ya le tendía la mano.

–¡Dame la mano derecha y agárrame de la muñeca! ¡No me cojas de la mano sino de la muñeca!

Lo asió de la muñeca y él hizo lo mismo con la de la chica. De pronto, ella notó cómo se alzaba lentamente. Apenas tuvo que auparse con la ayuda de los codos y las rodillas, y se encontró sentada junto a Milos, ¡tan a gusto en ese tejado a doce metros del suelo como en un sofá!

–Eso se llama presa cruzada, y ¡duplica la fuerza! –explicó.

–Creí morirme... –comentó jadeando Helen.

–Descansa un rato. Ya hemos hecho lo más duro.

–Eso espero...

Reptaron por la pizarra húmeda hasta alcanzar el tragaluz en el que Milos había sujetado la cuerda. La subió, la enrolló, se la ató al cinturón y luego abrió suficientemente la claraboya para que pudiesen entrar. Era fácil colgarse del borde y dejarse caer dentro. Milos pasó el primero y se dejó caer sin ruido, flexionando las rodillas para amortiguar la caída. Helen lo imitó sin problemas y tuvo la sensación de que acababa de impresionar al chico dos veces en muy poco tiempo: primero al subir por la cuerda y luego al saltar al desván. Cuando la recibió entre sus fuertes brazos, ella se sintió ligera como una pluma. Milos se sacó una linterna del bolsillo, la encendió y el foco de luz barrió el entorno. El desván estaba vacío y lleno de polvo. No había nada entre el armazón y el suelo de madera de roble. Podían mantenerse de pie en el centro, pero debían agacharse en la parte lateral.

–¿Qué hacemos aquí? –preguntó Helen.

Milos se puso el índice en los labios y luego señaló hacia el suelo.

–¡Shhh! ¡Escucha!

De la planta inferior subía un rumor sordo y confuso de conversaciones. Se oyó incluso una breve carcajada.

–¿Qué pasa? –murmuró Helen.

–¿Tienes mi navaja? –se limitó a preguntar Milos.

Se la dio. Avanzó sin meter ruido, con la vista fija en el suelo como si buscase algo. Al llegar al otro extremo del desván, se puso de rodillas y le hizo una señal a Helen para darle a entender que había encontrado lo que buscaba y podía acercarse.

–¡Alúmbrame! –le ordenó al tiempo que le daba la linterna y, con el punzón de su navaja, empezó a abrir un agujero de unos diez centímetros en una tabla del parqué que parecía más endeble que las otras.

–En el internado, ¿os permiten tener una navaja? –se extrañó Helen, en cuclillas junto a Milos.

–Si tuviéramos que conformarnos con lo que está autorizado –sonrió Milos–, no tendría ni cuerda, ni navaja, y sobre todo, no estaría aquí contigo a medianoche...

–¿Y cuándo me vas a explicar lo que está sucediendo? ¡Me parece que me he ganado el derecho a saberlo!, ¿no crees?

–¡Espera un poco más! Casi he acabado. Si te gustan las sorpresas, creo que no voy a defraudarte.

Durante algunos minutos, siguió quitando obstinadamente minúsculas virutas. Finalmente, abrió otra hoja de su navaja y la usó como palanca. La madera crujió levemente, se resistió un poco y acabó por ceder. Milos le hizo una señal a Helen para que apagara la linterna y levantó lentamente la tabla de madera de roble. Las voces, que apenas se oían un momento antes, sonaban ahora con más claridad.

–¡Tú primera! –dijo, invitándola a mirar.

Helen se tumbó boca abajo y pegó la cara contra el estrecho rectángulo de luz. Lo que vio le pareció tan irreal que pensó que había perdido el juicio.

Había unas cincuenta personas. Un aparador lleno de comida y de jarras de vino ocupaba el fondo de la sala. Había unas sillas dispuestas frente a un estrado, en el que estaba instalada una mesa de roble. Las filas situadas a la izquierda del pasillo central parecían reservadas a las mujeres, y Helen identificó inmediatamente a la señora Tank, de pie cerca de la primera fila, y acompañada de su inseparable Merlute. Embutida en un traje de noche de color malva, demasiado ajustado para una espalda hecha para la lucha libre, la directora sonreía. A su lado, la señora Merlute, peinada con un moño estrafalario parecido a un bocadillo del que su nariz habría hecho las veces de salchicha, giraba la cabeza por todas partes como una gallina clueca.

Detrás de ella estaban sentadas otras personas conocidas, aunque difícilmente reconocibles: Esqueleto, que con hombreras y otros artificios había intentado inútilmente parecer más gruesa y rellenita; la señora Zinzin, cuyos pechos apuntaban como temidos obuses debajo de un conjunto verde botella; la señora Mersch en su silla de ruedas, exageradamente maquillada como si fuera una tarta de cumpleaños, sujetando con sus manos enfundadas en guantes blancos un bolso negro de charol, y finalmente, la señora Zesch tal y como Helen la vio salir de su habitación, aunque llevaba en ese momento un horroroso sombrerito amarillo. Solo, cerca del bufé, Putois manoseaba su gorra al tiempo que miraba disimuladamente hacia las jarras de vino.

Helen estuvo a punto de lanzar una carcajada. Unos hombres que no conocía se sentaban en las filas de la derecha. La joven se incorporó estupefacta.

–¿Qué es? ¿Un desfile de moda?

–No, es la asamblea anual de nuestros dos internados –contestó Milos mientras se tumbaba para mirar.

–¿De qué asamblea me estás hablando? Y tú, ¿cómo lo sabes?

Tuvo que esperar un poco más. Fascinado por el espectáculo, el chico no se quería perder ni un detalle. A veces, las ganas de reír contenidas le sacudían el cuerpo. Tras algunos minutos, se apoyó en un codo y miró a Helen. El tenue rayo de luz que se filtraba por el resquicio abierto en el suelo les alumbraba las manos y la cara.

–Helen, escúchame bien –murmuró Milos–, ningún alumno ha visto nunca lo que estamos presenciando. Cuando te he dicho hace un momento: «Tú primera», no se trataba de una mera cortesía. ¿Has reconocido a las mujeres de tu internado?

–Sí, están todas. ¡Es como si fuera un baile de disfraces! ¡Parecen locas!

–*Están* locas. Y los hombres, los de mi internado, lo están también a su modo.

–Milos, ¡no me asustes!.... ¿Qué pintan ahí, todos juntos?

–Ya te lo he dicho. Es la asamblea anual, es ultrasecreta. Se reúnen para recibir a un tipo llamado Van Vlyck. Es uno de los dirigentes de la Falange, uno de los jefes de la seguridad, y se encarga especialmente de los internados como los nuestros. Parece ser que ellos le tienen mucho miedo, ya verás...

Asustada, Helen bajó la voz.

–¿Dices que es ultrasecreto? ¿Y si nos pillan? Me podías haber avisado...

–¡No nos pillarán! A mí nunca me pillan.

–¿Y por qué no te van a pillar ahora?

–Porque tengo suerte. Siempre la he tenido...

–¿Porque tienes suerte? ¿Y quieres que me conforme con esa explicación?

–Por favor...

A Helen le hubiese gustado sentirse furiosa, pero no lo conseguía. En la sonrisa de Milos había tanta seguridad que acabó por creerlo, sin el menor resquicio de duda; así sería, nunca los iban a pillar...

–Milos, has dicho «los internados como los nuestros», ¿qué quieres decir con eso?

–¡Dios! ¡Son muchas cosas que contar al mismo tiempo! Te lo explicaré después, ¡te lo prometo!

–Vale. Y ese Van Vlyck, ¿qué pinta en todo eso?

–Supongo que viene a ver si todo marcha, a comprobar que sus locos y locas siguen estándolo... ¡Un momento! Creo que las cosas empiezan a tener interés abajo... ¡Te toca mirar! ¡Fíjate bien en todo lo que veas!

Helen volvió a su puesto de observación. Todas las personas se habían levantado para saludar con aplausos la entrada decidida de un hombre fuerte de barba pelirroja. Llevaba una cazadora forrada de piel tan desgastada que brillaba en los codos. No se había molestado en vestirse de gala. A sus botas manchadas de barro les habría venido bien un enérgico cepillado y un poco de betún. Dos hombres aparentemente a su servicio lo seguían. Se dirigió directamente al estrado y asentó sus enormes posaderas en una silla sin siquiera quitarse la cazadora, como si no tuviera intención de quedarse mucho tiempo. Con un gesto, invitó a la señora Tank y a un hombre que debía de ser el director del internado de chicos a sentarse a su lado. La señora Tank se acercó contoneándose como una oca cebada para la cena navideña. El director, con una flor en el ojal, no cabía en sí. Los dos guardaespaldas se apostaron a la puerta sin moverse.

–Señoras y señores, queridos colegas...

La voz de Van Vlyck se elevó en medio de un silencio sepulcral. Paseaba su mirada ardiente por los asistentes.

–... estamos reunidos una vez más... Ya saben que tengo mucho interés en esas reuniones nocturnas. Nos permiten encontrarnos cada año y...

–¿Oyes algo? –preguntó Helen, que ocupaba el mejor sitio.

–No mucho –reconoció Milos.

–Ven aquí, vamos a ponernos juntos...

Se apartó un poco y se tumbaron el uno junto al otro, con las caras casi pegadas.

–¿Estás mejor? –musitó Helen.

–Perfecto –contestó Milos.

–Tal y como exige la tradición –prosiguió Van Vlyck–, haremos primero el balance de los meses transcurridos desde mi última visita. Empezaremos por el internado de chicas... Me complace transmitir, por parte de la Falange, la enhorabuena a la señora directora, por su firmeza y rigor. Seguirá en sus funciones...

La señora Tank lo agradeció confusamente, pero Van Vlyck no le dio tiempo para regodearse con los elogios.

–Felicito también al personal de vigilancia, a las señoras Zesch y Merlute en especial, por la seriedad de su trabajo... Enhorabuena también a la profesora de matemáticas, la señora Mersch, cuya abnegación ejemplar...

Conforme mencionaba a los afortunados, que no cabían en sí de gusto, todas las cabezas se giraban hacia ellos. Los otros hacían lo posible por sonreír, pero era evidente que la envidia los corroía. Sobre todo Esqueleto, que apretaba los labios y tendía su asqueroso cuello parecido al de un pollo.

Cuando hubo acabado con el internado de chicas, Van Vlyck hizo lo propio con el de chicos, con idéntica rapidez e indiferencia. De pronto alzó la voz.

–Estimados colegas, ¡estamos en una lucha difícil! Una lucha que exige perseverancia y determinación. Tienen que saber que la Falange, a la que represento aquí, apoya todos sus esfuerzos. Pero no olviden nunca que se castigará sin contemplaciones la menor flaqueza que cometan. Así no deben ignorar, por ejemplo, que se considera como falta muy grave dejar que salgan o entren cartas...

En el fondo de la sala, Putois torció la boca de un modo muy raro y, durante todo el final del discurso, mantuvo la mirada fija en sus zapatos.

–Se lo repito –prosiguió Van Vlyck–, si empiezan a dudar en cualquier circunstancia, si notan que les asalta un sentimiento de compasión por cualquiera de sus internos, no olviden lo siguiente: ¡esa gente no es como ustedes ni como yo!

Acompañó su frase golpeando la mesa con el dedo corazón y siguió hablando, pálido de ira:

–Esa gente los desprecia en silencio, ¡no lo olviden nunca!

–«Esa gente» –murmuró Helen–, ¿de quién está hablando?

–De ti y de mí... –respondió Milos–. ¡Escucha!...

–... es una amenaza para nuestra sociedad, al igual que lo fueron sus padres.

Helen se estremeció.

–¿Qué está diciendo? ¿Nuestros padres? Milos, ¿qué significa todo eso?

El chico se apretó un poco más contra ella:

–Shhh... Escucha hasta el final...

–... en estas instituciones en las que los hemos acogido con generosidad, y en las que les ofrecemos una oportunidad para su reinserción –siguió diciendo Van Vlyck–. Nuestra misión esencial consiste en impedir que crezca la mala hierba. Debemos aplastarla sin piedad bajo nuestros zapatos. Existe el reglamento para guiarlos en esa tarea. Es muy sencillo; si lo acatan, estarán seguros. Si no lo cumplen, ¡estarán expuestos a todos los males! Quiero acabar con una cuestión, y se la diré mirándolos a los ojos: ¡la Falange no soporta la traición!

Tras semejante amenaza, Van Vlyck adelantó su fuerte mandíbula y un silencio opresivo cayó sobre los asistentes.

–No les robaré más tiempo –concluyó, visiblemente satisfecho del efecto que acababa de producir–. Sé que les espera un suculento bufé. Si alguien desea intervenir, que lo haga ahora mismo. De otro modo, levanto la sesión.

Abrió los brazos convencido de que nadie se atrevería a intervenir, e iba a concluir cuando surgió el incidente.

Esqueleto, que no había podido asumir esa falta de consideración hacia ella, se levantó de su silla, más pálida que un cadáver y más flaca que nunca.

–Señor Van Vlyck –empezó diciendo con voz nerviosa y entrecortada–, si me lo permite, ¿le han informado de la fuga de una de nuestras internas?

Ya casi de pie, Van Vlyck volvió a sentarse lentamente.

–¿Una... una fuga, señorita Fitzfischer? ¿Qué me está contando? Explíquese...

–Sí señor –repuso Esqueleto, muy emocionada porque la había llamado por su apellido–. Hace una semana, informé a la directora de la desaparición de una joven de cuarto curso.

Van Vlyck se giró lentamente hacia la señora Tank, que pasó por tres colores del arco iris en escasos segundos: blanco primero, rojo a continuación, y verde para acabar.

–Exacto, señor... pero aplicamos inmediatamente el reglamento... y otra interna se encuentra actualmente en el calabozo y...

–¡Una semana! –exclamó lentamente Van Vlyck, incrédulo–. La fuga tuvo lugar hace una semana...

–Sí señor –farfulló la señora Tank, de repente tan asustada como una niña de seis años–, pero pensé que... que no merecía la pena...

–... avisarme –concluyó Van Vlyck con una dulzura que daba miedo–. Ha juzgado, señora directora, que «no merecía la pena avisarme»; es así, ¿verdad?

–Así es –confesó la señora Tank al tiempo que agachaba la cabeza, incapaz de añadir nada más.

–Señorita Fitzfischer –prosiguió Van Vlyck girándose de nuevo hacia Esqueleto, que permanecía de pie–, por favor, ¿cómo se llama esa joven fugitiva?

–Se llama Bach, señor, Milena Bach.

–Milena Bach... –repitió lentamente Van Vlyck, mientras a Helen le pareció que se había puesto lívido.

La recorrió un escalofrío. Oír el nombre de su amiga en boca de aquel ogro le daba la sensación de que la tenía casi presa en sus malditas manazas.

–¿Y cómo es? –siguió indagando–. Me refiero a su aspecto físico.

–Es bastante alta, muy guapa...

–¿Y su pelo? Por favor, dígame de qué color tiene el cabello.

–Castaño... claro... –balbució con voz moribunda la señora Tank, a quien no le habían preguntado nada.

–¿Castaño claro? –preguntó con sorpresa Van Vlyck.

–No señor, es rubia –corrigió Esqueleto–, muy rubia.

La señora Tank tuvo aún fuerza para levantar la cabeza hacia la mujer que vigilaba la reja del internado desde hacía veinticinco años, y la mirada que intercambiaron las dos contrincantes era puro veneno. Hubo un silencio, que aprovechó Van Vlyck para pasarse las manos por la cara como si hubiese querido quitarse barro.

–Señorita Fitzfischer, esa joven... –siguió inquiriendo con voz muy baja–, ¿esa joven tiene acaso alguna singularidad?

–Sí –respondió Esqueleto, feliz por ser la primera en revelarlo.

–Y... ¿cuál es esa singularidad?

–Canta bien, señor.

Cayó un largo silencio sepulcral.

–Una última pregunta, señorita Fitzfischer –dijo finalmente Van Vlyck–, antes de agradecerle como corresponde, ¿se fugó sola esa joven?

El director del internado de chicos, sentado a la izquierda de Van Vlyck, llevaba ya un largo rato retorciéndose las manos. Tenía un nudo en el estómago solo de pensar que tendría que confesar también el mismo descuido que su colega.

–Ocurre... señor... que nuestro internado lamenta también... –empezó diciendo.

–¿Cómo se llama el chico? –le cortó tajante Van Vlyck.

–Se llama Bartolomeo Casal, señor, y...

No pudo terminar su frase. Van Vlyck, que había conservado hasta el momento una aparente calma, cerró los ojos, hinchó el pecho e hizo algo que parecía imposible. Levantó un fuerte puño cubierto de vello, lo abatió en la mesa de roble en la que estaba acodado y la partió en dos. El terrible grito que profirió al mismo tiempo paralizó a los asistentes.

–¡Avisen inmediatamente a Mills! –vociferó fuera de sí–. ¡Llévenle a él y a sus Diablos un trozo de ropa, un pañuelo, un zapato, cualquier cosa que tenga el olor de esos dos gusanos!

–Milos –gimió aterrorizada Helen–, ¿qué les harán? No entiendo nada... Explícamelo...

Se pusieron de rodillas frente a frente. El chico abrió los brazos y Helen se refugió en ellos a punto de llorar.

–Milos, Milos, ¡qué pesadilla!...

Oyeron abajo un ruido de sillas volcadas y de carreras.

–¡Lárguense! –se desgañitaba Van Vlyck–. ¡Desaparezcan todos de mi vista antes de que los aplaste!

Se desvaneció el jaleo y se oyó finalmente un fuerte portazo. Helen miró una última vez por la rendija del parqué. Las luces seguían encendidas y la sala desierta estaba sumida nuevamente en el silencio. Putois, que había dejado su gorra en una silla, se encontraba solo ante el bufé. Se sirvió un vaso de vino y se lo bebió a pequeños sorbos chasqueando la lengua contra el paladar. Posó el vaso y empezó a untar, con parsimonia, chicharrones en una rebanada de pan.

4
Bombardone Mills

Con un delantal atado a la cintura, Bombardone Mills rompía el octavo huevo en un cuenco desportillado para prepararse una tortilla, cuando sonó el teléfono. Miró maquinalmente su reloj: eran un poco más de las dos de la madrugada. Una vez más, el hambre había despertado al jefe de la policía regional en medio de la noche, y había tenido que levantarse, convencido de que no podría recobrar el sueño antes de llenar su estómago de hipopótamo. Se tomó el tiempo de echar en la sartén un buen puñado de trocitos de tocino, se limpió las manos en un trapo grasiento y se dirigió al salón, intrigado por el motivo de esa llamada intempestiva. Tenía que tratarse de un asunto muy importante para molestarlo a semejante hora, y esa posibilidad le provocaba un agradable hormigueo en la barriga y en el pecho.

De vuelta a la cocina, menos de un minuto después, celebró la buena noticia rompiendo dos huevos más en el cuenco. Su profesión le encantaba; sin embargo, debía admitir que los momentos más excitantes eran cuando debía perseguir a alguien. Husmear, acorralar, acosar, capturar y matar... ¿cómo no iba a sentirse más vivo que nunca en aquellas ocasiones? ¿Más poderoso? ¿Más despiadado? Y en este caso concreto, no iba a cazar una sola pieza, ¡sino dos! Por lo tanto, doble placer...

Batió enérgicamente los huevos, les echó sal y pimienta en abundancia y los vertió en la sartén en la que chisporroteaban ya la mantequilla y los trocitos de tocino. Volvió luego al salón, descolgó el teléfono y marcó un número.

–¡Oiga! ¿El cuartel? Soy Mills. ¡Póngame con Pastor!... ¿Eres tú, Pastor? ¡Prepara la jauría! Todos los perros, no; solo cinco o seis. Los mejores. Sí, inmediatamente.

En el sofá desfondado, una forma se movió en la penumbra.

–Ramsés, ¿has oído? ¿Estás contento? –preguntó al tiempo que colgaba el teléfono.

Una cabeza extraña asomó de debajo de las mantas agujereadas. La parte baja de la cara se alargaba exageradamente, como si fuera el hocico de un perro, aunque el resto sí era humano: los ojos, la piel sin pelos, el cráneo plano y cubierto de un cabello cortado al cero.

–Los has oído y lo entiendes todo, ¿verdad? ¡La-a-a-a caza! ¡La-a-a-a caza!

Mills arrastraba la *a* de *la*, luego soltaba la palabra *caza* como escupiéndola y recalcando la sílaba final *za*: *¡La-a-a-a caza!*

Ramsés empezó a gemir levemente, y clavó en su dueño una mirada somnolienta aún.

–... aaaza... –vocalizó con dificultad.

–¡Caza! –le corrigió Mills–. ¡Caza! ¡Repítelo, Ramsés!: ¡caza!

–... aaaza...

–Bien, Ramsés, ¡vístete y ven conmigo a la cocina!

La tortilla estaba hecha. Mills la puso entera en un plato hondo que había quedado en la mesa desde la comida del día anterior. Se cortó una enorme rebanada de pan y abrió una botella de cerveza. El olor a tortilla y el recuerdo de la caza prometida le provocaban mucha alegría. Pensó de pronto que la vida podía ser bella y sencilla siempre y cuando no se le pidieran grandes cosas. Empezó a comer con mucho apetito. Vestido con un pantalón y una chaqueta, Ramsés se sentó enfrente de él. Se había abrochado la chaqueta de cualquier manera y la parte delantera se combaba de modo curioso. Mills se enterneció. Ese fiel Ramsés le haría siempre gracia. Sea como fuera, ¡era el único hombre-perro al que había conseguido enseñar a anudarse los zapatos!

–¿Comer? ¿Quieres comer?

–... o-omer... –contestó ese ser, mientras un hilillo de baba le corría por el belfo.

Mills le colocó un trozo de tortilla delante de él en la mesa y le tendió una cuchara.

–¡Toma y come correctamente! ¡Sé limpio!, ¿me oyes? ¡Limpio!

Con mucho trabajo, Ramsés sujetó la cuchara entre los tres dedos de su mano derecha, cuyas uñas parecían garras, y se esforzó por llevarse a la boca un poco de comida.

Acababan de cenar cuando llamaron a la puerta. Un hombre delgado y pálido, con una bolsa de viaje en la mano, esperaba en el descansillo.

–Soy el vigilante del internado de chicos. Vengo de parte del señor Van Vlyck. Traigo las...

–Lo sé –le interrumpió Mills–. ¡Pase!

Lo llevó hasta la cocina.

–¡Siéntese!

El hombre se sentó en el borde de una silla. Su mirada no se apartaba de Ramsés y le temblaban las manos.

–Discúlpeme, señor, pero es la primera vez que... Nunca había visto a un...

–¿A un hombre-perro? Pues ¡es su gran oportunidad, mírelo todo el tiempo que quiera! Se llama Ramsés. Ramsés, ¡saluda!

–¡Nooos-tíaas! –farfulló ese ser, torciendo la boca en una especie de sonrisa deforme que descubría dos filas de colmillos impresionantes.

El hombre se echó para atrás con un movimiento tan brusco que casi se cae de la silla. El sudor le brillaba en la frente.

–Bueno, ¡ya vale! –dijo Mills–. ¡A ver lo que ha traído!

El hombre abrió la bolsa y sacó un par de botas de cuero.

–Aquí tiene, señor. Son del chico. Espero que sea suficiente. Y de la chica, tengo esto...

Buscó en la bolsa y, sin apartar la mirada de Ramsés, sacó un pañuelo.

–Nos han asegurado que la chica se lo ponía mucho.

–¿Ningún perfume que disimule su olor? –preguntó Mills.

–No creo –repuso el hombre sin atreverse a comprobarlo.

Mills le arrancó el pañuelo de las manos, se lo pegó a la nariz y lo husmeó ruidosamente.

–Está bien, puede marcharse.

–Gracias –balbució el hombre levantándose–. Adiós, señor...

En la puerta de la cocina, volvió la cabeza. Quizá esperase oír una vez más la voz tan perturbadora del hombre-perro. El terror que había experimentado cuando había lanzado, hacía un momento, ese *¡Nooos tíaas!* lo impulsaba a salir corriendo; sin embargo, la fascinación era más fuerte que el miedo.

–Adiós... señor... –repitió dirigiéndose a Ramsés.

El hombre-perro ni se inmutó.

–¡No se moleste! –advirtió Mills–. Solo reacciona cuando oye mi voz o cuando le doy órdenes.

–Ah, ¿sí? –replicó el hombre.

–Así es –repuso Mills–. Por ejemplo, si le ordenase atacarle ahora mismo, pues no le quedarían más de veinte segundos de vida.

–¿Unos... veinte segundos?... ¿En serio? –preguntó el hombre con voz ahogada.

–Sí, el tiempo justo para que le saltase al cuello y le separase la cabeza del tronco...

–La... cabeza del... tronco... –repitió el hombre.

Soltó una risita nerviosa y, bajo la mirada tranquila de Ramsés, retrocedió lentamente por el pasillo. Se oyeron después unos pasos acelerados, el portazo de la puerta de entrada y, finalmente, una carrera por la escalera.

Quedaba medio cazo de café del día anterior. Mills lo calentó mientras se vestía. No se aseó. Nunca lo hacía antes de salir de caza, ni mientras duraba esta, aunque fuesen varias semanas. Tampoco se afeitaba. La suciedad que iba acumulándose en los michelines, entre los dedos de los pies, en la barba que le comía la cara, le daban la sensación de convertirse en un animal. Cuando todo había acabado, cuando la pieza había sido capturada, le gustaba volver a casa agotado, sucio, hambriento, tomarse un baño muy caliente y quedarse tres días sin pisar la calle, limitándose a comer y a dormir.

Se puso una chaqueta de cuero, unas botas, se bebió rápidamente el café sin sentarse siquiera, y metió en una mochila algo de ropa, un par de raquetas para la nieve y una hogaza de pan de centeno. Al salir, cogió la bolsa de viaje que contenía las botas y el pañuelo.

–¿Vienes, Ramsés? ¿Nos vamos de juerga?

Los dos salieron de noche, rumbo al cuartel. Sus pasos resonaban por las calles desiertas. El jefe de policía iba el primero. Ramsés lo seguía a dos metros, en posición erguida.

Al igual que todos los hombres-perro, mantenía sin mucha dificultad la posición vertical, pero tenía la espalda encorvada y también la nuca, peculiaridad de los hombres-perro que les hacían parecerse a unos jorobados. Los brazos eran demasiado cortos y rígidos, como si estuviesen atrofiados. «¡Ponte derecho!», le solía ordenar Mills. Ramsés se estiraba todo lo que podía, pero al poco rato se le había olvidado.

Llegaron rápidamente a los suburbios.

–¡Camina a mi lado! –le gritó Mills–. ¡Ya sabes que no me gusta que andes siempre detrás! ¡Pareces un perro faldero que quisiera morderme las pantorrillas!

Ramsés se puso a la altura de su dueño y anduvieron uno al lado del otro durante unos diez minutos; luego, el hombre-perro se fue quedando atrás y acabó pisándole nuevamente los talones. Mills desistió. Esa era una de las cosas que no conseguiría nunca de él. Fuera como fuera, al acogerlo en su casa cinco años atrás, había depositado muchas esperanzas en ese superdotado de la jauría.

Ramsés pertenecía a la tercera generación de hombres-perro que Mills había tenido a su servicio. La primera, la que había encontrado al acceder al puesto, contaba con veinte «animales», o veinte hombres si se prefiere, que llevaban todos nombres de estrellas. Diez años más tarde, había dado a la segunda nombres de emperadores romanos: César, Nerón,

Octavio, Calígula... y a la tercera, nombres de faraones del antiguo Egipto: Kefrén, Teti, Ptolomeo... Así, Ramsés era hijo de Augusto y Flavia y hermano de Keops y Amenofis... Mills había observado muy pronto las capacidades singulares de ese perro de aire soñador. Por eso, un día decidió adoptarlo y acogerlo en su apartamento de soltero.

Durante las primeras semanas, Ramsés había progresado rápidamente. Había aprendido a escribir su nombre y a leer palabras sencillas como *taxi, bici.* Había llegado a repetir más de cuarenta. Empezando por *buenos días, gracias, comer, caza* o *Bombardone...* que se transformaban en *Nooos tíaas... ¡rasia!... ¡oo-mer!... aaza...* y... *aardon.* Mills se empecinó después en conseguir más cosas, y eso fue mucho más complicado: jugar a las cartas, silbar una canción, preparar una tortilla...

Aquella época ya había pasado. Hacía tiempo que resultaba evidente que Ramsés ya no progresaba.

–¿Por qué lo sigues teniendo contigo? –le preguntaba Pastor, el perrero–. Tráelo al cuartel, estará más a gusto con los suyos. ¿No se aburre en tu casa?

El jefe de policía no se atrevía a confesar la verdad: se había encariñado con su presencia tranquila, con la fidelidad inquebrantable de su extraño compañero. A veces se despertaba sobresaltado en medio de la noche, presa de una angustia inexplicable que no conseguía aplacar con la comida. En aquellos casos, se tumbaba al lado de Ramsés, en el sofá del salón, y allí se quedaba el resto de la noche, tranquilizado por la respiración regular del hombre-perro.

En el cuartel, una luz brillaba en la primera planta. Entraron en el edificio y subieron por una escalera metálica. Pastor los esperaba en su despacho mientras fumaba un cigarrillo. Era un hombre gordo y blandengue, de gruesos labios. Tenía el pelo revuelto y los ojos enrojecidos de una persona a la que acaban de sacar de la cama.

–¡Hola, Bombardone! ¡Hola, Ramsés! ¿No lo podías haber dejado para mañana?

–¡Nooos tíaas! –gruñó Ramsés.

–No, es urgente –contestó Mills–. ¿Has preparado a la jauría?

–He escogido a los cinco mejores: Keops, Amenofis, Kefrén, Mikerinos y Teti. Supongo que te llevarás a Ramsés. Entonces serán seis. ¿Te parece bien?

–Perfecto.

–¿Cuándo nos vamos?

–Ahora mismo.

Sin rechistar, Pastor se levantó, se puso la gruesa cazadora forrada de piel y agarró la mochila colgada de la percha. Era evidente que esperaba esa partida inmediata.

–¿Por dónde empezamos?

–Empezamos por las consoladoras. Allí fue donde los vieron por última vez.

–Entonces, vamos...

A Pastor le gustaban los perros, aunque no la caza de personas. No le apetecía mucho recorrer la sierra días y noches como un animal, tiritar bajo una manta, estar sin comer durante cuarenta y ocho horas. Nunca había poseído el instinto depredador de un individuo como Mills, dispuesto a soportarlo todo por «la caza».

Los cinco hombres-perro esperaban en la oscuridad, cerca de la reja, con los brazos rígidos pegados al cuerpo. Dos de ellos fumaban un cigarrillo. Todos estaban vestidos y llevaban zapatos, de tal forma que desde lejos parecían obreros de una fábrica esperando el autobús al alba. Cuando Ramsés se reunió con ellos, apenas si lo miraron.

Pastor cruzó el patio arrastrando los pies con un manojo de llaves en la mano. Bostezó, abrió la reja y silbó brevemente entre dientes. La pequeña tropa se puso en marcha tras él. Mills iba el último, contento de no tener, por fin, a Ramsés pisándole los talones.

Llegaron al pueblo de las consoladoras un poco antes de las tres de la madrugada. Mills obligó a la jauría a detenerse delante de la biblioteca, último lugar en el que habían sido vistos los fugitivos. Empujó la puerta con el pie y echó una mirada dentro. Había una lámpara encendida en la mesa, y una llama seguía bailando detrás del cristal de la estufa. Entró solo en el cuarto y lo inspeccionó rápidamente. Hacía ya más de una semana que habían desaparecido los jóvenes y no se podía encontrar rastro de su paso. Mills se acercó a las estanterías y pasó el antebrazo por la que estaba situada más abajo. Unos veinte libros cayeron al suelo, todos revueltos. Los desparramó de un puntapié.

–¿Has encontrado algo? –interrogó Pastor asomando la cabeza por la puerta.

–Nada –contestó Mills al salir del cuarto–. ¡Que los perros husmeen las cosas!

Pastor abrió la bolsa de viaje y sacó una de las botas.

–Mejor si solo las olfatean Keops, Amenofis y Teti. Los otros tres olfatearán el pañuelo de la chica. Así nos daremos cuenta de si esos dos pájaros se han separado.

–¡Bravo, Pastor! –comentó Mills con fingida admiración–. Estás más despierto de lo que pareces.

–Sobre todo, me gustaría acabar lo antes posible –rezongó el perrero mientras presentaba la bota a Keops.

–¡Toma, Keops, busca! ¡Busca!

El hombre-perro hundió el hocico en la bota. Inclinaba la cabeza de modo curioso con los ojos cerrados. Después de olisquear un buen rato, le pasó la bota a Teti, que hizo lo propio. Mills los observaba de reojo, espiando la agitación que les iba invadiendo. Siempre le había fascinado el momento en el que los hombres-perro dejaban de ser hombres y se convertían en perros solamente. Verlos estremecerse excitados, oírlos gemir, le ponía celoso. A él también le habría gustado grabar en el lugar apropiado de su cerebro el olor exacto de la caza y empezar el acoso con la nariz levantada.

–¡Busca, Ramsés, busca! –ordenó al tiempo que ofrecía el pañuelo a su protegido.

–... aaza... –dijo Ramsés.

–¡Sí!, ¡caza! –le animó Mills.

Según Pastor, Mikerinos tenía el mejor olfato de la jauría. Apenas hubo olisqueado el pañuelo, se metió en la calle principal del pueblo, seguido de los otros. Era un espectáculo extraño ver a esos seis seres jorobados caminando a grandes zancadas bajo la luz macilenta de la luna, cual vampiros en busca de sangre. A la altura de la fuente, no dudaron y tomaron una pequeña calle empinada a su izquierda. Bajaron por ella y, a la mitad de su recorrido, se detuvieron en silencio frente al número 49.

Los hombres-perro no ladraban nunca; como mucho dejaban escapar, en los momentos álgidos, débiles gemidos que los humanos apenas podían percibir. Nada delataba nunca su presencia ni su llegada. Si alguien se veía acosado por ellos, debía hacerse a la idea de que iban a aparecer de repente a escasos metros, y eso significaba que ya era demasiado tarde.

La casita estaba dormida. Mills no se molestó en llamar a la puerta de entrada, situada en un plano ligeramente inferior a la calle. Desde la calzada lanzó un puñado de guijarros a los cristales del primer piso, que provocaron un ruido parecido al granizo.

–¿Qué ocurre? –preguntó una voz de mujer.

–¡Policía! –anunció Mills.

–¿Qué quieren?

–¡Abra!

El visillo de la ventana se apartó ligeramente. La presencia de los hombres-perro daba a entender que no se trataba de una broma. La persona refunfuñó un momento y bajó la escalera con lentitud. Finalmente, la puerta de entrada se abrió y apareció una mujer muy gorda en bata y zapatillas.

–¿Es usted la señora...? –inquirió Mills.

–Me llaman Martha. ¿Qué desean?

–¿Es usted consoladora?

–¿Me creería si le dijera que soy ciclista?

Como Mills no tenía ni pizca de humor, no le gustaba que los demás sí lo tuvieran. Se contuvo a duras penas.

–¿Es usted la consoladora de la señorita Bach?

–Solo conozco los nombres.

–Milena –dijo Mills, y resultaba sorprendente darse cuenta de que esas tres sílabas seguían siendo hermosas, aunque las pronunciara semejante bruto.

–Es posible... –repuso Martha.

–¿Sí o no? –insistió Mills.

La mujer gruesa le sostuvo la mirada sin demostrar el menor signo de miedo. Mills se sentía cada vez más furioso.

–Ella vino con un joven a su casa la semana pasada. ¿Adónde se fueron después?

–Querido señor –murmuró Martha entrecerrando los ojos–, sabe perfectamente que ninguna consoladora le revelaría nunca el nombre de las visitas que recibe, y menos aún lo que estas le cuentan. Sabe, somos como sacerdotes-confesores. Y si no lo entiende, se lo diré en términos más sencillos: secreto profesional.

Mills se irritaba con facilidad y se puso fuera de sí inmediatamente.

–¡Entren! – ordenó como si estuviese en su casa.

Una vez dentro, cerró la puerta con violencia, empujó a la consoladora en una silla y se sentó a caballo en otra, con los brazos apoyados en el respaldo, justo enfrente de la mujer.

–Querida señora –musitó–, sus dirigentes, es decir yo mismo, la pagan a usted y a sus colegas para permitir a esos jóvenes salir tres veces al año del internado. En el pasado, las llamaban simplemente *tutoras*. No sé quién inventó esa estúpida palabra de *consoladoras*. Pero una cosa está clara: me basta con hacer esto –chasqueó los dedos de su mano derecha–, y se acabaron las bromas. Podrá abandonar su colina y empezar su carrera de... ciclista profesional. Así que se lo pregunto por segunda vez: ¿recibió la semana pasada la visita de la señorita Milena Bach?

–Querido señor, le vendría bien tomar una infusión de verbena cada noche. Dormiría mejor. Y le evitaría salir en plena noche con esas pobres criaturas que...

–Señora Martha, ¿recibió, sí o no, la visita de esa chica? Mejor sería que respondiera...

–Hay también flor de azahar... Usted es una persona nerviosa y le ayudaría a...

Una fuerte bofetada cruzó la mejilla izquierda de Martha. Se quedó estupefacta. Nunca la habían pegado, ni siquiera su padre cuando era una niña; además, Mills tenía mucha fuerza. Durante un segundo, aturdida y desamparada, estuvo a punto de romper en sollozos, pero no le dio tiempo. Desde fuera se oyó una especie de *gong*, seguido de un rumor, y se abrió la puerta.

–¿Algún problema, Martha?

Cuatro consoladoras irrumpieron una tras otra y llenaron con su volumen colosal las dos terceras partes del cuarto. Paula, la consoladora de Helen, entró la primera con una sartén en la mano. Las otras tres blandían un rodillo para amasar la pasta.

–No, ninguno –sonrió Martha con lágrimas en los ojos–. Estábamos charlando este señor y yo... Es un auténtico caballero, pero ya se iba...

Mills, que seguía sentado, no tardó en evaluar la situación. Pese a su fuerza física, no estaba muy seguro de ganarles la partida a esas cuatro moles de carne. Y para un jefe de policía, soltero además, morir a golpes de rodillo carecía de prestigio. Evidentemente, le habría bastado llamar a Ramsés y ordenarle que atacara, pero lanzar a un hombre-perro sobre unas consoladoras tampoco habría resultado muy glorioso.

–Es cierto, me iba –gruñó al tiempo que se levantaba de la silla.

Las cuatro gigantas le dejaron un estrecho pasillo para salir, como si fuera un gamberro. Fuera, Pastor se tocaba la cabeza con las manos.

–¡Bombardone, mira lo que me han hecho! –se quejó–. ¡Tengo un chichón enorme en la cabeza! ¡Esas furias ni siquiera les tienen miedo a los perros!

Mills no le hizo caso. Los seis hombres-perro estaban juntos un poco más allá; sus hocicos husmeaban, temblorosos, y apuntaban hacia el norte.

–Están allí, ¿verdad? ¿Se fueron a la sierra?

–Aaaza... –dijo Ramsés con el cuello tenso.

–Lo sabía –murmuró Mills–. Huyen siempre a la sierra, nunca hacia el río.

Los hombres-perro no se movían, pero al acercarse a ellos, Mills oyó sus gemidos de impaciencia.

5
El «Cielo»

Pese a sus quince años y su cara aniñada, Catharina Pancek era muy despierta. Con el pretexto de darle un beso, una compañera acababa de meterle algo en la mano que debería esconder, fuera como fuera, antes del registro al que la someterían indefectiblemente. Al introducirlo en su bolsillo y por el tacto familiar de esos bastoncillos de madera que se entrechocaban, lo identificó inmediatamente, ¡eran cerillas! ¡Era el mejor regalo para una persona en su situación!

La señora Merlute la empujaba por el dormitorio de las mayores. A pesar de que estas no conocían a Catharina por su nombre, las palabras de ánimo la acompañaron a lo largo de las filas de camas:

–¡Ánimo! ¡Aguanta! ¡No tengas miedo!

Y cuando estaba a punto de salir, oyó un último grito proferido sin temor:

–¡Mira el cielo! ¡No lo olvides!

A Catharina se le puso la carne de gallina. En otras ocasiones, ella también había procurado tranquilizar a las chicas a las que llevaban al calabozo. Pero nunca habría imaginado que a ella también le podría pasar lo mismo. Mientras avanzaba entre las camas, sintió cómo el miedo se le iba esfumando un poco, como si la solidaridad y la compasión que tantas voces amigas le profesaban le fueran tejiendo una armadura de valor.

Una vez fuera del dormitorio, atravesaron con paso rápido corredores estrechos y desiertos que Catharina no conocía. Unas motas negruzcas de polvo se levantaban bajo sus pies; era evidente que no solían pasar la escoba. La señora Merlute iba la primera y encendía y apagaba rápidamente las luces. A veces se daba la vuelta para comprobar que su presa, que tenía las piernas más cortas, la seguía. De perfil, su nariz inmensa tenía un tamaño casi irreal. Bajaron por una escalera y anduvieron por un largo pasillo. Sin aminorar la marcha para que la vigilante no se diera cuenta, Catharina extrajo la caja de cerillas de su bolsillo derecho y la escondió en la mata de su pelo. Con un poco de suerte, no mirarían ahí. Cruzaron aún varias puertas situadas una al lado de otra y aparecieron, de modo inesperado, ante el despacho de la directora. La señora Merlute dio dos golpecitos en la puerta seguido de otro, tras una pausa. Catharina pensó que sería su código.

–¡Pasa! –dijo una voz ronca al otro lado de la puerta.

La señora Merlute asió a Catharina del cuello, como si se tratara de un vulgar ladrón de manzanas pillado in fraganti, y la empujó hacia dentro.

–¡Pancek! –anunció.

Sentada en su escritorio, la señora Tank estaba acabando de cenar. Los restos de su comida se esparcían delante de ella: las sobras de una ensalada, unos huesos de pollo, un cuenco lleno de mayonesa con una cuchara metida dentro, un plato con queso, mermelada y una botella de cerveza.

–¿Y bien, Pancek? –preguntó mientras masticaba ruidosamente.

A Catharina le entraron ganas de responder: «Y bien, ¿qué?».

–¿Sabe adónde la van a llevar?

–Lo sé.

–Podrá dedicarse al cálculo mental, la distraerá...

Catharina no entendió lo que significaba, y se calló.

–¿Le da miedo? –inquirió la señora Tank.

–Sí, tengo miedo –mintió la chica, pues estimó que más valía contestar así.

En realidad, en ese momento ya no sentía nada, tan solo el temor a que descubrieran las cerillas. Perpleja, la señora Tank la miró fijamente.

–¿Conoce el calabozo?

–No, nunca he estado.

–Perfecto. Así tendrá algo que contar al salir. Si sale...

«¡Me importa un bledo!», pensó Catharina.

Mientras tanto, la señora Merlute se había sentado en una esquina del escritorio con un plato ante ella y, con la punta de un cuchillo, intentaba arrancar trozos de carne del esqueleto del pollo.

–¡Saque todo lo que tiene en los bolsillos! –ordenó la directora.

Catharina depositó en el escritorio un pañuelo y un cepillo para el pelo.

–¡Recoja el pañuelo! Le puede servir. Pero quítese las gafas y el reloj. Podría cortarse. Se los devolverán cuando salga.

En un segundo, el aplomo de la chica se esfumó. Era miope desde niña y llevaba gafas con gruesos cristales.

–¡Por favor, no me quite las gafas!

–¿CÓMO DICE? –preguntó la directora con voz estentórea–. ¿Osa darme órdenes? Hija, allí adonde va, no necesitará esos binóculos, se lo aseguro.

–No le estoy dando órdenes, yo...

–¡Las gafas!

Catharina notó cómo las lágrimas le afloraban a los ojos y cómo los sollozos le subían a la garganta. Se quitó las gafas y las depositó en el escritorio junto con el reloj. Todo lo que la rodeaba se volvió borroso, y se encontró sumida en una niebla que brillaba con las lágrimas.

–¡Cachéala! –ordenó la señora Tank.

No hizo falta repetírselo. Las manazas de la señora Merlute empezaron a registrarla con fruición. La chica apretaba los dientes. El aliento nauseabundo de la vigilante apestaba a pollo frío y mayonesa. «¡Ojalá no me registre el pelo!», suplicaba mentalmente Catharina. No lo registró.

–¡Llévatela! –gritó finalmente la directora.

Se reanudó la carrera loca por los corredores. Catharina, que caminaba con los brazos tendidos delante de ella para no tropezar con algo, frenaba el paso. Cuando la señora Merlute se hartó, agarró a su presa del cuello y no la soltó. Alcanzaron el refectorio en algunas zancadas. Era extraño cruzarlo a medianoche. Las pesadas mesas vacías parecían enormes animales dormidos. Los sonidos resonaban. La señora Merlute abrió la puerta del fondo, encendió una linterna y las dos se metieron juntas por la escalera que parecía bajar hasta las entrañas de la tierra. Unos metros más abajo, dejaron de lado el sótano que se abría a la derecha y prosiguieron la bajada. Los escalones brillaban por la humedad. Los ruidos se apagaron. Daba la sensación de estar penetrando en una tumba. Al final de la espiral de la escalera, desembocaron en una galería de tierra de unos diez metros aproximadamente, escasamente apuntalada, y a cuyo extremo se encontraba el calabozo. La señora Merlute introdujo una enorme llave en la cerradura, abrió la puerta y paseó la luz de la linterna por el «mobiliario».

–¡Ahí están los servicios! –explicó al tiempo que señalaba un cubo de metal–. Se vacían una vez al día. Se sirve también la comida una vez al día. Y eso es la cama.

«¡El Cielo!», pensó Catharina con la mirada puesta hacia la parte superior de la pared. «¡Alumbra el Cielo, aunque solo sea un segundo y lo vea borroso, cerda! ¡Me importa un bledo el cubo!». Sin embargo, la señora Merlute no se entretuvo; seguramente deseaba acabar su cena en compañía de la señora Tank. Dio media vuelta y salió del calabozo. En un segundo, la oscuridad invadió el cuarto. Oyó cómo la llave giraba en la cerradura y se alejaba el paso rápido de la vigilante; luego cayó el silencio. A tientas, Catharina avanzó hacia la cama y se sentó. Era un catre hecho de tablas de madera y sin colchón. La chica cogió la caja de cerillas; no se le había movido del pelo y la abrió con cautela. Contó tres veces los palitos, teniendo cuidado de no tirarlos al suelo húmedo. Había ocho exactamente. «¿Cuántos segundos de luz suponen, si se consigue tenerlas encendidas en la punta de los dedos hasta el final?, ¿setenta y cuatro segundos?, ¿setenta y dos?». Recordó lo que había dicho la señora Tank acerca del cálculo mental. «¿Qué habría querido decir esa loca?». Sea como fuera, convenía aguantar lo más posible antes de usarlas. Había que ahorrar, lo mismo que con las visitas a las consoladoras... Se le encogió el corazón al recordar a la suya, a ese amable ratoncito que andaba a pasitos. ¡Qué mal lo pasaría si supiera dónde estaba su protegida en ese momento! Con la mano derecha, se acercó la manta a la nariz y constató que no olía tan mal como había imaginado. Se acurrucó en ella para dormir. Serían las diez de la noche. Empezaba una larga noche.

Cuando el frío la despertó, habría sido incapaz de decir si solo había dormido algunos minutos o varias horas. ¿Sería ya de día? Le pareció sentir cómo un insecto le corría por la oreja. ¿Una araña, quizá? Se arrebujó en su abrigo, se tapó con la manta y procuró volver a dormirse. Fue en vano. Los negros pensamientos la asaltaron insidiosamente como si fuera un ejército de cucarachas. «Milena, ¿dónde estarás ahora? ¿Volverás pronto? ¿Quién vendrá a rescatarme?».

Aguantó un tiempo que le pareció eterno, pero quizá fuera solo una hora, y se decidió a frotar la primera cerilla. Encendería una cada vez que le trajeran la comida; sería una al día, y de esa forma no las despilfarraría. Se levantó y acercó el catre a la pared del fondo. Subida de pie encima, se encontraba muy cerca de la viga que le habían mencionado... En el momento de frotar la bolita de azufre en el rascador de la caja, le entró una repentina angustia... Quizá no hubiera nada en la viga, ni cielo, ni nube, ni ningún tipo de dibujo, ¡qué chasco se llevaría! Y si realmente hubiera algo, ¿conseguiría verlo sin gafas? Dudó algunos segundos y finalmente se decidió. La cerilla se encendió a la primera, y Catharina se quedó asombrada al comprobar que había conseguido alumbrar todo el calabozo. Levantó el brazo tembloroso hacia la viga y lo vio.

Efectivamente, había un trozo de cielo pintado en la madera podrida. No mediría más de treinta centímetros por quince, y probablemente el color azul celeste se había desteñido; pero era un cielo al fin y al cabo. La nube que completaba el dibujo a la izquierda lo atestiguaba. Era un cúmulo blanco y ventrudo parecido a una bola de algodón. La llama indecisa abultaba sus formas movedizas como si fuera un elefante, una montaña o un dragón. Catharina lo contempló fascinada. Tuvo la sensación de que la vista de esos colores, aunque borrosos por su miopía, la sacaba del vientre oscuro de la tierra y la transportaba a la vida de allí arriba. Tenía la impresión de que el viento le soplaba en el pelo y de que la sangre le volvía a correr por las venas.

La vuelta a la oscuridad y la quemazón de sus dedos la devolvieron a la realidad; acababa de consumir su primera cerilla. Solo le quedaban siete. Pero no le importaba, pues había visto el cielo y se sentía mejor. Se acostó de nuevo con fuerzas renovadas.

«¡No te preocupes, Milena! ¡Vete a donde tengas que ir! ¡Haz lo que debas hacer! ¡Aguantaré por ti, por Helen, por todas nosotras! ¡Chicas, no temáis!: la pequeña Catharina Pancek acaba de ver el cielo ¡y resistirá! ¡Os dejará deslumbradas!».

Tenía el pañuelo empapado de lágrimas. Sin embargo, ¡que se chinchara la señora Tank!, no eran lágrimas de tristeza ni de miedo.

La señora Merlute no le había mentido; al día siguiente tuvo la primera visita de su carcelera. Cuando oyó el ruido de la llave en la cerradura, se sobresaltó. Una linterna la deslumbró.

–¡Su comida!

Una mujer bajita depositó al borde de la litera una bandeja en la que había un trozo de pan, un plato, una jarra de agua y un vaso.

–¡Coma mientras vacío el cubo!

–¡Por favor!, ¿qué hora es?

–No puedo hablar con usted –replicó la mujer y salió sin olvidar cerrar la puerta con llave.

Catharina se bebió de un trago la mitad de la jarra. Se dio cuenta de que estaba muerta de sed. A tientas, encontró la cuchara y probó con desgana el contenido del plato; eran alubias casi frías. Comió un poco y dio un mordisco al pan, que casi le pareció bueno. Pensó que sería mejor guardarlo y comérselo poco a poco. Lo escondió bajo su manta y, con gran esfuerzo, acabó las alubias.

Al cabo de dos minutos, la mujer reapareció. Volvió a dejar el cubo en la esquina del calabozo y se acercó a la litera apuntando a la bandeja con la linterna.

–¿Ha terminado?

–Sí –respondió Catharina–. ¿Trabaja en el internado? ¿Es nueva? No la conozco...

–No puedo hablar con usted –repitió la mujer–. Hasta mañana...

Recogió la bandeja y se marchó.

De nuevo a solas, Catharina se tumbó boca arriba, con los ojos muy abiertos, sumida en una ensoñación muy rara. Estaba segura de que la voz de la mujer le resultaba familiar.

Ocupar el tiempo no era tarea fácil. Catharina agotó todos los juegos posibles. Trató de rememorar las poesías de su niñez, clasificó por orden alfabético los nombres de países, luego los nombres de chicos, los de chicas, los de árboles, los de animales. ¿Cuánto tiempo había empleado en esa tarea? ¿Horas o simplemente minutos? ¿Cómo saberlo? ¿Hacer cálculo mental? ¿Por qué no? Decidió recitar las tablas de multiplicar...

Al día siguiente, apareció la misma mujer y pasó exactamente lo mismo que el día anterior. La única diferencia era que, en ese caso, no eran alubias sino patatas cocidas.

El tercer día –¿acaso se le habría aguzado el oído?– le pareció oír encima de su cabeza el rumor del refectorio a la hora de las comidas, el sonido de los pasos, de los cubiertos, el chirrido de las sillas en la baldosas, aunque el ruido era tan imperceptible que dudaba si era real o solo lo soñaba.

El cuarto día, al querer prender la cuarta cerilla, le salió mal y la llama se apagó enseguida. Ese pequeño incidente la sumió en una profunda desesperación. Fue ese mismo día cuando la mujer bajita, antes de abandonar la celda, se detuvo en la puerta entornada y le preguntó:

–Se llama Pancek, ¿verdad?

–Sí –respondió Catharina.

La mujer permaneció unos segundos inmóvil y en silencio, luego se fue.

El quinto día, Catharina empezó a toser y le dolía la garganta. Se dio cuenta de que le costaba cada vez más contar los días pasados en el calabozo. Todo se le volvía confuso en la mente. Su única certeza era el número de cerillas que le quedaban, ya que solo prendía una al día. Las volvía a contar constantemente. «¡Tres cerillas... Tres... Me quedan tres días de ver el cielo...». Y después, ¿qué? ¿Cómo encontraría la fuerza para no hundirse?

El sexto día, la mujer se detuvo de nuevo en la puerta y prosiguió la frase inacabada del día anterior. Era como si no hubiese dejado de pensar en ello desde la víspera.

–Pancek... ¿Catharina?

–Sí –contestó la chica, sentada en el catre y tiritando por la fiebre.

Se produjo un largo silencio y la mujer dijo:

–Son las nueve de la noche. Siempre vengo a las nueve de la noche. Le dejo la jarra de agua al lado de la puerta. Hasta mañana...

Esa voz... En una fracción de segundo, Catharina tuvo la impresión de que iba a poder nombrar a esa mujer, de que su nombre le iba a brotar de los labios. Lo tenía en la punta de la lengua, en la punta del corazón. Pero en cuanto se cerró la puerta, supo que el nombre se había esfumado y no lo volvería a encontrar. Tuvo sueños confusos. En ellos se mezclaban incendios, ruidos de llaves, nubes de insectos y la señora Tank que chillaba: «¿CÓMO?». Estuvo durante una hora buscando las cerillas en la mata de su pelo antes de recordar que estaban en el bolsillo de su abrigo desde la primera noche.

El séptimo día, no consiguió levantarse cuando la mujer le llevó la bandeja. Ella se acercó, dejó la linterna en el catre y la ayudó a incorporarse.

–Tiene que comer, señorita...

Tiritando, Catharina se sentó. La señora le hizo beber, luego le puso la cuchara en la mano derecha, pero los dedos le temblaban tanto que el contenido se le cayó en el regazo. La mujer cogió la cuchara y le dio de comer como si fuera una niña.

Cuando hubo terminado su plato, permanecieron sentadas juntas. La mujer parecía dudar.

–¿Así que no me reconoces? –acabó por musitar.

–Tu voz me suena... –dijo Catharina, sin sorprenderse por el tuteo–, pero hace tanto tiempo...

La mujer cogió la linterna y dirigió la luz tenue hacia su propia cara.

–¿Me reconoces ahora?

Catharina levantó la cabeza y entornó los ojos. Ese rostro sin gracia y de aspecto triste no le sonaba de nada.

–Conocí muy bien a tu padre –siguió diciendo la mujer con voz temblorosa–. Se llamaba Oskar Pancek. Trabajé como empleada doméstica en su casa...

–¿Mi padre?

–Sí, tu padre. Era un buen hombre. Fue muy bueno conmigo.

–No recuerdo nada...

–¿Y así? –interrogó la mujer al tiempo que giraba la cabeza para enseñar el perfil derecho–. ¿Así te acuerdas mejor?

Un enorme antojo le cubría toda esa parte de la cara, se extendía desde la mitad de la frente, corría por la mejilla, la mitad de la boca y la mandíbula.

–Thérèse... –murmuró Catharina–. Thérèse –repitió.

Las dos sílabas del nombre le salieron de la boca y llenaron de dulzura el calabozo. Fue como si se abriera una puerta o como si un velo desapareciera. Se encontró de repente en un gran salón en el que flotaba un olor perfumado a tabaco. La cortina del ventanal entreabierto se movía con la brisa. Alguien tocaba el piano, un hombre con barba que llevaba una chaqueta de terciopelo, cuyos dedos acariciaban el teclado. Solo veía su perfil. Se acercaba para sentarse en sus rodillas.

«¡Cathia! ¡No molestes a tu papá!», decía una voz, y Thérèse se inclinaba sobre ella para auparla.

–Mi padre... ¿tocaba el piano? –preguntó dudosa Catharina, cuyo corazón latía muy fuerte.

–Sí –contestó la mujer mientras se levantaba.

Cuando llegó a la puerta, se detuvo de nuevo y añadió con una voz llena de tristeza:

–Tocaba el piano, pero solo por placer. Era sobre todo... un gran matemático, y un gran luchador también. No puedo hablar con usted. Aquí están sus gafas, su reloj y su cepillo. Se lo dejo todo al lado de la jarra...

Catharina pensó que se iba a marchar tras esas palabras, pero la mujer añadió algo más:

–Esta noche no hay vigilancia. A partir de la una de la madrugada, no habrá ninguna vigilante en el internado...

Catharina permaneció como alelada un largo rato, el tiempo justo para entender lo que la mujer le acababa de decir en pocas palabras y, sobre todo, para darse cuenta de que no había cerrado la puerta con llave. Titubeó hasta la salida del calabozo, agarró la hoja de la puerta y tiró hacia ella. Se abrió sin ofrecer resistencia. Se cayó de bruces de la emoción. Fue a tientas hasta la jarra de agua, encontró el cepillo para el pelo, el reloj y las gafas, que se puso inmediatamente.

«¡Soy libre!», exclamó para sí, y los pensamientos se le agolpaban en la mente. «¡Soy libre!... ¡tengo mis gafas!... ¡mi reloj!... ¡no habrá vigilancia esta noche!... ¡mi padre era un gran matemático!... ¡un gran luchador!... ¡me queda una cerilla para contemplar el cielo!...».

Se tumbó en el catre, todo su cuerpo tiritaba pese al abrigo y la manta. Se durmió y se despertó más de cinco veces antes de calcular que había llegado la hora. Arrastró como pudo el catre debajo de la viga, se puso de pie encima y frotó la octava y última cerilla. Su reloj marcaba casi las dos. Por primera vez vio el cielo con las gafas puestas y se conmovió por su grandiosidad y por su azul intenso. La nube blanca parecía un gigantesco edredón de plumas.

Bebió un poco más de la jarra. Temblaba de frío. Se fue dando pasos cortos por la galería de tierra. «¡Mi consoladora!, ¡tengo que ir a su casa!, ¡tengo que llegar hasta allí», pensó. Cada uno de sus pasos le retumbaba en la cabeza, que le dolía muchísimo. Subió a tientas por la espiral de escalones húmedos. Había recorrido ya la mitad de la ascensión cuando la puerta rechinó allí arriba. La luz de una linterna se metió en la escalera. Alguien bajaba. ¿Sería Thérèse que volvía? ¿O sería otra persona? Asustada, tuvo el tiempo justo de esconderse a la izquierda, en el ángulo en el que empezaba el sótano. Se pegó a la pared y aguantó la respiración.

–¡Cuidado, no vayas a resbalar! –susurró una voz.

–¡Ponme las manos en los hombros! –respondió otra–. ¿Seguro que está debajo del sótano?

–Sí, ¡sigue bajando! Hay que bajar hasta el final.

Las dos siluetas pasaron delante de Catharina sin verla. El camino estaba libre de nuevo. La joven se adentró en la escalera, pero fue presa de vértigo y pensó que iba a caerse al vacío. La fiebre la devoraba y le quitaba todas sus fuerzas. Se dio cuenta de que no conseguiría nunca subir sola. Más valía apostar que esos dos eran de su bando... Se percatarían de que la celda estaba vacía y darían media vuelta. En algunos segundos estarían a su lado. Se sentó en un escalón a esperar.

6

En el tejado

La negra y húmeda pizarra tenía un brillo intenso. Sentados en el tejado del internado, arrebujados en sus abrigos, Helen y Milos contemplaban la pequeña ciudad adormecida entre el río del color del acero y las oscuras colinas del norte.

–¡Dios mío! ¡Qué bonita es! –exclamó Helen–. ¿La has visitado ya?

–¡Siempre que acompaño a un interno a casa de su consoladora! –contestó Milos–. Nunca voy a la biblioteca. No me gusta mucho leer; me quedo dormido. Así que bajo la colina, cruzo el puente y doy un paseo por la ciudad. La gran mayoría de los chicos hacen lo mismo.

–¿Y si te pillan?

–Nunca me pillan, ya te lo he dicho. ¡Mira allí por donde sale un humo de color violeta! Es el suburbio, el barrio de las tabernas y los truhanes. Allí, la gente bebe y se pelea.

–Me das miedo... ¿Ya has estado allí?

Milos lanzó una carcajada.

–Paso por ese barrio. Pero, ¡tranquila!, ni bebo ni me peleo. Bueno, al menos en los cafés.

–¡Ah, es verdad! ¡Se me olvidaba que practicas la lucha!

–Sí, la lucha grecorromana.

–¿Y cómo es?

–Como la lucha libre. La única diferencia es que no puedes agarrar al adversario por las piernas. Tampoco golpearlo, morderlo, ni asirlo por el cuello.

–Entonces, ¿cuál es la finalidad del juego?

–Tumbar al adversario atacándolo únicamente por el tronco y hacer que toque el suelo con los hombros. A eso se le llama *derribar.*

–¡Es muy primario!

–Soy primario...

–No te creo. Y... ¿eres muy bueno en... lucha grecorromana?

–Me defiendo...

–¿Eres el mejor del internado?

–Creo que sí.

Milos lo decía sin fanfarronería. Helen le preguntaba y él se limitaba a contestar. A ella la impresionó. Una vez más, se sentía protegida, no tenía nada que temer junto a ese chico de manos fuertes al que apenas conocía. Levantaron la vista. El cielo estrellado parecía tener una energía especial. Su luz brillante, silenciosa y lejana, llenaba el cielo gélido. Helen se estremeció.

–¿Tienes frío? ¿Quieres que nos metamos dentro?

–No. Me tienes que decir primero lo que me ibas a contar; me lo has prometido.

Dudó un momento. Un gato asomó la cabeza detrás de una chimenea, los observó un instante, sorprendido de encontrarse con dos seres humanos en ese lugar, luego se alejó con su andar flexible.

–¡Vaya par de pájaros estamos hechos en este tejado!

–Milos, ¡cuéntame!

–De acuerdo. ¿Estás preparada?

–Estoy preparada.

–Bueno, pues empecemos por el principio. Estamos en la primavera del año pasado. Aparece un alumno nuevo en el internado. Es un tipo extraño. De unos diecisiete años. Es más alto que la mayoría de nosotros, pero de complexión fuerte; tiene la espalda de un empleado de las mudanzas y una cabeza impresionante; el pulgar de su mano derecha está torcido; tiene la nariz rota, los brazos y las manos cubiertos de cicatrices. Lleva el pelo alborotado. Parece bastante resistente; en resumen, sería el típico contrincante peligroso del que no me fiaría en combate. El primer día, se acerca a nosotros en el patio y le pregunta a Bart con algo de duda: «Eres Bartolomeo Casal, ¿verdad?». Bart lo mira a los ojos y asiente. Durante un instante, tengo la sensación de que el tipo va a abalanzarse sobre Bart para pegarle. Pero no ocurre así. Abre una boca inmensa, se mete la cara entre las manos y exclama repetidas veces: «¡No me lo puedo creer! ¡No puede ser!...». Parece tan emocionado que nos lo llevamos a una esquina del patio para no llamar la atención. «Pues ¡puedes estar orgulloso! ¡Llevo tres años buscándote! ¡Tres años en los que me las he arreglado para que me echen de todos los internados y poder seguir buscándote! ¡Me conozco todos los calabozos! ¡Me han dado miles de palizas! ¡Mira la pinta que tengo!».

La emoción lo deja sin respiración. Se saca un pañuelo del bolsillo, llora, se suena. «¡Explícate!», le conmina Bart. «¡No entendemos nada de tu historia! En primer lugar, ¿quién eres?». «Pues soy un jamelgo», contesta. «¿Un qué?». «¡Un jamelgo! ¿No sabéis lo que es? ¡Uno de esos tipos que se dejan pegar y moler a palos! Cuando nos dicen que hay que entregar una carta, pues lo hacemos, aunque tardemos diez años porque no haya manera de encontrar al tipo, y aunque nos machaquen a palos. Eso sí, no lo hacemos por cualquiera. ¡No por esos desgraciados de la Falange! Mi padre no pudo nunca tragarlos y a mí me pasa lo mismo. ¡Y pensar que te he encontrado yo! ¡No me lo puedo creer! ¿Me juras que eres Bartolomeo Casal?». «Te lo juro», contesta Bart, muerto de risa. «Y ¿por qué me buscas?». «Acabo de decírtelo, ¿estás sordo o qué?», replica, exasperado, el tipo. «¡Tengo una carta para ti! Esa maldita carta está en el forro de mi chaqueta. ¡Lleva doce años yendo de la ceca a la meca, metida en el forro de nuestras chaquetas! ¡Soy el cuarto jamelgo encargado de ella! Tengo que descoser y volver a coser cada vez que cambio de chaqueta o de abrigo. ¡Estoy hasta las narices! ¡Soy jamelgo, no soy modista! ¿Has visto las manos que tengo? Bueno, voy al servicio y te la traigo. ¡Espérame aquí!».

Bart y yo nos miramos expectantes. Al cabo de un minuto, el tipo reaparece. «Gracias», dice Bart al tiempo que se mete en el bolsillo el sobre hecho pedazos. «Por cierto, ¿cómo te llamas?». «Me llamo Basile, ¿y sabéis lo que hará Basile a partir de ahora? Pues estarse quieto, ser un angelito, un corderito; y, sobre todo, ¡descansar!, pues su misión ha terminado».

Luego nos da un apretón de manos y se aleja, resoplando, con su andar de oso.

Después nos hicimos amigos. Era apasionante escucharlo. Había estado en más de seis internados y se había enterado de muchos secretos. Bastaba con preguntarle. La asamblea anual, Van Vlyck, y todo eso... lo sé por él.

–Ya entiendo. Y además, habría leído la carta. Nadie puede guardarse una carta en el bolsillo durante tres años sin caer en la tentación de leerla.

–Efectivamente. Menos alguien que no sepa leer...

–¿Basile no sabía leer?

–No. Los hombres-caballo no saben leer.

–¿Los qué?

–Los hombres-caballo. Basile dice que es un «jamelgo» para reírse de sí mismo, pero es un hombre-caballo. Te lo explicaré otro día. Bueno, el caso es que no saben leer. Desde el primer día, Basile se sentó en la última fila del aula. Y comprendimos rápidamente el porqué. Los profesores lo dejaron en paz.

–¡Pobre chico! ¿Y qué había en el sobre?

–Una carta para Bart.

–Eso ya lo sé. Pero ¿de quién era?

–Espera un poco. Bart la leyó en los servicios mientras yo vigilaba la puerta. En nuestro internado pasa como en el vuestro, ¡nunca podemos estar tranquilos! Salió muy pálido. «¿Te pasa algo?», le pregunté. «¿Quién te ha escrito?». «Mi padre...», contestó. «Es una carta de mi padre... Ni siquiera sabía que tenía un padre... me la escribió hace quince años...».

En los días siguientes, Bart cambió. A pesar de su carácter muy reservado, empezó a interrogar a muchos compañeros, uno tras otro. Y les preguntaba siempre lo mismo: «¿Recuerdas a tus padres?». A cualquier otro que no fuera Bart, le habrían echado con cajas destempladas; pero no se le puede hacer eso a Bartolomeo Casal... Era curioso. Se acercaba a unos chicos a los que nunca les había dirigido la palabra en tres años, y les preguntaba directamente: «¿Recuerdas a tus padres?». La respuesta solía ser negativa. Pero si alguien contestaba afirmativamente, le hacía preguntas durante horas.

–¿Para qué?

–Para comprobar algo que su padre le explica en la carta.

–¿Qué quieres decir?

–Bart acabó por contármelo. Y ese es el asunto grave del que quería hablarte.

–Cuenta, te escucho...

–Nosotros... ¿cómo te diría?... no somos huérfanos como los demás...

–¿Qué quieres decir?

–Pues que nuestros padres tenían todos algo en común.

–¿Qué era?

–Todos lucharon contra la Falange cuando esta tomó el poder.

A Helen se le encogió el corazón. En sus diecisiete años de vida, nunca había conseguido imaginarse a sus padres de ninguna manera. En muchas ocasiones había intentado hacerlo, pero pese a sus esfuerzos, se escurrían de su memoria al igual que un pez de las manos. Oír a alguien evocarlos, aunque fuera de modo muy vago, le parecía irreal. Tuvo la impresión de que esas dos siluetas, siempre inalcanzables, su padre y su madre, le dirigían un saludo cariñoso con la mano, desde lejos, desde muy lejos, después de tanto tiempo. Se pegó al hombro de Milos para convencerse de que todo eso existía realmente: el tejado en el que estaba sentada, la noche pura y fría que la envolvía, y ese chico impasible a punto de revelarle secretos inauditos.

–No entiendo... ¿Nos han agrupado por culpa de nuestros padres?

–Sí.

–¿Por qué?

–Porque murieron todos... al mismo tiempo... o casi.

–Quieres decir que los habrían....

–Los eliminaron.

–¡Eliminarlos! ¿Pero quién?

Milos dudó un instante.

–Los tipos de la Falange. El padre de Bart utiliza una palabra muy sencilla, dice que son *bárbaros*. Tomaron el poder por la fuerza, hace algo más de quince años. Eso se llama *golpe de Estado*. Detuvieron y asesinaron a todos aquellos que se atrevieron a resistirse. Borraron sus huellas, prohibieron pronunciar sus nombres, destruyeron sus obras si eran artistas...

–Pero el padre de Bartolomeo se salvó, si escribió esa carta...

–Era un jefe de la Resistencia y consiguió huir. En la carta cuenta que se encuentra casi en la cumbre de la sierra del Norte y que ha conseguido hasta el momento escapar de los Diablos, los hombres-perro de Mills. Pero dice que no piensa seguir, que está agotado y tiene los pies congelados. Explica también que entrega la carta a un compañero con la esperanza de que llegue algún día a manos de su hijo Bartolomeo.

–Tardó quince años, pero ¡llegó gracias a Basile! –se maravilló Helen.

–Exacto. Y para concluir –prosiguió Milos–, el padre de Bart explica que conoció en su fuga a una mujer extraordinaria, una cantante a la que la gente adoraba y protegía. Los bárbaros no conseguían acallar su voz. Todo el tiempo que pudo cantar, le tuvieron miedo, temieron su voz. Se llamaba Eva-María Bach y tenía una niña rubia que era clavada a ella.

–Milena... –musitó Helen.

–Sí. Los bárbaros acorralaron a su madre en la sierra donde había huido con el padre de Bart y un puñado de resistentes. Soltaron a los hombres-perro...

Helen se estremeció.

–¡Dios mío! ¿Crees que Bart se lo contará a Milena?

–No lo sé...

Permanecieron un momento en silencio y luego Helen siguió preguntando:

–Toda esa gente, quiero decir nuestros padres, ¿han muerto? Entonces, ¿no queda nada de ellos?

–No, nada –repuso Milos con tristeza–, no queda nada de ellos... excepto nosotros –añadió en voz muy baja.

Su voz adquirió un tono extraño en el aire translúcido de la noche. En ese preciso momento, y encaramados los dos en el tejado de pizarra, tuvieron la sensación de ser los supervivientes de una terrible desgracia remota; se sentían como dos pájaros frágiles, salvados milagrosamente.

–Siempre he pensado que Milena no era una chica corriente –comentó Helen con una sonrisa–, que guardaba en el fondo de su ser un secreto que nos superaba a todas, un poder singular. Basta con oírla cantar para entenderlo.

–Bartolomeo tampoco es un chico corriente –dijo Milos–. Los dos estaban destinados a encontrarse. ¿Recuerdas la tarde en la que nos cruzamos en la ladera de la colina? ¡No apartaban la vista el uno del otro! Mientras volvíamos al internado, Bart se detuvo en seco en medio del puente y me dijo: «¿Has oído? ¡Se llama Milena! ¡Es ella!». Entendí inmediatamente que nada le impediría reunirse con ella, ni siquiera el hecho de saber que iba a mandar al calabozo a un inocente. Era un deseo más fuerte que todo. No necesitamos decir nada más. Me abrazó y se fue. Se dio la vuelta un poco más lejos y me gritó: «Milos, ¡nos volveremos a ver! Nos veremos... ¡en otro lugar! Nos reuniremos todos, ¡los vivos y los muertos!». Y desapareció. Me encontré solo en ese puente, como un imbécil, lo mismo que tú algunas horas después...

–Entonces, ¿no volverán nunca más?

–No volverán.

–Y... ¿qué pasará con Catharina? ¡No vamos a dejarla morir en el calabozo!

–Tienes razón. Vamos a sacarla de allí esta noche. Con la asamblea anual y todo lo que acaba de pasar, no creo que haya mucha vigilancia.

–Pero habrá también un chico en el calabozo de vuestro internado, ¿no?

Milos se pasó las manos por el pelo y emitió un profundo suspiro.

–Había... Pero ya no está...

–¿Qué quieres decir? ¿Lo han liberado?

–Ha ocurrido algo terrible. Cuando Bart y yo salimos del internado la semana pasada para que yo fuera a ver a mi consoladora, el vigilante designó en la lista al chico que estaría castigado en caso de que no volviéramos. ¿Y sabes a quién eligió?... ¡a Basile! El pobre infeliz acabó en el calabozo sin motivos. ¡Él, que estaba decidido a portarse bien y a descansar! Permaneció allí cinco días con sus noches. Y el jueves por la mañana, vi a dos hombres que transportaban su cuerpo sin vida en una camilla. Tenía la cabeza destrozada, la sangre coagulada le cubría la cara y los hombros. Lo cargaron en un coche y se lo llevaron no sé adónde. Supongo que no soportó la idea de verse castigado injustamente, que se volvió loco de ira en ese agujero, y que se tiró contra la puerta para matarse. Eso es lo que pienso...

La voz de Milos se rompió. Helen lo miró y se dio cuenta, por su mirada acuosa y brillante, de que no era un chico «primario».

–¡Vamos! –dijo saliendo de su ensimismamiento–. ¡Debemos sacar a Catharina antes de que enloquezca!

Dejaron la cuerda en el tejado y entraron de nuevo por el tragaluz. En el fondo del desván, la cerradura no tardó en ceder a la navaja de Milos. Bajaron la escalera y entraron en la sala de reunión. Estaba iluminada y desierta, tal y como la habían dejado una hora antes. Putois, saciado y borracho perdido, se había desplomado, con la boca abierta, al pie de la pared. Aunque un avión se hubiese estrellado en la habitación,

¡no se habría enterado! Al descubrir el bufé que el viejo borracho apenas había tocado, Milos se sublevó.

–¡Qué cerdos! ¡Mira lo que hay! ¡Terrina, jamón, paté, tarta de manzana!

–¡Bombones! –exclamó Helen.

Se abalanzaron sobre la comida y engulleron todo lo que tenían a mano. Luego hicieron acopio de provisiones y, sin pensárselo dos veces, se llenaron los bolsillos de pan, queso y galletas. Las puertas habían seguían abiertas desde la huida de los asustados convidados. Las franquearon y llegaron sin dificultad a la planta baja. En la oscuridad, enfilaron el pasillo que corría a lo largo del edificio. Milos no encendió la linterna antes de entrar en el refectorio. Estaba seguro de que nadie podría sorprenderlos ahí a esa hora. La pequeña puerta del fondo estaba entornada. Milos se metió el primero en la escalera.

–¡Cuidado! ¡No vayas a resbalar! –musitó Helen.

–¡Ponme las manos en los hombros! –ordenó el chico–. ¿Seguro que está al fondo del sótano?

–Sí, ¡sigue bajando! ¡Hay que bajar hasta el final!

Después de avanzar algunos metros, se abría un espacio hacia la derecha. Milos lo alumbró con la linterna, no vio nada y prosiguió la bajada. Mientras caminaba por la galería de tierra y siguiendo los pasos de su compañero, Helen sintió cómo el corazón le latía con fuerza. ¿En qué estado encontrarían a Catharina? ¿Cómo habría podido sobrevivir en un lugar donde hasta el duro de Basile se había vuelto loco? ¿Cómo se habían atrevido a abandonarla sola durante una semana entera en semejante mazmorra? La vergüenza y la angustia la invadieron.

–Está abierto... –exclamó Milos, incrédulo–. ¡Mira!, ¡la puerta está abierta de par en par!...

La joven se acercó y le arrancó la linterna de las manos. Si habían dejado la puerta abierta, quizá fuera porque Catharina ya no podía huir... Quizá ella también... Paseó la luz de la linterna por todo el calabozo. Estaba vacío.

–¡No está! ¡No lo entiendo! ¿Qué han hecho con ella?

–¡Vámonos de aquí rápidamente! –zanjó Milos.

Perplejos, se dieron la vuelta; no sabían si debían alegrarse o preocuparse por la desaparición de Catharina. Iban a empezar a subir cuando Milos se paró en seco y Helen chocó contra él. Justo delante de ellos, la pequeña Pancek estaba sentada en un escalón, encogida en su abrigo. Les sonreía.

–¡Helen!... ¡Helen!... ¡Qué alegría verte!...

Helen se precipitó y le cogió las manos. Estaban ardiendo. Tenía el pelo pegado a la frente. Olía a tierra.

–¡Catharina! ¿Qué haces aquí?... Estás tiritando... ¿Quién te ha soltado?

–Thérèse –contestó la chica–, ha sido Thérèse... ¿Queréis.... ¿Queréis ver el cielo?

Helen se dio cuenta de que, con la sorpresa de encontrar vacío el calabozo, se había olvidado por completo de mirar en la viga ese fabuloso dibujo que todas deseaban contemplar al tiempo que temían tener que verlo.

–Pues... sí. Sí que me gustaría verlo. ¿Realmente existe ese cielo?

–¡Claro!... además es precioso... os lo voy a enseñar... pero tenéis que ayudarme... las piernas... no me sostienen...

La sujetaron por debajo de los brazos y los tres volvieron lentamente hacia el calabozo. Milos alumbró la viga y los tres miraron en silencio. A la luz de la linterna, el cielo era de un color azul intenso; empujadas por el viento, las nubes blancas se agolpaban. Un enorme pájaro gris daba vueltas con las alas desplegadas. Oyeron su grito.

–No sabía que había... un pájaro –comentó en voz baja Helen, muy impresionada.

–Hace un momento, ¡no estaba! –dijo Catharina–. No lo he visto cuando yo estaba en el calabozo... acaba de aparecer... eso quiere decir que el pájaro soy yo... ¡y el pájaro ha volado!...

–¿Estás segura? –balbució Helen.

– Mi padre era matemático... –añadió Catharina.

–¿Qué estás diciendo?

–... mi padre era matemático... Thérèse me lo ha dicho...

–¡Larguémonos! –murmuró Milos al oído de Helen–. Tiene mucha fiebre, le castañetean los dientes.

–Vale. Pero ¿adónde la llevamos?

–Quiero ir a casa de mi consoladora... –dijo confusamente Catharina.

Los dos jóvenes intercambiaron una rápida mirada y asintieron. Con dificultad, auparon a Catharina hasta la parte superior de la escalera y salieron del refectorio. Habían pensado que el aire cortante de la noche le daría fuerzas a la enferma, pero ocurrió todo lo contrario. Estuvo a punto de desmayarse y debieron sostenerla para que no se derrumbara en medio del patio. Anduvieron pegados al muro exterior y llegaron a la portería de Esqueleto. La luz estaba apagada. ¿Estaría vigilando detrás de las cortinas esa vieja loca? Se agacharon, pasaron en silencio debajo de las ventanas y alcanzaron la reja. Milos giró en vano el picaporte. La puerta estaba cerrada con llave.

Justo en el momento en que miraba hacia atrás para comentárselo a Helen, que sostenía a Catharina, una voz áspera lo dejó clavado en el sitio.

–¿Vamos de paseo?

Esqueleto estaba de pie a tres metros de ellos. La luz de la luna le daba un color amarillento a su piel. No se había quitado el traje de noche ni tampoco el maquillaje. La brasa de su cigarrillo le brillaba en la punta de los dedos.

–Jovencito, ¿qué está haciendo aquí?

Helen abrió la boca con la intención de inventar cualquier pretexto. Pero no dijo nada. No había nada que explicar, o quizá demasiadas cosas... y Milos avanzaba lentamente hacia Esqueleto.

–Muchacho, ¡no se mueva! Un paso más, ¡y me pongo a gritar!

–Entonces, señora, lo siento... –repuso Milos.

Hizo algo muy sencillo a la vez que muy «primario». De un solo *uppercut* en la punta de la barbilla, la dejó tiesa. Esqueleto emitió un curioso gritito de ratón, se elevó a unos diez centímetros y se desplomó en el suelo como lo que al fin y al cabo era: ¡un montón de huesos!

–¡Pum! –exclamó Helen riéndose.

Milos se precipitó hacia Esqueleto, la levantó con una mano y la transportó a la portería. Salió inmediatamente, cerró con llave y fue a abrir la reja.

–La he encerrado dentro y he arrancado los cables del teléfono. Pero de todos modos, ¡conviene que nos demos prisa!

Aunque la iban sujetando, Catharina caminaba con mucha dificultad. Al cabo de unos metros, Milos se detuvo, le quitó las gafas, se la cargó a los hombros y retomó la marcha a grandes zancadas. Se adentraron en el puente bajo la mirada indiferente de los cuatro jinetes de piedra.

–¡Cuidado! –murmuró Helen–, está pasando una barca por debajo.

–¿Qué estarán haciendo ahí, a esas horas de la noche? –dijo sorprendido Milos al tiempo que se separaba ligeramente de la barandilla para que no lo viera el remero, que parecía estar observándolo.

Subieron lo más rápido que pudieron por la oscura y silenciosa *rue aux Ânesses*. Se encontraron pronto en la parte del camino donde se habían conocido una semana antes.

–¿Te acuerdas? –preguntó Helen, que, pese a la situación, se sentía romántica.

–¡Claro que sí! –respondió Milos sin aliento.

Instalada en sus hombros, Catharina hablaba confusamente.

–¿Qué está diciendo?

–Está delirando. Creo que habla de cerillas, de un piano y de arañas... ¿Conoces a su consoladora? ¿Sabes dónde vive?

–Sí. Se llama Mélie. Creo que sabré encontrar su casa. ¿Podrás llegar hasta allí?

–Lo conseguiré.

Cuando llegaron a la altura de la fuente, la rodearon y siguieron por la calle que subía recta ante ellos.

–Es aquí –dijo Helen, y se detuvo delante de una casa de ladrillo con postigos de color azul.

Dio tres golpes en la puerta.

–¡Abran, por favor! ¡Le traemos a Catharina!

–¡Voy, voy!... –contestó una voz frágil desde la primera planta.

Esperaron un instante. Empapado en sudor y jadeando, Milos incorporó a la chica, le puso las gafas y la sujetó de pie contra él. En sus brazos, notaba que estaba ardiendo. La puerta se entornó finalmente y apareció una mujer envuelta en una bata. Parecía tan frágil y menuda que recordaba indefectiblemente un ratón. Las cejas levantadas descubrían unos ojos inmensos llenos de inquietud y asombro. Juntó las manos en el pecho.

–¡Catharina, pobrecita mía! ¿Qué te han hecho?

–Estaba en el calabozo –repuso Helen.

–¡Oh! ¡Virgen Santa! ¡Pasad!

Milos llevó a Catharina a la habitación del ratoncito y la acostó en la cama, que estaba caliente aún.

–Le voy a dar algo para que le baje la fiebre. ¡Dios mío!, ¿cómo se puede ser tan bestia? ¿Cómo es posible? ¿Vosotros lo sabéis?

Milos y Helen lo ignoraban. Permanecieron en silencio. La mujer menudita prodigaba todas sus atenciones a su protegida. Le lavó la cara, las manos; la acarició, le sopló en la frente, le susurraba palabras de consuelo. Algunos minutos más tarde, Catharina dormía profundamente. Su consoladora se quedó a su lado un momento más, luego bajó y se sentó a la mesa de la cocina, en la que los dos jóvenes charlaban en voz baja.

–Mélie, ¿puede encargarse de ella? –interrogó Helen.

–¿Conoces mi nombre? –dijo, asombrada, la consoladora.

–Sí. Catharina solía hablarme de usted...

–Es un encanto. Claro que se quedará aquí hasta que esté mejor. La esconderé. No os preocupéis. Pero vosotros, ¿qué vais a hacer? Tenéis que volver antes del amanecer, ¿verdad?

–Deberíamos –dijo Helen con tristeza.

En el silencio que siguió, les pareció oír ruidos que provenían de la calle y una voz de hombre que lanzaba una orden en voz baja.

–¡Apague la luz! ¡Rápido! –ordenó Milos.

Mélie se precipitó sobre el interruptor y apagó. Esperaron inmóviles y después se dirigieron con cautela hacia la ventana. En la penumbra, unas siluetas grisáceas flotaban como fantasmas. Se alejaron lentamente. Al pasar muy cerca de la ventana, uno que se había rezagado mostró un perfil alargado, era un hocico de perro...

–¡Los Diablos! –murmuró Milos–. Son los hombres-perro de Mills. Salen a la caza de Bartolomeo...

–Y de Milena... –añadió Helen, con un escalofrío de espanto.

No se atrevieron a moverse y no encendieron la luz de nuevo hasta que la última silueta desapareció definitivamente al final de la calle.

–Venid –dijo la consoladora–, os voy a preparar un café. Y vais a comer algo.

Helen no tenía mucha hambre tras su paso por el bufé de la asamblea, pero Milos se comió un trozo de cerdo asado y un flan de huevo.

–Debemos volver... –comentó Helen cuando hubieron terminado el café.

Milos respiró profundamente y la cara se le volvió de repente muy dura.

–Yo no vuelvo, Helen. No volveré a poner los pies en el internado.

–¿Qué estás diciendo?

–Lo que oyes. No pienso volver, ¡nunca más!

–¿Y qué vas a hacer?

–Voy a ir detrás de la jauría, voy a alcanzar a Mills y a sus Diablos para impedirles que cojan a Bart. Lo conozco bien, ¡es incapaz de defenderse! Sin mí está perdido, y Milena también. ¡Esos malditos perros los van a devorar!

–¡No lo hagas! –suplicó la consoladora–. ¡Te devorarán a ti también!

–¡Nadie me devorará! ¡Me voy y se acabó!

–Pero ya sabes que mandarán a alguien al calabozo por ti –argumentó Helen.

–Lo sé. Pero hablas como ellos, ¡no quiero volver a oír ese discurso! Siempre nos amedrentan con eso: «Se castigará a otro en su lugar». Bartolomeo se atrevió el primero, ¡hizo bien! Basile nos enseñó otra forma de irse, aunque no me guste... Yo también me voy, pero no con los pies por delante. ¡Me voy! ¡No digan nada más!

Hubo que admitirlo; la resolución de Milos era irrevocable. La consoladora y Helen le prepararon en silencio una bolsa llena de provisiones y ropa de abrigo. Eran las tres de la madrugada cuando abandonaron la casita.

A la altura de la fuente, donde sus destinos se separaban, permanecieron desamparados frente a frente, sin saber cómo despedirse. Luego, sin que se supiera exactamente quién tomó la iniciativa, se acercaron el uno al otro, se abrazaron con todas sus fuerzas. Se besaron en la cara, los labios, la frente, las manos. El frío los mantenía unidos.

–No puedo dejarte –dijo llorando Helen–. No puedo...

–¿Quieres venir conmigo? –le preguntó Milos.

–¡Sí!

–¿No me reprocharás haberte llevado?

–Nunca, jamás...

–Ya sabes que no te puedo decir cómo acabará todo esto...

–Me da igual. Voy contigo.

–Entonces, ¿siempre estaremos juntos?

–Siempre estaremos juntos.

–¿Me lo prometes?

–Te lo prometo.

Volvieron a casa de Mélie para anunciarle su decisión. La pequeña consoladora se limitó a gimotear.

–¡Hijos míos! ¡Pobrecitos!

Pero no intentó disuadirlos. Encontró para Helen algo de ropa y les dejó irse. Les prometió cuidar de Catharina.

En lo alto del pueblo, se dieron la vuelta para echar una última mirada a la ciudad dormida. La contemplaron en silencio, con el presentimiento de que no volverían a verla nunca.

–Me habría gustado despedirme de Paula y de Octavo –comentó Helen mientras unas gruesas lágrimas le corrían por la cara.

–¿Quiénes son?

–Gente de aquí a la que quiero...

–Entonces, ¡no vayas!, no te dejarían irte...

En el cielo iluminado por la luna, un enorme pájaro se dirigió hacia el norte con las alas desplegadas. Oyeron su grito.

7
En la sierra

La noche que huyeron, una semana antes de la fuga de sus dos amigos, Milena y Bartolomeo cogieron el autobús que, tras atravesar todo el país, se dirigía al norte. Su intención era pasar la sierra lo antes posible. Ignoraban lo que podría ocurrirles después; cualquier cosa sería mejor que volver a caer en manos de la Falange.

La consoladora Martha los acompañó hasta la carretera que rodeaba la colina. Allí, envueltos en una espesa niebla, los tres esperaron juntos la llegada del vehículo. Era un viejo monstruo destartalado cuya nariz cuadrada evocaba un animal furioso. La noche estaba oscura. En cuanto oyó el rugir del motor, Martha se apostó sin miedo en medio de la carretera y paró el autobús levantando los brazos y agitándolos. Empujó a los dos jóvenes dentro y, a la pregunta del conductor sobre su destino, nombró la ciudad situada a ciento cincuenta kilómetros más al norte, al pie de la montaña.

–Allí van. Tome el dinero.

El hombre echó una mirada desconfiada hacia los largos abrigos de internos, y preguntó suspicaz:

–Y... ¿de dónde vienen?

–Del mismo sitio que usted –replicó Martha–, ¡del vientre de su madre! Usted, ¡limítese a mirar la carretera y déjelos en paz!

El hombre prefirió no responder y tendió los dos billetes a Bartolomeo y Milena. La experiencia le había enseñado que más valía evitar cualquier discusión con una consoladora si uno no quería salir mal parado. Pulsó un botón del cuadro de mando y la puerta, doblada como un acordeón, se cerró con un chirrido agudo que obligó a Martha a bajar del estribo. Desde el borde de la carretera, dirigió un beso a Milena. Esta, que seguía de pie, hizo lo mismo; luego, cuando el autobús se alejaba, agitó la mano hasta que la bruma y la noche se tragaron a aquella señora tan gorda.

–Adiós, Martha –murmuró la joven.

En la rejilla destinada a guardar el equipaje, depositaron la bolsa voluminosa que Martha les había dado y se sentaron juntos en un asiento de cuero sucio y roto, él al lado de la ventana y ella junto al pasillo central. Con sus inmensas piernas, Bartolomeo estaba incómodo. No había más de diez pasajeros a bordo, dispersos desde la parte delantera hasta la trasera. La mayoría estaban dormidos bajo unas mantas que no dejaban asomar más que el pelo. Tras echar una mirada furiosa por el retrovisor, el conductor apagó las luces interiores, y la luz amarilla de los faros, junto con el rugir insistente del motor, fueron los únicos signos de vida. Olía a cuero viejo, a gases de tubo de escape y a sudor.

–¿Es esto la libertad? –musitó Milena.

–Es esto –contestó Bartolomeo–. ¿Qué te parece?

–Deliciosa, ¿y a ti?

–No me la imaginaba así... –dijo sonriendo el chico–, pero, a pesar de todo, me gusta. Sea como fuere, debemos descansar. Estaremos allí en unas cuantas horas y necesitaremos todas nuestras fuerzas para atravesar la montaña lo antes posible.

–Tienes razón.

Milena apoyó la cabeza en el hombro de su compañero y los dos procuraron dormir. Al cabo de media hora, se dieron cuenta de que no lo conseguirían. Las curvas, los baches de la carretera y, sobre todo, la confusión de sus pensamientos no les dejaban pegar ojo. Milena dejó escapar un suspiro.

–¿Te estás acordando de Catharina Pancek? –cuchicheó Bartolomeo.

–Sí –confesó la chica.

–¿Sientes haberte ido?

–Sí y no... Ya no lo sé... ¿Y tú? ¿Te acuerdas del que está en el calabozo por ti?

–Sí. Además fue él quien me dio la carta de mi padre...

–¿Cómo se llama?

–Se llama Basile...

Se callaron, presos de un repentino sentimiento de culpabilidad. El conductor encendió un cigarrillo. A cada lado de la carretera solo se distinguían filas de árboles petrificados en la bruma.

–¿Te has fijado en lo viejo que es este autobús? –siguió diciendo Milena al tiempo que rascaba con la uña el cuero seco y ennegrecido de su asiento–. Quizá nuestros padres lo cogieran cuando huyeron...

–Podría ser. ¡A lo mejor estaban sentados en nuestros mismos asientos!

–Me estás tomando el pelo...

–No me río de ti. Mi padre no da detalles en su carta. Solo cuenta que conoció a tu madre en su fuga.

–¿Y no dice lo que fue de ella?

–No –mintió Bartolomeo–, no lo dice.

–Quizá hayan cruzado la montaña juntos. A lo mejor siguen vivos...

–No lo sé.

–¿Qué cuenta de ella?

–Te lo he dicho mil veces. Que cantaba de maravilla... que la gente la adoraba...

–Cantaba... adoraba... ¿La carta está redactada en pasado?

–Sí... no... ya no me acuerdo...

–Por favor, ¡ábrela y mira!...

Bartolomeo puso la mano en el bolsillo de su abrigo y luego cambió de parecer.

–No podré leer... No se ve nada. Mañana...

–Bart, ¿está en pasado? –insistió Milena.

El chico dudó un instante y dijo:

–Sí, está en pasado. Pero eso no significa nada, sino que dejaban este país y por eso hablaban de él en pasado, eso es normal.

En ese momento, la carretera tenía menos curvas. Durmieron juntos, apoyados uno contra el otro. Milena tuvo un sueño muy raro. En él, la señora Zinzin la había invitado a una orquesta sinfónica en el aula; sin embargo, los músicos no tocaban. Sentados al borde de los pupitres, charlaban amistosamente con las alumnas, que estaban encantadas. Desde fuera, encaramadas en el peldaño superior de una escalera de mano, las señoras Tank y Merlute asomaban sus caras congestionadas de ira en la ventana y golpeaban con furia los cristales para protestar. Pero nadie les hacía caso a excepción de la señora Zinzin, que les dirigía gestos de impotencia y desánimo.

Al despertar, Milena se sobresaltó. Unos ojos sin brillo la estaban observando. Se dio cuenta de que ya no tenía la cabeza apoyada en el hombro de Bartolomeo y se inclinaba hacia el pasillo. El hombre sentado en el asiento contiguo la contemplaba sin disimulo. Llevaba una chaqueta y un pantalón de campesino, sus fuertes manos de piel reseca descansaban, inmóviles, en sus rodillas. A sus pies había una jaula que encerraba dos conejos de pelaje gris.

–Eva-María Bach... murmuró con voz pastosa.

Su cara plana, en la que brillaba una sonrisa alelada, denotaba un ligero toque de locura.

–Perdone –balbució Milena–, ¿qué está diciendo?

–Eva-María Bach... eres tú, ¿verdad?

–No... yo... Y esa ¿quién es?

El hombre no contestó, pero meneó satisfecho la cabeza, como si Milena hubiera respondido afirmativamente a su pregunta. Al ver que seguía con la mirada fija en ella, se dio la vuelta. A su lado, Bartolomeo dormía con la cabeza apoyada en el cristal. Le dio un ligero codazo.

–Bart, ¡despierta!, hay un tipo extraño a mi lado.

El chico abrió los ojos, se inclinó hacia delante y preguntó al hombre:

–Señor, ¿qué desea?

Este, con la cara risueña, levantó la jaula para que vieran mejor los dos conejos.

–Déjalo, es un retrasado mental –dijo en voz baja al oído de Milena.

Le sonrieron y asintieron. Efectivamente, eran dos hermosos conejos de los que podía sentirse orgulloso.

Amanecía en ese momento y la ciudad estaba cerca. El campo estaba salpicado de manchas de luz de un color verde oscuro. De vez en cuando, al salir de una curva, aparecían unas granjas con el tejado de pizarra. Alcanzaron rápidamente una línea recta interminable y llena de baches. Sin procurar evitarlos, el conductor incrementó la velocidad. El autobús corría a gran velocidad. La radio, cuyos canales no estaban sintonizados, difundía una música inaudible. En poco tiempo, los viajeros, totalmente mareados, asomaron la cabeza de debajo de las mantas y empezaron a recoger sus pertenencias.

–¿No les gusta la música? –preguntó el conductor a voz en grito y muerto de risa.

–Pues sí, mucho, aunque te parezca raro... –musitó Milena.

En algunos minutos, alcanzaron los suburbios de la ciudad y llegaron enseguida a la estación de autobuses. El conductor aparcó el autobús junto a otros diez, estacionados a lo largo de un edificio de paredes desconchadas.

El lugar estaba desierto y hacía mucho frío. Milena se puso sobre la cabeza la capucha del abrigo.

–¿No será aquello un bar? Quizá podríamos tomar algo caliente antes de irnos...

–Convendría pasar lo más desapercibidos posible –objetó Bartolomeo.

Al acercarse, constataron que sí era un café. En la puerta acristalada había pintadas una taza y una cucharilla. Se aproximaron y miraron al interior. Acodados en la barra, había tres hombres envueltos en el humo de sus cigarrillos bebiendo un vaso de vino blanco. Eran probablemente conductores. El dueño del bar, un hombre obeso, barría el suelo con parsimonia. Más tranquilos, empujaron la puerta y se sentaron en una mesa situada debajo de la ventana de la pared opuesta. Desde ese lugar, adivinaban las primeras colinas y, más allá, la masa oscura de la sierra.

–¿Qué desean? –preguntó el dueño moviendo la papada.

–Dos cafés –contestó Bartolomeo.

Bebieron a sorbitos, sujetando los tazones muy calientes en la palma de sus manos. Milena, que había entrado en calor, se quitó la capucha de la cabeza y se la puso en los hombros. Apareció la mata rubia de su pelo. Uno de los hombres de la barra se dio la vuelta y le clavó la mirada; otro hizo lo mismo. Su gesto no parecía muy amable.

–Bart, ¿qué quieren? No paran de mirarme...

–Tendrás que acostumbrarte –bromeó el chico–. Mirarte no es ningún castigo.

En cualquier otro momento, a Milena le habría encantado el piropo. Pero el malestar que sentía le aguó la felicidad.

–No digas tonterías. Hay algo más... parece como si estuviesen intrigados.

En ese momento, los tres hombres charlaban en voz baja y la contemplaban descaradamente.

–¡Ya está bien! –zanjó Bartolomeo–. No me gusta nada este sitio, ¡vámonos!

Milena se bebió el último sorbo de café, el más dulce, y ambos se levantaron dejando en el mantel pegajoso algo del dinero que Martha les había dado.

–Adiós, señores –lanzaron al salir.

–Adiós –dijo uno de ellos entre dientes.

Bartolomeo cerraba la puerta cuando la voz ronca del tipo los alcanzó, seguida inmediatamente de la risa soez de sus compañeros.

–¿No nos canta nada antes de irse?

Milena se paró en seco.

–¿Has oído lo que acaba de decir?

–Sí, lo he oído.

Asió a Bartolomeo por el cuello del abrigo y no lo soltó.

–Bart, ¿no lo entiendes?

–¿Qué es lo que debo entender?

–¡Me confunden con mi madre! ¿No lo ves? Esta mañana en el autobús, y otra vez ahora...

–Un retrasado mental y tres borrachos. Milena, ¡por favor! ¡Vámonos!

Se resistió.

–¡No! ¡Les voy a preguntar a esos hombres! Ellos sabrán. El del autobús me llamó Bach. ¿Te das cuenta? ¡Pronunció mi apellido! Y dijo un nombre, Eva-María, el nombre de mi madre. ¡Estoy segura!

–Quizá tengas razón, pero no debemos permanecer aquí. No olvides que nos están buscando... Basta con que el dueño del bar o uno de esos tipos haga una llamada telefónica para que nos cojan... ¡Venga!...

La agarró del brazo y ella lo siguió sin decir nada.

El cielo no se abrió en toda la mañana. Caminaron juntos en la bruma, al ritmo de su respiración. La carretera no tardó en elevarse, pero no veían casi nada del valle que dejaban atrás, ni tampoco de la sierra que se alzaba delante. Milena estaba de un humor sombrío y apenas hablaron. Algunos coches aminoraban la marcha a su altura. Detrás de los cristales, se veían caras sorprendidas, miradas desconfiadas.

–¡Abandonemos la carretera! –decidió Bartolomeo–. ¡Estoy harto de ver esas caras!

Al final de la tarde, en un camino de piedras, alcanzaron un carro llevado por un caballo. Un hombrecito de piel oscura llevaba el animal del cabestro. Milena, cuyos pies estaban destrozados pese a las botas, hizo alarde de su más hermosa sonrisa y lo llamó:

–¿Podemos subir?

El campesino se detuvo a regañadientes y los dejó pasar por encima del bastidor.

En el carro había una mujer sentada sobre un saco de patatas. Tendría unos sesenta años y llevaba un delantal negro y un gorro tosco de lana. Los saludó con una sonrisa, y sus pequeños ojos de un color azul intenso se clavaron en Milena. La intensidad de la mirada chocaba con su apariencia, bastante vulgar.

–¿Usted... me conoce, señora? –preguntó turbada la joven.

–Claro que la conozco –contestó la mujer.

Luego, con la boca cerrada, empezó a tararear bajito con voz insegura una melodía imprecisa. Desafinaba, pero se intuía que, al cantar, la mujer oía otra voz maravillosa a la que intentaba imitar.

Milena se estremeció.

–Es... es precioso. ¿Qué canción es?

La mujer no contestó y siguió canturreando con aire soñador. Parecía como si, al contemplar a Milena, recordara su juventud. Se aplicaba en cada nota.

–¿Quién cantaba eso? –insistió Milena cuando la mujer acabó.

–Usted... –repuso la mujer–. En casa teníamos sus discos... Es una pena... Sí, es una auténtica pena lo que pasó...

En ese preciso momento, el carro se detuvo, el campesino soltó la cadena que sujetaba la puerta trasera y la abrió bruscamente.

–¡Bájense! ¡Hemos llegado!

–¡Espere! –le cortó Milena–, le quería preguntar a esta señora...

–¡No hay nada que preguntar! –dijo el campesino mientras empujaba a la mujer hacia la casa–. No debía haberles llevado. ¡Lárguense!

Pasaron las dos siguientes noches en unas casas derruidas. Las ruinas los protegían del viento y del frío lo suficiente para poder dormir algunas horas. En cuanto se despertaron, reanudaron su marcha hacia el norte. Pese al hambre, procuraron que las provisiones les durasen lo más posible. Bebieron el agua helada de los arroyos en la palma de sus manos.

Al amanecer del tercer día, la bruma se disipó de repente a media mañana. Estupefactos, descubrieron la belleza irreal del paisaje que los rodeaba. Ante ellos se extendía una landa de color verde salpicada de rocas oscuras y lagunas resplandecientes. Al fondo, la montaña erguía hacia el cielo sus cumbres nevadas. El aire puro penetraba en sus pulmones.

–¡Dios mío! –exclamó Milena, muda de repente ante tanta hermosura.

–Esto es la libertad –dijo Bartolomeo en voz baja–, ¿qué te parece?

–No está nada mal –respondió la chica tras un momento–, y vamos a celebrarlo...

Se fue hacia una roca y se sentó. Como el chico quería colocarse a su lado, lo echó para atrás.

–No, ¡ponte un poco más lejos! Así está bien.

Irguió el busto, apoyó las manos en las rodillas e inspiró hondamente.

A poor soul sat sighing by a sycamore tree;
sing willow, willow, willow!

En cuanto empezó a cantar, el espacio que la rodeaba pareció transfigurarse. Su voz pura tejía entre el cielo y la tierra hilos invisibles.

With his hand in his bosom,
and his head upon his knee;
o willow, willow, willow, willow!

Milena cantaba sin esfuerzo, con el ceño ligeramente fruncido y los ojos cerrados. No los volvió a abrir hasta que no se apagó la vibración de la última nota.

Emocionado y con un nudo en la garganta, Bartolomeo no se atrevía a romper el silencio.

–¿Te ha gustado?

–Sí, mucho –replicó el chico–, y también el gesto especial que se te formaba entre la nariz y la frente cuando fruncías el ceño.

–Lo sé... Aparecen en cuanto abro la boca para cantar. No puedo evitarlo...

Se acercó y se sentó a su lado en la roca.

–¿Cómo conoces esa canción?

–Me parece que la conozco desde siempre. Me la habrán enseñado cuando era muy pequeña. Supongo que fue mi madre. Ahora me doy cuenta. Me sé unas veinte de memoria. Siempre me las he cantado en el orfanato, en el internado... Siempre... Puedo cantármelas en silencio y las oigo... A veces elijo una y decido cantarla realmente, quiero decir en voz alta.

–¿Qué te impulsa a hacerlo?

–No sé... el momento perfecto... la persona idónea...

–¿Sí? Y ahora mismo, ¿ha sido el momento perfecto o... la persona idónea?

–¿Tú qué crees?

Ella le cogió la mano para seguir el camino. Fue por la noche cuando decidieron no seguir adelante.

El refugio, abrigado por un bosquecillo, estaba situado justo antes de las primeras nieves. La puerta no estaba cerrada y entraron. En el único cuarto, una banqueta ocupaba la pared del fondo; había también una inmensa chimenea, un aparador rudimentario hecho de tablas de madera toscas y dos sillas. Encendieron el fuego y comieron algo de sus provisiones. Charlaron toda la noche. Hablaron con pasión hasta caer rendidos, y al amanecer, su decisión era firme.

Bartolomeo encontró en un cajón unas tijeras oxidadas que afiló en una piedra. Milena se sentó delante del fuego, a horcajadas en una de las sillas de enea, y se descubrió la nuca.

–¡Venga!

Bartolomeo dudaba y cogió entre los dedos un mechón de pelo rubio.

–¿Seguro? ¿No te arrepentirás?

–Te lo suplico. Ya que debemos bajar a la ciudad, no quiero que todo el mundo me confunda con una aparecida... Bart, ¡adelante!

El primer tijeretazo fue para ambos como una herida en pleno corazón. Luego, Bart cortó lo mejor que pudo. Las mechas rubias volaban a su alrededor. Rápidamente, los pies de la silla se cubrieron de una dorada alfombra sedosa. Cuando finalmente Milena tuvo la apariencia de un chico con el pelo cortísimo y revuelto, Bart dejó las tijeras.

–¿Qué tal? –preguntó mientras se sentaba de rodillas delante de ella.

La cara de la joven estaba cubierta de lágrimas.

–Cuesta, no te creas –comentó ella llorando–. Tenía ese pelo desde los cuatro años... La edad en la que aprendí las canciones. Me siento como si me hubieses amputado los brazos.

–Crecerá... No llores...

–¿Qué pinta tengo?

–No sé... Quizá te parezcas a Helen Dormann...

Consiguió reírse. Al verla así, con la cara bañada en lágrimas, los ojos enrojecidos y el pelo cortado al cero, Bartolomeo pensó que, en toda su vida, nunca había conocido a una mujer tan hermosa. Una mujer, y no una chica.

Se quitaron los abrigos de internos y los arrojaron al fuego. Vieron cómo ardían hasta que no quedaron más que los botones calcinados. Luego salieron y caminaron hasta una laguna cercana. Era un laguito muy redondo que reflejaba el verde intenso de los pinos circundantes. Reinaban un silencio y una calma absolutos.

–Perderá el primero que diga: *Es la primera mañana del mundo* –dijo Milena riéndose.

–¡Es la primera mañana del mundo! –exclamó Bartolomeo mientras corría hasta el borde del lago.

En un abrir y cerrar de ojos, se quitó la ropa y se tiró al agua helada. Empezó a nadar con energía, levantando el agua con brazos y piernas.

–¡Ven! ¡Ven! –gritó al llegar a la mitad de la laguna.

Milena dudó un instante, luego se desnudó y entró despacito en el agua.

–¡Ven! –le exhortaba Bartolomeo.

Ya no podía echarse para atrás. Gritó muy fuerte y se tiró al agua. Fue como si le clavaran miles de agujas incandescentes. Lo alcanzó en medio del lago. Ambos estaban sin respiración, muertos de risa, incapaces de proferir una palabra.

Cuando salieron del agua, les pareció que el aire les quemaba. Corrieron hasta el refugio y echaron al fuego ramas secas, la leña que sobraba y toda la ropa que llevaban en los brazos. La madera chisporroteó, las llamas subían muy alto. Luego arrimaron un colchón a la chimenea y se cubrieron con las mantas. Sentían la piel ardiendo por el calor del fuego, al tiempo que helada por el contacto del agua. Milena tenía aún gotitas de agua del lago prendidas de su espalda blanca como el alabastro. Se abrazaron, se besaron, se acariciaron, maravillados de encontrarse juntos, desnudos, con los cuerpos unidos por primera vez sin ningún temor.

Cuando despertaron, mucho tiempo después, el sol estaba casi en su cenit. Sacaron la ropa que Martha había reunido para ellos en la bolsa. Al pantalón de Bartolomeo le faltaban diez centímetros y tuvo que deshacer el bajo para alargarlo un poco. Milena se puso un vestido que parecía de su abuela y un abrigo negro con un cuello de piel.

–Total, con la pinta que tengo ya... –comentó bromeando y señalándose el pelo parecido a un campo de trigo tras la cosecha, mientras que la mirada de Bartolomeo le contestaba: «Te vistas como te vistas, nunca estarás fea».

–Sea como fuera –dijo el chico–, los hombres-perro van a tener un serio problema cuando lleguen aquí. ¡Nuestro rastro acaba en este refugio! Lo siento, señores, ¡volvemos a bajar!

La idea de atravesar la montaña y huir les resultó rápidamente insoportable. En el pasado, sus padres también habían huido, pero al menos habían luchado antes. Habían retado a la Falange. En el momento presente, existían seguramente personas dispuestas a hacer lo mismo. Por ejemplo, la mujer del carro que había comentado que era una auténtica pena... ¡Bastaba con encontrarlos y unirse a ellos! Evidentemente, la fuerza bruta estaba con los bárbaros, pero ¿cómo no creer que, en el corazón de la gente, se escondiera el recuerdo valioso de su vida anterior? Existía seguramente un rescoldo en el que se podía soplar antes de que las tinieblas cubrieran el mundo. En su apasionada conversación en el refugio, Bart y Milena tuvieron la fuerte convicción de que existía un vínculo entre ese fuego que había que reavivar y la voz de Eva-María. Bart sabía muy bien cómo acallaron esa voz los bárbaros; sin embargo, vibraba en el presente en la garganta de Milena, ¡y quizá todo fuese posible aún!

Además, la joven acababa de reencontrar la pista de su madre, y no podría renunciar tan fácilmente a ella. Cada uno de los pasos que daba en dirección al norte era un golpe a su corazón, a su deseo de saber algo más de esa mujer a la que tanto se parecía.

Por otro lado, habían pensado que no podían abandonar a su suerte a Catharina Pancek y a Basile, encerrados en un calabozo. ¡El sacrificio que habían hecho se merecía algo mejor que su huida!

Los secretos que Basile había revelado a Bartolomeo se habían grabado también en la mente de este último. Después de todo, el temido Van Vlyck no dejaba de ser un hombre, y bastaría una orden de su parte para que se abrieran las puertas de todos los internados... Había que encontrarlo y vencerlo. No sabían cómo conseguirlo, pero al menos debían intentarlo, debían luchar.

Con esa esperanza insensata, tomaron la resolución de renunciar a la huida y alcanzar la capital situada al sur del país. Ninguno de los dos la conocía.

Caminaron durante mucho tiempo, encontraron el río, robaron una barca atada debajo de un puente y se dejaron llevar por la corriente; solo se detenían para dormir o estirar las piernas. El río parecía protegerlos y mecerlos con su rumor agradable y el fluir apacible de sus aguas.

–¡Canta! –le pedía a veces Bartolomeo a Milena, y ella fruncía para él el trocito de piel entre la parte superior de su nariz y la frente.

La tercera noche pasaron por debajo de un puente. El cielo limpio estaba salpicado de estrellas. Bartolomeo reconoció los cuatro jinetes de piedra.

–Milena, ¡despierta! ¡Es nuestra pequeña ciudad! ¡Mira nuestro internado!

La joven, dormida bajo una manta al fondo de la barca, asomó la nariz y se incorporó para verlo.

–Tienes razón. ¡Qué curioso pasar por debajo! ¡Con las veces que hemos pasado por encima! ¡Mira, se ve a gente que lo está cruzando! ¡Parecen internos con sus abrigos! ¿Qué estarán haciendo ahí a estas horas?

En efecto, dos personas caminaban rápidamente hacia la colina. La primera transportaba algo muy pesado en sus hombros, una bolsa quizá; iba seguida por otra más pequeña, probablemente una niña. Sin embargo, la corriente alejaba la barca y no pudieron ver nada más.

8

La noche de los hombres-perro

Pastor bajó del autobús de muy mal humor. De los cinco perros, tres habían echado las tripas durante el viaje, y hubo que ir con las ventanas abiertas para que les diera un poco el aire. Los pasajeros, que ya iban asustados por la presencia de tan extraños compañeros de viaje, estuvieron todo el rato muertos de frío y sin poder pegar ojo, además del olor insoportable que tuvieron que aguantar. Keops y Teti, los otros dos hombres-perro, no estaban mucho mejor. Tenían un color verduzco y, agotados, no habían dejado de eructar de modo repugnante sin tener fuerza siquiera para limpiarse la baba que les corría por el belfo. Ramsés había sido el único que se había portado correctamente. Se había sentado al lado de Mills y los dos habían conseguido dormirse, con las cabezas juntas como dos enamorados.

–Ya te lo dije –refunfuñó Pastor mientras daba golpes con sus botas en una de las ruedas del autobús–. Esas criaturas no soportan los viajes en coche. Amenofis ha devuelto en mi chaqueta, ¡voy a apestar durante toda la cacería!

–No más que de costumbre, no te preocupes –dijo Mills bromeando.

Cuando Pastor preguntó al conductor por qué no había notificado la fuga de los dos jóvenes la semana anterior, este contestó que una consoladora le había aconsejado que los dejara en paz, y como no le gustaba tener problemas... El obeso perrero, cuyo chichón en la cabeza le había dejado un cruel recuerdo, comprendió perfectamente lo que quería decir. Entraron en el bar donde el dueño, dormido aún, los acogió con un saludo sin entusiasmo. El hombre, de una gordura descomunal, confirmó la visita de los dos jóvenes. Explicó también que se habían sentado en la mesa situada justo debajo de la ventana. No tenía ni idea de la dirección que habían tomado después. Pastor pidió un gran cazo de café para «sus perros».

–¿Para sus perros? –preguntó asombrado el dueño–. No sabía que los perros bebieran café.

–Los míos sí –repuso Pastor al señalar con la barbilla las siluetas encorvadas que se adivinaban tras la cortina de la puerta acristalada.

–Ya entiendo... –balbució el dueño, que se había puesto lívido–. No... no los dejará entrar, ¿verdad?

–No. Siempre y cuando nos sirva rápidamente.

–Les atiendo ahora mismo... enseguida –dijo el dueño con voz trémula al tiempo que se le movía la papada mientras se alejaba.

Unos diez minutos después, los dos hombres y su jauría se lanzaban por la carretera de la sierra. Mikerinos, que había husmeado el pañuelo de Milena, Kefrén y Ramsés, que iba con el hocico levantado, caminaban los primeros. Los otros tres perros, Keops, Amenofis y Teti, a los que Mills había enseñado de nuevo la bota de Bartolomeo, no dudaron tampoco.

–Está claro –juzgó el jefe de la policía–. Fueron andando por la carretera. Vamos a atajar yendo todo recto. Así ganaremos tiempo.

Aunque los dos jóvenes les llevasen una semana de ventaja, estaba convencido de que los alcanzarían antes de pasar la sierra. Había podido constatarlo más de diez veces. Los fugitivos se perdían, se hacían daño o morían de agotamiento. Tarde o temprano acababan por encontrarlos, y en ese caso... Aunque la consigna oficial les obligase a traerlos de vuelta, Mills no se había resistido nunca al placer insano de proceder a su manera. Pastor y él se conocían perfectamente. No necesitaban decir nada cuando llegaba la oportunidad. Mills se limitaba a hacer un movimiento con la cabeza y el perrero lo entendía todo: murmuraba al oído de uno de sus animales esa palabra de tres sílabas, tan sencilla como implacable y mortal: *¡Ataca!* A Pastor, el espectáculo de la muerte le daba asco y se metía la cabeza debajo de la chaqueta para no ver nada. Cuando todo había terminado, llamaba a sus perros y los felicitaba. Ni siquiera se acercaba para reconocer los cuerpos. En cambio, Mills se obligaba a contemplarlo todo hasta el final, con los ojos muy abiertos, aunque se le revolviera el estómago. En el informe, bastaba con escribir que los fugitivos iban armados, que habían demostrado una actitud amenazadora y que habían tenido que defenderse.

Torcieron a la derecha por un camino empinado. Al cabo de cien metros, Pastor estaba empapado en sudor.

–Bombardone –refunfuñó–, te advierto que esta será mi última cacería. ¡Nunca más te acompañaré por esta maldita sierra!

–Ya me lo has dicho mil veces, pero siempre vuelves. Confiesa que te gusta.

–Lo odio. De todos modos, sabes perfectamente que me jubilo dentro de seis meses. Mi mujer y yo nos iremos a vivir al sur. ¿Y sabes qué animal tendremos en casa?

–Pues no.

–¡Un gato! Un adorable gato castrado que ronroneará dormido en mi regazo. ¡Ja, ja, ja!

Unos trescientos metros más abajo, Helen y Milos oyeron la risa atronadora de Pastor que llenaba el espacio, y cuyo eco resonaba por toda la sierra. Se detuvieron.

–Si sigue riéndose así a carcajadas y sin parar, será fácil seguirlos –comentó Helen.

La noche había sido muy dura para los dos. Mélie les había aconsejado dejar en su casa los abrigos de internos y habían tomado el mismo autobús que cogieron Bart y Milena la semana anterior. Se sentaron al fondo, con la mayor discreción. Sin embargo, ¡qué terror sintieron en el momento de la partida! Un hombre gordísimo se puso en medio de la carretera para que el conductor se detuviera. Este abrió la puerta y el tipo subió, seguido de la terrorífica jauría de hombres-perro.

–¡No teman, señores! –explicó Mills con su voz estentórea a los viajeros aterrorizados–. No les harán ningún daño.

–¡No se preocupen! –añadió Pastor–. Me obedecen al dedillo... al menos eso creo.

Y los instaló en los asientos libres.

Dos de ellos, a los que su amo había llamado Keops y Teti, se sentaron justo delante de Helen y Milos. Contemplarlos de espaldas resultaba fascinante; su cráneo plano no parecía contener cerebro.

Los pobres animales empezaron pronto a vivir un calvario. El olor nauseabundo a vómito, las paradas constantes y el aire glacial que entraba por las ventanas hicieron el viaje interminable; sin embargo, a Milos le sirvió para darse cuenta de algo que les podría ser de utilidad más adelante. Excepto un hombre-perro, que dormía apoyado contra el hombro de Mills, los otros parecían obedecer exclusivamente a su amo, un hombre al que Mills había llamado Pastor. Repetidas veces, el jefe de la policía había tenido que dirigirse primero a Pastor para que los perros le obedecieran: «diles esto»; «ordénales que hagan eso».

–Si consiguiera... cómo diría... neutralizarlo –comentó Milos en voz baja.

–¿Neutralizarlo? –contestó Helen–. ¿Crees que estás en un cuadrilátero?

Durante el resto de la noche, los dos fugitivos permanecieron silenciosos, en un duermevela la mayoría del tiempo, pero siempre despiertos por culpa del frío. Al amanecer, uno de los dos hombres-perro se dio la vuelta de repente y los observó un largo rato con una mirada estúpida. Su cara alargada, pálida e inexpresiva parecía surgir de una pesadilla. Helen estuvo a punto de chillar.

Ahora que estaban en la sierra, Milos y Helen seguían de cerca a la jauría y la escalada no había hecho más que empezar. Arriba, un sol otoñal teñía las cumbres de la sierra.

–¡Buen tiempo para hacer una excursión! –exclamó Milos–. ¿Te sabes canciones de marcha?

Durante dos días, Mills, Pastor y sus perros avanzaron a marchas forzadas. Incluso corrían si el terreno se lo permitía. Siempre que podían atajar, Mills no lo dudaba y llevaba a sus compañeros por caminos escarpados y estrechos llenos de matorrales. Llenos de rasguños, agotados, atontados por el aire puro, alcanzaron el refugio al final del segundo día. Pastor no podía más. Los perros estaban hambrientos. Mills estaba en la gloria... Abrió la puerta con una patada y entró.

–¡Mira ese nido de amor! ¡Seguro que han dormido aquí, en este colchón! ¡Apuesto que aún está caliente!

–Puede ser –mascullό Pastor–. Lo peor es que esos vándalos han utilizado toda la leña. Voy a por un poco más para esta noche. ¡Ramsés!, ¡Kefrén! ¡Venid conmigo a ayudarme! ¡Sois unos vagos!

Los dos hombres-perro lo siguieron. Los otros se acostaron en el suelo para esperar las órdenes de su amo.

–¡Moveos de aquí! –les espetó Mills–. ¡No tenemos sitio!

Lo miraron como si hubiera hablado en chino.

–¡Moveos, he dicho! ¡No entendéis nada!

No se inmutaron. Mills se sintió incómodo y prefirió salir hasta la vuelta de Pastor. Levantó la mirada y se dio cuenta de que el tiempo había cambiado en pocas horas. Unas nubes bajas cubrían el cielo.

Durante la noche, la nieve empezó a caer, espesa e incesante, y no paró de nevar. Envolvió la casa en un silencio de algodón y, en poco tiempo se sintieron alejados de todo, tan incomunicados como si se encontraran en medio del océano. De vez en cuando, Mills se asomaba a la puerta y entraba inmediatamente, cubierto de copos.

–Nos vamos mañana a primera hora. ¡Qué rabia me daría si se muriesen de frío antes de que los alcanzásemos...!

Encendieron el fuego, comieron un trozo de pan y bebieron un poco del alcohol que Pastor había tenido la genial idea de comprar. Al perrero le habría encantado que la nieve no les permitiese seguir adelante a la mañana siguiente. Pero con Mills, no había que hacerse ilusiones. Acorralaría a sus presas hasta en el infierno, aunque tuviese que morir en la persecución. Vestidos, se acostaron juntos en el colchón. Mills había colgado su chaqueta del picaporte. Los perros dormían un poco más allá. En sueños, Mikerinos corría a galope tendido, y sus patas delgadas se agitaban con movimientos bruscos bajo el pantalón.

Por primera vez desde que se habían marchado, Helen pensó que no debía haber acompañado a Milos. Esa locura les iba a costar la vida. Iban a morirse de frío a cien metros de una casa en la que ardía una hoguera, a cien metros de una puerta a la que no podían llamar. Los dedos de su mano izquierda se habían vuelto insensibles. Por mucho que soplara sobre ellos, por mucho que se los pusiera debajo de la camisa, no servía de nada. Los dientes le castañeteaban. De rodillas detrás de ella, Milos la abrazaba y procuraba darle calor frotándole la espalda con sus grandes manos, pero él no estaba mucho mejor que ella. Le temblaba todo el cuerpo, y ya no sabía qué decir para darle ánimo.

Agotados, alcanzaron el refugio al anochecer y el humo que salía de la chimenea les dio a entender que los cazadores habían llegado antes que ellos. Se escondieron detrás de las rocas y empezó a nevar... Y también aparecieron el frío... y el desánimo. ¿Qué podían hacer? ¿Alejarse de la casa y perderse en la noche? Eso significaba una muerte segura. ¿Llamar a la puerta y pedir cobijo?

–No cuentes con su compasión –decía Milos–. No te hagas ilusiones. No olvides que son unos bárbaros.

Habían visto a Mills aparecer tres veces en la puerta, respirar el aire y volver a la hoguera que, ahí dentro, les daba calor a todos: a los hombres y a los perros.

–Es al otro al que quisiera pillar –dijo finalmente Milos–. Al perrero... Supongo que acabará por salir.

–Y si sale, ¿qué quieres hacer con él?

–No lo sé, pero es nuestra última oportunidad. Voy a dejarte sola un momento. Si no consigo nada, vuelvo y no nos quedará más remedio que llamar a la puerta. ¿De acuerdo?

–De acuerdo –balbució Helen–. Pero, por favor, ¡ten cuidado! ¿Me lo prometes?

–¡Prometido! –respondió abrazándola y besándola en el pelo; luego corrió hacia la casa y se metió por la parte posterior.

«¡Oh, Milos! ¿Qué te propones?», se preguntaba ella. Pese al frío intenso y al miedo, no pudo sino sonreír al verlo reaparecer en el tejado al cabo de tres minutos. Seguro que ese chico fue un gato en su vida anterior.

Pastor se levantó para echar leña al fuego y, pensativo, miró cómo ardía mientras amontonaba los rescoldos con el atizador. A su alrededor, la habitación parecía un campo de batalla tras la derrota. Los hombres-perro dormidos cubrían el suelo como cadáveres. Constató, divertido, que Ramsés se había acercado a Mills y había apoyado el hocico en la cadera de su amo. Cruzó el cuarto procurando no pisar los cuerpos, pasó por encima de Amenofis, se puso la cazadora y empujó la puerta. El frío lo sobrecogió. Seguía nevando, aunque con menos fuerza que al principio de la noche. «Menos mal que hemos cogido las raquetas», pensó al tiempo que contemplaba la espesa capa de nieve.

–¿Adónde vas? –gruñó Mills, que tenía el sueño ligero.

–Voy a hacer pis –contestó el perrero.

–Vale, pero cierra la puerta, ¡hace un frío que pela!

Pastor cerró la puerta y dio unos pasos en la nieve. Luego caminó un poco a lo largo de la pared a su derecha y se detuvo para orinar. Lo hizo sin prisa. Cuando hubo terminado, cerró su bragueta y bostezó. Un copo de nieve le entró en la boca, y luego otro. Se derritieron inmediatamente al calor de su lengua. Era agradable y suave. Adrede, permaneció con la boca abierta para seguir jugando como un niño. «¡Soy como un crío, soy un auténtico crío! ¡Menos mal que Mills no me está viendo!», pensó riéndose. Fue su último pensamiento antes del choque.

Acurrucado al borde del tejado, preparado para saltar, Milos fue consciente de que no podría hacerlo. Era superior a sus fuerzas plantar la hoja de la navaja en la espalda de ese hombre inmóvil ahí, a dos metros de él. Entonces, ¿qué podía hacer? Conservó la navaja abierta en la mano derecha, por si acaso... luego se concentró en dos cosas de las que dependían su vida y la de Helen: en primer lugar, derribar a Pastor a la primera; en segundo lugar, impedir a toda costa que alertara a sus perros. Estos dormían a escasos metros y su oído muy fino sabría detectar el menor gemido. Tuvo la suerte de que Pastor se colocó justo debajo de él. Pese a la oscuridad, lo identificó sin problemas por su gruesa cazadora. Solo le quedaba decidirse a saltar.

Incluso antes de sus combates más duros, jamás Milos había experimentado la cuarta parte de la angustia que lo atenazaba en ese momento. Se dio cuenta de que lo que había vivido hasta el momento en la colchoneta de lucha no había sido sino un juego. Y eso que se había dedicado en cuerpo y alma a ese deporte, se había entrenado duramente, nunca había renunciado, pese a los golpes, los esguinces y las fracturas. Llevaba un año venciendo a todos sus rivales, incluso a los chicos de quinto y de sexto curso, que eran mayores y pesaban más. Pero en ese caso, no se trataba de ganar o perder: era una cuestión de vida o muerte.

¿Cómo iban a reaccionar sus músculos anquilosados cuando les diera la orden de saltar? ¿Le traicionarían acaso por primera vez? Evidentemente, Pastor era un tipo entrado en carnes, pero estaba fuerte. Milos calculó que pesaría unos cien kilos. ¡Era una enorme diferencia en comparación con él, que luchaba en la categoría de los que pesaban menos de sesenta y cinco kilos! Además, su adversario seguía conservando el calor de la hoguera y, por otro lado, habría comido bien.

Helado, a punto de desmayarse, Milos seguía dudando. «¡Ahora! ¡Ahora!», se ordenaba a sí mismo. «Dentro de algunos segundos, ese gordinflón se dará la vuelta, me verá y empezará a gritar. Y todo habrá terminado. ¡Salta, Milos! ¡Salta!».

De pronto, la nieve se escurrió bajo sus pies y decidió por él. Empezó a resbalar sin poder agarrarse a nada. Ya no tenía elección. Juntó todas sus fuerzas y se tiró al vacío.

Sus rodillas chocaron violentamente contra la columna vertebral de Pastor. Este cayó de bruces en la nieve y Milos se abalanzó sobre él con rabia. Pasó el brazo derecho por debajo del cuello del hombre y bloqueó su presa con el izquierdo. Era una llave prohibida en la lucha. *No se debe estrangular.* Todos los entrenadores se lo habían repetido siempre, desde el primer día en que se había puesto una camiseta de lucha cuando era un niño aún: *Prohibido estrangular.*

Su cuerpo adoptó de modo espontáneo la postura «encima», que impide al adversario zafarse. Instintivamente, sus piernas, sus caderas, su pelvis se pusieron en acción como si las infinitas horas que había pasado en las colchonetas de entrenamiento, empapado en sudor, se concentraran en un solo gesto, rápido, seguro y preciso. Hasta el momento no le cabía la menor duda, Pastor no había proferido ni un gemido. Y debía seguir así, era necesario costara lo que costara. Y esas palabras, *costara lo que costara,* adquirían todo su sentido. Milos se afianzó, consolidó su presa y apretó...

Cuando estaba a punto de dormirse, Bombardone Mills tuvo la sensación de oír un choque apagado que venía de fuera. ¿Habría tirado una bola de nieve Pastor, ese pobre infeliz? ¿Habría resbalado y se habría caído? Iba a levantarse, pero la cabeza de Ramsés, apoyada en su barriga, lo disuadió. La acarició con el dorso de la mano. Sin abrir los ojos, el hombre-perro gruñó débilmente a modo de agradecimiento. Mills cerró los ojos también; convenía dormir, ya que el día siguiente sería agotador.

Helen había visto cómo Milos surgía del tejado y caía sobre el hombre. Se había olvidado inmediatamente del frío, del agotamiento y del miedo. Solo contaban allí aquellos dos cuerpos inmóviles que la nieve empezaba a cubrir. «¡Milos! ¡Milos, por favor!, ¿qué estás haciendo? No me digas que estás intentando...». Por la ventana del refugio divisaba sombras que se movían al calor de las llamas de la chimenea. Un hombre cruel y seis perros dormían a escasos metros, dispuestos a despedazar al chico si lo descubrían. Quizá no dormían. Y Milos se enfrentaba solo a ellos, con la única arma de sus manos fuertes y su valor. «¡A mí nunca me cogen!», decía siempre con voz alegre. «Sí, ¿pero y si te cogen? Milos, ¿y si te cogen?», pensaba Helen.

¿Cuánto tiempo se necesita para estrangular a un hombre? Cada vez que Milos aflojaba su presión, aunque solo fuera levemente, el adversario tenía ligeros espasmos y el ruido amenazaba con alertar a los otros. En consecuencia, Milos ejercía mayor presión para reducirlo al silencio y la inmovilidad. Bajo el esfuerzo intenso, empezaba a notar fuertes contracciones en los músculos de su brazo derecho.

De repente, vio cómo la mano enorme de Pastor se ponía en movimiento y avanzaba, centímetro a centímetro, hacia un objeto brillante que había en la nieve. «¡Mi navaja! ¡Mi navaja que se ha caído! ¡Mi navaja que está abierta! ¡Va a cogerla!». Su primer impulso fue liberar uno de sus brazos para inmovilizar la mano de Pastor; pero enseguida cambió de idea. Si aflojaba la presión, aunque no fuera más que un segundo, permitiría al adversario gritar, y eso significaba la muerte segura. Sin poder evitarlo, vio cómo la mano iba a tientas, se estiraba, asía finalmente el mango de la navaja y volvía a su postura inicial. Durante algunos segundos, notó confusamente los esfuerzos que Pastor hacía para mover el brazo bajo su cuerpo. Luego sintió un dolor punzante en el muslo derecho. Se contuvo para no gritar y, en un reflejo de defensa, apretó más fuerte el cuello de su presa. El segundo golpe lo alcanzó en el mismo sitio y emitió un quejido incontrolable. Consiguió desplazar la pierna algunos centímetros para inmovilizar el brazo de Pastor e impedir que le asestara el tercer golpe. Al no poder golpear por tercera vez, este empezó a hurgar en la llaga con la hoja. El dolor se expandió por todo su cuerpo. Milos comprendió que no podría soportarlo mucho tiempo. Debía acabar ya. Cambió ligeramente de postura. Tenía ahora la cabeza apoyada en la del perrero, cuyo pelo sucio apestaba a sudor. Los dos hombres, estrechamente unidos, formaban un solo cuerpo.

Milos se esforzó por concentrar su pensamiento en Helen, que moriría si fracasaba; en Bartolomeo, a quien los hombres-perro despedazarían sin piedad. Imaginó sus dentelladas en la carne de Milena. «Son unos bárbaros», se repitió el chico. «Ese hombre sobre el que estoy tumbado, y cuyo calor estoy sintiendo, es un bárbaro...».

–Perdón... –musitó sin saber si el otro podía oírlo–, perdón...

Luego, con la ayuda del hombro, imprimió una torsión en la nuca. Empleó todas sus fuerzas hasta notar el crujido esperado. Entonces, el cuello de su adversario pareció distenderse paulatinamente. Milos mantuvo la presión algunos segundos más, luego la aflojó insensiblemente. Ya inerte, el cuerpo de Pastor se derrumbó como si fuera un enorme muñeco de trapo. Milos permaneció tumbado encima, a punto de desmayarse de agotamiento y dolor. «No se debe estrangular...». Los ojos se le llenaron de lágrimas. La vergüenza y el asco le provocaban arcadas. «Está prohibido estrangular...». De acuerdo, pero entonces ¿por qué no se lo había prohibido el árbitro? ¿Y qué hacían los espectadores? ¿No había vencido? ¡Al menos podían aplaudirlo!

Temblando, se apoyó en los antebrazos para incorporarse. Los copos de nieve caían gráciles y ligeros a su alrededor. Estaba sobre una colchoneta, pero no era sino una alfombra de nieve. No había ninguna grada en la que el público estuviese sentado. No había más que algunos pinos oscuros apenas visibles en la noche. Ni siquiera tenía una toalla con la que secarse el sudor.

Y su adversario había muerto...

Recogió su navaja, se levantó y palpó la tela de su pantalón empapada en sangre. Ya vería después qué hacía con la herida. Asió el cuerpo del perrero por el cuello de la cazadora y lo arrastró con mucha dificultad hacia la roca donde Helen lo esperaba.

Bombardone Mills despertó sobresaltado. En la chimenea, una rama de pino, probablemente llena de resina, acababa de explotar como si fuera un tiro. Se dio la vuelta en la cama y constató que su colega no había vuelto. Algunos hombres-perro abrieron un ojo. Ramsés bostezó.

No era propio de Pastor dar un paseo a medianoche bajo la nieve. De hecho, no era propio de él ni de nadie en su sano juicio. Mills apartó con suavidad la cabeza de Ramsés y se levantó. Al salir, tropezó con la pata izquierda de Teti, que enseñó los colmillos.

–¡Vale, vale! –gruñó Mills–. Ya tenemos bastante...

A la luz de su linterna, los copos de nieve volaban con gracia, pero la bruma no permitía ver a más de diez metros. El jefe de la policía siguió a la derecha las pisadas de Pastor semicubiertas por la nieve y encontró un sitio en el que la nieve estaba pisoteada, lo que le pareció muy raro.

–¡Pastor! ¡Eh, Pastor! –gritó.

No obtuvo respuesta. Y, al mirar más detenidamente, vio la huella que salía de ahí hasta las rocas. Se fijó sobre todo en las gotas de sangre que trazaban un punteado regular, de un color bermejo en la blancura de la nieve. No le gustó nada. Estaba a punto de seguir el rastro cuando se dio cuenta de que sus botas no eran lo suficientemente altas para tanta nieve. Se metió rápidamente en el refugio con la intención de ponerse las raquetas; pero vio la bolsa de viaje en la que estaban las botas de Bartolomeo.

Sentado contra el tabique, se puso la primera y luego la segunda. Le quedaban un poco grandes, pero eran flexibles y muy cómodas. Al incorporarse, le sorprendió encontrar a Keops de pie delante de él. El hombre-perro se había levantado sin ruido y le clavaba la mirada.

–¿Qué quieres? –preguntó violento Mills–. ¿Tienes sed?

La mirada de Keops descendió lentamente hasta los pies de Mills. Le temblaba el hocico y tenía en los ojos un brillo asesino.

–¡Ah, ya entiendo! –dijo riéndose el jefe de la policía–. Son las botas... ¿Crees que...

Teti se acercó también. Husmeó las botas y le salió de la garganta un gruñido sordo. A Mills se le puso la carne de gallina.

–¡Imbéciles! ¡No son mis botas! –exclamó–. ¡No soy yo a quien estáis buscando! ¿No me reconocéis? ¡Si llevamos tres días caminando juntos! ¿Sois tontos o qué?

Pasó al lado de los dos perros y se dirigió a la puerta. Pero Amenofis le cerró el paso. Del belfo asomaban unos colmillos ebúrneos.

–¡Déjame salir, imbécil! ¡Tu amo está en peligro fuera!...

El hombre-perro dio un paso adelante y Mills tuvo que retroceder. Tropezó con el colchón y cayó de espaldas.

–¡Me las quito! ¡Mirad, me las quito!

El corazón le latía con fuerza. De un puntapié, las botas aterrizaron al otro extremo del cuarto; pero a los tres hombres-perro les daba igual. En su entendimiento limitado se estaba formando un razonamiento muy simple; les habían hecho husmear un olor, y el hombre que estaba gesticulando ante ellos en el colchón despedía dicho olor. No había nada más que entender.

–¡Pastor! –se desgañitó Mills–. ¡Pastor, por Dios!

Luego llamó a Ramsés, que se había refugiado en un rincón del cuarto con un aire totalmente estúpido.

–¡Ramsés, ven aquí! ¡Ven a defenderme!

De repente, los tres hombres-perro se transfiguraron. Tenían los ojos inyectados de sangre mientras enseñaban los colmillos. En pocos segundos, el odio se apoderó de ellos. Kefrén y Mikerinos, que habían husmeado el pañuelo de Milena, se dejaron llevar de esa ira y se juntaron con los otros tres.

–¡Joder, Ramsés! ¿No ves que me van a devorar?

El pobre Ramsés estaba viviendo un calvario: elegir entre sus hermanos y su amo lo atormentaba. Se retorcía, gemía, lloraba.

–¡Ramsés! ¡Socorro!

Esa llamada lo decidió. Con el belfo babeando, se precipitó y se colocó al lado de Mills. Era alto y fuerte y los otros retrocedieron un paso.

–¡Ataca, Ramsés! ¡Ataca!

Ese buenazo de hombre-perro se abalanzó sobre Mikerinos, el más cercano de los asaltantes. Intentó agarrar la garganta, pero solo encontró el hombro. Ambos rodaron por el suelo y lucharon con furia. Luego, todo sucedió muy deprisa. Kefrén y Teti atacaron juntos. Teti cerró la mandíbula sobre la garganta de Ramsés y apretó. Los otros dos se tiraron a los brazos, las piernas, la barriga. Forcejeando, Ramsés intentó zafarse, pero no lo consiguió. Mills vio cómo la sangre corría por el pantalón negro, por la chaqueta, esa chaqueta que le había enseñado a abrocharse.

–... aardon... –suplicó Ramsés en un grito estentóreo–, aardon...

Después, en un esfuerzo gigantesco, consiguió pronunciar:

–coo-ooo-roo...

Mills entendió que su compañero le pedía socorro. Acababa de aprender una nueva palabra... Empezó a sollozar.

–¡Soltadlo! –chilló.

Luego vio cómo la vida iba esfumándose de la mirada de Ramsés. Unos segundos más tarde, todo había acabado.

Y cuando, cubiertos de sangre, los cinco Diablos miraron hacia Bombardone Mills, este comprendió que se avecinaba el infierno.

Desde hacía ya una hora, Milos se había reunido con Milena detrás de las rocas, desde donde espiaban si había algún signo de vida en el refugio. Mills acabaría preocupado por la ausencia de su compañero y saldría. Helen se había puesto la cazadora de piel de Pastor en los hombros y tenía menos frío. Tumbado a su lado, Milos se presionaba la pierna con un pañuelo y luchaba contra el dolor. En cada movimiento, por muy pequeño que fuera, un poco de sangre tibia le corría por el muslo. A escasos metros, el cuerpo del perrero yacía en la nieve. Ninguno de los dos se atrevía a mirar hacia aquel montículo. La puerta se abrió bruscamente y Mills apareció. Lo vieron dar unos pasos por debajo del tejado, dudar y entrar de nuevo en el refugio. Más tarde, oyeron sus llamadas, «¡Pastor!» primero y luego «¡Ramsés!». Después percibieron aquel dantesco desenfreno y comprendieron, horrorizados, lo que estaba pasando. Luego, cuando volvió el silencio, se quedaron de piedra al presenciar una escena surrealista.

Los cinco hombres-perro aparecieron delante de la puerta, levantaron el hocico hacia el cielo y empezaron a aullar como lobos. Sus aullidos asaetearon la noche. Pero no eran aullidos amenazadores sino que, muy al contrario, parecían gritos de alegría. Teti fue el primero en quitarse la chaqueta; Mikerinos lo imitó. Kefrén y Amenofis se despojaron también de la suya y de su pantalón. Se deshicieron rápidamente de su vestimenta de hombres y se lanzaron hacia la sierra. En pocos segundos, desaparecieron en la bruma.

–¡Los hombres-perro! –murmuró Milos fascinado–. Vuelven a su estado salvaje...

–No –le corrigió Helen–, vuelven a la libertad. Dejan atrás el estado salvaje... ¡Ven!, ahora nos han dejado el sitio libre.

Lo sostuvo como pudo. Cada paso le provocaba un dolor punzante. La herida debía de ser profunda. Helen se quedó sorprendida de encontrar la fuerza necesaria para arrastrar sola los cuerpos de Mills y Ramsés hacia fuera. Los acostó al lado del cuerpo de Pastor y los cubrió de nieve. Sus propios gestos, que el agotamiento ralentizaba, le parecían ajenos. Como sonámbula, volvió al refugio y recogió de paso la camisa de un hombre-perro. Dio la vuelta al colchón manchado de la sangre de Mills para que Milos pudiese tumbarse encima y le puso alrededor del muslo una venda precaria.

Quedaba en la mesa una enorme rebanada de pan de centeno.

–¿Podrás comer algo? –le preguntó.

–No –repuso Milos–. Pero tú tienes que comer. Creo que vas a necesitar fuerzas por los dos...

Helen echó leña al fuego y se sentó a la mesa. A duras penas consiguió tragar algunos bocados. Finalmente, se tumbaron juntos mientras las llamas proyectaban en el techo formas que se movían.

–¿Qué tal estás? –preguntó Helen.

–Bien –susurró Milos–. Pero he matado a un hombre...

Apoyó la cabeza en el brazo y lloró en silencio.

–Has matado a un hombre que quería matarnos –replicó la chica para consolarlo–. ¿Eso era lo que querías?

–Está prohibido estrangular –comentaba Milos entre sollozos–. No se debe matar. Y lo he hecho... Nunca más quiero luchar...

Le acarició el pelo mucho tiempo. Milos se tranquilizó. Luego, ella dijo en voz baja:

–Mañana no podemos seguir. Es imposible cruzar la sierra con tanta nieve y con tu herida. Vamos a dar media vuelta. ¿Qué opinas?

Milos no respondió, se había quedado dormido.

Helen cogió las manos del chico entre las suyas; aunque eran muy fuertes, estaban heladas. Las besó. Ciertamente, no eran las manos de un asesino.

9
El cerdo gigante

Helen despertó al amanecer. El fuego estaba apagado, y el olor áspero de la ceniza fría le penetraba por la garganta. A su alrededor, a la luz tenue del alba, le sorprendió descubrir las pertenencias de Mills y Pastor, dispersas e inútiles. Así que el drama de la noche anterior no había sido un sueño, ni tampoco el combate a muerte de Milos, su herida, la carnicería de los hombres-perro.

Se giró hacia el chico y le tocó suavemente el hombro.

–¿Qué tal estás?

–Bien... –sonrió Milos, pero no se movió.

Ella se levantó y abrió la puerta. Había nevado durante la noche. La ropa de los hombres-perro estaba cubierta de nieve, y cerca de las rocas, los tres cuerpos sepultados de Mills, Pastor y Ramsés dibujaban tres montículos armoniosos. Entró en el refugio y se aplicó para encender el fuego: ramitas secas, trozos de leña... De rodillas, sopló encima. Milos, que seguía tumbado en el colchón, la observaba de reojo:

–¡Sabes hacer de todo! Esconder cadáveres bajo la nieve, encender una hoguera, dar ánimo a los enfermos... ¡Estoy por pedirte un café para ver cómo lo haces!...

–¿Qué te apuestas? –preguntó al tiempo que procuraba disimular su preocupación.

Se precipitó hacia los cajones y los armarios, los abrió hasta encontrar lo que estaba buscando, era un viejo cazo sin mango. Salió para llenarlo de nieve y lo colocó encima del fuego. Diez minutos después, ofrecía a Milos un vaso de agua hirviendo al que unas gotas del alcohol de Pastor daban algo de sabor.

–Lo siento, quizá esté un poco claro...

Apoyado en un codo, Milos se lo bebió a sorbitos.

–¿Podrás caminar? –preguntó Helen–. Tenemos un par de raquetas para cada uno... Servirán para la bajada... Porque vamos a dar media vuelta, ¿verdad? No podemos seguir...

Milos depositó el vaso vacío a su lado y la miró con tristeza.

–Gracias por el «café», eres muy amable, pero no podré andar. Ni siquiera podré levantarme. El dolor no me ha dejado pegar ojo. Y además, creo que la hoja de la navaja ha atravesado el muslo.

Levantó la manta. La sangre había empapado la camisa del hombre-perro. Apartó suavemente la tela del pantalón roto.

–¡Dios mío! –exclamó horrorizada Helen al descubrir la llaga abierta–. Voy a cambiarte la venda.

–Eso no evitará que sangre... –comentó Milos–. Debo comprimirla y moverme lo menos posible. No se puede hacer otra cosa. A no ser que sepas también coser una herida... ¿Tienes hilo y aguja?

Fueron incapaces de reírse. «Vas a necesitar fuerzas por los dos», había pronosticado Milos el día anterior. Helen comprendió en ese momento que tenía toda la razón del mundo.

–Voy a pedir auxilio en el valle –dijo procurando hablar con voz firme–, ya encontraré a un campesino que me deje un trineo... Y bajaremos para curarte... O le pediré a un médico que suba conmigo...

–¿Crees que lo conseguirás?

–¿Tienes una idea mejor? Podríamos estar esperando siglos hasta que alguien pasase por aquí.

Milos soltó un suspiro. La idea de dejar que Helen se fuera sola no le hacía mucha gracia.

–La nieve habrá cambiado el paisaje. No reconocerás nada.

–No pienso intentar encontrar el camino que hicimos. Me limitaré a bajar todo recto delante de mí y llamaré a la primera puerta que encuentre.

Sin perder más tiempo, se levantó y empezó a preparar la partida. Con su madera casi nueva y el cuero flexible de las correas, las raquetas de Mills eran las mejores. Las ajustó al tamaño de su pie y fue a dar algunos pasos por la nieve para probarlas. Entre las dos mochilas, escogió la más pequeña, la de Pastor. La vació; contenía un paquete de galletas y dos manzanas, que depositó al lado de Milos junto con la mitad de la hogaza de pan de centeno.

–Tendrás que comer algo para no debilitarte.

–Lo intentaré –prometió el chico.

Derritió otro cazo lleno de nieve y se la dejó como reserva. Luego juntó alrededor de Milos todo lo que pudiera protegerle del frío: la manta del refugio, el jersey de un hombre-perro y la chaqueta de Mills, que seguía colgada detrás de la puerta. Enrolló la cazadora de Pastor, la metió en la mochila y puso encima las sobras del pan de centeno.

Cuando llegó la hora de la partida, se acurrucó cerca de Milos y le cogió la cabeza rizada entre las manos.

–Necesitamos dos días para subir. Tardaré menos tiempo para bajar, quizá tan solo un día. Y ni siquiera tendré que ir hasta abajo. Recuerda que vimos casas por el camino. Con un poco de suerte, estaré de vuelta mañana o, como muy tarde, pasado mañana... ¡No te muevas de aquí!, ¿de acuerdo?

–Difícil lo veo...

Permanecieron en silencio algunos segundos.

–¡Y yo que pensaba protegerte! Ahora soy yo quien te necesita –comentó el chico con un suspiro–. ¡Qué listo he sido!... Mejor habría hecho quedándome en el internado...

–¡Cállate, por favor! –le cortó Helen–. Querías impedir que la jauría alcanzase a Bart y Milena, ¡y lo has conseguido! Gracias a ti, ¡ya no tienen nada que temer!

–Vale, ¿y tú...?

–Yo me las arreglaré, ¡no te preocupes! Bueno, tengo que irme... ¿Quieres que vaya por más leña? ¿Unas ramas secas? Podrías usarlas esta noche...

–No, ¡no pierdas más tiempo! Prefiero que te vayas cuanto antes.

–Tienes razón. Me voy.

Vaciló un momento más.

–¿Puedo hacer algo más por ti?

–Sí, volver...

–¡Claro que volveré!

–¿Me lo prometes?

Se limitó a asentir con la cabeza. «Si digo algo más», pensó ella, «me flaqueará la voz, y no es momento para echarme a llorar». En la puerta, se dio la vuelta y le dirigió la última sonrisa. Movió los dedos ante su cara a modo de despedida.

–Te espero, Helen. ¡Cuídate mucho!

Bajó durante horas todo recto, corriendo cuanto podía, con la idea fija de no perder tiempo. Las raquetas de madera crujían a cada paso en la nieve fresca. «¡Camina! ¡Camina!», parecía repetir hasta el infinito su musiquilla obstinada. Los cristales de hielo resplandecían al sol. «¡Sería precioso», pensó, «si no estuviese Milos allí arriba con la pierna ensangrentada!».

A cada pausa, le sorprendía el fuerte ruido de su respiración y los latidos imparables de su corazón en medio del silencio de la sierra. Se comía un trocito de pan, dejaba que se derritiera un poco de nieve en su boca y reanudaba la marcha. Esperaba encontrar un lugar donde refugiarse antes del anochecer, pero el sol ya se escondía detrás de las cumbres por el oeste sin que hubiera atisbado el menor signo de vida.

Por fin, la pendiente se volvió más suave; la llanura estaría cerca. Como iba oscureciendo lentamente y el frío intenso empezaba a meterse debajo de su jersey, Helen se puso la cazadora de Pastor y aceleró el paso. Le angustiaba la idea de tener que dormir al aire libre. Por suerte, aparecieron las primeras rocas y, rápidamente, la hierba de un prado. Se quitó las raquetas y las ató a la correa de su mochila. Una senda bordeaba un bosque de abedules. Helen se adentró en ella y no habría recorrido ni quinientos metros cuando apareció una casita de piedra a su derecha, al fondo de un prado.

Ciertamente era muy vieja, pero estaba muy cuidada. Un hilillo de humo blanco salía de la chimenea. En un cercado, un cerdo gigante chapoteaba en el barro, movía sin parar unas orejas inmensas y muy sucias. Helen no había visto nunca un animal de semejante tamaño, pesaría cerca de dos toneladas. Se acercó a la puerta de madera y llamó. Esperó en vano una respuesta y llamó de nuevo. Recordó fugazmente el cuento infantil *Ricitos de Oro*. ¿Habría tres tazones en la mesa, tres sillas y tres camas? El enorme verraco la miraba desde lejos al tiempo que emitía gruñidos de ultratumba.

–¿Hay alguien ahí? –llamó la chica.

Dio la vuelta a la pequeña casa, pero no vio ni trineo ni ningún otro tipo de carro, solamente una reserva de leña bajo el cobertizo. Volvió por el otro lado y dio golpecitos en los cristales de la ventana.

¿Hay alguien ahí?

Pegó la cara al cristal. El interior estaba sumido en la oscuridad; sin embargo, un hombre, al que la llama de un hornillo apenas alumbraba, estaba sentado en una silla. Tenía las piernas apoyadas en un calientapiés.

–¡Señor! –llamó Helen, y el hombre levantó la mirada hacia ella–. ¿Puedo pasar?

Interpretó el vago movimiento que hizo el hombre con la cabeza como un asentimiento y empujó la puerta. El techo del cuarto era muy bajo. Un armario, una mesa, un reloj y dos bancos apoyados en el suelo de tierra constituían todo el mobiliario. Helen se acercó al hornillo.

–Disculpe, señor, he visto humo y...

El hombre era mucho mayor de lo que había pensado, o quizá estaba enfermo. Unas arrugas muy profundas le surcaban una cara cansada; su escaso pelo blanco le dibujaba una curiosa forma de coma en la frente. Se abrigaba los brazos bajo una manta que le cubría las rodillas.

–Vengo del refugio... –empezó diciendo Helen–. ¿Conoce... el refugio?

El hombre no parecía entender. Observaba a la chica sin temor, pero no parecía sentir el más mínimo interés por ella. Sus orejas de soplillo se destacaban de un cráneo calvo.

–¿Vive solo aquí?

Miró con más atención a su alrededor y vio otra silla de enea cerca del hornillo.

–¿Vive solo aquí? –reiteró con voz más fuerte mientras señalaba la otra silla–. ¿Vive con alguien?

La chica ya se estaba resignando al silencio cuando el hombre abrió la boca y pronunció con voz ronca una frase corta y totalmente incomprensible, dijo algo como:

–¿*Sjo cé adji*?

–¿Perdón? –repuso ella.

Repitió las mismas palabras, aunque con tono más fuerte y enfadado.

–No entiendo su idioma... –se disculpó Helen–, yo...

Sacó entonces un brazo muy delgado de debajo de la manta y la señaló con una mano temblorosa:

–¿*Gardjoune*? ¿Chica?

–¡Ah! –reaccionó ella riéndose–. ¡Una chica, sí, soy una chica!

Con su pelo corto, su cara cuadrada y la cazadora de Pastor, podía prestarse a confusión. En cuanto el hombre supo que pertenecía al sexo femenino, estuvo más amable con ella. Le hizo una señal para que acercara la silla y se sentara. Pero la conversación no prosperó y quedaron en silencio frente a frente, sonriéndose de vez en cuando con timidez. Helen se preguntaba ya qué cariz tomaría la velada cuando abrió la puerta una viejecita con un pañuelo anudado a la cabeza. Cerró detrás de ella, colgó con vivacidad su abrigo del gancho que hacía las veces de perchero y se paró en seco en medio del cuarto cuando vio a la visita que se había levantado de la silla. Sin embargo, al oír las breves palabras del viejo en su idioma, se dirigió inmediatamente hacia Helen con los brazos abiertos:

–¡La novia de Hugo!

–No, no soy la novia de Hugo –contestó Helen, feliz al ver que, finalmente, alguien la entendía–, me he perdido en la sierra y...

–Ah –dijo la vieja, visiblemente decepcionada. Pero pese a todo, fuera o no fuera la novia de Hugo, la besó. Sus mejillas heladas eran suaves como la seda–. ¿Se ha perdido?

–Exacto. Vengo del refugio, allí arriba. ¿Conoce el refugio?

–Sí, lo conozco...

–Mi amigo está allí... está herido... gravemente herido, ¿comprende? En la pierna... busco auxilio... necesita ayuda...

Mientras hablaba, el viejecito se obstinaba en hablar también con su mujer, y la pobre ya no sabía a quién atender.

–La toma por la novia de Hugo –dijo finalmente a Helen–. ¡Es más terco que una mula! Dígale que Hugo está bien, ¡y así nos dejará en paz!

–Hugo está bien –dijo Helen al viejo hablando muy claro y despacio–. Está *muy* bien.

–¡Aah! –exclamó satisfecho, y se calló.

La vieja le guiñó el ojo en señal de complicidad. Parecía estar diciendo: «¡Por fin estamos entre gente sensata!».

–Como le comentaba, mi amigo está en el refugio –prosiguió Helen–. Está gravemente herido... habría que ir a buscarlo con un trineo o encontrar a un médico que lo atienda...

–¡Ah!, ¿hay un médico en el refugio?

–No, no hay ningún médico en el refugio. Mi amigo está solo. Está herido. ¿Conoce a algún médico?

–Mi hijo...

–¿Su hijo es médico?

La vieja cambió repentinamente de semblante y, estupefacta, miró a Helen:

–¿Mi hijo es doctor? ¿El más joven?

«¡Oh! ¡Dios mío!», se lamentó la chica, «¿dónde me he metido?».

–Sí –repitió–, me lo acaba de decir. Su hijo es médico, ¿verdad?

–No sé... ¿Quiere un poco de sopa?

Helen se fijó en una olla de hierro fundido, negra por el uso, que estaba puesta en el hornillo. Un hilillo de vapor salía de debajo de la tapadera. Después de todo, era mejor aprovechar la oportunidad. Ya era noche cerrada, tendría que comer y dormir en alguna parte.

La viejecilla encendió una lámpara de petróleo colgada de una viga del techo y sacó un tazón del cajón de la mesa.

–Primero, voy a atender a mi hombre. Tiembla demasiado para comer solo. Ya no tiene la cabeza bien, sabe. Desde hace algún tiempo, no habla más que en su idioma materno... Es una pena, señorita. ¡Si lo hubiera visto de joven!

Helen la observó mientras le daba la sopa a «su hombre», de pie a su lado. Era entrañable ver con qué paciencia y delicadeza lo atendía. Luego, las dos mujeres se sentaron a la mesa para «cenar». Desgraciadamente, la sopa no estaba tan buena como Helen se la esperaba. Tragó con dificultad los trozos de patatas y nabos, apenas cocidos, que flotaban en un caldo insípido.

–¿Vive más gente por ahí? –siguió preguntando la chica–. ¿Hay más casas?

–Mi hijo... –contestó la vieja.

–¿Su hijo? ¿El médico?

En ese momento preciso, sentado en su silla, el viejo repitió varias veces una pregunta en la que Helen identificó la palabra *Hugo*.

–¿Qué está diciendo?

–Pregunta cuántos hijos tiene usted con Hugo. Chochea... Espere un momento, ya verá...

Chapurreó una respuesta en el idioma de su marido y contuvo la risa en el trapo de cocina que tenía en las manos.

–¿Qué le ha dicho?

–Que tiene siete hijos, todos varones, y además, ¡gemelos! ¡Nos dejará tranquilas el tiempo que tarde en pensarlo!

Y así fue. El viejecito meneó la cabeza y se sumió en sus pensamientos. Helen contuvo la risa. Esa anciana tan viva y tan confusa al mismo tiempo no dejaba de asombrarla.

–Me decía que su hijo vive cerca. Su hijo, el médico...

–¿El médico? ¿Vive ahí cerca?

–Sí, su hijo...

–¡Ah sí! Mi hijo. Vendrá mañana. Señorita, ¿quiere un vaso de vino?

–¿A qué hora vendrá su hijo? Pues mi amigo está herido allí arriba, en el refugio...

–Sí, la pierna, ¿verdad?

–Exacto, la pierna. Su hijo, el médico, ¿podrá atenderlo?

La viejecita fue a pasitos cortos hacia la puerta del fondo y la abrió. Una escalera subía hacia la primera planta y otra bajaba hacia el sótano. Cogió del primer escalón una botella de vino a medio empezar y sacó dos vasos del armario.

–Gracias, pero no bebo vino –dijo Helen, muerta de impaciencia–. Preferiría...

–¡Si lo hubiera visto cuando era joven! –la interrumpió la vieja mientras llenaba los vasos–. Yo tenía dieciséis años y medio y trabajaba en la cervecería. Él era leñador. Mi compañera Francisca y yo pasamos de casualidad por aquel claro del bosque. Había unos diez obreros extranjeros. Era la hora del descanso y, con el torso desnudo, jugaban a la petanca con piedras redondas. Hablaban en voz muy fuerte y se reían a carcajadas. Él era el más guapo... mucho más guapo. Sostenía la piedra en una mano, y un trozo de queso en la otra. El sudor hacía que le brillara la espalda. Francisca me dijo: «¿Has visto a ese? ¡Qué guapo es!». Nos reímos. Me las arreglé para volver a pasar sola los siguientes días. Un día, se acercó y nos dijimos nuestros nombres. De cerca, era aún más guapo... Otro día, nos dimos a entender por señas que podríamos quedar por la noche.

Helen se giró un poco y miró la cabeza del viejo salpicada de manchas, su cuello arrugado y sus hombros descarnados. Estaba adormecido al lado del hornillo. Pese a su impaciencia, la chica se conmovió.

–Y... ¿quedaron?

–¡Claro! ¡Es imposible impedir una cita amorosa entre un chico y una chica! Lo esperé detrás del taller de mi padre. Sin que nadie se enterase, me maquillé y me pinté los labios. Cuando apareció en la esquina de la calle y se acercó a mí, ¡estuve a punto de desmayarme! Llevaba una amplia camisa blanca cuyo cuello se abría sobre el pecho, y tenía una raya marcada en el pantalón... ¡una raya! ¡Una raya hecha con la plancha, él que vivía en una cabaña en medio del bosque! Pese a todo, podía ser elegante. Tenía dieciocho años... Y yo, dieciséis y medio...

–¡Vaya memoria tiene!...

–No. No me acuerdo de nada... pero eso... ¡Venga, señorita! ¡Vamos a brindar!...

Levantaron sus vasos. El vino era muy áspero y a Helen le costó beber el primer sorbo.

–Y... ¿tiene hijos? –prosiguió la chica, algo avergonzada de volver al tema que le importaba.

–¿Hijos? Sí... tuvimos... cuatro... no... cinco...

–¿Y el benjamín es médico ahora? ¿Verdad?

–Ya no me acuerdo... discúlpeme, me pasa lo mismo que a él... pierdo la cabeza... ¡Venga! ¡Vamos a la cama!... Nosotros dormimos aquí en el cuartito de al lado... usted dormirá arriba... coja una vela del cajón antes de subir.

Y se acercó a su marido, le musitó algo al oído y le ayudó a levantarse. Ambos empezaron a cruzar la habitación. Se desplazaban con mucha lentitud. Helen los contempló cuando pasaron delante de ella mientras bebía. El vino se le estaba subiendo a la cabeza. Cuando la puerta se cerró detrás de los dos viejecitos, se levantó y se sentó al lado del hornillo para calentarse un poco. Seguramente, haría frío en el cuarto de arriba. Se disponía a subir cuando la abuelita apareció con un camisón y un gorro en la cabeza.

–Mire, señorita...

En un marco de madera, una foto mostraba el busto de un joven. Tenía la barba muy negra y cuidadosamente cortada; llevaba también una corbata. Un extraño sombrero plano, ligeramente ladeado, le cubría la cabeza. Miraba al objetivo con mucho aplomo.

–Mi hijo... Lea lo que pone detrás...

En el cartón colocado en la parte posterior, una mano había escrito con aplicación, treinta años antes, la fecha, el nombre del graduado: *Josef*, y el título: *Doctor en Medicina.*

–¿Es su hijo? ¿El que vendrá mañana?

–Sí. Viene cada martes. Buenas noches, señorita.

Helen hizo rápidamente la cuenta de los días. Milos y ella huyeron del internado un viernes por la noche y después habían transcurrido dos días. Quizá la viejecita tuviera razón...

Pese a su agotamiento, le costó dormirse. La habitación estaba helada, la cama se hundía y el enorme edredón se caía al suelo en cuanto se movía. La imagen de Milos desangrándose en el refugio la obsesionaba. No consiguió dormirse antes del amanecer; la acompañaban los gruñidos del cerdo gigante, tan estruendosos que hacían vibrar los cristales de la ventana.

El doctor apareció a las diez en un vehículo lleno de barro, de altas ruedas, y cuyo motor provocaba un ruido de explosiones. Era un hombre de unos cincuenta años, de ojos muy negros. Se parecía poco al que había visto en la foto. Tenía el pelo canoso, una calvicie incipiente y la barba revuelta. Helen cruzó el prado y se precipitó hacia él antes de que hubiera bajado del coche. ¡Qué alivio poder hablar por fin con alguien que entendía rápida y correctamente!

–Vamos a seguir en coche y rodear la sierra –explicó–. Conozco un sitio a partir del cual podremos llegar al refugio caminando durante dos horas.

–¿Quiere decir que llegaremos antes del anochecer?

–Exacto.

–Pero... ¿tiene un botiquín? ¿Podrá atenderlo?

–Tengo todo lo necesario. Dejo la compra para mis padres y nos vamos.

Helen estuvo a punto de darle un beso. La despedida de los viejecitos fue rápida.

–¡Venga a visitarnos! –dijo la abuela–. Nos gustan las visitas.

–¡Chica! –exclamó el viejo señalando a Helen a su hijo.

Y prosiguió con una larga frase incomprensible en la que se oía varias veces el nombre de *Hugo*.

–¿Qué ha dicho? –preguntó Helen.

–Dice que es usted muy joven como para tener siete hijos, Hugo incluido. No sé de dónde habrá sacado esa historia...

–Por cierto, ¿quién es Hugo? –preguntó sonriendo Helen.

–Es mi hijo –repuso el médico–. Tendrá doce años a primeros de noviembre.

Después de hacer ese comentario, metió un trineo en el maletero del coche y le dio a la manivela para arrancar el motor. El cerdo los saludó con un último gruñido y se fueron mientras la viejecita agitaba un trapo de cocina sucio en el umbral de la puerta a modo de despedida.

La senda subía suavemente, pero las piedras dificultaban la conducción. El vehículo daba tumbos y Helen tuvo que agarrarse a la puerta y al asiento para no precipitarse al suelo. No era muy cómodo charlar con los zumbidos del motor.

–¿Qué hacían en el refugio en esta época del año? –gritó el médico.

–¡Estábamos de paseo! –repuso Helen al tiempo que se sorprendió al constatar que era más fácil contar una mentira a voz en grito que con voz normal.

–¿Les sorprendió la nieve?

–Sí.

–Ya veo. Me llamo Josef, ¿y usted?

–Helen.

Estuvieron callados durante algunos kilómetros; luego, el doctor señaló con la cabeza una bolsa colocada en el asiento trasero.

–Hay comida dentro, pan y chocolate creo. Coja si le apetece...

¡Chocolate! Helen se contuvo para no abalanzarse sobre el chocolate como una hambrienta. Alargó el brazo hacia la bolsa y se la puso tranquilamente en las rodillas.

–Por cierto, ¿cómo se hizo daño su amigo?

–Cortando una rama con su navaja –respondió Helen con una barrita de chocolate en la mano–. ¿Quiere?

–Sí, un trocito –contestó divertido el médico–. ¡Es mi vicio!

Cuando se lo estaba dando, una brusca sacudida los levantó de sus asientos y prorrumpieron en una carcajada.

«Y si le contara la verdad», pensó Helen mientras se comía el chocolate... «Una vez arriba, se dará cuenta rápidamente de que le he mentido. Verá la herida profunda de Milos y toda la sangre en el cuarto... Si la nieve se ha derretido, ¡también verá los cuerpos! Es médico, atenderá a Milos, es evidente, pero ¿después qué? ¿Nos denunciará?».

Tomó conciencia del riesgo que corría llevando a un desconocido hasta el lugar del drama. Pero ¿existía acaso otra manera de ayudar a Milos?

Estuvieron mucho tiempo sin intercambiar más que banalidades sobre el paisaje y el mal estado de la carretera. El médico iba atento a la conducción y no hizo ninguna pregunta. A su derecha, se abrían barrancos oscuros. A su izquierda, la cumbre del macizo desaparecía en la bruma. Una enorme ave rapaz chocó contra el parabrisas del coche con el ala y se sobresaltaron.

–¿Falta mucho? –preguntó Helen.

–No, estamos llegando –respondió el médico, y menos de un cuarto de hora después detenía el coche al borde del camino.

Un sendero cubierto de nieve iba directamente hacia la sierra. Se pusieron las raquetas y se adentraron en el camino. El médico daba grandes zancadas, tirando tras de sí del trineo que serviría para bajar a Milos. A veces se paraba para esperar a Helen, que lo seguía con dificultad porque llevaba el botiquín. Caminaron más de dos horas y llegaron a un bosquecillo de pinos.

–El refugio está justo detrás –explicó el médico–. Enseguida reconocerá el lugar.

Y así fue. En cuanto hubieron cruzado el bosque, vislumbró la masa gris del refugio, a unos doscientos metros encima de ellos. El corazón se le desbocó. «¡Estoy aquí, Milos!... ¡No te preocupes!... He venido con un médico... Todo irá bien...».

Iba a salir del bosque cuando el doctor le puso la mano en el hombro.

–¡Espere!

–¿Qué pasa?

–¡Hay alguien! ¡Mire!

Había tres hombres con una pala cerca de la roca donde estaban enterrados Mills, Pastor y Ramsés. Se les oía blasfemar en voz baja mientras sacaban los cuerpos. Un cuarto hombre inspeccionaba un trineo abandonado delante de la puerta. Todos llevaban chaquetones y botas de cuero.

–Son de la Falange... –comentó el médico en voz baja–. ¿Qué estarán haciendo ahí?

La puerta del refugio se abrió y aparecieron otros dos hombres. Llevaban un cuerpo sin vida, cogido de los hombros y los pies; lo tiraron sin contemplaciones al trineo. Un brazo medio dislocado colgaba por un lado.

Helen estuvo a punto de desmayarse.

–Milos...

Retrocedió un paso y se sentó en el trineo. Durante unos segundos, la nieve resplandeciente, los pinos, el cielo gris, todo dio vueltas a su alrededor.

–Milos... –dijo sollozando.

–¡Cállese! –ordenó el médico–. ¡No haga ruido!

Ahí, delante de la puerta, los hombres se calzaron las raquetas y, entre tres, empujaron el trineo hacia la bajada.

–¡Adelante! –vociferó uno a los que estaban cerca de la roca.

En unos segundos, el trineo desapareció.

–No le han tapado con una manta... –se lamentó, llorando, Helen–. ¿Estará muerto?

–No lo sé –dijo el médico en voz baja–. No debemos quedarnos aquí. ¡Vámonos!

Pese a que la calefacción estaba al máximo, Helen iba tiritando en el coche. El doctor se detuvo, se quitó la chaqueta y se la dio.

–Tápese y procure tranquilizarse. No creo que su amigo haya muerto. ¿Se ha fijado en la prisa que se daban para llevárselo? Cuando alguien ha fallecido, no se corre tanto, ¿no cree?

Helen estaba de acuerdo, aunque eso no la tranquilizaba. Fueron en silencio durante mucho tiempo y mucho más despacio que a la ida. Luego, el doctor se giró hacia ella y la miró con compasión.

–Por favor, ahora cuéntemelo todo... ¿Qué pasó en el refugio?

Y, al ver que ella seguía dudando, añadió:

–Señorita, no debe temer nada. ¿No lo ve...?

Quiso creerlo y empezó a contárselo todo desde el principio sin poder contener el llanto:

–Nos fugamos de nuestro internado...

Se lo confesó todo: la fuga de Bart y Milena, la pequeña Catharina Pancek en el calabozo, le relató la muerte de Basile, la gran asamblea, Van Vlyck, Mills, Pastor y sus Diablos. Le contó el viaje en autobús de noche, la agotadora marcha en la sierra, la espera gélida cerca de la roca, el terrible combate de Milos, su herida, la furia de los hombres-perro... Se lo dijo todo, y cuando hubo acabado, añadió para sí misma y en silencio: «Lo que no te confieso, doctor, es que Milos es mi primer amor, y de eso estoy segura ahora... pero lo he perdido...».

El médico la escuchó hasta el final sin interrumpirla y luego se limitó a preguntarle:

–¿Sabe de alguien que pudiera acogerla?

–Mi consoladora –musitó Helen–. Es la única persona que conozco fuera del internado, pero ya no puedo ir a su casa.

Cuando llegaron a la casita de piedra, anochecía. El doctor paró el motor, aunque no bajó. En el silencio de la noche, su voz sonaba serena y segura.

–Escúcheme, Helen. Lo he pensado mucho. Eso es lo que vamos a hacer a partir de ahora. Primero, vamos a cenar en casa de mis padres. No tema, ¡la cena estará mejor que la de ayer!, ¡he traído cosas muy ricas! Luego la llevaré a mi casa en la pequeña ciudad a la que llegó en autobús. Conocerá a mi mujer y a Hugo, su «novio». Pero no podrá quedarse. Como se puede imaginar, ¡se va a armar una buena en la región! A los de la Falange no les gusta perder a sus hombres de esa forma. Tampoco puede volver al internado. Así que mañana, a primera hora, cogerá el autobús que va al sur. Le daré el dinero necesario y algo más. Llegará a la noche siguiente a la capital. Pregunte por el *Pont aux Fagots* y vaya allí. No olvide, el *Pont aux Fagots*. Porque hay muchos puentes en aquella ciudad. Este se encuentra al norte en la parte alta del río. Hay gentes que duermen debajo. Tienen un aspecto terrorífico, pero no tema; no le harán ningún daño. Pregunte por un tal Mitaine. ¿Lo recordará?: Mitaine. Dígale que viene de mi parte, de parte de Josef, el médico. La ayudará y le indicará dónde encontrar a gente como nosotros en la ciudad. Yo he perdido el contacto; la red se desplaza constantemente...

–¿Gente como nosotros?

–Sí, gente que odia a la Falange... ¿Le basta la explicación?

–Me basta. Se lo agradezco, señor...

–Me llamo Josef.

–Gracias, Josef...

–Es lo menos que puedo hacer. ¿Le puedo dar otro consejo?

–Sí.

–Deshágase rápidamente de esa chaqueta y de esa mochila. Le podrían traer graves problemas.

Se dio cuenta de que seguía llevando la cazadora de piel de Pastor y la mochila de Mills a la espalda.

–¡Oh, sí!, ¡claro! Pero ¿qué hacemos con ellas? No quisiera que las encontrasen en casa de sus padres. Habría que enterrarlas o quemarlas...

–Tengo una idea mejor –sugirió el médico–. ¡Démelas! No quedará nada de ellas, ni siquiera cenizas... Mañana, mi mujer le dará un abrigo para sustituir la cazadora.

Al pasar al lado del cercado, tiró la mochila y la cazadora por encima de la valla de madera. Con su morro gigantesco, el verraco hurgó un momento, y luego decidió empezar por la mochila, que engulló en escasos segundos, incluida la armadura metálica; después tardó más tiempo en saborear la exquisita mezcla de cazadora de piel con barro.

Al día siguiente, al alba, fueron juntos a la estación de autobuses. Helen iba arrebujada en un largo abrigo de lana que le había regalado la mujer del médico. Al pie del autobús, este le entregó el dinero que le había prometido, y también algo de comida y un libro para el viaje. Le dio primero un apretón de manos, luego se lo pensó mejor y le plantó un beso en cada mejilla.

–El *Pont aux Fagots*... Mitaine... ¡No lo olvide!... ¡Suerte!...

Subió al mismo autobús que la había traído cuatro días antes, un siglo antes, en aquel tiempo remoto cuando Milos estaba aún con ella. Al ver alejarse la sierra por el rectángulo sucio del cristal trasero, sintió cómo se le partía el corazón. «Milos, han conseguido cogerte a ti que decías que nunca te cogerían... ¿Qué harán contigo? ¿Y qué será de mí, sola? Nos habíamos prometido no dejarnos nunca... No morirás, ¿verdad? ¿Nos volveremos a ver? ¿Me lo prometes?».

10
El Pont aux Fagots

A medianoche, el autobús dejó a Helen en la estación de la capital; se sentía más sola que nunca. «Milena... Vera... ¿dónde estáis? ¿Qué hago yo en esta ciudad?». Sin molestarse en abrir la boca, un pasajero le indicó con un gesto la dirección del *Pont aux Fagots*, era «por ahí». Ella se puso en camino. Los edificios oscuros y adormecidos se erguían como acantilados silenciosos y amenazadores a su izquierda. Se acercó al río y siguió el muelle. El *Pont aux Fagots*, Mitaine... Ninguna de estas palabras le evocaba nada, y sin embargo su única esperanza era dar con ellos.

Al menos seis hogueras ardían debajo del puente, y sus llamas movedizas se reflejaban en las ondulaciones del río. Feliz de haber llegado por fin, Helen se detuvo en la parte de arriba de la escalera de piedra. Había caminado durante mucho tiempo y había cruzado más de seis puentes antes de llegar a ese. Junto a la hoguera dormían unos diez pobres diablos harapientos, tumbados en sacos de yute. Subían unos ronquidos fuertes que se respondían en un concierto anárquico y que un codazo o una patada acallaba por momentos. De vez en cuando, alguno de los que allí dormían se levantaba para orinar en el río o echar una rama a la hoguera. Otras hogueras más modestas chisporroteaban en la noche. Sentados delante, unos hombres comían, bebían alcohol y fumaban silenciosos. Acababan de dar las doce de la noche en el campanario de una iglesia cercana. Helen bajó la escalera y caminó bajo la bóveda. Para sentirse más segura, recordaba las palabras del doctor: «Esa gente no le hará ningún daño».

–¿Qué haces tú aquí? –gruñó una voz ronca a su lado.

La mujer que le hacía la pregunta estaba sentada en un hueco del muro. Resultaba difícil calcularle la edad, unos cincuenta años quizá. Su cara rojiza desaparecía debajo de una gorra de piel. Un perro callejero dormía a sus pies.

–Busco a Mitaine...

–¿Y qué quieres de Mitaine?

–Hablarle...

La mujer señaló una pequeña hoguera, casi apagada, a unos diez metros.

–Es aquel de ahí. ¡Dale una patada para despertarlo!

Helen se acercó a la forma hecha ovillo bajo un montón de mantas.

–¡Señor! –llamó con timidez.

La mujer echó una carcajada.

–¡No le llames *señor*! ¡Te digo que le des un zapatazo!

Como Helen no se atrevía, empezó a gritar:

–¡Mitaine! ¡Eh! ¡Mitaine! ¡Tienes visita! ¡Una preciosidad! ¡Una rubia!

–¿Qué pasa? –gruñó el hombre mientras asomaba una cabeza de pelo enmarañado.

Tendría unos cuarenta años. Pese a su delgadez, su cara era jovial.

–¿Qué quieres?

–¿Es usted Mitaine? –preguntó Helen.

–Eso dicen... ¿Y quién eres tú?

–Vengo de parte de Josef, el doctor Josef...

El hombre bostezó un momento enseñando una boca desdentada, carraspeó ruidosamente y se incorporó.

–¿Qué tal está ese buen doctor Josef? ¿Sigue cobrando por matar a la gente?

–Está bien –respondió sonriente Helen.

El vagabundo apartó las mantas y se levantó con dificultad. Llevaba gruesos guantes de lana cuya punta cortada dejaba asomar las dos últimas falanges de unos dedos sucios.

–Si no me equivoco, vienes de allí. ¿No conoces nada aquí?

–No. Y por eso el doctor Josef...

–Vale. Pues empezaré por enseñarte los alrededores.

Agotada por el frío y el cansancio, Helen no tenía ningunas ganas de pasear por las aceras de la ciudad, pero le aguardaba una sorpresa en la parte de arriba de la escalera. Mitaine arrancó del primer taconazo una motocicleta, una auténtica antigüedad cuyo depósito amarillo recordaba las curvas de una avispa.

–¡Sube detrás de mí y agárrate!

El monstruo, desprovisto de faros, se puso en marcha por las calles empedradas en medio de explosiones y empezó a subir la colina hacia el norte.

–¿Adónde vamos? –gritó Helen entumecida–. Me muero de frío.

–¡Al cementerio! –replicó Mitaine–. Te gustará la vista.

Conforme subían, la ciudad aparecía ante ellos. Helen no se la imaginaba tan grande. Más de diez puentes cruzaban el río, que le costaba reconocer. «Milos, ¡si vieras lo ancho que es! ¡Cuatro veces más ancho que el que mirábamos tú y yo juntos, encaramados en el tejado del internado! ¡Si vieras esta ciudad! ¡Decenas de torres y campanarios, amplias avenidas, un sinfín de callejuelas y una infinidad de tejados de ladrillo! El ladrillo es mucho más bonito que la pizarra. Es una pena que no estés aquí conmigo, una auténtica pena...».

Como la motocicleta no tenía nada para apoyarla, Mitaine la adosó al muro del cementerio y se llevó a Helen. Cruzaron la carretera y se colocaron en un montículo de hierba que dominaba el vacío. Al mirar atrás, Helen descubrió las cruces y las losas de las tumbas que brillaban a la luz helada de la luna.

–¡Deja a los muertos en paz! –dijo Mitaine–. ¡Más vale que contemples el panorama! No está nada mal, ¿verdad? El puente de ahí, al norte, es el mío. Se reconoce por las hogueras que arden. El mayor que está en medio, con las estatuas de bronce, es el Puente Real. A ese lado del río está la ciudad antigua, ¿vale? Al otro, tienes el castillo, ahí en la colina, ¿lo ves? Debajo de nosotros está la ciudad nueva. La Falange está ahí, en ese edificio... ¡qué asco!

Escupió en la dirección que señalaba y se dirigió inmediatamente hacia su moto.

–Bueno, ya lo has visto todo, la visita ha terminado, ¡vámonos!... Además hace un frío que pela...

–Y ahora, ¿adónde vamos?

–Te llevo a la ciudad vieja, a casa de Jahn.

–Y ese, ¿quién es?

–Ya lo verás.

Bajaban ya en moto por la pendiente cuando Mitaine se giró un poco y preguntó gritando:

–Por cierto, ¿conoces a los dos que llegaron en barca la semana pasada?

–¿Quiénes son esos dos? –preguntó al tiempo que sentía desasosiego.

–Un tipo alto y delgado y una rubia con el pelo cortado al cero... ¡Cuidado! ¡Agárrate!, ¡salta mucho con las piedras de la carretera!

–¿Con el pelo al cero? –preguntó, sorprendida, Helen–. ¿Recuerda... recuerda sus nombres?

–No... ¡sí! Él se llama Alexandro o algo así, y ella... ella... ¡Helena! ¡Sí! ¡Helena!

–¿Bartolomeo y Milena? –gritó al oído de Mitaine.

–¿Qué haces? ¡Estás loca! ¡No grites así, me vas a dejar sordo! Sí, es lo que dices, Bartolo... o algo así y Milena. ¡Eso es!

–¿Dónde están ahora?

–Pues, en casa de Jahn... allí adonde vamos ahora, ¡encanto!

Helen llevaba varios días presa de una angustia incontrolable. Y de pronto, el peso desaparecía. De repente, se olvidaba del frío, la inquietud, el dolor de estar sola. ¡De nuevo iba a encontrarse con Milena! Quizá en breves instantes.

Apoyó la frente en la nuca de Mitaine. «¡Un ángel me lleva en su moto!», pensó. «Un ángel que no huele muy bien, es cierto, pero un ángel al fin y al cabo, ¡y volamos hacia Milena!...».

Por un dédalo de callejuelas estrechas, llegaron a una placita empedrada y desierta. Mitaine se detuvo delante de un restaurante cuya antigua fachada se extendía sobre unos veinte metros. El nombre del establecimiento, *JAHN*, estaba pintado con letras doradas en el cristal de la puerta de entrada. Detrás de las cortinas, se adivinaban filas de mesas en las que las sillas puestas del revés formaban un bosque de patas.

–Aquí es –dijo Mitaine sin parar el motor–. ¡Pasa!, yo no te acompaño. Preguntas por *el señor Jahn*. No digas *Jahn* a secas, sino *el señor Jahn*, ¿vale? Le dices que buscas trabajo. Te contestará que no tiene nada. Entonces le dirás: *Estoy dispuesta a fregar platos.* Te preguntará: *¿Estás dispuesta a fregar platos?* Y tú le dirás *¡Pues claro! Ya he cortado patatas para Napoleón, así que...* Y te aceptará. ¡Así de sencillo! ¿Entendido?

Helen pensó que estaba soñando y que su sueño era demencial.

–No entiendo nada. Además, ese Napoleón, ¿quién es?

–Es el cerdo gigante del doctor Josef. ¿No lo viste allí?

–Sí lo vi, pero no sabía que se llamaba así.

–Es nuestra mascota. Cuando hayamos echado a esos desgraciados de la Falange, haremos una superfiesta y nos comeremos a Napoleón para rendirle homenaje. Y ahora, ¡entra! Yo te espero aquí para ver si todo va bien. Me harás una señal detrás del cristal, ¿vale?

–De acuerdo –asintió Helen–. Y gracias por todo.

Se dirigía a la entrada del restaurante cuando Mitaine la llamó:

–¿No tendrías algo de dinero para la gasolina y la visita turística?

–¡Por supuesto! –exclamó la joven, avergonzada por no haberlo pensado, al tiempo que le daba lo que le pedía.

Al empujar la puerta, la sorprendió el calor agradable que reinaba dentro. Las luces de emergencia alumbraban débilmente una sala inmensa. Fue caminando entre las mesas, pasó delante de puertas de dos hojas que darían seguramente a las cocinas. Al fondo había una ancha escalera de roble, escasamente iluminada en la parte superior. Subió en silencio como atraída por un rayo de luz que se filtraba por debajo de una puerta. Casi había alcanzado el descansillo cuando tropezó en un escalón.

–¿Quién anda ahí? –preguntó alguien en voz baja desde el cuarto del que salía luz.

–Quisiera... quisiera ver al señor Jahn –contestó Helen.

–¿Quiere ver al señor Jahn?

–Sí, por favor.

–Pues ¡pase y lo verá!

Sentado en su escritorio, un hombre mofletudo hacía cuentas en un cuaderno. Echó una mirada rápida hacia Helen y siguió con sus cuentas. La radio emitía música clásica con un volumen tan bajo que se debía prestar mucha atención para percibirla.

–¿Qué desea, señorita?

–Busco trabajo.

–No hay.

Sus carnosos labios le daban un aspecto enfurruñado. Helen no se movió.

–Estoy... estoy dispuesta a hacer cualquier trabajo, fregar platos...

Sin dejar de escribir con un lápiz muy gastado, el hombre masculló:

–¿Está dispuesta a fregar platos?

–¡Pues claro! Ya he cortado patatas para Napoleón, así que...

Tuvo la extraña sensación de estar declamando un papel en una obra de teatro; eso sí, una obra que iba a decidir su vida. Jahn levantó la vista y esa vez la miró con mucha dulzura.

–Así que... patatas para Napoleón. ¿Cuántos años tienes?

–Diecisiete años.

–¿Tú también te has fugado de tu internado?

–Así es.

El hombre entrado en carnes dejó el lápiz, se quitó las gafas, se pasó las manos por el pelo rizado y soltó un suspiro como si tuviera que soportar toda la desgracia del mundo.

–Bueno... –dijo finalmente–, vale... Te voy a enseñar tu habitación. Está justo debajo del desván. Empiezas mañana por la mañana. Pero ya tengo a mucha gente para fregar platos. Veamos... limpiarás la sala y servirás. Los otros te explicarán tu trabajo. No podré pagarte mucho, pero tendrás comida y cama. ¿Tienes hambre?

–No –repuso Helen, que no había acabado siquiera las provisiones que le había dado el doctor Josef.

–Entonces, vete a dormir, es tarde ya.

Apagó la radio, se levantó y la precedió en la escalera. Subieron dos pisos y llegaron a un pasillo vetusto de techo bajo en el que había a cada lado una decena de puertecitas cerradas.

–Tus colegas... –comentó Jahn.

Cuando llegó al final, abrió la puerta de la izquierda y se apartó para dejar entrar a la chica.

–Esta es tu casa. ¡Toma la llave!

Dio algunos pasos por el pasillo y se dio la vuelta:

–Por cierto, ¿cómo te llamas?

–Dormann –respondió la joven–. Me llamo Helen Dormann. Por favor, ¿está aquí una chica que se llama Milena Bach?

–Ella duerme en la habitación contigua a la tuya –comentó Jahn sin darle más importancia–, pero, por favor, no la llames así.

–Ah, ¿y cómo debo llamarla?

–Como quieras, pero no así... Buenas noches –se despidió ese señor gordo sin más explicaciones, y se alejó con su andar pesado.

La minúscula habitación no tenía más que una estrecha cama, una mesa, un lavabo y dos estanterías. Una simple cuerda tendida en la esquina de la pared hacía las veces de armario ropero. Pero Helen guardaba en la mano la llave de «su casa», su casa por primera vez en su vida, y experimentó una felicidad incontrolable. Un radiador de hierro despedía un calor agradable. Subió a la silla para alcanzar el tragaluz que daba al cielo. Vio el amplio río dormido, el brillo de las luces en la ciudad silenciosa.

«Un principio», pensó, «es un principio. Todo irá bien».

Se tumbó, entumecida por el cansancio y las emociones, y mientras caía lentamente en el sueño, convocó para acompañarla a todos sus seres queridos: a sus padres, surgidos de la noche de los tiempos y que le sonreían con ternura; a Paula, que ya debía de saberlo todo y quizá se acordaba de ella; a Milos, que estaría librando en algún sitio su más duro combate; y a Milena, que dormía al otro lado de la pared, con su pelo cortado al cero...

El ruido ensordecedor de una moto que se desvaneció rápidamente fue lo último que percibió. «¡Vaya!... ¡Mitaine se va!... Se me ha olvidado hacerle una señal por la ventana para avisarla de que me quedaba... Perdóname, Mitaine...».

Segunda parte

Como el río

Hago el recuento de mis momentos de felicidad.

Kathleen Ferrier,
contralto británica,
sacado de una de sus últimas cartas

1
El restaurante Jahn

Helen estaba tan agotada que creía que no despertaría antes de mediodía; sin embargo, al amanecer del día siguiente, sintió el ruido de una puerta que se cerraba con mucho cuidado, y una llave que giraba en la cerradura de la habitación contigua. Primero le costó situarse, luego empezó a recordar: Mitaine, la capital, el señor Jahn, la habitación que era su casa, y Milena que dormía al lado. ¡Milena! Seguramente era ella la que se alejaba ahora por el pasillo. Temiendo que se fuera, saltó de la cama, se puso una blusa y salió rápidamente. Allí al final del pasillo, una chica alta y esbelta de pelo rubio cortado al cero, con un delantal blanco de cocinera atado a la espalda, se disponía a bajar por la escalera.

–¡Por favor, señorita! –llamó Helen.

La chica se dio la vuelta. Sorprendidas ambas, se miraron algunos segundos y se precipitaron una hacia otra. Las dos tuvieron la necesidad de tocarse, de abrazarse. La inmensa felicidad que las embargaba las hacía reír y llorar al mismo tiempo. Transcurrió un largo momento antes de que pudieran hablar.

–¡Milena! ¿Qué has hecho con tu pelo?

–Fue Bart el que me lo cortó.

–¿Bart? ¡Vaya desastre te ha hecho! ¡Está loco!

–No, no está loco. Ya te explicaré. Y tú, ¿qué haces aquí? ¡No me lo puedo creer!

–Me fugué del internado con Milos. Os seguimos por la sierra.

–¿Por la sierra? ¿Hasta dónde?

–Hasta el refugio.

–¡Hasta el refugio! ¿Para qué?

Se les atropellaban las preguntas. ¡Tenían tantas cosas que contar al mismo tiempo!

–Milos os quería proteger de los hombres-perro... ¡Es increíble lo cambiada que estás con tu nuevo peinado! ¡No se ven más que tus ojos!

–Entonces, ¿Milos está aquí?

–No, se lastimó una pierna. No sé si aún está vivo. Fui a buscar auxilio y lo atraparon mientras tanto. Los de la Falange... la policía...

Milena se puso un dedo en los labios.

–¡Shhh! ¡Habla más bajo! Me lo contarás en otro sitio. ¿Y Catharina?

–No temas. Ya no está en el «Cielo». Milos y yo la llevamos a casa de su consoladora Mélie, sabes quién es, ¿verdad? ¿Y Bart? ¿Dónde está?

–Aquí está. Duerme en el primer piso, en la planta de los hombres.

Dijo *los hombres* y no *los chicos,* como decía en el internado.

Se abrió una puerta y una mujer bajita y regordeta, que llevaba un delantal idéntico al de Milena, apareció en el pasillo.

–¡Buenos días, Kathleen! –dijo al pasar.

–¡Buenos días! –contestó Milena–. Te presento a mi amiga Helen. Acaba de llegar.

–¡Bienvenida a la juventud! –repuso la mujer al tiempo que desapareció por la escalera.

–¿Cómo te ha llamado? –preguntó extrañada Helen.

–Me ha llamado Kathleen, y así me llamarás tú también a partir de ahora.

–No sé si lo conseguiré. ¿De dónde has sacado ese nombre?

–Es el nombre de una cantante. Por eso lo he escogido. Debo esconderme, ¿sabes? Mi cara, mi nombre, todo... ¿Trabajas en la cocina?

–No. Trabajo en la sala. La limpieza, el servicio...

–¡Qué pena! Yo estoy en la cocina. El señor Jahn me ha puesto allí para que me vean lo menos posible. ¿Tienes delantal?

–No.

–Entonces, ¡vístete deprisa! Te llevo al ropero para que escojas uno. Es lo primero que hay que hacer aquí, igual que en el internado con los abrigos. Luego iremos a desayunar abajo a la cantina.

Menos de diez minutos después, vestida con la bata azul de las limpiadoras, Helen bajaba la escalera en compañía de su amiga. Familiarizada ya con el lugar, Milena la llevó al pasillo del primero y dio tres golpecitos a una puerta de la izquierda.

–¡Bart, abre! Tengo una sorpresa para ti.

El chico asomó la cabeza; tenía el pelo alborotado. Muerto de risa, miró a Helen y exclamó:

–¡Vaya sorpresa! ¡Es la reagrupación general!

–No del todo –comentó Milena tras un silencio–. Milos se fugó con ella, pero lo atraparon.

La alegría de Bartolomeo desapareció inmediatamente. La cara se le puso tensa.

–Lo cogieron... ¿los perros?

–No. Fue la policía de la Falange.

El chico cerró los ojos un momento y dijo en voz baja:

–No debemos hablar aquí. Quedamos los tres esta noche delante del cementerio cuando el restaurante haya cerrado. Helen, ¿sabes dónde está?

–¿El cementerio? Sí. De hecho, es lo único que conozco en esta ciudad.

–Nos vemos esta noche entonces... –zanjó Bart antes de cerrar la puerta.

El restaurante Jahn era en realidad la cantina de los obreros y las obreras de la fábrica contigua. Todo era mucho más grande de lo que Helen había imaginado la noche anterior. Las puertas de dos hojas no daban a las cocinas, sino a otra sala, mayor aún que la primera. Ya había tres chicos colocando las sillas puestas del revés en las mesas de madera.

–¿Sabes cuántas personas pueden comer juntas aquí? –preguntó Milena–. ¡Más de seiscientas! Ya lo verás a la hora de la comida, ¡parece una feria!

–Entonces, habrá muchos empleados –dedujo Helen.

–¡Demasiados! –contestó sonriendo Milena–. El señor Jahn recluta a todos aquellos que «han cortado patatas para Napoleón», y, no te creas, ¡son unos cuantos!... Bueno, ahora no hablamos más hasta esta noche. ¡Discreción! Es la regla aquí.

Cogieron el ascensor de servicio para bajar al sótano. Era un cacharro que pegaba brincos como un toro furioso. Se veía la vetusta maquinaria de hierro por la puerta acristalada.

–¡Las cocinas! –anunció Milena cuando llegaron abajo.

Pasaron entre dos enormes hornos de hierro fundido y numerosas baterías de cacerolas de cobre colgadas de la pared.

–Aquí trabajo. Pelo, lavo, selecciono frutas y verduras. Bart trabaja en la recepción del género. Carga, descarga ¡y rompe unas cuantas cosas! ¡Es muy torpe! Aquí está la cantina del personal y aquí comemos antes de que lleguen los clientes. ¡Pasa!

La hizo entrar en una sala que retumbaba mucho y que despedía un agradable olor a café y a pan tostado. Unas veinte personas estaban ya desayunando. La gran mayoría eran jóvenes, pero había también gente mayor; todos reían y contaban chistes. Se pasaban de mano en mano con toda naturalidad las cestas llenas de rebanadas de pan, los cuencos rebosantes de mermelada y las cafeteras humeantes.

–¡Siéntate! Estarás bien acompañada.

La amiga de Helen se alejó y ella se sentó al lado de una mujer de unos cuarenta años. Era una morena de pelo rizado que llevaba la bata azul de las limpiadoras. Tenía la cara redonda y bizqueaba ligeramente. Le sonrió con amabilidad.

–¡Hola! Me llamo Dora. ¿Eres nueva?

–Sí. Me llamo Helen. ¿Trabaja también en la sala?

–Sí. Te voy a enseñar lo que debes hacer. Es fácil. Oye, puedes tutearme.

Helen recordaría mucho tiempo después esas primeras palabras intercambiadas y la simpatía inmediata que le había provocado esa mujer, un sentimiento de secreta afinidad y confianza espontánea. Pensó también que no se trataba de un encuentro fortuito en esa cocina situada bajo tierra; era el típico lugar que suele encerrar las cosas cálidas y profundas.

Mientras charlaban, se dio cuenta de que Dora usaba con dificultad la mano derecha. Sus dedos deformes estaban enrojecidos en las junturas, mientras el pulgar permanecía constantemente semidoblado.

El señor Jahn apareció un instante. Saludó a todos con una discreción parecida a la timidez, se bebió de pie un tazón de café mientras observaba de reojo a sus empleados. Cuando su mirada se cruzó con la de Helen, le dirigió a distancia un gesto que significaba: «¿Todo bien?», al que respondió ella: «Todo bien». Y, en efecto, ella se sentía llena de esperanza.

El día transcurrió muy deprisa. Desde las once de la mañana, Helen se sintió atrapada en un torbellino. En breves instantes, las dos salas del restaurante se llenaron y el jaleo no cesó hasta las dos de la tarde. Afortunadamente, el menú era el mismo para todos y los clientes no podían elegir. Vestidos con una bata azul, los camareros y las camareras recibían por un montacargas los platos que les mandaban desde la cocina y gritaban los pedidos por unos interfonos instalados en las paredes: *¡Diez entradas! ¡Diez!* o *¡Cuatro segundos! ¡Cuatro!*

El trabajo de Helen no era complicado; tenía a su cargo una fila de seis mesas. En cuanto alguna quedaba libre, debía recogerla rápidamente y limpiarla. Con frecuencia tenía que pasar la bayeta para secar el agua que se había derramado de una jarra, pasar la fregona o recoger los trozos de un plato roto. Siempre atenta, Dora le indicaba amablemente cómo hacerlo.

En cuanto hubo acabado, se fue directamente a su habitación, se tumbó en la cama y durmió como un tronco. Despertó justo a tiempo para ir a comer a la cantina y volver al servicio de noche. Después, tuvo que ayudar a limpiar a fondo las dos salas, y ya eran más de las once de la noche cuando pudo finalmente colgar su bata azul detrás de la puerta de su dormitorio y salir del restaurante.

Delante de la puerta y arrebujada en un abrigo negro, Milena la esperaba en compañía de Dora; esta se reía de la cara de sorpresa de Helen. Las dos llevaban un gorro de piel y parecían hermanas.

–No temas –la tranquilizó inmediatamente Milena–, puedes hablar delante de Dora como si fuera yo misma.

Fueron juntas por las calles de piedras que subían detrás de la plaza. Aunque fresca, la noche estaba clara. Algunas ventanas, escasamente iluminadas, salpicaban con su luz las fachadas de granito de color oscuro. Milena pasó la mano por debajo del brazo de Helen:

–¿Te acuerdas de la última vez que anduvimos así?

–Sí. Fue para cruzar nuestro puente. Me parece que sucedió hace diez años.

–A mí también.

Dora iba delante. Mientras caminaba, permanecía alerta. En cada esquina, se paraba y observaba detenidamente. Optó dos veces por volver atrás y tomar otro camino.

–Esos imbéciles se esconden en los portales, ¡pero son incapaces de no fumar! ¡Se ve la brasa de sus pitillos en tres kilómetros a la redonda!

–¿Y quiénes son esos «imbéciles»? –preguntó Helen.

–Los serenos, la policía nocturna. Te doy un consejo: ¡procura evitarlos todo lo que puedas!

–¿Y cómo los reconoces?

–Muy fácil: están por todas partes, son cuadrados, estúpidos y van siempre en pareja.

Un poco más adelante, Helen reconoció las calles que había descendido la noche anterior montada en la motocicleta de Mitaine. Se detuvieron un momento.

–Allí está el restaurante Jahn –indicó Dora al tiempo que señalaba con el dedo–. Justo encima de la fábrica. ¿Lo ves?

Tres chimeneas de ladrillo se alzaban hacia el cielo. Una de ellas despedía un humo grisáceo y titubeante por la falta de viento. Se divisaba también al norte el *Pont aux Fagots*, debajo del que temblaban algunas hogueras y, más allá, el castillo cuya masa oscura dominaba la ciudad al otro lado del río.

Cuando llegaron al cementerio, las tres mujeres pensaron en un primer momento que Bartolomeo no acudiría. Esperaron un poco en la colina oteando hacia abajo para ver si el chico llegaba. La luna se había escondido detrás de una nube y apenas si se veía su disco pálido. Helen se sopló en los dedos entumecidos para darles calor.

–¿Sería muy peligroso hablar allí abajo y no pasar tanto frío?

–Sí –contestó Dora–. La Falange infiltra a sus espías en todas partes. Las paredes oyen hasta en los sitios donde más segura te crees, en los pasillos, la cantina, tu habitación... Al señor Jahn lo vigilan desde hace tiempo. Si se descubre a alguien criticando al régimen en su establecimiento, pueden arrestarlo y cerrar inmediatamente el restaurante En la ciudad ocurre lo mismo, ya lo verás. Aquí al menos estamos seguras de que nadie nos escucha. Además te das cuenta inmediatamente de qué pie cojea la gente, y a los que están ahí detrás del muro, ¡les importa un bledo lo que se cuenta!

Como para contradecirla, la reja oxidada del cementerio se entornó en un largo quejido, y apareció la silueta esbelta de Bartolomeo.

–¿Estabas esperando en el cementerio? –preguntó Milena sorprendida.

–Sí –respondió el chico al tiempo que se acercaba–, ¿conoces un sitio más seguro y tranquilo?

–¿Los muertos no te dan miedo? –preguntó impresionada Helen.

–No. Los muertos no son conflictivos. Desconfío mucho más de los vivos. A ver, cuéntame lo que le ha pasado a Milos...

Helen carraspeó y empezó el relato. Contó su escalada de la pared del internado, el increíble espectáculo de la asamblea general, Van Vlyck, la liberación de Catharina, que ya estaba a salvo... Y procuró no olvidar nada de lo que siguió: su huida, la noche en el autobús, la espera gélida en la nieve y el terrible combate de Milos... Conforme ella iba relatando, Bartolomeo meneaba la cabeza y suspiraba. Conocía a su amigo, era atrevido y generoso, ¡pero no lo creía capaz de atacar a dos hombres y seis perros con la única ayuda de sus manos para protegerse!

–¿Eso hizo? –murmuraba incrédulo.

–Eso hizo –confirmó Helen–. Pero lo pagó caro...

Le costó contener el llanto al evocar el cuerpo ensangrentado de Milos arrojado al trineo como si fuera el cadáver de un animal.

–El doctor Josef piensa que no ha muerto –acabó diciendo al tiempo que se sonaba con un pañuelo–. Él cree que, en tal caso, no se lo habrían llevado tan rápidamente.

–Tendrá razón –corroboró Dora para consolarla–. No te preocupes.

Le abrió los brazos y Helen se refugió en ellos, y los cuatro permanecieron en silencio durante algunos segundos. Parecía una oración muda por que su amigo siguiera sano y salvo. Bart y Milena se abrazaron cariñosamente también.

–¿Y qué fue de Basile? –preguntó el chico preocupado–. ¿Se quedó en el calabozo? ¿Te habló Milos de él?

–No –mintió Helen al tiempo que se prometía decirle la verdad en otra ocasión.

No se sentía con las fuerzas suficientes para contárselo en ese momento.

–Y vosotros, ¿qué? A ver, ¡contad!

Le relataron su huida desesperada por la sierra, la bajada del río en barca y también el encuentro con todas esas personas que estaban convencidas de ver en Milena a su madre.

–¿Tanto os parecéis? –inquirió Helen sonriendo–. Ahora entiendo lo del pelo... Pero ¿por qué habéis dado media vuelta?

–Para luchar –explicó Bartolomeo–. Sabes, acabo de pasear entre las tumbas. Es una tontería, pero me gusta, incluso de noche. En el internado, en vez de ir a ver a mi consoladora o bajar a la ciudad, a veces iba al cementerio. Milos decía que estaba loco. Pensaba que debíamos aprovechar nuestras horas de libertad de otra forma. Pero a mí me agrada. No me parece tétrico. ¡Muy al contrario! Te obliga a pensar en tu propia vida y en lo que haces con ella. Y justamente, Milena y yo estamos decididos a hacer algo con nuestras vidas: queremos luchar contra la Falange.

–¿Eso es todo? –preguntó Helen en tono de ironía.

Lo había dicho sin maldad, más bien con el sentimiento un tanto triste de su impotencia.

–Eso es todo –repuso Bartolomeo sin sentirse molesto–. Pero a lo mejor disponemos de más armas de las que tú crees...

–¿Qué quieres decir?

Bartolomeo miró a Milena:

–¡Explícale!

Milena respiró hondo y empezó contando:

–Helen, es una historia de amor. ¿Quieres oírla aunque sean ya las doce de la noche, estemos delante de un cementerio y nos estemos helando?

–Te escucho.

–Bueno. Pues es la historia de una joven de veinte años que está enamorada. Un día, la chica se da cuenta de que la barriga le crece mucho. Entonces, el novio la abandona, desaparece de su vida y no vuelve nunca más. La chica llora mucho y, algunos meses más tarde, da a luz a una niña que decide llamar... digamos... Milena. ¿Lo entiendes hasta ahí?

–Creo que sí. Sigue.

–De acuerdo. Pues la joven madre es guapilla y canta bastante bien.

–No –la interrumpió Dora con suavidad–. No es «guapilla» sino guapísima. Y no es que cante «bastante bien», es contralto y su voz es un auténtico milagro. Es muy diferente, ¿no crees? A los catorce años, se matricula en un coro, y todas las que cantan con ella, yo por ejemplo, ¡acaban pensando que es mejor que se dediquen al dibujo o a la pintura! A los dieciséis años, ya es solista. A los diecinueve, entra en la Ópera, y todas las salas del país se la disputan. Eso era lo que había que precisar para entenderlo mejor. Ahora puedes seguir...

–De acuerdo –prosiguió Milena–. Canta muy bien. Un día, un tipo gordo y pelirrojo la oye por casualidad en una iglesia en la que ella está interpretando un réquiem. Es policía, está casado y tiene un montón de hijos pelirrojos como él que van siempre detrás de él. No es melómano, es más bien bruto y basto. Pero, vaya usted a saber por qué, la voz de esa mujer lo sobrecoge y se enamora locamente de ella. Se le declara. Ella lo rechaza. Él insiste, la acosa. Por ella, abandona a su mujer y a sus hijos. Ella sigue rechazándolo. Él revienta de dolor y rabia. Se promete que ella se lo pagará. Se llama Van Vlyck. ¿Me sigues?

–¡Van Vlyck! –se sobresaltó Helen–. ¿Aquel a quien vi el día de la gran asamblea?

–El mismo. Con menos barriga, menos barba y seguramente más pelo también, pero el mismo al fin y al cabo.

–Lo vi romper la mesa de roble con el puño –recordó Helen–. Solo de pensarlo se me pone la carne de gallina...

–Entonces, sabes de qué tipo de persona se trata. Dora, prefiero que sigas contando. Yo no podría...

Dora habló con dulzura, con un timbre de voz grave, incluso para relatar los acontecimientos más crueles. Con el frío, su respiración dibujaba nubecitas blancas de vaho que se disipaban inmediatamente.

–Helen, ya habrás entendido que la verdadera historia de amor es la de un pueblo que se enamora de una voz, la de Eva-María Bach, la madre de Milena. No puedes imaginar hasta qué punto la gente amaba aquella voz. Era natural, amplia, dramática, profunda; te llegaba al corazón. Yo era amiga de Eva y tenía el privilegio de acompañarla al piano cuando cantaba unos *lieder* en concierto. Los interpretaba con tanta sensibilidad y perfección que parecían una nueva creación cada vez que los cantaba. Sentada ante mi teclado, la admiración me dejaba anonadada. Pero en su vida diaria era una persona alegre, viva y muy divertida. ¡Las veces que no pudimos aguantar la risa ni siquiera en el escenario! Interpretaba también canciones tradicionales, las del pueblo, a las que no quiso renunciar nunca. Y por eso la gente la adoraba, incluso las personas que no entendían nada de música. Reconciliaba a todo el mundo. Odiaba la violencia. Luego sucedió el golpe de Estado, la toma del poder por parte de la Falange. Eva se metió en la Resistencia. Milena, ¿sigo?

Milena agachaba la cabeza al tiempo que rascaba el suelo con la punta del pie.

–¡Sigue! No me canso de oírlo.

–Eva se metió en la Resistencia. Yo también. Cuando las cosas se pusieron muy feas, abandonamos la capital. Como controlaban los vehículos en todas las carreteras, viajábamos en carros, escondidas bajo mantas. Durante meses, seguimos dando conciertos clandestinos en ciudades de provincia y en pequeñas salas de pueblos, a veces para quince espectadores. ¡Me desgasté los dedos en pianos horrorosos, totalmente desafinados! Pero no importaba. Eva decía que no debíamos rendirnos, costara lo que costara, que los bárbaros no la harían callar. Y el rumor corría por todo el país, como si fuera una provocación: «Eva-María Bach ha cantado aquí, Eva-María Bach ha cantado allá, y también allí y allí...». Y mientras conseguía cantar, la Resistencia no renunciaba. Era como si la esperanza dependiera de su voz. Aquella obstinación llenaba de rabia a la Falange. ¡Debía «cerrar el pico» a toda costa!

Al final nos cogieron. Fue en una pequeña ciudad del norte, en los primeros días del invierno. Van Vlyck estaba al mando. Irrumpieron en la sala destrozando las puertas y gritando como animales. La mitad de ellos estaban borrachos con la cerveza que habían tomado. Acabábamos de concluir un *lied* de Schubert titulado *Canto a la música*. Nunca lo olvidaré. Eva me dijo: «Tenía que ocurrir... gracias por acompañarme». Pensé que quería decir: «Por acompañarme al piano», pero añadió: «Por acompañarme tan lejos». Son las últimas palabras que le oí pronunciar. El escenario era muy alto. Dos hombres tiraron el piano al foso y se rompió en mil pedazos en un terrible estruendo de notas y madera rota. Se llevaron a todos. A mí me dieron un trato especial, me tiraron al suelo, uno de ellos me mantuvo la mano derecha aplastada bajo su bota al borde del escenario mientras otro la reventaba con la culata de su fusil. Me golpeó al menos veinte veces en los dedos, en la muñeca. Me desmayé. Cuando recobré el conocimiento, uno le estaba gritando a Eva: «Tú, ¡lárgate! ¡Vete al diablo! ¡No queremos volver a ver tu cara en este país!».

No lo entendí, era muy ingenua. La dejaron huir a la sierra con otros compañeros. Me enteré más tarde de que entre ellos estaba el padre de Bart. Los dejaron escapar, pero solo para poder asesinarlos más a gusto. Van Vlyck les ordenó que soltaran a los hombres-perro. Perdóname, Bart; perdóname, Milena...

Milena lloraba en silencio.

–¡Dios mío! –gimió Helen al tiempo que abrazaba a su amiga.

–Pasé cuatro meses en sus cárceles –siguió relatando Dora–, luego me soltaron. La ciudad había cambiado mucho en poco tiempo. Todos desconfiaban de todos. En las calles, en el tranvía, nadie se atrevía a hablar con su compañero de asiento. Yo ya no era pianista sino mujer de la limpieza. Todos los teatros estaban cerrados, pero habían abierto el circo.

–¿El circo?

–Sí, el circo donde organizan sus combates. Ya lo verás. No tardarás en enterarte. Busqué a Milena por todas partes. Era una niña de apenas tres años y yo era su madrina. Conseguí trabajar en más de diez orfanatos, pero ella seguía sin aparecer. Acabé pensando que la habían... que se la habían quitado de encima. Llevé luto por ella durante quince años, hasta la semana pasada, cuando apareció en la cantina con el pelo cortado al cero y sus inmensos ojos azules. Tuve la sensación de que era Eva resucitada. Estuve a punto de desmayarme. Pero ya estoy mejor, ¡y empiezo a acostumbrarme!

Dora se secó los ojos, emitió un hondo suspiro y volvió a sonreír:

–Bueno, creo que ya te hemos contado todo. Ahora tendríamos que bajar. Estamos muertos de frío. Y mañana por la mañana, habrá que...

–¡Espera! –la interrumpió Helen–. Bart dice que a lo mejor tenemos armas para luchar. ¿Cuáles son esas armas?

–Nuestra arma –explicó el chico– es la voz de Milena. Dora dice que tiene la misma voz que su madre. Más joven, por supuesto, pero que será exactamente igual dentro de un par de años. Y dice que esa voz es capaz de levantar a las masas.

Los tres miraron a Milena, que seguía con la cabeza agachada, y tuvieron idéntico pensamiento secreto: esa chica muerta de frío parecía muy frágil y muy endeble dentro de su abrigo negro, con los ojos enrojecidos de tanto llorar, y con una lágrima que le colgaba de la punta de la nariz. ¿Cómo imaginar que tenía en la garganta lo necesario para «levantar a las masas»? Ni siquiera ella parecía estar convencida en ese preciso momento.

–Dora, fue eso lo que dijiste, ¿verdad? –inquirió Bartolomeo como para darse seguridad–. ¿Que su voz podía levantar a las masas?

–Sí, eso dije –asintió con tristeza la mujer–. Siempre y cuando la gente la oiga...

Cogidos del brazo, se pusieron en camino los cuatro. La luna había vuelto a salir, y brillaba sobre los campanarios de pizarra de las iglesias y sobre el río del color del acero.

–¿Has vuelto a tocar el piano? –se atrevió a preguntar Helen al cabo de un rato.

–No, no he vuelto a tocar –se lamentó Dora.

–¿Por tu mano?

–No, no es mi mano la que se niega; a una mano la puedes doblegar. Lo que me pasa es que me falta el ánimo.

2
Gus van Vlyck

Preso de una ira incontrolable, con los dientes apretados y un brillo asesino en la mirada, Gus van Vlyck iba y venía por los pasillos de la cuarta planta del edificio ocupado por la Falange. Entraba en los despachos de sus subordinados sin avisar y, por cualquier motivo, les lanzaba una avalancha de improperios; luego salía dando portazos, volvía a su despacho y telefoneaba por enésima vez a personas que le repetían incansablemente lo mismo: «No hay novedad». Colgaba con furia el aparato, casi destrozándolo, y profería barbaridades.

La pérdida de Mills o la de Pastor, al que apenas conocía, no era el motivo de su cólera. Evidentemente, en el caso del jefe de la policía regional, había sentido algo de compasión al enterarse de su espantosa muerte. Al fin y al cabo, había sido aquel hombre quien, quince años atrás, había acatado sus órdenes y había soltado sus perros sobre Eva-María Bach. Muchos no habrían tenido su temple, y aquella frialdad le hacía merecedor de todo su respeto. Pero de ahí a llorar por su desaparición...

Gus van Vlyck estaba fuera de sí porque Milena Bach, hija de Eva-María Bach, andaba por ahí, y nadie era capaz de echarle el guante. En el pasado, la policía no había sido tan blanda, y tenía intención de señalarlo en el próximo Consejo, siempre y cuando le permitiesen hablar, pues más de uno no perdería la oportunidad de recordarle su craso error que, por mucho tiempo que hubiera pasado, volvía a surgir ahora.

Ante la pregunta que le hicieron justo después de ejecutar a Eva-María Bach: «¿Qué hacemos con la niña?», había dudado. La madre les había causado ya suficientes problemas, ¿por qué cargar con la hija y correr el riesgo de reavivar algún día el recuerdo de la cantante? El sentido común exigía hacer desaparecer a la niña. Existía para ello un servicio especial con unos hombres eficientes que actuaban rápida y perfectamente, y que permitía ahorrarse los *pormenores*. «¿Qué hacemos con la niña?». Bastaba con no responder a la pregunta, y las máquinas hechas para matar habrían entendido sin vacilación lo que significaba ese silencio. No habría razones para sentirse culpable.

Sin embargo, cuando le preguntaron su parecer, demostró la debilidad de una mujer: «¿La cría? ¡A un orfanato! ¡Lo más lejos posible, a la otra punta del país!». Al vociferar aquella orden, presintió que algún día se arrepentiría. Y en ese preciso momento, la certeza de haberse equivocado lo llenaba de ira.

Salió del ministerio a las cuatro de la tarde sin avisar a nadie. No se molestó en esperar el ascensor y bajó corriendo las cuatro plantas por la escalera de servicio. Al verlo aparecer a la entrada, un chófer se cuadró con la gorra en la mano y abrió la puerta trasera de una limusina negra. Van Vlyck lo ignoró y se alejó sin mirar atrás; su cuerpo fornido ocupaba casi toda la acera. Un tranvía se paró a algunos metros con un chirrido insoportable, pero él prefirió seguir andando.

En la plaza de la Ópera, echó una mirada cargada de odio al teatro abandonado, a la puerta principal llena de basura y a las ventanas cerradas a cal y canto con tablones de madera toscamente clavados. Escupió al suelo. ¿Por qué no se pueden extirpar de la mente los recuerdos envenenados, lo mismo que se saca una muela picada o se amputa un miembro gangrenado? ¿Cuándo iban a decidirse a derribar esas paredes, a arrasar ese edificio y a cambiar el nombre de esa plaza? ¡Era insoportable! Después de tanto tiempo, las voces seguían colándose por las rendijas de las piedras y vibrando en el espacio. A veces las oía retumbar por la noche, unirse y responderse. ¿La gente acaso estaba sorda y no las oía?

Entre ese rumor de voces, una en concreto seguía obsesionándolo. Por mucho que se emborrachara con cerveza hasta no tenerse en pie, aunque se tapara la cara con la almohada, esa voz se desplegaba por las noches pura y profunda igual que antes, y no había nada que hacer; recordaba y se veía sentado en primera fila en aquella iglesia de barrio, al final de una tarde quince años atrás.

La solista, una mujer joven, estaba sentada a tres metros de él. Era muy joven, tendría como mucho veinte años. Primero le llamaron la atención y provocaron su admiración el pelo muy rubio y los delicados brazos que se adivinaban bajo el encaje de la blusa. ¿Cómo se le había ocurrido entrar en aquella iglesia, él que no solía frecuentar los lugares de culto? Quizá simplemente en busca de un poco de frescor, ya que aquel día hacía un calor insoportable. En la mesa instalada en la explanada de la iglesia compró una entrada para el concierto y casi le dio vergüenza. ¡Él, Van Vlyck, escuchando música clásica!

Cuando entró, la iglesia estaba desierta. Se sentó en primera fila y se quedó dormido inmediatamente. Cuando despertó, el coro y los músicos ya estaban preparados. Los violinistas afinaban sus instrumentos. No se dio cuenta de que, detrás de él, todos los bancos estaban ocupados. Creía que estaba solo y pensaba que la solista se levantaba y cantaba únicamente para él.

Cantaba con toda naturalidad. Se le fruncía ligeramente la base de la nariz, eran dos pequeñas arrugas que le subían hacia la frente. A tres metros de él, «a bocajarro», lo crucificó con sus ojos azules y su gracia. Durante una hora, tuvo tiempo suficiente para contemplarla con todo detalle: las esbeltas manos, los dedos, el pelo que le caía suavemente sobre los hombros desnudos. Observó la textura de su piel, la línea sutil de las mejillas, el contorno de los labios. Y la voz de aquella mujer penetró en su alma de bruto. No acostumbraba a experimentar semejantes emociones y se echó a llorar. Él, Van Vlyck, ¡lloraba al escuchar a una cantante!

Cuando el concierto terminó, se puso en pie y aplaudió a rabiar. Durante los saludos finales, tuvo la sensación de que aquella mujer lo miraba especialmente a él y le sonreía insistentemente.

Una vez en la calle, supo que su vida acababa de cambiar radicalmente, que empezaba una nueva vida para él. «Me llamo Van Vlyck», pensó. «No soy cualquiera. Hasta el momento, nunca se me ha resistido nada. Así que ¿por qué se me iba a resistir aquella mujer?».

Algunas semanas después, se entera de que canta en la Ópera y asiste a todas las representaciones durante una semana. Un día se atreve a abordarla a la salida del teatro, con un ramo de rosas rojas en la mano. ¿Es así como se hace con las artistas? Echa miradas inquietas a su alrededor. ¡Y si alguien lo descubriera en semejante lugar! Finalmente, ella sale acompañada de otras dos mujeres. Torpe, desmañado, sin saber qué hacer con su ramo de flores, se le acerca. No sabe cómo entregárselo:

–Buenas noches. Se acuerda... El otro día en la iglesia... Yo... Usted... Bueno, nos miramos...

La cantante no lo recuerda. Pese a todo, consigue una cita en un café para el día siguiente. Mientras ella se toma un chocolate, intenta explicarle:

–Se confunde, lo miraba igual que a los demás. Cuando los espectadores aplauden, estoy feliz y les sonrío. Eso es todo. Usted estaba justo delante de mí, no podía ignorarlo. No es más que un malentendido.

No la cree. El veneno ha penetrado en su mente y se ha apoderado de ella. Acosa a la joven. La sigue hasta su casa. Llama a su puerta. Ella se niega a recibirlo.

–¡Usted me da miedo! ¡No quiero que siga viniendo a la Ópera! Se lo ruego, ¡no le siga comprando regalos a mi hija! Me da miedo, eso es todo. ¿Lo entiende? ¡Me da miedo!

Él no quiere entenderlo. Solo desea casarse con ella y vivir a su lado. De hecho, ya ha dejado a su mujer y a sus hijos para estar libre. ¡Ella no puede dejarlo plantado así como así! ¡Debe entenderlo y mostrarse sensata!

Pese a las órdenes que ha dado para que no entre, una noche consigue llegar a su camerino. Intenta besarla. Ella se resiste, él la amenaza y le aprieta el brazo con violencia. Ella le da una bofetada a él, ¡a Van Vlyck! Sale por los pasillos del teatro dando grandes zancadas, con la mejilla encendida y bajo la mirada sarcástica de los músicos y de los cantantes. Lleva marcadas en la mejilla la vergüenza y la deshonra.

Desde aquel momento, ya no es el mismo. Apenas dos semanas después, decide dar el paso. Llevaba mucho tiempo pensándolo y cree que ha llegado la hora. Se presenta en la Falange y jura fidelidad.

La misma noche acude con otros dos reclutas a los barrios bajos donde trabajan las mujeres de vida alegre, y pasan la noche bebiendo. Al amanecer del día siguiente vuelve a casa borracho y agotado. Bajo las ventanas del teatro profiere aullidos de animal salvaje. A partir de ahora, ¡solo será un animal salvaje! Ya ha encontrado su manada. ¡Nunca nadie volverá a reírse de él!

Cuando la Falange toma el poder un año más tarde con sangre y terror, ya se ha abierto camino; ocupa un puesto de responsabilidad en la policía del Estado. Forma parte de los que van a perseguir a Eva-María Bach.

–Una cuenta que debo saldar –explica simplemente.

–Gus, no te preocupes, te harás cargo de la operación cuando la pillemos. Harás con ella lo que te plazca.

La acosan durante meses. Ella se ríe de ellos.

Sin embargo, una noche la descubren finalmente en un pequeño teatro de provincias en el norte del país. Como de costumbre, Van Vlyck ha bebido demasiado aquella noche y se encuentra fatal. No entra con los otros. Se apoya en la pared exterior. Lo oye todo: los gritos, el estrépito del piano que se rompe en mil pedazos.

Al salir de la sala, muy sorprendida de su libertad, Eva-María lo ve escondido en la sombra. Cruzan una mirada. Ella cree que acaba de salvarla dando la orden de dejarla libre. Ella no se perdona haber sido cruel con él, ¡ha sido tan generoso demostrando su magnanimidad! Da unos pasos hacia él, pero con un gesto de la mano le pide que no se acerque. Lo entiende, no quiere comprometerse ante sus colegas. Entonces, ella se limita a darle las gracias de lejos. Encuentra fuerza para sonreírle, pese al terror que le inspira, y aunque Dora siga presa con la mano hecha una masa de carne aplastada y sanguinolenta. Le muestra de nuevo su agradecimiento. Gratitud por lo que ha hecho por ella, y sobre todo por su chiquilla, con la que podrá reunirse a la mañana siguiente y a la que podrá estrechar en sus brazos. ¡Gracias!

La empujan por la calle para que desaparezca para siempre. Van Vlyck no puede contener los espasmos de su estómago. Se apoya con las dos manos contra la pared mugrienta del teatro, y vomita todo lo que puede salpicándose las botas y el pantalón.

Algunas horas más tarde, en el coche que cruza la noche rumbo a la capital, le informan de que han detenido también a la niña en casa de la nodriza y le preguntan:

–¿Qué hacemos con ella?

Sigue sintiendo náuseas. A esa hora, los perros habrán cumplido con su labor. Quisiera que lo dejaran en paz para poder dormir.

–¿Qué hacemos con la niña? –insiste su colega.

–A un orfanato a la otra punta del país, al más alejado –contesta.

Y es consciente de que acaba de cometer un error.

La sala de deportes de la Falange estaba vacía a esas horas. Van Vlyck la abrió con su llave y sus pasos resonaron por los pasillos. En el vestuario, el aire, el cuero y la madera estaban impregnados de un olor agrio a sudor. En una percha vio una chaqueta y un pantalón. Contento, identificó la ropa de Dos y Medio. Era fácil dar con él... ¡y nunca sería en la biblioteca!

Se cambió rápidamente y, vestido con una vieja camiseta de gimnasia descolorida y un pantalón corto sin forma, cruzó la sala de musculación. Un chirrido regular lo guió hasta la ventana situada enfrente. Un hombre de cara prognata y de ojos hundidos estaba tumbado sobre una colchoneta y levantaba unas enormes pesas. Las láminas del parqué gemían bajo su peso. Van Vlyck miró el número de discos de metal colocados en cada extremo de la barra y no pudo disimular su asombro:

–¿Haces series de diez?

–De quince –lo corrigió, impasible, el hombre cuando hubo depositado el aparato en el suelo.

Dos y Medio no tenía la corpulencia de Van Vlyck. Pesaría unos veinte kilos menos, pero su fuerza era insuperable. No pronunciaría más de diez palabras al día y no captaba ninguna broma. Tenía el cuerpo muy duro y el alma más dura aún. Su mote se debía a su costumbre de no llegar nunca al número tres cuando amenazaba a alguien. «Cuento hasta tres», advertía, pero apenas había pronunciado el *dos*, cuando la bala, la navaja o la simple mano ya habían matado a la víctima. Si le preguntaban el porqué de su comportamiento, y por qué no dejaba su oportunidad a la persona sometida a interrogatorio, respondía: «No lo sé, no tengo paciencia».

Van Vlyck se instaló en el aparato situado al lado y empezó sus ejercicios de gimnasia. Practicaron los dos durante una hora sin decir nada. La manera de proceder de cada uno era totalmente diferente. Van Vlyck gruñía, gemía, jadeaba, era como si odiara las pesas y las barras que levantaba; las insultaba mientras el sudor le chorreaba por la piel blanca, por el vello pelirrojo de su pecho fornido y por sus fuertes brazos. Solía detenerse para beber agua y secarse con la toalla. Por el contrario, Dos y Medio trabajaba con mucha frialdad. Su cuerpo permanecía seco y no bebía. Apenas se oía su respiración mientras las enormes pesas subían con regularidad como movidas por un pistón incansable.

Se reunieron en el bar desierto del polideportivo.

–¿Te apetece una cerveza? –propuso Van Vlyck.

Dos y Medio asintió moviendo los párpados. Van Vlyck pasó detrás del mostrador y abrió las botellas. Empezaron a beber en silencio. Impávido, Dos y Medio miraba el contenido de su vaso con la misma indiferencia que la que prodigaba a la gente. «¿En qué estará pensando?», se preguntó incómodo Van Vlyck. «¿Acaso piensa?».

–Tengo trabajo para ti.

Dos y Medio no dijo ni pío.

–Una información que debes conseguir de alguien al que no le gusta hablar... Te pagaré bien.

Dos y Medio asintió con la cabeza.

El viento barría los muelles sumidos en la oscuridad. Unos pocos viandantes se apresuraban para volver a casa sorteando los charcos. En la parte situada más abajo, la lluvia azotaba el río en ráfagas, como si hubiese tirado puñados de piedras. Estaba anocheciendo. Dos y Medio siguió las márgenes con la tranquilidad de un paseante. Pese a que probablemente iba a matar a un hombre, ni siquiera se inmutaba. Sobre la tela de su paraguas, las gotas de lluvia caían con fuerza. Palpó en el bolsillo de su chaqueta los billetes que Van Vlyck le había dado como adelanto; era la mitad del importe. Le daría el resto cuando le trajera la información. Eso era como decir que ya tenía todo el dinero. Dejó pasar cuatro puentes y se detuvo en el quinto.

Una rápida mirada le bastó para comprender que su cliente no había llegado todavía. La motocicleta no estaba atada a la barandilla del puente; eso significaba que Mitaine no estaba. La moto pertenecía a la comunidad de los moradores del *Pont aux Fagots*, pero el único que sabía manejarla era el vagabundo alto y desdentado. No importaba, lo aguardaría.

Sujetando firmemente el paraguas para que este no saliera volando, mientras esperaba caminó a pasitos por la acera mojada situada sobre el puente. No había recorrido ni cincuenta metros cuando apareció la motocicleta sin faro en un ruido de explosiones. Con un pasamontañas de lana y con la cabeza metida entre los hombros, el piloto parecía de lejos un enorme insecto torpe. El motor iba a marchas forzadas, aunque de nada servía, pues la máquina andaba muy despacio. Feliz, Dos y Medio lo vio acercarse. Las condiciones de trabajo eran inmejorables: la oscuridad era total, no había ningún testigo, estaba en el puente...

Esperó a que Mitaine llegase a su altura y le dio un fuerte empujón con el hombro. Con un grito, el vagabundo cayó al suelo. La moto volcó, resbaló en la calzada mojada, cruzó la calle y chocó contra la acera opuesta. Separado del resto del motor, el tubo de escape ardiendo dio botes en el asfalto al tiempo que escupía vapor.

–Pero ¿qué te pasa? ¡Estás loco! –vociferó Mitaine–. ¡Me has roto la rodilla!

Dos y Medio ni siquiera cerró el paraguas. Con una mano, agarró al vagabundo por la pechera de la chaqueta, lo puso de pie y se lo pegó violentamente contra el cuerpo.

–¡Tengo la rodilla rota! –gimió Mitaine–. ¡Me duele mucho!

Oculta bajo un pasamontañas empapado, una cara chupada, con los pelos de la barba revueltos, hacía muecas de dolor.

–¡Suéltame! ¿Qué quieres de mí?

–Una información sobre una chica rubia. Milena Bach.

–¡Ni idea! ¡Que te den!

Dos y Medio no era de los que pierden el tiempo hablando inútilmente. La mayoría de la gente llegaba a la ciudad por el río y pasaba por el *Pont aux Fagots*, nadie lo ignoraba. Levantó a Mitaine y lo sentó en la barandilla metálica del puente.

–¿Y a mí, me conoces?

Sus caras casi se tocaban. Por primera vez, Mitaine miró a su agresor a los ojos y se olvidó de repente de su dolor de rodilla. Comprendió que ese hombre lo tenía en sus manos y que, si se obstinaba en no responder, solo le quedarían de vida los escasos segundos que durase su caída de espaldas a las aguas gélidas del río. Quizá sus compañeros de infortunio, que dormían bajo el puente, oirían el ruido irrisorio de su cuerpo esmirriado hundiéndose en la corriente. Aquel pensamiento lo sumió en un terror espantoso.

–No sé nadar... –farfulló estúpidamente.

–¿Sabes quién soy?

–Sí –lloriqueó Mitaine sujetándose a las mangas de su adversario.

–Entonces cuento hasta tres. Uno...

–¿Cómo dices que se llama?

–Milena Bach. Rubia. Dos...

Era inútil mentir; quizá ganaría así algo de tiempo, pero, a fin de cuentas, el final sería el mismo... ¡o peor!

–En casa de Jahn... Está en casa de Jahn...

El corazón le latía muy deprisa. Sabía que Dos y Medio ardía en deseos de precipitarlo al vacío aunque hubiera obtenido la información que buscaba. Mediaron unos segundos que le parecieron una eternidad; luego sintió que el asesino a sueldo lo depositaba en la acera, y un instante después lo vio alejarse tranquilamente. Ni siquiera había cerrado su paraguas.

Mitaine intentó en vano levantar su motocicleta. Solo consiguió aumentar el dolor de la rodilla. La lluvia caía con más fuerza. Recogió el tubo de escape, que seguía echando humo, y se lo puso bajo el brazo. Luego se fue cojeando hasta la escalera, y bajó con mucha dificultad agarrándose de la barandilla.

Dos y Medio cometió tres errores aquella noche. El primero fue no arrojar a Mitaine al río. Había sido muy tentador hacerlo, ver cómo el vagabundo braceaba en el aire, oír su grito de terror y el golpe del cuerpo cayendo a las aguas oscuras. Habría bastado con empujar levemente el pecho de la víctima. El único pensamiento que lo retuvo fue que el tipo podría servir en otra ocasión.

El segundo error de Dos y Medio fue no volver directamente a casa. Pensó que no había ninguna urgencia, puesto que la próxima cita con Van Vlyck era para la tarde del día siguiente en el polideportivo. Y la verdad era que le gustaba el ruido de la lluvia que arreciaba sobre la tela del paraguas. Le apetecía prolongar un poco más aquel placer. En vez de dirigirse sin demora hacia la ciudad alta en la que vivía, siguió a lo largo del río y bajó incluso hasta las márgenes por la primera escalera que encontró. No vio las tres sigilosas sombras que lo seguían a una distancia prudencial. Un banco de madera medio carcomido y fijo en el suelo le ofreció su asiento. Sin preocuparse por mojarse el pantalón, se sentó y permaneció inmóvil escuchando el estrépito de la lluvia.

En aquel minuto no le quedaba mucho tiempo de vida, pero él lo ignoraba.

Aguardó tranquilamente que la tormenta se apaciguara. El intenso ruido fue calmándose paulatinamente encima de su cabeza y se convirtió en un susurro cada vez más tenue. Al final solo quedaron el rumor sordo del río y el murmullo del viento. Fue en aquel momento cuando Dos y Medio cometió su tercer error: cerró su paraguas...

El cielo estalló, unos relámpagos fulgurantes lo cegaron y se desplomó en el banco.

–¡Dale otro golpe! –dijo alguien en voz baja–. ¡Es duro de pelar!

El cielo reventó por segunda vez. Se sintió caer a un precipicio oscuro y perdió el conocimiento.

De pie detrás del banco, Mitaine levantaba el tubo de escape.

–Tíos, ¿le doy otra vez?

–No hace falta –zanjó uno de sus compañeros–. Ya ha tenido lo suyo. Ahora debemos darnos prisa. Si alguien nos sorprende desde arriba, estamos perdidos. ¡Ayudadme!

Se colocaron delante del banco y arrastraron a Dos y Medio hasta el borde del agua tirándolo de los pies.

–Mitaine, ¡te toca a ti!

Mitaine se sentía sin fuerzas para levantar al asesino a sueldo. Se arrodilló a su lado y lo empujó con las dos manos. En el momento en el que el cuerpo iba a caer, dudó un instante. Luego se acordó de Milena, de Helen y de todos los que estaban en casa de Jahn y a los que había que proteger.

–Uno, dos... y tres –murmuró–. Tenías que acabar así algún día...

Y precipitó a Dos y Medio a las aguas indiferentes y gélidas del río.

3
Milos Ferenzy

Un arrendajo permanecía inmóvil en el alféizar de la ventana. Se había colado entre los barrotes y miraba la habitación con sus ojillos redondos. Maravillado, Milos Ferenzy observó los colores vivos del ave, la base azulada de sus alas, el curioso bigote negro que le adornaba cada lado del pico. Quiso lanzarle besitos como se hace para llamar a un animal, pero no lo consiguió porque tenía la boca reseca. Sin embargo, no se irritó, sentía un extraño bienestar como si tuviera el cuerpo inmaterial, suspenso, libre de cualquier dolor.

Un tenue rayo de sol dibujaba un trazo oblicuo en la pared encalada situada frente a él. La habitación no parecía tener muebles. Una bombilla colgaba del techo bajo una pantalla metálica. Milos constató que llevaba un tosco camisón de manga corta. Giró la cabeza hacia la izquierda y vio que tenía un esparadrapo pegado al pliegue de su codo del que salía un tubo flexible unido a un aparato de goteo.

Había otra cama al lado de la suya en la que un hombre de unos treinta años, delgado y musculoso, gemía suavemente con la boca semiabierta. Una enorme venda le rodeaba el pecho. Pero lo más llamativo era su cara, surcada por horribles costurones de carne de color rosáceo. Unos pies largos y mugrientos asomaban por debajo de la manta. ¿No lavaban a los enfermos en este hospital? La agradable sensación de bienestar se disipó un poco.

¿Un hospital? ¿Qué hacía él en un hospital? ¡Ah sí! ¡Cierto! El refugio, la pierna con la navaja clavada... Apartó la sábana con cuidado, se levantó ligeramente el camisón y descubrió el muslo derecho pintarrajeado con tintura de yodo. En el centro, la llaga cosida con hilo negro le pareció pequeña. «No soy médico», pensó, «pero creo que me han tratado correctamente». En ese preciso instante, la sábana se escurrió y cayó al suelo. Se dio cuenta de que tenía el tobillo derecho metido en una argolla de hierro atada a la barra del pie de la cama. Dejó escapar un leve gemido. El ave lo oyó y levantó el vuelo agitando las alas.

Durante una hora, Milos no se movió por temor a que el más mínimo movimiento le provocara un dolor más intenso. ¿Dónde se encontraba? ¿Por qué lo cuidaban si lo mantenían preso? ¿Querían que pagara las consecuencias de la muerte del perrero? El rayo de sol había desaparecido y la penumbra invadió lentamente el cuarto. En la cama vecina, el hombre ya no gemía, aunque sí dormía con un sueño agitado y una respiración irregular.

Milos se preguntó lo que Helen habría pensado al encontrar el refugio vacío a su vuelta. ¿Acaso habría creído que se había marchado a la sierra? ¿Que no se había fiado de ella? Ese pensamiento lo disgustó profundamente. ¡Se habría quedado, puesto que se lo había prometido! Lo malo fue que los otros llegaron primero y se lo llevaron semiinconsciente en el trineo. Recordó el estado de sueño despierto en el que había flotado dando tumbos por el camino, el frío, la sensación de ser un objeto manipulado sin contemplaciones como si fuera un animal muerto, descuartizado y tirado a un carro. Luego se había desmayado del todo, y en ese momento descansaba en una habitación tranquila e inquietante a la vez, al lado de otro herido.

Unos pasos enérgicos sonaron en el pasillo. La puerta se abrió bruscamente y un hombre fuerte pulsó el interruptor inundando el cuarto con una luz cruda.

–¡Hola! ¿Has dormido bien?

Con unas mandíbulas de carnicero, el pelo cortado al cero y la camiseta ceñida a un pecho potente, parecía más un entrenador de lucha que un enfermero. A Milos no le gustaron ni sus ojos azules, duros como el acero, ni su boca de labios apretados demasiado pequeña.

–¿Tienes sed? ¡Toma, bebe esto!

Milos levantó la cabeza y bebió con avidez el medio vaso que el tipo le ofrecía.

–¿Es usted médico?

–¿Médico? ¡Qué va! Yo era zapatero. Pero ya sabes, la medicina es como el bricolaje. Con el tiempo lo haces cada vez mejor. Mira, te he cosido yo. ¿Notas alguna diferencia con el trabajo de un médico? Sé sincero, ¿ves alguna diferencia? Al fin y al cabo, la piel no es más que cuero, ¿no? Lo único que se debe hacer es desinfectar perfectamente el material y lavarse las manos, nada más.

–¿Y esto? ¿Me lo ha puesto usted? –preguntó Milos enseñando el tobillo atado.

El hombre lanzó una carcajada.

–¡Te han puesto esto! ¡No me había dado cuenta! ¡Qué imbéciles! Voy a soltarte.

Se sacó del bolsillo una llavecita con la que abrió las esposas.

«No eres mucho más listo que ellos», pensó Milos. «Si tienes la llave, será porque tienes algo que ver con las esposas. Es más, estoy seguro de que me las pusiste tú para tener la ventaja de poder quitármelas». Supo instintivamente que no se fiaría nunca de ese hombre, y decidió mantener las distancias.

–¿Sabes dónde estás?

–...

–Estás en la enfermería de un campo de entrenamiento.

–...

–Un campo de entrenamiento para combates. ¿Te sorprende? Pero tú sabes mucho de combates, ¿verdad?

El hombre se había sentado al borde de la cama. A Milos le pareció advertir un toque de admiración en su sonrisa.

–Anda, ¡no te hagas el tonto! Sabemos lo de Pastor. ¡Cómo lo dejaste! Pero no vayas a creer que te lo echamos en cara. Es más, aquí nos ha gustado mucho. Pastor era muy torpe. Ya había durado lo suyo. Además, el que gana es el que tiene razón, ¿no? Y tú has ganado. ¡Enhorabuena!

–Habría soltado los perros sobre nosotros. No podía hacer otra cosa.

–Exactamente, se trataba de ti o de él. ¡Y preferiste que fuera él! Eso quiere decir que eres un chico listo y que hemos hecho bien en traerte aquí.

Le dio golpecitos en el brazo con la satisfacción del criador de caballos que acaba de hacer la adquisición de un pura sangre. Milos hizo una mueca. Seguramente, la anestesia local estaba perdiendo su efecto y la herida empezaba a darle tirones. Por otra parte, el esfuerzo que debía hacer para hablar le cansaba mucho.

–Mañana te explicaré de qué tipo de combate se trata –prosiguió el tipo levantándose–. Debes descansar. Por cierto, me llamo Fulgur. Si necesitas algo, me llamas: Fulgur.

Antes de irse, desconectó la perfusión de Milos y controló el pulso del otro herido.

–Él es un campeón. Se llama Caïus. Puedes tomarlo como modelo. ¡Hasta mañana, Milos Ferenzy!

Milos dormitó algunas horas, luego despertó del todo en medio de la noche empapado en sudor. Fulgur significa «rayo» en latín. Y Caïus es también una palabra latina, ¿no? ¡Qué nombres más raros se habían puesto! Porque era evidente que se trataba de nombres falsos. Tuvo la sensación de que, si quisiera, podría desentrañar fácilmente el misterio oculto en aquellos apodos, pero algo en él se negaba a hacerlo o, para ser más exactos, intentaba retrasar el momento de hacerlo. Le habría gustado hablar con su compañero de habitación para tranquilizarse, pero este se limitaba a gemir o a pronunciar en sus sueños frases incomprensibles.

Al amanecer, una luz pálida entró por la ventana. Milos esperó hasta que hubiera suficiente claridad para poder ver algo, e intentó levantarse. Apoyándose en los brazos, consiguió sentarse al borde de la cama. Permaneció en aquella postura un largo rato, el tiempo necesario para que desapareciera aquella sensación de vértigo; luego, se levantó con mucha cautela. Bordeó la pared hasta la ventana. La abrió fácilmente dejando que penetrara un olor dulzón a musgo húmedo. Por los barrotes fijos en la pared, vislumbró a escasos metros una alta reja y, algo más lejos, un bosque con árboles que tenían las ramas desnudas. Respiró hondo. El aire vivo lo mareó y estuvo a punto de caerse. Iba a cerrar cuando oyó el ruido de unos pasos sordos y regulares que se acercaban. Unos quince jóvenes, vestidos con pantalón corto pese al frío, pasaron corriendo debajo de la ventana. Llevaban una espada en la mano. Su ruidosa respiración acompasada se alejó en una nube de vaho.

–¡Cierra! –gritó secamente una voz.

Milos se dio la vuelta y vio que Caïus lo observaba desde su cama. Su mirada febril traspasaba la penumbra. Una barba espesa invadía sus mejillas surcadas por cicatrices.

–¡Cierra la ventana!

Milos obedeció y reanudó su lento caminar a lo largo de la pared. Una vez tumbado, esperó a que su compañero le dirigiera la palabra de nuevo; pero tuvo que esperar más de diez minutos antes de que la dura voz prosiguiera:

–¿Ya estabas herido al llegar? ¿De dónde vienes?

Milos no supo qué responder. ¿De dónde venía? No era tarea fácil explicarlo. Por otro lado, ignoraba con quién estaba hablando. El tal Fulgur había dicho que Caïus era un modelo, pero los modelos de Fulgur no debían de ser muy recomendables.

–Me atraparon... –se atrevió a decir con cautela.

Hubo un largo silencio. Milos quería limitarse a su decisión de callarse todo lo posible, no comprometerse nada y observar todo lo que pudiera.

–«Me atraparon» –repuso Caïus con una risita sarcástica al tiempo que imitaba su modo de hablar–. Pero sabes dónde estás, ¿no?

–Creo que en un campo de entrenamiento.

–Has acertado.

A Milos no le gustaba la manera burlona y condescendiente del tipo. Se obstinó en no hacer ninguna pregunta, pues pensaba que era la mejor forma de enterarse de algo. Y tenía razón.

–Estás en el mejor campo de todo el país. Aterrizar aquí ha sido tu mejor oportunidad de supervivencia. Tengo sed.

A Milos le costó incorporarse, alcanzar el vaso de agua y ofrecérselo a Caïus, pero lo hizo sin quejas. Incluso esperó a que el tipo hubiese acabado de beber para recoger el vaso, dejarlo en su sitio y acostarse de nuevo.

–¿Quieres saber por qué es tu gran oportunidad?

–No he preguntado nada...

Caïus se calló un momento, quizá porque la determinación de Milos lo desarmaba.

–¿Cuántos años tienes?

–Diecisiete años.

–¡Diecisiete años! Creía que en los campos la edad mínima era veinte. ¿Qué has hecho para que te traigan con nosotros? ¿Te has cargado a un mandamás de la Falange?

Por primera vez, Milos no contestó.

–Es esto, ¿verdad? ¿Has matado a uno?

–...

–No hablas mucho. Haces bien, no se lo cuentes a nadie.

Ambos se sumieron de nuevo en el silencio. La luz invadía el cuarto. Alguien pasó por el pasillo, aunque no entró en la habitación. Se oyó por segunda vez la carrera y la respiración de los corredores. Milos pensó que Caïus estaba durmiendo. Pero este dijo en voz muy baja, sin abrir los ojos:

–Estás en el mejor campo porque será aquí donde aprenderás a odiar mejor a tus adversarios... a concentrar tu rabia... Sabes, eso ocurre en la cabeza, no en otro sitio... ni en las piernas... ni en los brazos... ¡No lo olvides nunca!... El que me hirió en el pecho la semana pasada tenía un torso y unos bíceps dos veces más potentes que los míos... pero no tenía suficiente...

No se oyó el resto de la frase, pues Caïus hablaba cada vez más bajo.

–¿No tenía suficiente qué? –preguntó Milos sin poder remediarlo.

–... no tenía el deseo suficiente de matarme... y tenía demasiado miedo de morir... Ya estaba muerto antes de entrar en el circo... ya estaba muerto cuando nuestras miradas se cruzaron... Vio el odio en mi mirada... y yo vi el miedo en la suya... El combate había terminado antes de empezar... Era mi segundo combate... Tendré el tercero el próximo invierno... Mi herida se habrá curado y venceré por tercera vez... Y seré libre... libre...

Caïus se calló. Inclinó la cabeza hacia un lado, y algunos segundos más tarde dormía profundamente.

Mientras Milos ordenaba en su mente las palabras que acababa de oír, intentó no dejarse invadir por el pánico; pero hiciera lo que hiciera, las palabras se reducían inexorablemente a una. Su corazón y su respiración se aceleraron. Los nombres latinos, el circo, los combates, ¡de pronto, todo era evidente!

No lo habían salvado por compasión ni para entregarlo a la justicia. A los de la Falange bien poco les importaban esas cosas. Le habían perdonado la vida por otra razón: obligarlo a jugársela en el circo ante ellos. Obligarlo a morir o a matar ante sus ojos y por su placer. Un gladiador... ¡Lo habían convertido en gladiador! ¿No hacía siglos que se había abandonado esa barbarie? Todo le parecía una pesadilla.

El día no le trajo muchas novedades. Fulgur volvió tal y como se lo había prometido, pero se limitó a llevar las comidas y a controlar la evolución de las heridas. La comida no era muy apetecible; sin embargo, por instinto vital, Milos hizo un esfuerzo por comer todo lo que le ofrecían. Caïus dormía como un tronco y, en los escasos momentos en los que estaba despierto, parecía haberse olvidado totalmente de lo que había dicho por la mañana.

Al anochecer, el arrendajo fue a posarse en el alféizar de la ventana y permaneció ahí unos minutos, apoyándose alternativamente en una pata y en la otra.

–¡Hola! –le saludó Milos, emocionado por la fidelidad del pájaro–. Te doy lástima, ¿verdad? Vienes a visitarme para exhortarme a que no me desespere. ¡No te preocupes! ¡Soy duro!

A la mañana siguiente, al despertar, se dio cuenta de que Caïus ya no estaba ni tampoco su cama. Como de costumbre, Fulgur entró bruscamente en la habitación.

–Te preguntas dónde está tu compañero, ¿verdad?

–No –contestó Milos, más decidido que nunca a no preguntar nada.

–Pues te lo diré de todos modos. Ha pedido que lo lleven al dormitorio. Ha dicho que no le gustaba tu compañía.

Estupefacto, Milos hizo lo posible por no demostrar ninguna sorpresa y, callado, esperó a que el otro siguiese hablando. Con las manos en los bolsillos, Fulgur se apoyó contra la pared cerca de la ventana. Los huesos de la frente, de los pómulos y de la mandíbula resaltaban en su cara. Los ojos y la boca parecían minúsculos.

–¿No sabes que no conviene ser un tipo que le cae mal a Caïus?

Milos se calló.

–A mí me pasa al revés, me gustas. No parloteas como una mujer, no te quejas y me parece que sabes lo que quieres. No sé lo que Caïus tendrá contra ti. ¿Qué crees que puede ser?

–...

–Bueno. Me han encargado explicarte el funcionamiento de la casa. ¿Me escuchas?

–...

–Bien. Este campo es uno de los seis campos de entrenamiento del país. Hay uno en cada provincia. Seis provincias, seis campos. ¿Vale? El nuestro está situado en medio del bosque. Si intentas escapar, te convertirás en pieza de caza, unos cien hombres te seguirán, te capturarán y te matarán sin previo aviso. Así que mejor olvida esa posibilidad. El otro día te atamos porque no lo sabías, pero ahora que lo sabes, ya no hará falta atarte. ¿Entendido?

–...

–Bueno. Te entrenarás aquí con unos treinta combatientes más. Son todos delincuentes que habrían acabado en la horca. Pero han sido indultados y los han traído aquí. En una palabra, son todos gentuza... No te hagas ilusiones, no son angelitos. En cada campo hay un coso. Son todos idénticos, las mismas dimensiones, la misma forma, el mismo albero. Y hay un séptimo en la capital, igual que los otros seis. La única diferencia es que tiene gradas alrededor para los espectadores. Aquí en nuestra casa, no hay gradas porque no hay espectadores. ¿Me entiendes?

Milos asintió con la cabeza. En realidad, nunca había escuchado a nadie con tanta atención. Cada palabra de Fulgur se le grababa en la memoria.

–Aquí solo te entrenarás. Donde combatirás en serio es en el circo de la capital. Los combates se celebran durante tres días. Son unas luchas contra tipos que vienen de otros campos, tipos a quienes no conoces. Los de aquí no son sino compañeros de entrenamiento. Si hieres gravemente a alguno de ellos, serás castigado. ¿Entendido?

–...

–Tu primer combate tendrá lugar dentro de tres meses, en pleno invierno. Para entonces, tu herida se habrá curado y cicatrizado y habrás tenido tiempo para aprender las técnicas. Si sales vencedor y sobrevives, disputarás tu segundo combate en primavera. No olvides, *si sobrevives*, pues suele ocurrir que el vencedor sucumba a sus heridas. Mira Caïus, ¡ha estado a punto de morir! Bien, si ganas el segundo combate, disputarás el tercero a principios de verano. Y si sigues vivo, luego serás un hombre libre. ¿Entendido?

Milos asintió.

–Serás incluso mucho más que un hombre libre. Serás un hombre respetado, venerado. La Falange te proporcionará un empleo vitalicio, cómodo y bien pagado, y te garantizará protección absoluta. Eres joven, has vivido encerrado en un internado y quizá por eso no te das cuenta de lo que esto significa, pero créeme, ¡significa mucho! Bastará con que pronuncies tu nombre para que te den la mejor mesa en los mejores restaurantes, ¡y de balde! Los taxis no te costarán nada. Y por muy feo que seas, las mujeres más guapas rivalizarán entre sí para ser tu favorita. Así que tú, que eres un chico guapo, ¡imagínate! Les encanta saber que un chico se ha jugado la vida tres veces y, sobre todo, que ha matado tres veces. ¡Ellas son así!, ¿qué le vamos a hacer?

Milos se ruborizó y se acordó de Helen. ¿Estaría más enamorada sabiendo que había matado cuatro veces? Lo dudaba.

–En este campo –siguió explicando Fulgur–, conocerás a tipos que preparan su primer combate como tú, son los «novicios»; y también a otros que ya han ganado uno, son los «primus»; y luego están los «campeones», los que han ganado dos, como Caïus, por ejemplo. Un consejo: hazte respetar por todos... Esto no es un campo de vacaciones. El entrenador se llama Myricus. Haz caso de lo que dice, es un ex vencedor. ¿Quieres preguntar algo?

–No, nada –repuso Milos asqueado.

Hubo un silencio. Fulgur no se movió.

–¿Y a mí no me preguntas si soy un ex vencedor?

–No.

A Fulgur, que ardía en deseos de hablar de él, le costó encajar la respuesta.

–Como quieras. Una última cosa: debes llevar un nombre de combatiente. Yo elegí Fulgur porque era rápido como el rayo. Tendrás que buscar un nombre que coincida con tu forma de ser. Te daré la lista y elegirás uno.

–No quiero ninguno. Conservaré el mío.

–Como quieras –repitió Fulgur con fingida indiferencia–. ¡Enséñame la pierna!

Milos apartó la sábana y descubrió el muslo. La llaga se había cerrado, la herida tenía buen aspecto y ya estaba casi seca.

–Perfecto –comentó, satisfecho, Fulgur–. Te quitaré los puntos dentro de unos días.

Luego, sin que Milos tuviera tiempo para defenderse, levantó el brazo derecho y golpeó en la herida del muslo con toda su fuerza. Milos profirió un grito y estuvo a punto de desmayarse.

–Y ahora –añadió el tipo con voz melosa–, pregúntame, por favor, si soy un ex vencedor, anda, ¡pregúntamelo!

–¿Es usted ex vencedor? –gimió el chico.

Los pequeños ojos azules de Fulgur, clavados en los suyos, tenían la frialdad de los de un reptil.

–Sí. Soy un ex vencedor. Maté a mis tres adversarios. Ves, podría vivir como un rajá en la capital, pero he preferido quedarme aquí. Pregúntame, por favor, por qué he preferido quedarme aquí.

–¿Por qué ha preferido quedarse aquí?

–Ya que me haces esta pregunta, voy a contestarte. He preferido quedarme aquí porque me gusta. El duro entrenamiento diario, el pánico de los que suben al furgón para ir a disputar su primer combate, las hazañas de los vencedores, el relato de estas hazañas, la muerte de los vencidos y el relato de su muerte, el color amarillo del albero del circo, el color rojo de la sangre derramada... no puedo prescindir de todo eso. Es como una droga. No podrías entenderlo. En los primeros tiempos, yo era como los otros: solo quería salvar mi pellejo. Matar a tres tipos y largarme de este maldito campo. Pero tras mi segunda victoria, empecé a descubrir la grandeza de ese lugar y lo que en él está en juego. Están en juego la vida y la muerte. Y eso no lo encontrarás en ningún otro sitio, menos en la guerra, pero como ahora no hay guerra... ¿Alguna otra pregunta?

–No –contestó Milos en voy baja, rezando por que el otro no le pegara de nuevo. El dolor punzante se expandía en ondas hasta el vientre.

–Bien. Entonces te dejo. Gracias por la charla.

Al llegar a la puerta, volvió la cabeza hacia él:

–La verdad es que me caes bien, Milos Ferenzy. Me encanta charlar contigo.

4
El campo de entrenamiento

Cinco días después de su llegada, hacia mediodía, Milos pensó que ya era capaz de salir de la habitación apoyándose en unas muletas. Avanzó por el pasillo y descubrió que el cuarto contiguo era un rudimentario quirófano. Una mesa cubierta por una sábana blanca y una lámpara de sala de operaciones colocada en el extremo de un brazo mecánico articulado constituían todo el mobiliario. Frascos y tarros de cristal llenaban unas estanterías destartaladas. Así que este era el reino del «doctor» Fulgur, el siniestro teatro de sus experiencias.

Milos se estremeció al pensar que había estado ahí, inconsciente, a merced de semejante sádico. Sin embargo, ya que la pierna no le dolía mucho, se aventuró a salir. Fulgur le había afeitado la cabeza el día anterior y sintió un frío helador en el cráneo y en las sienes.

El campo estaba situado en un claro del bosque. Vislumbraba las ramas desnudas de los robles al otro lado de la reja. Con un fusil en la mano, un militar montaba guardia en la torre de vigilancia instalada a la entrada; este meneó la cabeza con un gesto que podía interpretarse como un saludo de bienvenida o como una amenaza. El chico le respondió con idéntica ambigüedad y prosiguió su trabajoso caminar.

Pasó delante de unos barracones de madera que serían los dormitorios, y rodeó el de la cantina, del que salía un asqueroso olor a col. Constató que otras dos torres de vigilancia se erguían en la parte posterior del campo. Fulgur tenía razón: no se trataba de un campo de vacaciones.

El edificio cuadrado, sin ventanas en la fachada, ocupaba todo el claro del bosque. Estaba hecho de troncos de árboles unidos a modo de casa de trampero. Milos tuvo que rodearlo por completo para descubrir una puerta baja entornada que debía de ser la entrada. La empujó con la muleta izquierda, entró, dio algunos pasos en una senda de tierra y encontró una puertecilla hecha de tablas de madera. Justo detrás se abría el coso como si fuera la pista de un circo. Mediría unos veinte metros de diámetro. Una empalizada de la altura de una persona lo cercaba por completo.

Había cuatro combatientes vestidos con un pantalón de tela, con los pies y el torso desnudos a pesar del frío, entrenándose en el albero. Unos pocos espectadores sentados en la galería los observaban. Se percataron de la presencia de Milos, pero la ignoraron. En el coso, la lucha era desigual. Tres hombres armados con una espada acosaban al cuarto. Este tenía la cabeza rasurada e iba desarmado. El pobre debía vigilar por todas partes al mismo tiempo, tirarse al suelo, rodar sobre sí para evitar los golpes, incorporarse, correr. Sus adversarios lo perseguían sin tregua, lo rodeaban de nuevo y lo amenazaban con sus armas. Aunque no tuviera ninguna posibilidad frente a ellos, les hacía frente con una inquebrantable expresión de desafío, como si aún pudiera esperar algo.

Pese a la distancia, Milos pudo apreciar sus rasgos de bruto en un semblante joven, su nariz aplastada, sus cejas enmarañadas y la fuerza de sus miembros. Tuvo la sensación de haber visto ya a ese individuo, aunque no sabía dónde. Un silencio sepulcral reinaba sobre el combate. No se oían ni gritos, ni llamadas, ni palabras de ánimo, tan solo el crujir de las pisadas en el albero y el jadeo del luchador al que acosaban. Este consiguió zafarse varias veces de sus contrincantes sin renunciar a su rabia ni demostrar miedo. Pero en su huida tropezó y cayó al suelo. Su adversario más cercano se abalanzó sobre él y le dio un golpe en el hombro; lo inmovilizó con la rodilla apoyada en su pecho, apuntándole la garganta con la punta de su espada.

–¡Vale! –gritó una voz de ultratumba–. ¡Dejadlo ya!

Los combatientes obedecieron y se fueron sin una mirada hacia el chico, jadeante y empapado en sudor, que profería insultos en voz baja mientras se sujetaba el hombro ensangrentado.

El que había dado la orden se levantó. Les sacaba una cabeza a todos los que lo rodeaban. Una tupida barba negra le cubría el rostro, que parecía tallado a hachazos.

–¿Ya lo habéis visto todos? –lanzó a la redonda–. Ha perdido porque se ha caído. Si os caéis, sois hombres muertos. No lo olvidéis nunca. Feroz y Messor, ¡llevadlo a la enfermería para que lo cosan! Los otros, ¡a comer!

Bajaron por una escalerita lateral que desembocaba en el sendero situado justo detrás de Milos, y salieron en silencio. El coloso, que cerraba la fila, se detuvo. Su mole era impresionante.

–¿Eres tú el que estranguló a Pastor?

Milos detectó en su mirada el mismo brillo de admiración que había leído en la de Fulgur algunos días antes.

–Sí –respondió escuetamente.

–¿Cuántos años tienes?

–Diecisiete años.

–Bueno. Me llamo Myricus y seré tu entrenador. Bienvenido al campo, hijo.

Tras esas palabras, le dio la espalda y se alejó. Sus hombros apenas cabían por la puerta.

Milos, cansado por su escapada de la mañana, dormitó buena parte de la tarde. Pero a eso de las cinco lo despertó el chirrido de una cama que desplazaban por la habitación. En ella descansaba un herido, cubierto por una sábana que no parecía muy limpia. Aunque la herida en el hombro no era muy profunda, la habían cosido. Fulgur no se había resistido a su vicio favorito: darle a la aguja.

–¿Qué tal? –preguntó Milos.

–Bien –murmuró el herido.

Solo se veía su cráneo blanco toscamente rasurado. Una cicatriz le dibujaba una especie de coma de color rosa en la parte superior de la frente. En el momento en que se giró un poco hacia un lado para aliviar el hombro herido, su cara apareció claramente y Milos se quedó estupefacto.

–Basile... –murmuró–. ¡No puede ser! ¡Estoy soñando!... ¿Eres tú?...

El asombro mezclado de felicidad lo dejó sin habla. El otro abrió los ojos y lanzó una carcajada de alegría:

–¡No me lo puedo creer! ¡Ferenzy! ¡No puede ser!

–¡Basile! ¡Creía que habías muerto!

–¿Muerto? ¿Qué dices? ¡Estás loco!

–¡Si los vi sacarte del calabozo y llevarte en una camilla! ¡Por Dios, Basile! ¡Estabas cubierto de sangre!...

–¿Tú también te lo creíste? ¡Ja, ja, ja! Sabes, es muy fácil hacerse sangrar. Mira cómo tengo la uña del pulgar, dura como un trozo de hierro. Me abrí el cuero cabelludo con ella, y la sangre empezó a correr como si me hubiera fracturado la cabeza. Me embadurné la cara, el cuello y todo el cuerpo con ella. Después di grandes puñetazos en la puerta, y cuando llegaron me tiré de cabeza al suelo y me hice el muerto. Creyeron que me había suicidado. Era la única manera de salir de aquella ratonera. ¡Empezaba a aburrirme como una ostra! Lo malo fue que, en vez de echarme del internado y mandarme a otro como de costumbre, pues me encerraron aquí, y esto es peor...

–Pero no habías hecho nada grave –lo interrumpió Milos–, creía que solo los criminales venían a este campo.

–Ya, pero me explicaron que era por... ya no me acuerdo cómo dijeron... por la totalidad de lo que hice, o algo así...

–¿Por el conjunto de tu obra?

–Sí. Eso fue lo que dijeron. A ti te ha tocado el gordo a la primera, ¿verdad? ¿Es cierto que te cargaste a un perrero?

–Eso dicen –confesó Milos.

–Me lo tendrás que contar. Me gustará que me digas cómo murió un tipo de la Falange.

–Ya te lo contaré. Pero primero dime: ¿por qué estaban tres contra ti esta mañana? ¡No tenías ninguna posibilidad!

–Es una prueba que ha inventado Myricus, el entrenador. La hacemos todos, uno tras otro. Quiere que salgamos heridos al menos una vez. Dice que es la prueba definitiva. Y, sobre todo, es para mostrarnos qué ocurriría si nos negáramos a combatir en el circo. Si nos limitáramos a correr para escapar, a los diez minutos te mandarían a otro adversario, y cinco minutos después, a un tercero si siguieras huyendo. En resumen, cuanto más te rajas, menos posibilidades de sobrevivir tienes. ¿Entiendes?

–Entiendo. Y aparte de eso, ¿qué tal es ese Myricus?

–¿Myricus? Es tres veces más fuerte que tú y yo juntos. Pero tampoco es tonto. Adivina todo lo que estás pensando. Por ejemplo, el otro día me dice: «Oye, Rusticus...».

–¿Te llamas así? ¿Rusticus?

–Sí, me han dado este nombre, no sé por qué. Ni sé lo que quiere decir. ¿Tú lo sabes?

–No –mintió Milos conteniendo la risa.

–Bueno, el caso es que me coge aparte y me pregunta: «Oye, Rusticus, ¿sabes por qué no tienes miedo?». Yo le contesto que no. Y es verdad que no tenía miedo. «Pues porque piensas que no vas a combatir. Crees que algo ocurrirá, no sabes qué, pero estás convencido y piensas que no deberás combatir. Es eso, ¿verdad, Rusticus?». No supe qué contestar porque era exactamente eso, y no tenía ganas de reconocerlo. Me explicó que todos los que acababan de llegar eran iguales, que se imaginaban que se librarían del combate. Pero que todos se equivocaban y que esa era la mejor manera de perder. Al contrario, es mejor estar convencido de que tendrás que combatir. ¿Me entiendes?

Milos lo entendía perfectamente. Durante sus horas de soledad en este cuarto, había acabado por convencerse de que no tendría que combatir. Al descubrir que era como los otros, se sintió muy frustrado.

–Algunos están convencidos de que, en el último momento, no entrarán en el circo –siguió comentando Rusticus–, y esos ya están muertos. Ferenzy, eso ha sido lo que he aprendido desde que estoy aquí: primero, no tenemos que pensar que nos libraremos del combate; segundo, no debemos rajarnos cuando estemos allí.

–Entiendo –murmuró Milos, aunque se negaba a admitir que ese razonamiento le concernía a él también.

Se preguntó si solo era cuestión de tiempo –al fin y al cabo no era más que un recién llegado– o si su personalidad se rebelaría hasta el final contra esa espantosa idea: entrar en el circo para matar.

Basile tenía los ojos cerrados y parecía haberse quedado dormido.

–¿Puedo hacerte una última pregunta? –inquirió Milos en voz muy baja.

–Venga, ¡pregunta!

–Con Myricus, habéis hablado de la mejor manera de sobrevivir, ¿verdad?

–Sí.

–¿Habéis hablado también de la vida después? Quiero decir, después de matar a un hombre, o a dos, o a tres...

–Sí, tocó el tema. Dijo... ¡vaya, no recuerdo las palabras!... que no había que preocuparse por eso...

–¿Es decir?

–Pues que si tu adversario muere, es porque le ha tocado el turno.

–¿Porque era su sino?

–Exacto, su sino. Y si crees que es culpa tuya, ¡te equivocas de cabo a rabo! No eres más que el instrumento... Y además, estás obligado... También dijo que si te haces muchas preguntas de ese tipo, estás perdido.

Se callaron un momento. Milos pensó que Basile se había dormido cuando este dijo confusamente con voz pastosa:

–Ferenzy, estoy muy contento de haberte reencontrado, sí, muy, muy contento.

Los dos chicos abandonaron juntos la enfermería al día siguiente. Sin decírselo, y quizá para compensar su edad, pues eran mucho más jóvenes que el resto, sellaron una especie de pacto: permanecerían juntos y solidarios en las pruebas. Se ayudarían hasta el final.

Los otros combatientes tenían todos entre veinticinco y cuarenta años y ninguno parecía dispuesto a trabar amistad con nadie. Durante los entrenamientos en el coso, Milos no encontraba nada de la alegre animación que había conocido en las salas de lucha. Alguien podría pensar que la crueldad del destino compartido habría unido a esos hombres, pero no era así ni mucho menos. En el campo, cada uno parecía preocupado únicamente por ser lo suficientemente fuerte y despiadado para sobrevivir.

Apenas recuperado de sus heridas, Caïus demostró ser el más temible de todos. El reglamento prohibía que se hiriese «gravemente» a un contrincante en un entrenamiento; sin embargo, la noción de gravedad era muy vaga y Caïus procuraba constantemente comprobar su límite. Abría siempre las carnes, hería, hacía correr la sangre, y Myricus no se lo reprochaba nunca. Consciente de la animosidad que Caïus sentía hacia él, Milos evitaba estar cerca y, sobre todo, se las arreglaba para no enfrentarse con él en el coso. Ignoraba el motivo por el que Caïus «no soportaba su compañía» hasta la noche en que Basile se lo explicó. Los dos jóvenes solían pasar horas cuchicheando de cama a cama en el dormitorio que compartían con otra decena de combatientes.

–Dicen que cuanto más gana uno, más susper... suterspi... –empezó diciendo.

–... supersticioso –lo ayudó Milos.

–Sí. Más susper..., bueno, lo que acabas de decir, se vuelve uno. Por ejemplo, si un combatiente ha ganado dos combates y el mismo conductor del furgón lo ha llevado las dos veces, nunca aceptará viajar con otro para su tercer combate. O también si un tipo ve pasar un ratón en la celda del circo mientras espera su combate, puedes estar seguro de que va a buscar el ratón la segunda vez, y si el ratón no aparece, el tío entrará al coso temblando con todo su cuerpo, ¿entiendes?

–Sí –contestó Milos–. ¿Y crees que Caïus me odia por una historia de ese tipo? ¡Yo no le he hecho nada!

–Puede ser. Lo único que sé es que no le gustan los gatos. Y yo conozco el motivo. Es porque cuando era un bebé, se encerró con un gato en una jaula para jugar... Y quedaron encerrados los dos durante un largo rato. El gato se volvió loco y se puso furioso. No había nadie para calmarlo, ¿entiendes? Entonces le arrancó la mitad de la cabeza a Caïus. ¿Te has fijado en las cicatrices que tiene? Es por eso. Ya no puede ni ver a los gatos. Pero tú no eres un gato, ¿verdad?

–No –contestó Milos sonriendo al tiempo que empezaba a entender–. No soy un gato, pero dicen que lo fui en una vida anterior.

–¿Una vida qué?

–Una vida que habría vivido antes, y en la que habría sido un gato.

–¿Fuiste un gato? ¿De dónde has sacado esa tontería? ¿Quién te lo ha dicho?

A Milos se le encogió el corazón. ¿Dónde estaría Helen ahora? ¿Sabría que seguía vivo? ¡Cómo le gustaría poder tranquilizarla y abrazarla! ¿Se acordaría de él? Se le hizo un nudo en el estómago al pensar que debía matar tres veces para poder volver a verla.

–Es... una amiga. Me dijo un día que yo era como un gato cuando me vio subir a un tejado. Entonces, a lo mejor Caïus lo presiente, y por eso me tiene miedo, le doy pánico y me detesta.

–¿Una amiga? ¿Tienes una amiga? –inquirió Basile con aire soñador.

–Sí.

–¡Qué suerte tienes! Yo estoy solo.

–¿Vamos a poder dormir o qué? –protestó alguien con voz irritada desde el fondo del dormitorio.

Se callaron un momento, pero Basile quería preguntar algo más:

–Oye, Ferenzy. Según tú, ¿qué tipo de animal fui yo en mi vida de antes?

–No lo sé, Basile.

–Yo sí lo sé. Fui un caballo de tiro, un caballo fuerte que tira duro y obedece a su amo. En una palabra, un jamelgo...

La noche siguiente, mantuvieron una conversación apasionada con dos novicios sobre sus posibilidades de sobrevivir.

–Una de diez –afirmaba Flavius, tipo taciturno y receloso que, según contaban, había asesinado a sus dos mujeres. Tres combates por una de dos probabilidades, eso da una de seis probabilidades.

–¡Error! –contestó Delicatus, de quien todos ignoraban lo que había hecho, pero que se dirigía a la gente con altivez y desprecio–. Tenemos tres veces seguidas una de dos probabilidades, y no tiene nada que ver con una de seis probabilidades. En matemáticas, a eso se le llama *cálculo de probabilidades*. Pero de eso vosotros no tenéis ni idea.

Milos no sabía qué opinar sino que, efectivamente, cada nuevo combate era como el primero y brindaba, por tanto, una de dos probabilidades.

Basile sugirió otra teoría, original y sorprendente:

–Yo creo que tenemos una... de cuatro probabilidades.

Pese a la carcajada humillante de Delicatus, siguió en sus trece:

–Pues si mato a mis tres hombres, y me mato a mí, son cuatro personas en total. Y si soy el único en sobrevivir, ¡será porque tenía una de cuatro probabilidades! ¿Tengo razón o no?

Y como Delicatus no sabía qué contestar, añadió con aire de triunfo:

–Ahora no sabes qué decir, ¿verdad, Destilacus?

Las noches solían ser agitadas. Algunos tenían pesadillas y despertaban a todos gritando de terror, otros roncaban o hablaban en sueños, otros, insomnes, se levantaban diez veces para ir a los servicios o para dar una vuelta fuera. En los escasos momentos de tranquilidad, se oían el rumor del viento en los robles del bosque y los crujidos lúgubres de la madera del armazón del circo.

Una noche, al acostarse, Milos empujó su cama para arrimarla unos centímetros a la de Basile, y al despertar a la mañana siguiente, constató que Basile había hecho lo mismo también. No lo comentaron, pero cada uno se sintió más tranquilo al oír la respiración del otro muy cerca y al pensar que podría en cualquier momento cuchichear u oír unas sencillas palabras de consuelo que aflojasen un poco las garras de la angustia: «¿Estás bien?», «¿Estás dormido?», «¿No tienes frío?», «¿Quieres mi chaqueta?».

Otro tema animaba también las conversaciones nocturnas. ¿Con quién era mejor enfrentarse en combate? ¿Con un novicio, con un primus o con un campeón? Myricus les había proporcionado los resultados relativos a los últimos años, y los mencionaba constantemente. Existían cinco casos:

1) Se enfrentaban dos novicios. En este caso, las posibilidades eran iguales.

2) Se enfrentaban dos primus. En este caso, también había igualdad de posibilidades, lo mismo que si combatían dos campeones.

3) Un novicio luchaba contra un primus. En tal caso, en el 65% de los casos el primus era vencedor.

4) Un campeón ganaba a un primus en el 75% de los combates.

5) Por último, un novicio luchaba contra un campeón y, de modo sorprendente, el novicio ganaba en más de la mitad de los casos.

En conclusión, el recorrido ideal era el siguiente: empezar enfrentándose con un campeón, por muy terrorífico que pareciera; luego, con un novicio en el segundo combate, y finalmente, con un primus para ganar la libertad.

Pero esos razonamientos eran inútiles, ya que los organizadores de los combates decidían las parejas a su antojo; solía ocurrir también que algún jefe de la Falange expresara sus deseos de ver luchar a dos combatientes a los que ya conocía. A muchos les gustaba ver cómo se oponían dos campeones aguerridos en un combate terrorífico y definitivo, o por el contrario, cómo se enfrentaban dos novicios aterrorizados, por el simple placer de presenciar esas auténticas ejecuciones que eran los «dos contra uno» y los «tres contra uno».

Una semana después de su salida de la enfermería, Milos recibió su espada de manos de Myricus. Con gran ceremonia, el entrenador se la ofreció sujetándola ante él como hubiera hecho un sacerdote con el cáliz.

–Toma. Desde ahora en adelante, esta arma será tu única amiga. No cuentes con nada ni con nadie, ni siquiera conmigo, para salir vivo. No te separes nunca de ella y respétala.

A Milos le impresionaron el peso y la belleza de la espada. La empuñadura se amoldaba a la palma de su mano como si hubiera sido concebida para ella. En la hoja de doble filo no había rastros de combate. Parecía nueva y lanzaba reflejos dorados al menor movimiento. Una serpiente enroscada adornaba la guarnición.

–Gracias –se limitó a contestar, y guardó el arma en su vaina.

Durante los entrenamientos, Myricus insistía mucho en la armonía que debe existir entre el combatiente y su espada.

–Tiene que ser una parte de vosotros. Vuestros nervios deben recorrerla y vuestra sangre irrigarla. Debe obedecer a vuestros pensamientos tan rápidamente como vuestro brazo, como vuestra mano e incluso anticiparse a ellos. Es la prolongación de vuestro deseo, ¿comprendéis?

Fuera cual fuera el ejercicio, combatir, correr, esquivar... siempre conservaban su espada en la mano. Milos, que era zurdo, acabó por apreciar la presencia cálida y tranquilizadora del arma en la palma de su mano. Pero una pregunta seguía rondándole la mente. «La prolongación de vuestro deseo», afirmaba Myricus. Seguramente se refería al deseo de matar. Sin embargo, no experimentaba semejante deseo. El espantoso recuerdo del crujir de los huesos de Pastor y de su lenta muerte entre sus brazos lo obsesionaba constantemente. ¿Ganas de matar? ¡Claro que no! Muy al contrario, sentía un profundo deseo de vivir, hasta llorar con cálidas lágrimas cada noche, hasta quedarse sin respiración.

Su experiencia de luchador le fue muy útil. Durante los simulacros de combate, constataba cada día que sus reflejos y su mirada eran infinitamente superiores a los de sus compañeros. Sabía leer sus errores en la posición de sus cuerpos, en sus puntos de apoyo. Se sentía capaz de saltar en el momento más oportuno y derrumbarlos. Conforme se curaba su herida, tuvo la convicción de que podría vencer a la mayoría de los que luchasen contra él. Solo le faltaba lo más fundamental: aceptar la espantosa idea de abalanzarse sobre un desconocido para matarlo.

Sin embargo, un acontecimiento iba a darle una valiosa lección al respecto.

El invierno se acercaba y Milos llevaba ya más de dos meses en el campo cuando Myricus lo designó para ser la víctima en la prueba de «tres contra uno». Tuvo que dejar su espada en el banco y bajar el primero al coso. Siguió el sendero desde el que había presenciado el combate de Basile algunas semanas antes. La puertecilla de madera se cerró detrás de él y se encontró solo en el albero. Armado con la espada, su primer adversario apareció por la puerta opuesta. Era Flavius, con su mirada oscura de asesino.

«Está prohibido herir gravemente», repitió para sí Milos para aplacar los latidos de su corazón. Flavius se acercó despacio y aceleró la marcha blandiendo su arma. Milos empezó a correr a pasitos procurando mantenerse a distancia. Recorrieron así tres o cuatro veces el recinto del circo. Flavius se precipitó varias veces y obligó a Milos a tirarse al suelo, pero parecía más una danza que un asalto real. Era evidente que habían dado a Flavius la consigna de hacer correr a su adversario, de cansarlo sin alcanzarlo.

Cuando la valla se volvió a abrir, Milos estaba sin respiración, pero le quedaban las suficientes fuerzas para zafarse de su segundo adversario. Sin embargo, al descubrir que Caïus era el refuerzo, sintió una profunda desazón. Apenas llegó al albero, y con el pecho cubierto aún de una venda por su reciente herida, este se abalanzó sobre Milos esbozando una diagonal perfecta. La prueba cambió bruscamente de naturaleza. Myricus había recomendado siempre no gastar la energía con gritos o gruñidos innecesarios. «Dejad eso a vuestros adversarios», solía decir. «¡Permaneced en silencio, concentraos y mostraos implacables!». Sin embargo, Caïus no hacía sino proferir gruñidos sordos. Con la boca torcida por la ira, asestó dos golpes idénticos hacia la parte baja del cuerpo, y Milos entendió la perversidad de lo que se proponía: tocar la pierna que ya estaba herida. Se echó hacia atrás para evitar la hoja, rodó en el suelo e, incorporándose al mismo tiempo, enseñó los diez dedos separados como si fueran garras. Luego, desafiante, clavó su mirada en la de Caïus y bufó entre dientes como si fuera un gato: «¡Sss, sss!». Su contrincante profirió un grito de ira y se lanzó detrás de Milos, que huía a todo correr.

En la galería, todos se habían levantado, menos Myricus, impasible y determinado a dejar que la prueba llegase hasta el final. En su carrera, Milos chocó contra la valla y vio cómo Caïus se abalanzaba sobre él. No tuvo tiempo para esquivar el golpe. La sangre empezó a correr por su brazo. Esperó a que Myricus dijera: *¡Dejadlo!,* pero este no dijo nada. Se sintió presa del pánico. Estuvo a punto de pedir auxilio, pero no habría servido de nada. Se echó hacia un lado para evitar un segundo golpe, y huyó despavorido. «¡Ojalá tuviera mi espada!», pensó. «Lo golpearía hasta la muerte, ya que me quiere matar...».

Alcanzó el otro extremo del coso en el que se encontraba Flavius, convertido en mero espectador. La puertecilla se abrió de nuevo y Basile surgió con aire feroz. Fue más rápido que Caïus y, en escasas zancadas, se encontró al lado de Milos, arrinconado contra la valla. De un golpe rápido y certero, la cadera de Milos se tiñó de rojo.

–¡Dejadlo! –gritó por fin Myricus con voz grave.

–Lo siento... –murmuró Basile de rodillas junto a su compañero–, no podía hacer otra cosa... ¡ese cerdo te habría rematado! Era evidente que te tomaba por un gato.

–Gracias –contestó Milos en voz baja–. Acabas de salvarme la vida.

–No hay de qué... Es lógico... Qué quieres, siempre me han gustado los animales...

Al ver la herida de Milos, Fulgur ni se molestó en disimular su alegría:

–¡Qué ojal más bonito! ¿Quién te ha hecho esto, Ferenzy?

–Ha sido Rusticus.

–¿El jamelgo? Entonces has tenido suerte. Suele ser mucho más duro. Se nota que sois amigos los dos. ¡Ven, te voy a remendar un poco!

Le puso sin contemplaciones una inyección cuyo efecto ni siquiera esperó para empezar a zurcir. Milos miró a otro lado y apretó los dientes bajo la quemazón de la aguja. Luego sintió cómo el dolor se esfumaba poco a poco. Por último, no notó sino los desagradables tirones del hilo que pasaba por los bordes de la llaga.

–¿El jamelgo ya te ha hablado de sus hermanos?

–¿Perdón?

–¿Rusticus no te lo ha contado nunca?

–¿Contarme el qué?

Milos recordó sus conversaciones con Basile en el internado. Era cierto, el chico se había presentado como *jamelgo*, aunque no había explicado lo que significaba exactamente.

–No –repuso Milos dispuesto a no seguir mudo ante Fulgur–. No me contó nada.

–Pues te has perdido lo mejor. Lo habrías encontrado gracioso, sobre todo el final. Porque acabó mal para ellos. Muy mal. Sabes, yo también habría podido ser jamelgo. Tenía todas las cualidades: soy fuerte y no soy muy listo. Lo malo es que prefiero estar con los más poderosos. Este es el problema.

Fulgur estaba terminando su costura. Al oír el leve crujido del hilo que se corta, Milos entendió que ese bruto acababa de romper el hilo sobrante con los dientes, como se hace cuando se cose un botón. Prefirió no mirar. Fulgur acabó su labor rociando la cadera con tintura de yodo.

–¡Ya está! Te puedes ir a tu habitación. Ya estás acostumbrado. Como sigas así, pronto no quedará sitio para coserte. Y no olvides: en cuanto surja la oportunidad, y si tienes ganas de reírte un poco, pídele a tu amigo Rusticus que te lo cuente todo. Por ejemplo, pregúntale qué tal está Faber. Ya verás, tiene gracia.

La «oportunidad» no tardó en presentarse. Fue al final de una tarde. Milos dormitaba en la habitación de la enfermería cuando se abrió la puerta. Apareció el cabezón de Basile:

–¿Estás dormido?

–No. ¡Pasa!

Basile se sentó al borde de la cama y levantó la sábana:

–¡Jo! ¡No erré el golpe!

–No te preocupes, no es grave... –lo tranquilizó Milos.

–Lo siento, pero no sabía dónde golpear. No es fácil encontrar el lugar perfecto. Quiero decir, que no sea muy peligroso y sangre mucho. Pensé en la nalga, pero me dabas la espalda, y luego, a la hora de sentarse es incómodo.

–No te preocupes. Apuntaste perfectamente.

–Caïus está loco de rabia conmigo. Me dijo que si aparecía ante él, me agujerearía la piel. Pero no me asusta, aunque haya ganado dos veces... ¡Mira! ¡Un arrendajo!

El gran pájaro de colores se había posado sin ruido en el alféizar de la ventana. Apenas cabía entre los barrotes. Parecía que quisiera entrar.

–Ya nos conocemos –comentó Milos sonriendo–. Viene a visitar a los enfermos.

Los dos muchachos callaron y lo observaron. Tenían el mismo pensamiento: «Pájaro, tú estás libre, puedes ir a donde quieras, puedes volar por encima de la reja y posarte donde te dé la gana en los árboles del bosque. ¿Te das cuenta de la suerte que tienes?».

Como si lo hubiera adivinado, el ave se dio la vuelta con torpeza y se fue volando.

–¿Quién es Faber? –preguntó Milos para romper el silencio.

Basile abrió muy grande la boca:

–¿Conoces a Faber?

–No, fue Fulgur quien me dijo su nombre. ¿Quién es?

Basile agachó la cabeza y frunció la frente.

–Era el jefe de los hombres-caballo –musitó finalmente–. En una palabra, era nuestro jefe.

–Y... ¿sufrió alguna desgracia?

–Sí.

–¿Lo mataron?

–Fue mucho peor...

Milos no se atrevía a seguir preguntando. Basile resopló ruidosamente, luego se limpió con rabia la nariz y los ojos con el dorso de la manga.

–Ferenzy, fue peor que matarlo: se burlaron de él. Te lo contaré otro día. Hoy no me apetece

5
Helen en la capital

Si no fuera porque la ausencia de Milos y la preocupación que sentía la obsesionaban constantemente, Helen habría pensado que vivía en la capital los mejores días de su vida. Nunca antes había conocido ese delicioso sentimiento de libertad. Estar en su casa, tener su nombre pegado en una puerta que abría con su propia llave, salir cuando quisiera, subir al primer tranvía que pasaba para perderse por unas calles que no conocía; saboreaba esos pequeños placeres día tras día sin cansarse nunca. El señor Jahn le había adelantado la mitad de su primer sueldo para que pudiera adquirir lo que necesitaba. Se compró un despertador, un gorro de muchos colores, unos guantes de lana, una bufanda y unas botas. Aunque estuviese un poco pasado de moda, el abrigo que le había regalado la mujer del doctor Josef le daba calor y era cómodo, y por eso decidió conservarlo. Encontró también en una vieja librería de barrio una decena de novelas baratas, y las colocó en la estantería de su cuarto.

–Esta es mi biblioteca –le comentó con orgullo a Milena.

Volvía agotada de sus paseos solitarios por la ciudad. Le gustaba mezclarse con el hervidero anónimo que abarrotaba las calles y las tiendas en las horas punta. «Milos, si vieras esa agitación. La gente corre y te da empujones sin verte. Tienes la sensación de ser una hormiga perdida entre millones de hormigas. Si estuviésemos juntos, tendríamos que darnos la mano para no perdernos. Entro en las tiendas, las droguerías, las ferreterías... Remuevo todo el género y localizo lo que me gusta para cuando tenga más dinero. ¡Qué pena que no estés aquí, amor mío!».

Pero lo que más le gustaba era pasear sin rumbo, alejarse cada vez más y descubrir, maravillada, un nuevo puente, una hermosa plaza, una pequeña iglesia. Caminaba a pasos rápidos, arrebujada en su abrigo, hasta notar el cansancio en las piernas. Entonces se sentaba en un tranvía o en un autobús que la llevara de vuelta al centro.

Dora tenía razón: la gente no era muy amable. Para ser más exactos, todos parecían desconfiar de todos. Pocas risas compartidas, pocas charlas alegres; todos parecían tristes, esa era la verdad. A veces, la mirada de Helen se cruzaba con otra que parecía más amable, pero la persona miraba inmediatamente a otro sitio. Aprendió rápidamente a detectar a los agentes de seguridad de la Falange así como a los serenos por la noche. Eran unos hombres de cara hipócrita que solían esconderse detrás de un periódico como hacen los personajes de las malas novelas policiacas, aunque se notara inmediatamente que los oídos estaban mucho más atentos que las miradas.

Una tarde, al bajar del tranvía, encontró en el bolsillo de su abrigo una invitación para acudir a una reunión, y pensó que se trataba de opositores a la Falange. Recordó al joven que había viajado sentado a su lado; seguramente habría sido él quien había metido el mensaje en su bolsillo. Le dio la sensación de que era una persona amable y simpática.

–¡Es una trampa! –exclamó Dora–. ¡Por favor, no vayas!

Y le pidió que no hablase nunca con desconocidos, por muy simpáticos que le pareciesen. «Una persona de confianza debe presentarte a un nuevo amigo, sea quien sea, y si no, ¡no te fíes!».

Algunos días más tarde, cuando volvía andando al restaurante, oyó unos gritos: «¡Ojo! ¡La milicia!». No tuvo tiempo de apartarse cuando la atropellaron tres hombres armados con porras que perseguían a un tipo alto y desgarbado. Lo alcanzaron y le golpearon en la cabeza y en la espalda. El hombre cayó al suelo y se hizo un ovillo para protegerse, pero lo molieron a palos.

–¡Déjenlo! –suplicó Helen aterrorizada, mientas el infeliz intentaba acurrucarse y los brutos se ensañaban con él–. ¡Déjenlo! ¡Lo van a matar!

Se dio cuenta de que todo el mundo huía a su alrededor, menos un joven que se había subido el cuello del jersey para que no le vieran la cara.

–¡Cerdos! ¡Lo pagaréis! –gritó antes de desaparecer.

Se lanzó en un *sprint* desenfrenado que le permitió distanciarse de sus perseguidores. Un miliciano emprendió la persecución durante un momento, pero debió renunciar.

–¡Te he visto la cara! –ironizó el joven volviendo la cabeza una última vez–. Os he visto la cara a los tres y sabré reconoceros cuando volvamos a encontrarnos.

El miliciano le dirigió una sarta de insultos antes de reunirse con sus compañeros. Helen no se había movido.

–¿Algún problema, señorita? –le lanzó amenazante al pasar delante de ella–. Entonces le doy un consejo: ¡lárguese!

Al día siguiente, conmocionada aún por aquellos acontecimientos, prefirió no salir sola de paseo y le propuso a Milena que la acompañara.

–Puedes dejar a Bartolomeo solo una tarde...

–No es Bart el que me ocupa las tardes...

–Entonces, ¿quién es?

Milena tardó un instante antes de responder:

–¡Prométeme no contárselo a nadie!...

–Te lo prometo.

–Entonces, ¡acompáñame! Al fin y al cabo, es mejor que lo sepas.

Se fueron por las calles que subían a la ciudad antigua. El hielo brillaba en las aceras y se sujetaban firmemente para no resbalar. Milena se reía sola, impaciente por compartir su secreto. Helen no la había visto nunca tan radiante de felicidad. Eso no hizo sino aumentar su soledad y su angustia. La pena le hizo un nudo en la garganta. Milena se percató de que su amiga estaba tensa y lo entendió todo inmediatamente. Se detuvo y la cogió entre sus brazos:

–Perdóname.

–Descuida. No tengo nada que perdonarte. Tienes todo el derecho del mundo a ser feliz. No estoy celosa.

Una sombra de tristeza cruzó la mirada de Milena.

–Helen, no creas que soy feliz. Ya no podré serlo desde que me enteré de lo que hicieron con mi madre. Creo que no encontraré nunca consuelo y ya no aspiro a conocer la felicidad. Pero eso no me impide sentirme contenta de vez en cuando. Por ejemplo, hoy me siento contenta. Contenta por tener a Bart, contenta por estar contigo, contenta por ir a donde voy ahora mismo...

Como Helen se limitaba a asentir con la cabeza, Milena se apartó ligeramente de ella, le cogió las manos:

–Helen...

–Sí.

–Milos está vivo, es casi seguro. Ya no puedo aguantar más sin decírtelo.

Helen dio un respingo.

–¿Cómo lo sabes?

–Me lo dijeron Bart y el señor Jahn. Están convencidos.

–Y ellos, ¿cómo lo saben?

–Te lo explicarán. Además, según Bart, si Milos está vivo y tiene una probabilidad entre cincuenta de salir adelante, saldrá. Lo conoce bien. Ten confianza.

–¡Habría bastado con que yo hubiese vuelto una hora antes con el doctor Josef! –exclamó Helen con rabia e impotencia al tiempo que meneaba la cabeza–. ¡Tan solo una hora, y lo habría salvado! Creo que yo tampoco encontraré consuelo...

–Hiciste todo lo que pudiste. ¡Venga, vámonos! Vamos a llegar tarde.

Reanudaron la marcha. Un poco más lejos, dos mujeres se cruzaron con ellas y Milena se puso la capucha sobre la cabeza.

–¡No quisiera que creyeran ver a un fantasma!

–¡Ah, es verdad! ¿Tanto te pareces a tu madre? ¿Has visto fotos suyas?

–Sí.

–¿Y qué?

–Pues soy yo... ¡con la ropa y un peinado de hace veinticinco años! Dora me dio una en la que mi madre me llevaba en brazos cuando era un bebé. Ya te la enseñaré. Era muy guapa, ya lo verás.

En el barrio más alejado del centro de la ciudad, había un edifico de fachada desconchada situado a la esquina de dos calles. Las chicas se metieron por la entrada vetusta y subieron por una estrecha escalera que olía a cera.

–¿Adónde me llevas? –inquirió Helen cuando llegaron a la quinta y última planta.

Milena no le contestó y llamó a una puerta que no tenía ningún nombre pegado. Sonriente, Dora les abrió.

–¡Anda! ¡Qué sorpresa! ¿Nos has traído público?

–¿No debía?

–Claro que sí. Has hecho bien. ¡Pasa, Helen! ¡Bienvenida! Dejad los abrigos allí encima de la cama.

Era como una casa de muñecas, aunque sin muñecas. Había poco espacio, los muebles eran escasos y las paredes estaban desnudas a excepción de una partitura clavada, torcida, con chinchetas en el papel del salón.

–Es un manuscrito de Schubert –comentó Dora, que había visto la mirada sorprendida de Helen.

–¿Una reproducción?

–No. Es un original escrito de su mano. Puedes comprobarlo.

Incrédula, Helen se acercó. Era una hoja amarillenta cubierta de notas escritas apresuradamente en el pentagrama, y también de la letra del compositor que formaba hermosos arabescos.

–La tinta... Si parece fresca... No me lo puedo creer... Es un documento valioso, ¿verdad?

–Valiosísimo –dijo divertida Dora.

–Y tú... quiero decir, si es muy valioso...

–Si hubiera vendido esta partitura, habría podido comprar el edificio entero, y también el de al lado.

–Y... ¿no la vendes?

–No. Soy tonta, ¿verdad? ¿Tú qué opinas?

–No sé –respondió Helen impresionada.

–Siempre ha estado aquí. Igual que el piano. ¡Un Steinway! Me pregunto cómo habrá llegado hasta aquí. La escalera y las ventanas son muy estrechas. Es un misterio. Es un misterio que me encanta. Me gusta pensar que tuvieron que levantar el tejado para dejarlo aquí.

–Dora, ¿siempre has vivido aquí?

–No. Aquí vivía mi profesora de piano. Era una vieja loca, genial e insoportable, que se hacía inhalaciones con clavos de especia y me tiraba sus zapatos a la espalda cuando desafinaba. Cuando murió, pude comprar el apartamento. Era la época en la que ganaba dinero tocando música. Lo encontraba normal. No sabía que vivía en el paraíso. Sabemos lo que es el paraíso cuando lo perdemos, y descubrimos el nido cuando nos caemos de él. ¡Venga! Preparo un té y nos ponemos al trabajo.

Helen se descalzó, se sentó en una butaca con brazos, se hizo un ovillo y no se movió. Dora se sentó en un taburete y se instaló al piano. Se remangó y agitó sus rizos morenos. Milena se quedó de pie, con una mano apoyada en el borde del teclado. Se concentraba como si estuviese a punto de dar un concierto. Su pelo rubio, cortísimo y erizado, realzaba la belleza de su cara angelical.

–Milena, empezamos. Repetimos el 547.

–De acuerdo. Estoy preparada.

Dora tocó los primeros acordes con gran delicadeza, y en cuanto Milena empezó a cantar ocurrió lo de siempre: la naturaleza del aire y de las cosas que la rodeaban se transformó. Helen se estremeció profundamente.

Du holde Kunst, in wieviel grauen Stunden,
Wo mich des Lebens Kreis umstrickt
Hast du mein Herz...

–Más despacio –la interrumpió Dora–. Atacas demasiado pronto *Hast du*. Por favor, empieza otra vez...

A Helen no le parecía que Milena hubiese atacado demasiado pronto o demasiado tarde, la encontraba perfecta. La joven volvió a empezar desde el principio sin rechistar. Superó sin problemas la dificultad y Dora aprobó con la cabeza: «Perfecto, así es...». Su sonrisa significaba: «Veo que no hace falta repetirte las cosas diez veces». Helen miró a su amiga con orgullo; era la misma satisfacción personal que se experimenta cuando un hermano o una hermana revela por fin a todos unas habilidades que llevaría mucho tiempo ocultando. Recordó el patio del internado en el que Milena cantaba para ella en otros tiempos. Le pareció una época muy remota. Rememoró también la pregunta de Paula, su consoladora: «¿Qué tal está tu amiga Milena? ¿Sigue siendo tu modelo?». En ese preciso momento, ¡era más que nunca su modelo!

A Helen le fascinaba también la mano derecha mutilada de Dora que corría por las teclas de marfil. A veces la pianista se concedía un minuto para que su mano descansara y para dar masajes a su muñeca dolorida.

–Más allá de la quinta, me cuesta abrir los dedos lo suficiente, ¡y no hablemos cuando debo extender el pulgar!

Para Helen, eso sonaba a chino.

–Yo no noto nada –comentó para darle ánimo–. Al contrario, me parece que tocas muy bien.

–¡Eso no hace más que confirmarme que no tienes ni idea! –respondió Dora lanzando una carcajada y levantando la mano mutilada–. ¡Yo tengo la sensación de estar tocando con el pie!

Helen pensó que su risa sonaba un poco forzada.

–¿Hay grabaciones de Eva-María Bach? –preguntó de repente.

–Sí, aquí tengo una. Pero a Milena no le gusta escucharla.

–Tiene razón –confirmó Milena–. Me da miedo. Pero, ya que Helen ha venido hoy, creo que tendré el valor suficiente.

–¿Estás segura?

–Sí, lo estoy.

Dora se fue a su cuarto y volvió con un disco de vinilo negro metido en una funda. Se lo tendió a Milena:

–Aquí tienes. No tengo nada más aparte de las fotos que te enseñé. Son mis tesoros. Los había escondido en una maleta que dejé en casa de una amiga antes de abandonar la capital con Eva. Hice bien. Desvalijaron el apartamento. Se lo llevaron todo... ¡menos el piano, que era demasiado grande! Helen, ¿y sabes lo que esos imbéciles dejaron también?

–¿El manuscrito de Schubert?

–¡Exacto! Estaba justamente ahí donde lo ves hoy, clavado con chinchetas en la pared, y muy a la vista. Era lo único que deberían haberse llevado... ¡si no hubiesen sido tan ignorantes! ¡Creo que me reiré de eso toda mi vida!

Milena daba vueltas a la funda del disco entre sus manos. Sobre la portada no había más que el dibujo de un ramo de flores de color malva. Leyó en voz baja:

–Grabación de alta fidelidad... Orquesta sinfónica... Contralto: Sta. Eva-María Bach... ¿La llamaban *señorita*?

–Sí. No olvides que no tenía ni veinticinco años en aquella época y no estaba casada...

–Pero yo ya había nacido.

–Sí. Tendrías dos años. Tenías enormes mofletes y...

–No sé si voy a poder... Las fotos, las puedo aguantar, pero la voz...

Helen cogió el disco y lo colocó en el tocadiscos, cuya pesada tapa de madera barnizada estaba levantada. Se oía el chisporroteo de la grabación «de alta fidelidad». Dora bajó el volumen.

–Mis vecinos son de toda confianza. Pero nunca se sabe, a lo mejor tienen visita...

El extracto se iniciaba con algunos compases de violín y la espera les resultó casi insoportable a las dos chicas. Era como si Eva-María estuviese a punto de abrir la puerta y entrar. Por fin, la voz sonó, lejana y tranquila:

What is life to me without thee?
What is life if you art dead?

Conmocionada, Milena se puso la cara entre las manos y no la mostró hasta el final del aria. Helen escuchó, subyugada por la amplitud y el equilibrio del timbre grave de la contralto. Se dio cuenta de que, comparándolo con el de su amiga, a esta le faltaba mucho todavía para conseguir la misma voz. Dora sonreía con los ojos brillantes de emoción.

What is life, life without thee?
What is life without my love?

–Ya basta por hoy –murmuró Milena cuando terminó la última nota–. Escucharé el resto otro día...

Las tres se secaron los ojos riéndose al constatar que habían sacado sus pañuelos al mismo tiempo.

–¿Qué te parece? –preguntó Dora tras colocar el disco en su funda.

–Creo que debo estudiar mucho aún...

–Tienes razón. ¿Entonces seguimos?

–¡Sigamos!

Cuando Helen y Milena abandonaron la ciudad antigua, las farolas ya estaban encendidas. Atajaron por las callejuelas empinadas y las escaleras de piedra. Al llegar a la plaza del restaurante Jahn, tuvieron la sorpresa de coincidir con Bartolomeo, de regreso también. Llevaba una inmensa bufanda negra enrollada alrededor del cuello.

–¡Bart! –lo llamó Milena–. Helen quiere que le cuentes lo que sabes de Milos.

–Ven conmigo, Helen –dijo el muchacho–, vamos a dar un paseo los dos y te explicaré.

Dejaron a Milena y fueron hacia el río. Primero bordearon la margen y se detuvieron, sin saberlo, delante del banco en el que Dos y Medio se había sentado antes de que el tubo de escape de Mitaine acabara con su vida. El rumor tranquilo del río acompañaba sus voces.

–Perdóname por no habértelo contado antes –empezó diciendo Bart–, pero no me atrevía.

–¿Es tan delicado?

–Sí. Pero primero debes saber esto: el señor Jahn ha pensado siempre que Milos estaba vivo.

–¿Y por qué está tan seguro?

–Conoce bien a la gente de la Falange y sus procedimientos. Si se llevaron a Milos tan rápidamente en un trineo, era porque no estaba muerto. De otro modo, habrían cavado una fosa cien metros más lejos y lo habrían tirado dentro. No es el tipo de gente dispuesta a cargar con el cadáver de un enemigo.

En su fuero interno, Helen había pensado lo mismo siempre. Y sobre todo, más allá de cualquier razonamiento, tenía fija en la mente la convicción de que su amigo estaba vivo. Lo sentía en todos los poros de su piel. Y si no, ¿cómo habría podido hablar con él, contarle sus secretos, sus penas y sus alegrías como solía hacer noche y día?

–Más tarde –siguió contando Bartolomeo–, la red se lo confirmó al señor Jahn: Milos está vivo. Pero lo que te voy a contar ahora es más preocupante, y por eso no sabía cómo decírtelo.

–Te escucho –dijo Helen mientras un escalofrío le recorría todo el cuerpo.

–Pues lo han salvado y lo han curado –siguió relatando el joven– con un único propósito.

–¿Cuál?

–Bueno, voy a usar las palabras del señor Jahn, será más sencillo. Los de la Falange desprecian a los débiles y a los perdedores. Los eliminan sin escrúpulos, como si fueran los animales enfermos de una camada. Pero respetan a los fuertes. Y para ellos, Milos forma parte de los fuertes. Lo demostró matando a Pastor. Descubrieron también que era luchador. Entonces lo curaron y lo van a utilizar ahora en sus combates.

–¿En sus combates? –repitió Helen al tiempo que se le helaba la sangre.

¿Cómo explicar con tacto la barbarie del circo y el sadismo de los espectáculos? Bartolomeo intentó explicarlo lo mejor que pudo, pero pese a sus esfuerzos, no podía sino narrar cosas terribles: «No, nadie puede librarse del combate», «Sí, uno de los dos debe morir», «No, nunca hay indulto».

–Los combates de invierno comienzan la próxima semana –acabó diciendo para contar toda la verdad–. Y Milos estará...

Por un momento tuvo la esperanza de que Helen lo abofetease para castigarlo por los horrores que estaba relatando. Le habría gustado que lo hiciese, pues él también se odiaba por tener que contarlos.

–¿Qué vamos a hacer? –acabó preguntando ella con un hilo de voz.

–No lo sé –repuso Bartolomeo–. Evidentemente, hemos pensado en el modo de sacarlo de allí; lo malo es que es totalmente imposible acercarse a los campos. El ejército los vigila.

–Entonces, ¿no se puede hacer nada? –preguntó llorando Helen.

–Sí. El señor Jahn dice que hay que guardar la esperanza. Dice que «las cosas se están moviendo».

–¿Las cosas se están moviendo?

–Sí. La red está trabajando mucho desde hace algunos meses. Tengo que guardar el secreto, no debería decírtelo, pero ya está hecho.

–Y eso, ¿qué quiere decir? ¿Habrá una sublevación? ¿Cuándo? ¿Antes de los combates de invierno? ¡Bart! ¡Dímelo!

–Helen, sé muy poco. Me confían pequeñas cosas porque soy el hijo de Casal, mi padre, pero solo tengo diecisiete años, ¿entiendes? ¡No tengo sesenta como Jahn! Si me entero de algo, te lo contaré. ¡Prometido!

«¡Prometido!». Había lanzado esa palabra a la manera de Milos sin proponérselo. Helen apoyó la frente en el hueco de su hombro. Era muy alto. El chico le acarició suavemente la cabeza.

–Helen, no debemos perder la esperanza. Me han contado que, cuando las cosas se ponían muy feas, mi padre solía decir para dar ánimo a todos: «No temáis, el río está con nosotros...».

Volvieron la cabeza y observaron la quietud de las aguas oscuras, adornadas en algunos sitios con un encaje de remolinos brillantes. Allí a lo lejos, en el Puente Real, los coches pasaban silenciosos en el anochecer.

6
Los hombres-caballo

Cuando oyó que daban tres golpecitos en la puerta, Bartolomeo pensó primero que era Milena. Sus encuentros nocturnos eran frecuentes y nadie los ignoraba. Alargó el brazo hacia su reloj y constató, sorprendido, que eran las cinco de la madrugada. ¿Qué le ocurriría para visitarlo a esa hora? ¡Era más bien la hora en que ella volvía a su cuarto! Se levantó bostezando y entornó la puerta. Con las manos en los bolsillos de su grueso abrigo y tocado con un gorro de pieles, el señor Jahn presintió su sorpresa y esbozó una sonrisa:

–Vístete, abrígate bien y ven. No enciendas la luz en el pasillo. Te espero abajo.

Sin rechistar, Bartolomeo asintió y cerró la puerta. Se puso el abrigo, las botas y se echó su larga bufanda sobre los hombros.

Jahn esperaba en la penumbra del fondo del restaurante.

–Ven, vamos a pasar por las cocinas.

Para no despertar a nadie con el ruido del ascensor, bajaron por la escalera de servicio y en el sótano siguieron un pasillo que Bartolomeo no conocía. Pasaron por la salida de emergencia, que daba a una callejuela en la parte trasera del edificio, y recorrieron andando unos cien metros en plena noche. Jahn se detuvo ante una puerta de garaje. La abrió con una enorme llave.

–¿Adónde vamos? –preguntó Bartolomeo al ver el coche.

–Vamos a dar una vuelta. Seguro que no conoces la región. Por favor, échame una mano.

Entre los dos, empujaron el enorme vehículo fuera del garaje y luego por la calle. En la esquina, saltaron a bordo y bajaron en punto muerto por la pendiente hasta la avenida que bordeaba el río. Jahn giró la llave de contacto para que el motor arrancara. Recorrieron un kilómetro aproximadamente antes de meterse en el Puente Real. La luz amarilla de los faros proporcionaba a los diez jinetes de bronce unas sombras llenas de vida, y el último, gigantesco, daba la sensación de querer descargar sobre ellos su amenazante espada. Cuando cruzaban los arrabales dormidos, Bartolomeo acarició con la punta de los dedos el cuero mullido de los asientos y el metal cromado del cuadro de mando.

–¿Es la primera vez que montas en un coche como este? –preguntó Jahn.

–Es la primera vez que monto en un coche –respondió Bartolomeo.

Jahn lo miró con cara de asombro.

–Llegué al internado en autobús cuando tenía catorce años y tomé otro, de noche, a los diecisiete años cuando huimos Milena y yo –explicó el muchacho–, y eso ha sido todo. Quizá montara en coche cuando era muy pequeño, pero no lo recuerdo.

–Es verdad, perdóname –se disculpó Jahn.

Amanecía cuando entraron en el campo bañado de bruma. El horizonte se ensanchó rápidamente ante ellos. Jahn miró varias veces por el retrovisor y aminoró progresivamente la marcha. Bartolomeo volvió la cabeza. A lo lejos, un coche negro reducía también la velocidad. Le pareció ver a dos hombres en su interior.

–Nos están siguiendo –suspiró Jahn.

–¿Son de la Falange?

–Sí.

–¿Suelen seguirlo?

–Lo intentan. Pero los detecto. Así que les obligo a recorrer unos cien kilómetros por caminos llenos de barro, le compro un pollo a un campesino y vuelvo a casa. Se ponen furiosos y a mí me da la risa.

Bartolomeo no podía imaginar que ese hombre tranquilo y reservado fuese capaz de semejantes bromas.

–¿Así que ahora vamos a comprar un pollo?

–No. No te he levantado a las cinco de la madrugada para eso. Voy a intentar perderlos de vista.

Prosiguieron el camino despacio durante media hora larga. Detrás de ellos, el coche negro se adaptaba a su ritmo y se mantenía a distancia. A la salida de un pueblo llegaron a un cruce. Jahn aceleró bruscamente, siguió todo recto y desapareció al final de la línea recta antes de que los perseguidores tuviesen tiempo para alcanzarlos.

–Con un poco de suerte, pensarán que he girado.

La jugada tuvo éxito y perdieron el coche de vista.

–Vamos a ver a unos hombres-caballo –explicó Jahn más relajado–, los llaman *jamelgos*. ¿Has oído alguna vez esa palabra?

Bartolomeo recordó inmediatamente la silueta fuerte de Basile con su pelo alborotado y su cara tosca. ¿Qué habrían hecho con él? Deseaba que no lo hubiesen dejado morir en el calabozo...

–Conozco a uno. Fue él quien me entregó la carta de mi padre. Pero nunca me explicó lo que eran los... jamelgos... bueno, los hombres-caballo.

–Te lo voy a contar –dijo Jahn suspirando–, tenemos tiempo, nos queda más de una hora de camino.

Encendió un puro y entornó la ventanilla de su puerta para que saliese el humo. Bartolomeo encontró el olor bastante agradable. Arrebujado en su abrigo, se sentía a gusto mientras veía pasar el paisaje invernal a través de los cristales.

–No se sabe muy bien de dónde vienen –empezó contando Jahn–. Es como una gran familia que habría existido siempre. Serán unos cien mil repartidos por todo el país. Su característica común es que trabajan mucho, aguantan las faenas más duras y poseen la fuerza de los bueyes. Eso sí, son incapaces de aprender a leer ni a escribir, y como se casan entre ellos, esa incapacidad se reproduce de generación en generación... En el pasado los contrataban para los trabajos que requerían más fuerza, sobre todo para transportar las cargas por las callejuelas muy estrechas por las que no podían pasar ni los carros ni los caballos, de ahí les viene su nombre. Pero no pienses que eran despreciados. Muy al contrario, se admiraban su fuerza y su lealtad. Es más, muchos encontraban cierta nobleza en sus bastos modales. ¿Puedes entenderlo?

–Sí, lo entiendo, pues fue lo que sentí al conocer a Basile. Parecía terco, pero era muy generoso. Tuve la impresión de que estaba dispuesto a morir para entregarme la carta.

–No es una impresión, puedes estar seguro de que lo habría hecho. Cuando se confía una misión a un hombre-caballo, este está dispuesto a perder la vida por ella. Y por eso los de la Falange quisieron tenerlos a su lado cuando tomaron el poder. ¡Vaya chollo! ¡Cien mil brutos dispuestos a destrozarlo todo en cuanto les dieran la orden! Pero omitieron algo.

–¿Qué?

–Que aunque los hombres-caballo necesiten un amo, prefieren elegirlo. Y por muy obtusos que sean, no eligen a cualquiera.

–¿Se negaron a servir a la Falange?

–¡No lo dudaron ni un instante! Dicen de ellos que son torpes, pero saben perfectamente distinguir el bien del mal. Tu padre fue el encargado de establecer el contacto con ellos. Yo no estaba muy de acuerdo. Pensaba que no era la persona adecuada. Era muy cerrado y desconfiado, mientras que ellos son primarios y muy afectuosos. Pero lo sorprendente fue que lo adoraron inmediatamente y se fiaron plenamente de él. Así que se aliaron con la Resistencia. Les costó muy caro. Por muy fuerte que sea uno, no se puede hacer nada contra unos hombres armados. A muchos los mataron, a otros los arrestaron y los trataron como animales en las cárceles. Cuando acabó todo, la policía de la Falange firmó un acuerdo con su jefe, llamado Faber, al que no pudieron atrapar nunca. Soltarían a todos los hombres-caballo presos si él capitulaba públicamente. Sus hermanos-caballo habían elegido a Faber como jefe no porque fuera más inteligente o más prudente, sino simplemente porque era el más fuerte de todos. Los de la Falange no pensaban que el pobre infeliz fuera a caer tan fácilmente en la trampa que le tendieron, pero al día siguiente, sorprendidos, los guardias vieron cómo un tipo inmenso sin apenas cuello y con grandes ojos llenos de dulzura, los típicos ojos de un caballo, se presentaba a la puerta de entrada y les decía: «Buenos días, soy Faber, me rindo...».

El pobre diablo pensaba que hacía bien. No sabía que iban a humillarlo. Lo ataron de un carro al que se había subido una decena de dirigentes de la Falange. Solo y con el torso desnudo, tuvo que tirar del carro por las calles de la ciudad, aguantando las risas y las bromas.

–Pero yo creía que la gente respetaba a los hombres-caballo.

–La mayoría sí. Pero resultó evidente que los adeptos a la Falange eran numerosos. Hasta el momento se habían escondido, pero salieron de sus escondrijos en cuanto hubieron ganado el combate. Se ensañaron con Faber con la crueldad de los cobardes que ya no tienen nada que temer. Por la calle que sube hacia el edificio de la Falange, alguien le puso en la cabeza un gorro con orejas de caballo. Le escupieron, lo injuriaron. Lo trataron como a un jamelgo y desde entonces se quedaron con ese nombre.

–¿Lo soportó todo sin rechistar?

–Todo. Estaba dispuesto a sacrificarse y aguantó hasta el final. Cualquier hombre-caballo habría hecho lo mismo. Hacía enormes esfuerzos para poder subir la cuesta. Sin inmutarse, recibía puñados de avena y cubos de agua. Era un hombre muy orgulloso. Le costó la vida.

–Pero usted, ¿usted estaba allí? ¿Presenció la escena? –inquirió Bartolomeo, consciente del reproche que encerraba su pregunta.

Jahn encajó el golpe.

–Como muchos otros, vi pasar el desfile desde mi ventana y me dio vergüenza no hacer nada. Pero no olvides que habíamos luchado mucho y habíamos perdido a casi todas las personas que queríamos: a Eva-María Bach, a tu padre y a muchos otros compañeros... Todo había acabado. Podían permitirse todo lo que quisieran y no se privaron.

–Pero ¿cumplieron con su palabra al menos? ¿Liberaron a los hombres-caballo?

–Muchos meses después, cuando tuvieron la seguridad de que no quedaba nadie a quien estos pudieran obedecer.

–Pero, entonces, ¿le guardaron rencor a mi padre? ¿Fue él quien los arrastró a semejante desastre?

–No razonan así. Siguen pensando que hicieron lo correcto. Además, tu padre perdió la vida y no se le guarda rencor a un mártir.

–¿Y a Faber? ¿Lo soltaron?

–Sí, pero la humillación lo marcó profundamente. Ya casi no habla. Se instaló con su familia en un pueblo alejado; bueno, los que quedan de su familia...

–¿Y es allí adonde vamos? –preguntó Bartolomeo en voz baja.

–Exacto –confirmó Jahn.

Permanecieron en silencio durante los siguientes kilómetros. El paisaje había cambiado, el coche serpenteaba ahora entre colinas cubiertas de bosques cuyas cimas desaparecían en la bruma. Más adelante, se metieron entre rocas grises cubiertas de liquen que parecían las espaldas de animales fabulosos. Bartolomeo entornó su ventana y respiró el aire húmedo de la landa. Tenía la impresión de que dejaban atrás el mundo de los seres humanos para entrar en el de las leyendas. Casi no le habría sorprendido ver aparecer un elfo o un *korrigan* a la salida de una curva.

–Los hombres-caballo tenían en gran estima a tu padre –añadió Jahn–. También te la tendrán a ti. Por eso te llevo a visitarlos.

Bartolomeo tenía en la punta de la lengua la pregunta que llevaba un buen rato rondándole la mente: «¿Qué espera de mí exactamente?», pero se contuvo y no la formuló. Estaba a punto de quedarse dormido con el ronroneo regular del motor cuando penetraron finalmente en el pueblo de los hombres-caballo.

Un muchacho de unos quince años salió a su encuentro.

–¡Basile! –exclamó Bartolomeo sin querer.

El parecido con su compañero de internado era flagrante. Tenía la misma cara alargada, la misma nariz aplastada, los mismos hombros muy fuertes, el mismo pelo indomable.

Jahn se detuvo a su altura.

–Por favor, ¿sabes dónde vive Faber?

–No lo sé –contestó el muchacho frunciendo el ceño–. ¿Qué quiere de Faber?

–Hablar con él. No temas. Somos amigos.

–No puedo... –soltó el joven hombre-caballo sin darse cuenta de que se estaba traicionando.

–¿Hay que seguir subiendo más arriba? –insistió Jahn.

–Pues... sí...

Fueron muy despacio y se cruzaron con dos niños que bajaban corriendo, uno subido a la espalda del otro.

¡Increíble! –exclamó Bartolomeo–. ¡Parecen miniaturas de Basile!

En la parte alta del pueblo, una joven con la misma cara alargada sin gracia subía lentamente con un cubo de agua en la mano.

–¿Por ahí vive Faber? –preguntó Jahn con el codo apoyado en la ventanilla.

–Sí... pues... no... –contestó embrollándose la chica–. ¿Quién es usted?

–Somos amigos. ¿Es aquella casa?

–Pues... sí...

Resultaba patente que no era muy difícil tirarles de la lengua.

Jahn estacionó el coche un poco más arriba, bajaron andando y llamaron a la puerta. Les abrió una mujer muy alta y muy gorda, de unos cincuenta años. Una expresión de tristeza emanaba de todo su ser. Los invitó a pasar. Los visillos estaban echados y los ojos de los visitantes tardaron algún tiempo en acostumbrarse a la oscuridad. Un enorme gato pelirrojo dormía en una silla cerca de la chimenea. La mujer llevaba un delantal y, atado a la cabeza, un pañuelo del que asomaban mechas canosas. Les explicó que Faber estaba en la cama, «pero si ustedes son amigos...».

Subió la escalera con su andar pesado. No se oyó nada durante un largo minuto. Quizá estuviese hablando en voz baja con su marido. Luego reapareció en la parte de arriba de la escalera, asomó la cara por encima de la barandilla y preguntó:

–Por favor, ¿cómo se llama?

–Me llamo Jahn. Él me conoce.

Desapareció de nuevo y volvieron a esperar en silencio. Los dos hombres se miraban sin entender nada. ¿Qué podían estar diciendo ahí arriba? Al final, ella bajó con lentitud y se plantó delante de Jahn con los brazos abiertos en señal de impotencia:

–No quiere verlo. No quiere ver a nadie desde hace meses. Está enfermo...

–Dígale que es muy importante –insistió Jahn–. Dígale que he venido con... Casal.

Por tercera vez, la señora subió la escalera.

–Pero... –musitó Bartolomeo– va a pensar que...

–¿Que tu padre ha vuelto? Quizá. Pero lo fundamental es que se levante.

Al bajar la escalera, la mujer asentía con la cabeza. Parecía que la situación había cambiado.

–Ahora baja –anunció, y una especie de sonrisa se esbozó en su cara bondadosa–. Siéntense, por favor.

Se acomodaron en los bancos situados a cada lado de la mesa. Ella permaneció de pie mientras se secaba maquinalmente las manos en su delantal. Pese a su corpulencia, no habían oído crujir el parqué mientras ella estaba arriba. En cambio, ahora gemía muy fuerte bajo el peso del hombre que iba y venía mientras se vestía, y temían que el techo se desplomara de repente.

–Viene enseguida –repitió la mujer.

Oyeron el choque sordo de un zapato que cae al suelo; luego, algunos pasos, y, finalmente, dos pies gigantescos pisaron el primer escalón. Vieron aparecer dos piernas interminables, y cuando Faber llenó la escalera con su cuerpo, Bartolomeo se quedó boquiabierto. Nunca había conocido a un hombre de semejante tamaño. El torso era dos veces más ancho que el de una persona normal. Los hombros, los brazos, las manos, todo parecía dos veces mayor. En la parte superior de aquella mole, la cara alargada, los carrillos caídos y la boca inexpresiva recordaban la cabeza de un viejo caballo triste.

Ignoró a Jahn, se dirigió lentamente hacia Bartolomeo y se detuvo ante él.

–¿Tú eres Casal?

Tenía la voz insegura de quien lleva mucho tiempo callado.

–Soy su hijo –dijo Bartolomeo incómodo.

Para mirar a Faber a los ojos, el chico debía echar la cabeza para atrás, cosa inusual en él.

–¿Eres su hijo? –preguntó Faber, y la barbilla le temblaba de emoción.

–Sí –repitió Bartolomeo.

Entonces el gigante dio un paso más, abrió sus inmensos brazos y abrazó al muchacho. Lo estrechó contra su pecho y permaneció así un largo rato. Bartolomeo tuvo la sensación de sentirse tragado. Refugiado contra el pecho de aquel tranquilo coloso, sentía que nada malo podría ocurrirle. Cuando aflojó su abrazo, Faber tenía los ojos bañados en lágrimas. Al final, dirigió la mirada hacia Jahn y le tendió la mano.

–Buenos días, señor Jahn. Me alegra volver a verlo.

Algunos instantes después, estaban sentados ante una jarra de vino. La mujer de Faber le dio a su marido un tazón de leche. Durante toda la conversación, estuvo mojando en su taza unos trozos de pan que rescataba del cuenco con una cuchara sopera. En su mano, parecía una cuchara de juguete.

Jahn empezó diciendo con cautela:

–Bueno, Faber. Piensa que ha pasado mucho tiempo desde que te hicieron daño...

–...

–Y que las cosas están cambiando desde hace algún tiempo.

–Ah, ¿sí? No tenía ni idea. Ya no salgo. ¿Qué es lo que ha cambiado?

–La gente está harta de la Falange, ¿entiendes? Si hay una revuelta, nos apoyará.

–¿Y por qué crees tú que nos apoyará? No hicieron nada cuando yo tiraba del carro y me lanzaban porquerías.

–Tenían miedo –intervino Bartolomeo–. Miedo a que los arrestaran, los apalearan, los mataran...

–Eso es cierto –reconoció Faber.

–Además –prosiguió Bartolomeo–, pensaban que, a lo mejor, la Falange no era tan terrible como la pintaban, que iba a poner orden en el país, que había que esperar. Y ahora, ya han visto...

–Sí, han visto que las cosas están fatal –añadió Faber, deseoso de dejar todo muy claro.

–Exactamente, han visto que las cosas van fatal, y nos apoyarán. ¿Estarán los hombres-caballo dispuestos a luchar con nosotros?

Incómodo, Faber dejó caer la cuchara en la mesa y se limpió la boca con la manga.

–A los hombres-caballo no les gusta matar a la gente.

–A nadie le gusta matar a la gente –dijo Bartolomeo–. Pero hay que defenderse. Ya vio lo que le hicieron a usted y a su pueblo. ¡No lo ha olvidado!, ¿verdad?

Faber lo miraba con los ojos llorosos:

–Ya lo sé, pero estamos acostumbrados a aguantar. Aunque somos fuertes, no nos gusta pelear.

–Los de su generación, quizá; pero eso también ha cambiado. Conocí a un muchacho-caballo en el internado, y le aseguro que era mejor no ponerlo nervioso. Han aprendido a no dejarse humillar. Señor Faber, vamos a necesitar su fuerza y la de todos los hombres-caballo. Sin usted, nos vencerán otra vez.

–No sé qué decir –farfulló, indeciso, Faber–. Además, ¿quién será nuestro jefe?

Jahn, que llevaba un largo rato callado, levantó la mirada hacia Bartolomeo y le animó con la cabeza.

–Yo seré su jefe –contestó el chico con voz firme–. Cuente conmigo.

Al pronunciar estas palabras, tuvo la sensación de que su padre estaba a su lado, de que estaba sentado a la mesa con ellos. Tuvo la certeza de que lo oía y lo aprobaba. Se le hizo un nudo en la garganta.

–Seré su jefe con el señor Jahn. Volveré a visitarlo en el momento oportuno. Mientras tanto, debe recobrar la salud y hablar a su gente. Sabe perfectamente que su pueblo se alegrará de verlo en pie de nuevo. Todos deberán estar preparados el día convenido, y será usted, su jefe, quien los convencerá y los unirá. Señor Faber, ¡prepárelos para el combate!

Bartolomeo no ignoraba que a sus diecisiete años no tenía la experiencia para dirigir a los hombres-caballo. Pero Jahn no le pedía tanto. Lo había traído porque se llamaba Casal y porque sabía que encontraría las palabras oportunas que decidiesen al inmenso hombre caballo a salir de su abatimiento. Y Bartolomeo acababa de conseguirlo.

–Comerán un trozo de salchichón, ¿verdad? –los interrumpió la fornida esposa de Faber.

–Excelente idea, Roberta –aprobó Faber–. El viaje les habrá abierto el apetito. ¿Vienen de la capital?

No tuvieron tiempo para contestar. Un niño-caballo, con los mocos colgándole de la nariz, irrumpió corriendo; se agarró del delantal de la mujer y le susurró algo al oído.

–Un coche negro sube hacia el pueblo –comentó a los tres hombres.

–Hijo, ¿quién viene en ese coche? –inquirió Jahn.

–Dos señores muy delgados –repuso el niño, contento de ser el protagonista de la conversación.

Jahn dio un respingo.

–¿Te han preguntado algo?

–Sí, me han preguntado si los había visto.

–¿Y qué les has contestado?

–Les he contestado que no podía decir nada. Me han dicho que me darían una moneda si les contaba algo.

–¿Y les has contado algo?

–No. ¡Les he dicho que su coche negro no había pasado por aquí!

Jahn profirió una palabrota.

–Son de la Falange. Pensaba que los había despistado. Esos tontos habrán ido al buen tuntún y han llegado hasta aquí. ¡Debemos escondernos!

–Métanse en la habitación –propuso la mujer–. Les diré que no hay nadie.

Jahn, Bartolomeo y Faber subieron rápidamente la escalera, mientras el niño-caballo abría feliz la mano:

–Mira, Roberta, han sido muy amables. No les he dicho nada y, pese a todo, ¡me han dado la moneda!

La enorme cama deshecha, en la que descansaba Faber una hora antes, ocupaba la mitad de la habitación. El resto del mobiliario se componía de un armario al que le faltaba una puerta y una silla de enea, la que debía de utilizar Roberta para hacer compañía a su marido durante el día.

Jahn fue a la ventana y apartó los visillos con cautela. El coche pasó despacio sin detenerse. Un minuto después, volvió a bajar la calle con la misma lentitud.

–Han encontrado mi coche. Ahora nos están buscando –dijo Jahn–. Están preguntando por la casa de Faber y acabarán por encontrarla. Habría sido mejor escondernos en otro sitio.

Ya era demasiado tarde. Oyeron los portazos del coche y, a continuación, los golpes en la puerta. Los tres hombres se sentaron en la cama para evitar que el parqué crujiera si permanecían de pie. Furioso por haber comprometido a Faber y a Bartolomeo, Jahn meneaba la cabeza. De modo maquinal, Faber se había puesto la almohada sobre las rodillas y la estrujaba, lleno de temor. Bartolomeo hacía lo posible por calmar su respiración. Oyeron desde abajo la voz temerosa de Roberta que abría la puerta:

–Buenos días, señores.

–¿Dónde está Faber? –gritó con un ladrido uno de los hombres sin molestarse en saludarla.

–No está –gimoteó aterrorizada la pobre mujer–. Se ha ido...

Ella profirió un grito y Faber apretó los puños. La idea de que alguien pudiera maltratar a Roberta lo indignaba.

–¡Está arriba! ¡Ve a buscarlo! –vociferó el hombre.

–¿Arriba? ¡Están muy equivocados, señores! –exclamó Roberta con un tono tan poco natural que, en otras circunstancias, habría provocado la risa. ¡Las mujeres-caballo mentían tan mal como sus hijos!

–¡Ve a buscarlo, te digo!

–Está enfermo... –se contradijo la infeliz.

Ya no sabía qué hacer para proteger a su marido, y lloró de impotencia. Subió la escalera sollozando.

–Quieren que bajes –balbució arrodillándose delante de Faber y poniendo sus manos entre las suyas.

–¿Van armados? –preguntó Jahn en voz baja.

La señora asintió con la cabeza; en efecto, estaban armados. Jahn se sintió perdido. ¡Dejarse sorprender con Faber y el hijo de Casal era de una torpeza imperdonable! La Falange sacaría sus conclusiones sobre la reconstitución de la red. Fuera como fuera, los detendrían y sabrían recurrir a los medios necesarios para que hablasen

Fue en ese momento cuando Faber inclinó su inmenso cuerpo hacia su mujer.

–¿Dónde están? –murmuró.

Roberta no entendía lo que quería decir, y abrió mucho los ojos en señal de interrogación.

–¿Están ahí? –insistió Faber–. ¿Ahí?, ¿ahí?

Y, con el dedo, señalaba diferentes lugares del suelo.

–Ahí –respondió Roberta–. Hacia la mesa. Los dos. Siempre y cuando no se hayan movido...

Faber se levantó lentamente e hizo algo totalmente inesperado; se puso de pie encima de la cama. Su cabeza chocó contra el techo y tuvo que inclinarse ligeramente.

–¿Están ahí? –insistió Faber apuntando con el índice.

–Sí –confirmó Roberta, y de pronto entendió lo que se proponía.

–¿Vamos a esperar mucho? –gritó desde abajo el único que había hablado hasta el momento, y dio dos golpes muy fuertes en el techo, probablemente con el palo de la escoba. No sospechaba que así acababa de dar la última pista del lugar exacto donde se encontraban y de firmar su sentencia de muerte.

–¡Ahora voy! –contestó Faber al tiempo que saltaba desde la cama levantando los pies lo más alto posible para caer con todo su peso en posición sentada. Demasiado endeble, la viga cedió, el parqué se derrumbó en un terrible estruendo, y se abrió un cráter impresionante en el que Faber se precipitó. Jahn, Roberta y Bartolomeo sintieron cómo el suelo desaparecía bajo sus pies y se pegaron a las paredes para no verse arrastrados detrás del gigante. La cama, a punto de venirse abajo, vaciló un momento antes de despeñarse y desplomarse en la planta baja. Tras un último gemido débil, el silencio invadió la casa.

–¡Faber! –llamó Roberta mientras bajaba precipitadamente la escalera, seguida de Jahn y Bartolomeo.

Cuando llegaron, Faber ya se había incorporado frotándose enérgicamente la frente, en la que le estaba saliendo un enorme chichón de color rosa.

–Los he despachurrado... Pero se me ha caído la cama sobre la cabeza... Roberta, vida mía, ¿estás bien? Espero que no te hayan hecho daño.

Los dos se besaron con torpeza; era un espectáculo conmovedor ver al coloso dar besitos en la frente de su mujer. A los dos milicianos se les había caído el cielo en la cabeza. Jahn se acercó a ellos y constató su lamentable estado. El primero yacía boca abajo, con la pierna izquierda totalmente dislocada doblada bajo su cuerpo. El otro, atrapado entre la mesa y el armazón de la cama, tenía la nuca rota.

–Debemos hacerlos desaparecer –comentó Jahn mientras buscaba las llaves del coche en los bolsillos de los fallecidos.

Fueron por el vehículo y lo estacionaron delante de la puerta. Luego extrajeron a los dos hombres del amasijo de tablas de madera donde estaban sepultados y los instalaron en el asiento trasero. Mientras los cargaba, Bartolomeo procuraba no mirarles la cara, pero, pese a todo, le temblaba todo el cuerpo. Faber los ayudó también al tiempo que murmuraba constantemente: «¡Dios mío! ¿Qué he hecho?». Jahn tuvo que reprenderlo para que cesara sus gemidos. Mientras tanto, Roberta intentaba alejar a los niños-caballo que acababan de presenciar, boquiabiertos, aquel increíble espectáculo.

A escasos kilómetros del pueblo y situado al final de la carretera, había un lago profundo oculto entre los juncos. Llevaron el coche allí y lo precipitaron a la laguna con sus dos ocupantes sentados ahora en el asiento delantero.

–Un accidente –repitió insistentemente Jahn–. Faber, ¿me has oído? Sufrieron un accidente. Nadie los vio en el pueblo. Si investigan, todo el mundo deberá decir lo mismo: «Fue un accidente».

–Será una mentira –dijo refunfuñando el gigante.

Jahn le dio un golpe en el pecho con el puño.

–Sí, pero una mentira para protegeros a todos vosotros. ¿Me entiendes?

–Sí, creo que lo entiendo.

En el lago, el techo del coche acababa de hundirse con un lúgubre gorgoteo, y los juncos se irguieron de nuevo como si nada hubiera ocurrido.

Llovió intensamente durante el viaje de vuelta. El limpiaparabrisas se movía sin cesar y se oía el ruido de las gotas en la carrocería. Estuvieron mucho tiempo sin hablar, impresionados aún por lo que acababa de suceder. Bartolomeo rompió finalmente el silencio.

–Señor Jahn, ¿cómo era mi padre? Nunca me ha hablado de él.

Jahn dudó un momento.

–¿Quieres que te diga la verdad?

–Sí, por favor.

–Tu padre era un hombre sombrío e impenetrable. Coincidí muchas veces con él en reuniones secretas. Conservo el recuerdo de sus ojos muy oscuros. Cuando te miraba, parecía estar hurgando en tu interior. Intimidaba mucho y por eso tenía tanto éxito con las mujeres...

–¿Hablaba poco?

–Muy poco. Era un hombre taciturno, pero en cuanto abría la boca, todo el mundo callaba. Tenía mucho acento extranjero. ¿Qué más podría decirte? Bromeaba muy pocas veces. Creo que había en él mucha melancolía y una profunda tristeza. Ignoro el motivo.

–...

–Pero era muy duro también.

–¿Duro?

–Sí. Demasiado quizá... No vacilaba ni un segundo cuando se ponía en entredicho la fiabilidad de un compañero. Era partidario de eliminarlo, aunque se equivocara, y pedía que hicieran lo mismo con él en caso necesario. Exigía que todos participasen en todas las acciones programadas: ejecuciones de falangistas, sabotajes, operaciones de comandos para liberar a unos camaradas. Se arriesgaba mucho. Sabía que su audacia le costaría la vida. Me he preguntado muchas veces si no buscaba la oportunidad soñada para «acabar con elegancia». Bartolomeo, tu padre no era ningún santo.

–¿Era también muy alto?

–No. Era muy delgado, pero no muy alto. Seguramente tu madre sí sería alta. Pero nunca llegué a conocerla. De otro modo, ya te habría hablado de ella. No conozco a nadie más de tu familia.

El coche rodaba bajo una lluvia incesante y levantaba enormes chorros de agua a cada lado de una carretera muy estrecha. Jahn permanecía ahora en silencio. Bartolomeo se arrebujó en su abrigo. No sabía si estaba triste o feliz, esperanzado o desesperado. El recuerdo de los dos hombres muertos como peleles, hundiéndose dentro del coche en el agua sucia del lago, lo obsesionaba constantemente.

7
UN CONCIERTO

Al final del invierno, el frío se abatió bruscamente sobre la capital. La ciudad parecía yerta bajo un cielo de un color gris sucio. La gente prefirió no salir de casa, y desde mediodía los únicos moradores de plazas, avenidas, paseos y parques eran unos inmensos cuervos muertos de frío que se posaban por centenares en las ramas desnudas de los árboles. El río fue el único en resistirse a esa rigidez. No se dejó inmovilizar por el hielo e, impasible, dejó fluir sus aguas oscuras.

Helen renunció momentáneamente a sus paseos y ocupaba las tardes leyendo en su cuarto. Ponía al máximo la potencia del radiador, se metía en la cama, se tapaba con las mantas y se enfrascaba en la lectura de unas novelas. Durante ese período le parecía que nada importante podía acontecer, que el mundo se había paralizado. Pero sentía también que en medio de ese entumecimiento bullían cosas profundas que desconocía. Era como si la tierra dormida ocultara una vida palpitante y secreta en el calor de su vientre... Había que esperar...

A veces, el libro que estaba leyendo se le caía de las manos, y permanecía quieta mucho tiempo, perdida en dolorosos pensamientos, con la vista fija en una mancha de la pared o del techo. «Milos, ¿dónde estás? ¡Ojalá pudiera contemplar tu pelo rizado, asir tus fuertes manos entre las mías, charlar contigo, besarte! Dime, ¿te tratan bien? Espero que te acuerdes de mí».

Esos pensamientos tristes la abrumaban, pero necesitaba estar a solas en compañía de su amor ausente. Empezó a redactar un diario en el que le escribía cada día. *Querido Milos, hoy he llegado tarde al trabajo. Te explico... Querido Milos, Dora no dejará nunca de sorprenderme. Esta mañana...* Se limitaba a consignar todos los pequeños detalles de su vida cotidiana. Se imaginaba también lo que los dos harían en el futuro cuando estuviesen juntos, aunque esto no consiguió escribirlo nunca.

Esperaba en cualquier momento la visita de Bartolomeo, pues le había prometido informarla en cuanto supiera algo concreto; pero no vino. Se tranquilizó recordando su conversación cerca del río: «Sé cosas, pero no puedo decírtelas...». Un día, Milena le confió que Bart había asistido a «reuniones», pero ella no podía contar nada tampoco.

Una tarde, harta de ese tedio insoportable y de permanecer encerrada, se puso su jersey más gordo, se caló el gorro de colores en la cabeza, se arrebujó en su abrigo y salió a la calle. El tranvía no circulaba; seguramente, el frío habría estropeado las máquinas. Sola en las aceras desiertas, tuvo la sensación de caminar por una ciudad fantasmal. Al pasar ante el antiguo teatro, se detuvo y subió prudentemente los escalones cubiertos de hielo. Era imposible imaginar que algunos años antes Dora los había pisado también, cogida del brazo de Eva-María Bach, ambas despreocupadas y felices. En la puerta, cerrada con un candado y cubierta de pintadas obscenas, vio un cartel. No tuvo tiempo para apartar la mirada, y las palabras la asaltaron: *Combates de invierno... Circo romano... Reservas...*

La ilustración, muy realista, representaba dos espadas negras bajo la luz rojiza de un foco: una, triunfante, estaba cubierta de sangre; la otra, vencida, estaba hecha pedazos en el albero.

Vivió los siguientes días presa de la angustia y del asco. Temía enfermar y se lo confesó a Dora. Pese al frío que les ardía en las mejillas, las dos fueron a dar un paseo al borde del río, procurando que nadie las oyera.

–Dora, ¿puedes decirme quién es capaz de presenciar semejantes horrores?

–Prácticamente todos los dirigentes de la Falange, Helen. Aquellos que lo desaprueban son considerados como «delicados», y por tanto sospechosos de poder traicionar al régimen tarde o temprano.

–¡Pero eso no basta para llenar las gradas! Dicen que el circo está lleno a rebosar...

–Es cierto. Muchos van.

–Pero ¿por qué?

–Será que simplemente les gusta. Supongo que van también para que los vean y las autoridades los tengan en mayor estima, para pertenecer a la familia. Los padres llevan a sus hijos cuando todavía son muy jóvenes. Deben demostrar que son capaces de aguantar el espectáculo sin vomitar. Al fin y al cabo, es una especie de rito de iniciación, es como el paso a la edad adulta en las tribus primitivas. Después, ya son hombres.

–¿Hombres? Más bien bárbaros... –musitó Helen–. Me siento impotente.

–Es cierto. Y sin embargo, en principio son nuestros hermanos... A veces pienso que prefiero a los animales.

–¿Crees que todavía puede ocurrir algo? Los combates tendrán lugar dentro de dos semanas. Me parece que será mañana. ¡Tengo tanto miedo por Milos que eso me quita el sueño!

–No lo sé, Helen. Tengo esperanzas. Pese a tanta oscuridad a nuestro alrededor, no debemos perder la esperanza. Recuerdo que lo peor ocurrió en pocos días hace quince años. Entonces pienso que lo mejor puede acontecer también... aunque eso no hará que nuestros muertos resuciten.

–Dora, ¿crees en Dios?

–Antes tenía mis dudas. Pero desde que me aplastaron la mano y soltaron sus perros sobre Eva, ya no las tengo. Sin embargo, pienso que cada cual tiene derecho a opinar como quiera... Me lo preguntas y me limito a contestar, nada más.

–Pero, entonces, dime una cosa: ¿qué es lo que te da la fuerza para ser... como eres?

–¿Y cómo soy?

–Siempre con la sonrisa en los labios, sabes consolar a los otros, eres divertida...

–No se necesita fuerza para ello. En todo caso, no hace falta demostrar más fuerza que para ser triste o cruel, ¿no crees? No lo sé. Quizá sea mi modo de resistir. Pero es el tuyo también. Las dos nos parecemos... ¡No somos geniales, pero somos fuertes!

Lanzó una carcajada y apretó el brazo de Helen.

–¿Qué quieres? ¡No todo el mundo puede ser como Milena!

–¿Crees que Milena es tan brillante como su madre?

–Es brillante a su manera. Su voz es quizá menos firme que la de Eva, o tiene menos cuerpo, para decirlo de otro modo. Pero precisamente por eso, se siente más cómoda en los agudos. Y es capaz de encontrar matices que te dan la sensación de oír por primera vez una melodía que conoces desde hace cuarenta años. ¿Comprendes?

–Comprendo. Con ella siempre es la primera vez.

–Exactamente. Y además posee la gracia, y eso no sabría cómo explicarlo. Va más allá de la técnica. Quizá sea por la calidad de su alma... Es un misterio. Sea como fuere, te puedo decir que Milena será una cantante excepcional. Si no se la comen los cerditos...

Con el cuello de piel levantado sobre la nuca afeitada al cero, dos milicianos gorditos se cruzaron con ellas a paso lento, les lanzaron una mirada torva y se fundieron en la noche.

–Si los cerdos gordos no se la comen –la corrigió Helen en voz baja.

Unos diez días después, al llegar al restaurante para iniciar su servicio nocturno, Helen se sorprendió al constatar que Dora no estaba.

–¿Dónde está? –preguntó a más de diez personas; pero nadie lo sabía.

Contra la pared del fondo, se había instalado un estrado donde había un mueble cubierto por una tela de color azul.

–¿Qué es?

–No lo sabemos.

Nadie sabía nada aquella noche.

Empezó a trabajar, un poco intranquila por la ausencia de su amiga. Envueltos en sus bufandas y sus abrigos de invierno, los clientes llegaron puntuales a partir de las siete de la tarde. En pocos minutos, un ruido ensordecedor invadió las dos salas. Helen había acabado por apreciar aquel *ballet* cotidiano de las chicas con delantales azules. Le gustaba la complicidad existente entre ellas, el reto diario de resistir el asalto de los estómagos hambrientos, de servir, quitar las mesas, limpiar y devolver finalmente a la sala su calma anterior.

Pensaba que quizá pudiera hacer otra cosa en la vida, pero mientras tanto, y gracias al señor Jahn, cumplía a la perfección la tarea que le había encomendado. ¿Qué habría sido de ella sin el señor Jahn, sin el doctor Josef, sin Mitaine? Intuía que todos constituían los eslabones de una cadena secreta. ¿Cuántos obreros y obreras, sentados en esas mesas, compartían la misma esperanza de que volviera la libertad, de que se pudiera hablar y cantar y de que se abriera de nuevo el teatro? En los tres meses pasados en el restaurante, Helen nunca había oído ninguna palabra de rebeldía. ¡Era como un silencio ensordecedor! Pero quizá bastara con que uno solo se atreviera para que todos se levantaran y abrieran sus corazones...

La joven acababa de llevar los postres a una mesa en una bandeja que contenía cuenquitos llenos de macedonia de fruta, cuando oyó un tintineo detrás de ella. Volvió la cabeza. Incómodo, subido de pie en una silla, el señor Jahn intentaba pedir silencio dando golpecitos en el borde de un vaso con una cuchara. La chaqueta que llevaba no conseguía disimular su enorme tripa.

–¡Amigos! ¡Por favor, amigos míos!

No era frecuente que el señor Jahn fuera protagonista. El motivo debía de ser importante. La curiosidad afloraba a las caras.

–Amigos míos, ¡por favor, un poco de atención!

Antes de que empezase a hablar, Helen se dio cuenta de que una decena de hombres fornidos se habían instalado a la puerta de entrada con los brazos cruzados sobre el pecho. Sus largas cabezas sin cuello y su torso potente no dejaban lugar a dudas: eran hombres-caballo. Nunca los había visto y quedó muy impresionada por su imponente presencia.

–Amigos míos... –empezó diciendo Jahn.

En ese preciso momento, la gente se daba un corto respiro en las cocinas tras la agitación habitual. Ahora que habían mandado los últimos postres, ya no se oían los pedidos, y por fin empezaban a poner un poco de orden y a limpiar. Era el momento en el que Lando, el responsable de la cocina, aprovechaba para ofrecer su recital diario. Sin interrumpir su labor, canturreó con voz alegre una pieza de ópera. Aunque la fuerza de su voz no variase, desafinaba a veces. Rojo como un pimiento, terminó con una nota final estridente y saludó cual divo bajo los aplausos y las risas.

Inclinada sobre una de las inmensas pilas de zinc del fregadero, Milena fregaba platos con dos de sus compañeras. Las tres gastaban bromas, pero Milena tenía ganas de acabar pronto para ir a cenar a la cantina. Se moría de hambre y, seguramente, Bartolomeo ya estaba allí esperándola.

–¡Kathleen! ¡Te reclaman en la sala!

Al principio, debían llamarla dos o tres veces antes de que reaccionara a su nuevo nombre. Ahora ya estaba acostumbrada y volvió la cabeza inmediatamente.

–¿A la sala? ¿Qué querrán de mí?

El chico abrió los brazos en un gesto de ignorancia.

–Te llaman.

–¿Quién me llama?

–El señor Jahn.

Se quitó los guantes de goma y siguió al chico. Algo no le cuadraba. El señor Jahn le había prohibido siempre aparecer arriba, y ahora la reclamaba, ¡encima a una hora en la que habría aún mucha gente! Sorprendida por la inusual tranquilidad que reinaba, subió la escalera y abrió la puerta. Jahn la esperaba justo detrás y la agarró inmediatamente del brazo como si temiera que fuera a salir corriendo:

–Ven.

Anonadada, se dejó llevar echando unas miradas furtivas a su alrededor, y no encontró sino ojos inmensos que la escrutaban. Los clientes de la segunda sala se habían unido a los de la primera, por lo que solo quedaba un estrecho pasillo entre los bancos. Milena no estaba asustada, sino tan solo estupefacta. Recorrió la sala como sonámbula. Sonriente, Dora la acogió.

–Ven conmigo.

Subieron tres escalones y se encontraron en el escenario. Un chico surgió detrás de ellas, tiró de la tela azul y apareció un piano vertical, objeto totalmente insólito en ese lugar. Hasta ese momento, Milena no había tenido el reflejo de oponerse.

–¿Qué ocurre? –balbució, aunque ya lo había entendido todo.

–Es un concierto, preciosa –contestó Dora–. Voy a tocar el piano, y tú cantarás. De eso entendemos algo, ¿verdad?

La acompañante llevaba un bonito vestido de color crema y una flor roja adornaba sus rizos morenos. Sin esperar, se sentó en el taburete y tocó unos alegres acordes.

–Podíais haberme avisado... –protestó, vencida, Milena.

–Lo siento, se nos ha olvidado...

Milena comprendió que no le quedaba otra escapatoria y que iba a tener que cantar. Como de costumbre, se colocó al lado de su amiga con la mano derecha apoyada en el borde del piano y se quedó quieta, convencida de que no le saldría ningún sonido de la garganta. Pese a todo, se atrevió a echar una mirada a la sala, en la que habían dejado algo de luz; se dio cuenta de que se encontraba por primera vez ante un auténtico público.

Muchos asistentes le dirigían sonrisas de ánimo, y su amabilidad la emocionó. Vislumbró a Bartolomeo entre sus compañeros; estaba sentado a caballo en el respaldo de una silla cerca de la ventana. Movió ligeramente dos dedos en señal de saludo. «Es una pena, pero los voy a decepcionar», pensó, «no lo conseguiré». Reinaba un profundo silencio en la sala y todos esperaban ansiosos.

–Schubert, el 764... –musitó Dora.

Pero justo cuando iba a atacar el primer acorde, se detuvo y le hizo a Milena una señal discreta con la mano; la joven no entendía.

–¿Qué pasa? –murmuró.

–El delantal... –dijo Dora en voz baja–. Quítate el delantal de cocina...

Al darse cuenta de su vestimenta, un tanto singular para una cantante, Milena abrió la boca con tal cara de estupor que los espectadores prorrumpieron en carcajadas. En su prisa por desanudar el delantal blanco, no hizo sino atar más firmemente el lazo a la espalda, y tuvo que pedir auxilio a Dora. Cuanto más intentaba deshacerlo, más se reía la asistencia. El forcejeo duró un interminable minuto; al final, Milena no pudo contener la risa y ofreció al público su cara luminosa. En ese preciso momento, todas las personas que habían conocido a Eva-María Bach se conmovieron. Reconocieron los ojos claros y risueños de la mujer a la que habían adorado en el pasado, la sonrisa generosa, las ganas de vivir... solo le faltaba una larga cabellera rubia.

–Schubert, el 764 –repitió Dora, y en esa ocasión no falló.

Sin duda alguna, Milena nunca había cantado tan mal. Le pareció que acumulaba todos los errores que había corregido pacientemente en las numerosas horas de trabajo. Atacaba demasiado pronto o demasiado tarde, se equivocaba en la letra, el tono de su voz subía y bajaba constantemente. En la última nota, furiosa contra sí misma, volvió la cabeza hacia Dora con los ojos llenos de lágrimas. Pero no tuvo tiempo para lamentarse. Los aplausos estallaron y, en cuanto cesaron, su acompañante inició otro *lied*. La segunda parte estuvo mejor. Paulatinamente fue adquiriendo más seguridad. La invadió una paz interior, y por fin su voz se desplegó, amplia y serena.

Con una nalga apoyada en el extremo de un banco al fondo de la sala, Helen contenía la respiración. Sentado a su lado, un hombre de unos cincuenta años meneaba levemente la cabeza y reprimía la emoción a duras penas.

–Esta niña canta casi tan bien como su madre. ¡Ah, señorita! ¡Ojalá hubiera oído cantar a nuestra Eva!... Cada vez que recuerdo lo que le hicieron, ¡me invade la ira!...

Unos empujones y algunas palabrotas ahogadas les hicieron volver la cabeza. A la puerta de entrada, los hombres-caballo inmovilizaron a un individuo que intentaba abandonar la sala.

–No se puede salir... –afirmó con calma el más alto al tiempo que despegaba al tipo del suelo–. Es una orden del señor Jahn.

Luego lo colocó en su asiento presionándole los hombros con las manos para que permaneciera quieto, como lo habría hecho con un niño díscolo.

Una vez recobrada la tranquilidad, Dora y Milena interpretaron otros cuatro *lieder*. Helen reconoció el último, que su amiga había ensayado ante ella:

Du holde Kunst, in wieviel grauen Stunden,
Wo mich des Lebens wilder Kreis umstrickt
Hast du mein Herz...

A modo de ofrenda, el público le brindó su recogimiento. Se podían percibir las más mínimas inflexiones de su voz, hasta el menor roce de sus uñas sobre la madera del piano en una pausa. Y cuando sonó la última nota, un silencio, que nadie osaba romper, envolvió la asistencia.

–*En mi cesta*... –musitó Dora mientras tocaba dos compases de la melodía.

Las caras se iluminaron. *¡En mi cesta!* ¡Milena iba a interpretar *En mi cesta*!

Hacía tiempo que la gente había olvidado esa pequeña canción, ingenua y muy simple, que se cantaba lentamente y a media voz. Ligera y melancólica, había cruzado los siglos sin que nadie supiera exactamente lo que significaba. Nadie sabe por qué se le había metido en la cabeza a la Falange que tenía un significado oculto y que, por tanto, convenía prohibirla. Evidentemente, era la mejor forma de convertirla en la canción talismán de la Resistencia, lo mismo que Napoleón, el cerdo gigante, se había convertido en su mascota. Nadie sabría nunca lo que había en esa maldita cesta. Lo que sí se sabía era lo que no contenía, y era seguramente lo que le daba rabia a la Falange.

En mi cesta no hay cerezas,
príncipe mío,
no hay cerezas rojas,
ni tampoco almendras.
No hay pañuelos,
no hay pañuelos bordados,
ni tampoco perlas.
Ni pena ni tristeza, amor mío,
ni pena ni tristeza...

Algunas mujeres fueron las primeras en tararear tímidamente la melodía. Luego se oyó la voz grave de un hombre desde el fondo de la sala. ¿Quién había sido el primero en levantarse? Fue imposible saberlo, pero, en algunos segundos, todos los asistentes estaban de pie. El único que permaneció sentado fue el individuo que había querido irse algunos minutos antes. El mismo hombre-caballo que le había cerrado el paso, lo agarró por el cuello de la chaqueta y lo obligó a levantarse también. Cada uno se limitó a cantar *mezza voce* y a sumar su voz, sin forzarla, a la de sus compañeros. La letra infantil de la canción se elevó como un rumor sordo venido de la tierra.

En mi cesta no hay gallinas,
padre mío,
ninguna gallina que desplumar,
ni patos tampoco.

No hay guantes de terciopelo,
guantes finamente bordados, no.
Ni pena ni tristeza, amor mío,
ni pena ni tristeza.

Helen se quedó estupefacta; a su alrededor, decenas de adultos sacaban sus pañuelos y tenían la cara bañada en lágrimas. ¡Todo por esa pequeña canción! Mientras aplaudía a rabiar, a ella también se le hizo un nudo en la garganta. «¡No temas, Milos! ¡Vamos ahora mismo! No sé cómo, pero vamos a sacarte de allí!».

El concierto había acabado. El señor Jahn subió al escenario, entregó un ramo de flores a cada artista y les dio un beso. Mientras bajaban del estrado, unos hombres ya se llevaban el piano y empezaban a desmontar la tarima. A Helen le habría gustado felicitar a sus amigas, pero había tanta gente y tanta confusión que no consiguió acercarse a ellas. Cuando todos hubieron abandonado la sala un poco más tarde, sus compañeras y ella acabaron de limpiar y poner orden. Ya era más de medianoche cuando, finalmente, Helen se metió en su habitación.

Al pasar llamó a la puerta de Milena, pero no contestó nadie. Volvió a bajar los dos pisos e hizo lo mismo en la puerta de Bartolomeo. Tampoco había nadie. Se fue a dormir y, hasta la mitad de la noche, espió en vano el ruido de la llave en la cerradura de la habitación contigua. Hacia las cuatro de la madrugada, le pareció oír un disparo fuera. Se levantó, se encaramó en la silla y abrió la claraboya. Sintió en la cara un frío helador. Unos coches pasaron muy deprisa por el Puente Real. A lo lejos se oyeron otros disparos y unos gritos, luego reinó el silencio. Presa de una mezcla de angustia y esperanza, volvió a la cama.

Al amanecer, el estrépito de una puerta abierta a patadas la despertó sobresaltada. Aterrorizada, se incorporó en la cama pensando que intentaban entrar en su cuarto, pero los hombres irrumpieron en el cuartito de al lado, el de Milena. El saqueo fue tan violento como rápido, pues no había muchas cosas que romper ni llevarse. En cuanto se hubieron marchado, se levantó y se encontró en el pasillo con otras cinco chicas en camisón. Atónitas y asustadas, contemplaban los libros de Milena tirados por el suelo, las estanterías rotas, los adornos pisoteados, las partituras hechas trizas.

–¡Qué miedo me da!... –exclamó entre sollozos la más joven de las chicas al tiempo que apretaba un cojín contra su pecho a modo de protección.

–Dicen que la revuelta empezó durante la noche –comentó otra.

–¿Cómo lo sabes?

–¿No oísteis los disparos? Además, el señor Jahn ha desaparecido.

–¿Cuándo?

–Anoche. Se fue con Kathleen y el chico alto que sale con ella.

–¿Bartolomeo? ¿Se fueron? –balbució Helen–. Nadie me dijo nada.

–Ni a mí –repuso la chica–. Pero mi habitación da a la calle de atrás. Fue justo después del concierto. Miré por la ventana y los vi subir a dos coches.

–¿Dos coches? ¡Pero si uno habría bastado!

–No, porque había más gente. Reconocí a Lando, el jefe de cocina, y también a los hombres-caballo que montaban guardia a la entrada de la sala. Se fueron todos juntos.

–¿Adónde?

–¿Cómo quieres que lo sepa?

–Claro. Perdona...

Helen se quedó sola en la habitación de Milena para poner un poco de orden. Entre las partituras rotas, encontró la de *En mi cesta,* en la que no había nada. Se la llevó con ella y la guardó en el bolsillo interior de su abrigo.

Luego se volvió a acostar y, en el calor de la cama, esperó que amaneciera.

8
Bartolomeo Casal

Los dos coches pasaron juntos por el Puente Real y rodaron a gran velocidad en la noche gélida en dirección al este. Al volante de su pesado vehículo, Jahn abría la marcha. A su lado, un joven hombre-caballo, incómodo por sus largas piernas, manoseaba la gorra que llevaba sobre las rodillas.

–Señor Jahn, soy su guardaespaldas, ¿verdad?

–Exacto. ¿Cómo te llamas?

–Me llamo Jocelin.

–Pues, Jocelin, tienes que protegerme en caso de problemas, a mí y a los que están sentados detrás.

–De acuerdo, señor Jahn. Los protegeré.

No dijo nada más, levantó ligeramente sus puños fuertes como yunques que hablaban por sí solos.

En la parte trasera del coche, Milena, Bartolomeo y Dora se apretujaban para darse calor. Antes de salir, Milena tuvo el tiempo justo de correr a su habitación para recoger sus cosas.

–Date prisa –le dijo Jahn–. Nos vamos por algún tiempo.

Al meter precipitadamente todo revuelto en su bolsa, su ropa y algunos objetos a los que tenía cariño, había pensado que quizá fueran a llevarla de pueblo en pueblo para que cantara ante otros públicos. Le habría gustado. El placer experimentado en su primer concierto auguraba la promesa de momentos futuros de felicidad inolvidables. Pero no se trataba de eso, muy al contrario. En cuanto salió de la ciudad y estuvo seguro de que nadie lo seguía, Jahn explicó a las dos mujeres que debían esconderse para evitar a toda costa caer en las garras de los bárbaros. Conocía un lugar seguro, y allí se quedarían todo el tiempo necesario.

–Entonces, ¿para qué hemos dado el concierto? –preguntó Milena sin poder disimular su decepción.

–¿Para qué? –repitió Jahn riéndose–. ¿Sabes lo que va a ocurrir desde esta misma noche?

–No.

–Va a ocurrir que los centenares de personas que os han escuchado a Dora y a ti, van a contárselo a otros cientos y cientos de personas que, a su vez, lo repetirán a otras miles. Dirán que Milena Bach, hija de Eva-María Bach, cantó durante una hora, acompañada de Dora. Dirán que todos se levantaron para corear *En mi cesta.* Mañana, la noticia se difundirá por todo el país, por las ciudades, por los pueblos, hasta en las casas más recónditas. Al cantar, has encendido la mecha, ¿comprendes? La gente saldrá de sus escondrijos y echará ramitas y ramas al fuego. El fuego se convertirá en hoguera, que se transformará a su vez en incendio. Milena, eso es lo que va a pasar.

La joven enmudeció. Le costaba imaginar que ella sola fuera capaz de desencadenar semejante furor.

–¿Por qué no me dijo que iba a cantar? –inquirió.

–Formaba parte del plan de la Resistencia, y aunque te concerniera directamente, no tenías derecho a saberlo. ¿Te ha molestado?

–No lo sé. Un poco quizá. Eso significa que pensaron que no sabría guardar el secreto, al contrario de Dora. ¡No soy una chiquilla! Bueno, ¿qué más da? De todos modos, me habría muerto de miedo si me hubieran avisado antes.

–Ves...

Rodaron por el campo durante una hora aproximadamente, y luego por una carretera recta que atravesaba un bosque de pinos. Melancólica, Dora contemplaba a la luz de los faros los árboles oscuros que iban pasando. En un cruce, el segundo coche, conducido por Lando, el jefe de cocina, dio un breve golpe de claxon y se detuvo. Jahn hizo lo mismo veinte metros más adelante. Milena volvió la cabeza y vio a dos hombres-caballo que bajaban del vehículo y empujaban ante ellos a un individuo que llevaba un pasamontañas.

–Es el falangista que intentó salir durante el concierto –explicó Jahn.

–¿Le harán daño? –preguntó Milena.

–No. Seguramente eso es lo que él cree, y estará muerto de miedo. Piensa que lo van ejecutar, pero esa es su forma de hacer las cosas, no la nuestra. Lo van a abandonar aquí. Le vendrá bien andar un poco, y no podrá alertar inmediatamente a sus compañeros, pues el teléfono más cercano está a unos treinta kilómetros de aquí.

Los dos coches reanudaron la marcha. Con el pasamontañas en la mano y sorprendido de seguir vivo, el falangista los siguió con la mirada.

Milena apoyó la cabeza en el hombro de Bartolomeo. Rodaron por el bosque, y luego por los campos cubiertos de bruma. Estaba a punto de dormirse cuando llegaron a un pueblo sin gracia cuyas fachadas de ladrillo se alineaban a cada lado de la calle sumergida en la penumbra. Al llegar al final, Jahn estacionó el coche delante de una casita idéntica a las otras.

–Señoras, hemos llegado.

Bajaron todos menos Jocelin, el joven hombre-caballo, que prefirió quedarse vigilando la calle. Los asaltó un frío cortante. Justo encima del marco de la puerta, a la derecha, un ladrillo de la pared estaba suelto. Jahn se puso de puntillas, lo quitó y sacó una enorme llave de bodega. Con un chirrido, la puerta se abrió a un diminuto cuarto que contenía muebles anticuados y cojos. Una única bombilla colgaba de un cable. Con una mueca, Dora pasó el dedo sobre una silla cubierta de polvo.

–¡Qué lujo! ¡No era necesario tanto derroche! Milena, ¿has visto la vida lujosa que llevan los artistas? ¡Qué hotel más suntuoso! ¡Qué confort! ¿Cuántas estrellas tiene este hotel?

–No os quedaréis mucho tiempo –comentó Jahn, un tanto cortado–. Y sobre todo, estaréis seguras. En este pueblo, todos son partisanos.

–Perfecto. Y si nos aburrimos, haremos un poco de limpieza. Las armas para vosotros y las escobas para nosotras, es así, ¿verdad?

Milena, que la conocía perfectamente, se dio cuenta de que estaba furiosa.

–Dora, no vayas a creer que... –empezó explicando Jahn, aunque la mujer no le dio tiempo para seguir justificándose.

–¡Escúchame bien! ¡No creo nada de nada! –lo cortó mirándolo a los ojos–. Solo te puedo decir una cosa: hace quince años, Eva y yo nos escondimos como avergonzadas de ser nosotras mismas. Viajamos ocultas bajo mantas hediondas, nos lavamos una noche de cada tres, nos escondimos como si fuéramos parásitos. ¿Para conseguir qué, a fin de cuentas? Para que al final nos detuviesen, a mí me torturasen y a ella la matasen. Lo siento, Jahn, no quiero volver a interpretar la misma obra. No me gusta el papel.

Jahn no estaba acostumbrado a que se opusieran a su voluntad, y se quedó mudo ante esa mujer furiosa que ya se dirigía a la puerta, dispuesta a irse.

–¡Yo no me quedo en esta pocilga! –siguió diciendo–. Y Milena tampoco. No somos objetos decorativos que vuelven al armario cuando las visitas se han ido.

–Solo quería protegeros –argumentó Jahn con voz tranquila–. Sois muy valiosas para la causa, y lo sabes.

–Jahn, ¡no insistas! –zanjó Dora–. Te quiero mucho, pero no sigas, la discusión ha terminado. Milena, ¡vámonos!

Bartolomeo se sintió dividido entre el estupor y la admiración. Nunca había oído a nadie dirigirse con tanta virulencia al señor Jahn.

Curiosamente, tras ese estallido de ira, la atmósfera en el coche estuvo mucho más alegre y relajada, como si la cólera de Dora les hubiese venido bien a todos. A ella primero, pues la tenía guardada en el corazón desde hacía mucho tiempo. A Jahn también, porque ya estaba harto de tantos secretos y silencio obligados. Y por último, a Bartolomeo y Milena, que podrían así permanecer juntos y luchar.

Los dos hombres respondieron libremente a las preguntas, recordaron las múltiples reuniones que se habían celebrado esos últimos meses en los sótanos y los garajes, mencionaron también el trabajo subterráneo de miles de partisanos invisibles y resueltos. Revelaron que solo esperaban ahora la señal de la revuelta, y que eso era cuestión de días.

Los dos coches dieron media vuelta para dirigirse hacia el norte. Bartolomeo reconoció pronto el paisaje de landas y las espaldas cubiertas de musgo de las rocas. El viaje se les había hecho corto hasta el pueblo de los hombres-caballo.

Faber y su esposa habían esperado hasta esa hora tardía para recibir a sus visitantes. Como los habían acogido muy mal en su primera visita, querían resarcirse y lo consiguieron con creces. Roberta llevaba un bonito vestido de flores y tenía los labios pintados de color rosa. Su esposo, irreconocible, lucía un traje que dos hombres normales no habrían conseguido llenar. Los dientes del peine habían trazado surcos brillantes en su pelo negro.

Cuando apareció el inmenso hombre-caballo, Milena tuvo la sensación de verse transportada de repente a uno de esos cuentos que había leído de pequeña, en los que unos gigantes pacíficos sostenían a unos niños sentados en las palmas de sus manos. Bartolomeo le había contado cómo Faber había despachurrado a los falangistas en la cocina. Le había costado creerlo, pero ahora que veía al coloso ante ella, y también el techo recién reparado encima de su cabeza, no tuvo más remedio que creérselo. Jahn hizo las presentaciones. En cuanto dijo que Milena era hija de Eva-María Bach, Roberta juntó las manos exclamando:

–¡Cómo se le parece! ¡Dios mío, qué parecido! ¿También canta, señorita?

–Estoy aprendiendo –contestó con modestia Milena, lo que les hizo mucha gracia a los que la habían escuchado unas horas antes.

Se acomodaron en torno a la mesa, que era tan nueva como el techo, y Roberta les sirvió cerveza. Encantado de tener a tantas visitas juntas, Faber no dejaba de sonreír. La lenta resurrección del gigante se había cumplido, y su metamorfosis era una bendición.

–Dime, Faber, ¿has conseguido reunir a tus hombres?

–Ya lo creo, señor Jahn. Se han reunido en todos los rincones del país, y están dispuestos a luchar. Aquí en el pueblo hay muchos. Cuántos, no lo sé, pero muchos, eso sí. Los verá mañana por la mañana.

Lando, el jefe de cocina, planteó un problema concreto: ¿cómo llevar a tantos combatientes hacia la capital cuando llegue el momento? Ninguno de ellos sabía conducir.

–Es mejor ir andando –contestó Faber–. Las piernas no sufren averías. Son tres días, no es nada.

–Tres días es mucho –replicó Lando refunfuñando.

–No, Faber tiene razón –intervino Bartolomeo–. Si caminan diseminados, será mucho más difícil atraparlos que si se desplazan en autobuses o en coches. Estarán por todos los caminos, por todas las carreteras, vendrán del norte, del sur, de todas las partes del país. Y estoy seguro de que la población se unirá a ellos. Será como una marea humana que confluirá hacia la capital. La Falange no podrá intervenir en todas partes al mismo tiempo. Se verá desbordada.

Siguió describiendo el avance imparable de los hombres-caballo y la adhesión de todos los demás combatientes por la libertad. Un destello febril y ardiente brillaba en sus ojos negros. Milena lo contemplaba con admiración y amor. A sus diecisiete años osaba discutir los argumentos de los adultos, y estos lo trataban de igual a igual.

–Mañana les hablaré –siguió diciendo sin esperar a que aprobaran su decisión–. Se lo explicaré y me escucharán.

–Sí –confirmó Faber–. De todos modos, Casal, están deseando que les hables.

A continuación, Jahn tomó la palabra. Milena sintió que poco a poco ya no se enteraba de nada de lo que estaba diciendo. Las palabras le resonaban confusas y sin sentido en la cabeza. Se mareó y recuperó el conocimiento en los potentes brazos de Roberta, que, después de apartar a los hombres, la instaló en el banco.

–¡Esta niña está muy pálida! ¿Ha comido algo?

Se dieron cuenta de que, efectivamente, ni Milena ni Dora habían comido nada desde el día anterior. La jornada de trabajo, las emociones del concierto, la carretera, el frío, y encima un vaso de cerveza en un estómago vacío, habían podido con la resistencia de la muchacha.

–¡Atajo de brutos! –exclamó echando pestes la inmensa mujer-caballo al tiempo que cortaba un trozo de tarta–. ¡Queréis hacer la revolución y sois incapaces de daros cuenta de que una joven se está desmayando delante de vuestras narices! ¡Y encima, la señorita Bach! ¡Ya me las pagaréis!

El incidente marcó el final de la velada. Los visitantes se repartieron entre las casas aledañas. Con el estómago por fin lleno, Milena y Dora tuvieron a su disposición la inmensa cama matrimonial de los Faber. Estos se fueron a dormir a casa de unos parientes a la otra punta del pueblo. Bartolomeo y Lando se alojaron en casa de uno de los hombres-caballo que había viajado con ellos. El inmenso Jocelin se negó en rotundo a separarse de Jahn, e insistió para que se quedase en su casa:

–Señor Jahn, debo protegerlo día y noche.

En cuanto despertaron, Dora y Milena oyeron crujir la escalera. Dormidas aún, asomaron la cabeza por debajo de los edredones, y vieron aparecer a la gigantesca Roberta con una bandeja en las manos.

–Me han dicho que las artistas desayunan en la cama, así que... café, rebanadas de pan, mantequilla y mermelada. ¿Querrán otra cosa las señoras?

–¡Las señoras están encantadas! –exclamó Dora riendo–. ¡Estamos en el paraíso!

–Por favor, señora, no se burle; habrá conocido hermosos hoteles...

–Roberta, no me río. Es mucho más entrañable que todos los «hermosos hoteles» que he frecuentado. Usted es muy amable.

–Espero que Mitsi no las haya molestado.

–¡En absoluto! –dijo Milena–. Ha dormido tranquilamente en su sitio. ¡Mire!

La gata, muy gorda, movió leve y perezosamente una oreja para saludar a su ama. Hecha un ovillo en la silla, parecía un enorme cojín de color rojizo.

Roberta depositó la bandeja en la cama y abrió los postigos. Un frío cortante y una luz blanquecina invadieron el cuarto.

–Esta mañana hay niebla y escarcha –comentó la mujer-caballo–. Tendrán que abrigarse para salir. ¡Venga! Las dejo desayunar tranquilas.

Roberta tenía razón: en la plaza del pueblo no se veía nada a más de cinco metros. Las dos mujeres se unieron a un grupo formado por unos veinte hombres, entre los que estaba Faber, que les sacaba media cabeza a los demás. Estaban también Bartolomeo, arropado en su bufanda negra; el jefe de cocina Lando, muerto de frío, y Jahn, flanqueado por Jocelin, su fiel guardaespaldas.

–Bart, ¿qué sucede? –preguntó Milena.

–Faber quiere presentarme a sus combatientes para que les hable y los salude. Están reunidos a la salida del pueblo.

La pequeña tropa se puso en marcha entre la niebla y llegó pronto a la altura de las últimas casas. Bartolomeo se preguntaba qué sucedería. Faber había dicho que eran muchos los hombres-caballo reunidos allí, pero ¿qué quería decir con eso? ¿Cien? ¿Doscientos quizá? Avanzó junto a Jahn sin saber que iba a vivir una de las mayores emociones de su corta existencia.

Al principio, solo vio unas diez filas de hombres-caballo inmóviles en la bruma. El vaho de su respiración disimulaba en parte sus anchas caras. Estaban muy abrigados y calzaban botas. La mayoría llevaba una bolsa colgada a la espalda o en bandolera, de la que en algunos casos asomaba una porra.

Otros sujetaban un garrote con las dos manos. A Bartolomeo le impresionó la fuerza que emanaba de aquellos colosos huraños y silenciosos.

–¿Cuántos son? –preguntó disimuladamente a Faber–. No consigo verlos a todos.

–Ya te lo he dicho, son muchos. Están esperando a que les hables. Anda, súbete ahí y empieza...

–Pero no me oirán, mi voz no es muy potente.

–No hace falta que hables fuerte. Limítate a hablar para los que están delante. Harán pasar el mensaje. Repetirán exactamente lo que dices hasta la última fila. Basta con que te calles un momento después de cada frase, el tiempo suficiente para que hagan circular el mensaje. Aquí siempre lo hacemos así, no es necesario gritar.

Bartolomeo lanzó una mirada de preocupación hacia Jahn, que se conformó con encogerse de hombros. No podía ayudarlo, ni tampoco Lando ni Milena, que le dirigió una señal para animarlo. Un tanto desamparado, se adelantó un paso y se subió a una caja para guardar las botellas de vino a la que habían dado la vuelta. ¿Qué podía decirles? ¡Ojalá hubiera tenido tiempo para preparar su discurso! Ahora era demasiado tarde.

–Hola, amigos –empezó diciendo–, soy Bartolomeo Casal.

Estaba dispuesto a seguir hablando cuando Faber lo detuvo con un gesto de la mano. Debía esperar para que la frase pudiera ser repetida. Los hombres-caballo de la primera fila volvieron la cabeza y la pasaron a los de la segunda:

–Hola, amigos, soy Bartolomeo Casal...

Estos, a su vez, la pasaron a los de la tercera:

–Hola, amigos, soy Bartolomeo Casal...

Y así sucesivamente.

El mensaje se perdió rápidamente en la bruma, pero estaba claro que seguía pasando de boca en boca. Eso duró mucho tiempo. A veces Bartolomeo interrogaba a Faber con la mirada: «¿Puedo seguir?». «Aún no», negaba Faber con la cabeza. Tras largos minutos de silencio, se oyó el sonido grave de una trompa. Faber asintió con la cabeza: el mensaje había llegado al final de su recorrido.

Bartolomeo comprendió que, en semejantes condiciones, las palabras eran un bien muy valioso. Convenía no despilfarrarlas. Debía encontrar el camino más corto para llegar a lo esencial.

Dijo:

–En el pasado, mi padre os guió...

–*En el pasado, mi padre os guió...* –repitieron los hombres-caballo de la primera fila.

–*En el pasado, mi padre os guió...* –pasaron los de la segunda.

–Y dejó su vida como muchos otros...

–*Y dejó su vida como muchos otros...*

–*Y dejó su vida como muchos otros...*

–¡Voy a retomar el combate con vosotros!

–*¡Voy a retomar el combate con vosotros!*

–*¡Voy a retomar el combate con vosotros!*

–¡Tened confianza!

–*¡Tened confianza!*

–Esta vez, el pueblo estará con nosotros...

–*Esta vez, el pueblo estará con nosotros...*

–¡Y derrotaremos a los bárbaros!

–*¡Y derrotaremos a los bárbaros!*

Puntuadas por el sonido de la trompa en la bruma, las sencillas frases que pronunciaban y repetían adquirían, en el silencio y con la lentitud, un peso inesperado. Había tiempo para sopesar cada palabra, y cada palabra pesaba lo suyo: revuelta... *revuelta...* combate... *combate...* libertad... *libertad...*

Les pidió que se pusieran en camino hacia la capital inmediatamente. Cuando hubo terminado, el último toque de trompa desencadenó un clamor escalofriante.

–Ve a saludarlos –pidió Faber–. Pasea entre ellos, los alegrará.

–No –rezongó Bartolomeo mientras bajaba de la caja–, no me apetece, no me gusta el culto a la personalidad. Me sentiría ridículo.

Jahn lo cogió del brazo:

–¡Anda, Bart! No debes decepcionarlos. Y los que conocieron a tu padre se sentirán felices de revivir su presencia a través de ti.

Batolomeo dudó algunos segundos antes de decidirse.

–De acuerdo. Milena, ven conmigo.

Tomó a la chica de la mano y la llevó con él. Las primeras filas se abrieron ante ellos y fueron tragados por la masa pacífica de los hombres-caballo sobre los que flotaba, casi inmóvil, una nube de vaho. Fue un instante irreal. No eran centenares, sino millares de combatientes. En su gruesa ropa de invierno, tocados con sus gorros o sus pasamontañas, parecían surgir de otra época. Había también muchas mujeres y adolescentes, la mayoría de los cuales no tendría más de doce años. Estos blandían con orgullo sus picas o sus bastones. A la luz fantasmal del amanecer, todos se apartaban al paso de los dos jóvenes y les dirigían sonrisas y palabras amistosas.

–¿Estamos en un cuento? –musitó Milena.

–Creo que sí –le contestó Bartolomeo–. ¡O quizá estemos soñando lo mismo al mismo tiempo!

De pronto no supieron hacia qué lugar dirigir sus pasos. Estaban perdidos. Fueran adonde fueran, era la misma multitud de espaldas, de hombros y de caras bondadosas; estrechaban por doquier las mismas enormes manos. Inmersos en el calor de esa masa humana, ya no sentían ni la preocupación del mañana, ni el frío cortante del invierno.

–¿Dónde está el pueblo? –preguntó finalmente, aturdida, Milena.

Una joven mujer-caballo la oyó y la cogió del brazo:

–¿Quiere que la lleve? ¡Sígame!

La precedió, orgullosa de guiar a la pareja. Iba con la cabeza descubierta, y el pelo ralo y lacio se le erizaba en la punta de su potente cráneo. Unos pliegues profundos le surcaban el cuello. Los faldones de la americana que llevaba la estorbaban al andar. De vez en cuando, se daba la vuelta para ver si sus protegidos la seguían, y al ver que continuaban detrás de ella, les sonreía feliz. En un momento dado, aprovechó la oportunidad para piropear a Milena en voz baja:

–Es usted guapísima señorita, parece una princesa...

Y se volvió rápidamente, emocionada por su atrevimiento.

–Tú sí que eres guapa –murmuró Milena para sí–. Mucho más guapa que yo...

Cuando estuvieron de vuelta en el pueblo, se reunieron todos en casa de Faber. Jahn desapareció un momento, seguido de su inseparable Jocelin, para ir a la oficina de correos donde se encontraba el único teléfono del pueblo. Volvió muy pálido y comunicó la noticia: la revuelta había estallado durante la noche, y el ejército había abierto fuego para aterrorizar a la población. Había muertos por decenas, pero por la mañana se había restablecido el orden Sin embargo, algunos jóvenes habían montado barricadas en varias ciudades del norte, y las defendían con todo su ardor.

–¡Por Dios! –exclamó Lando–. ¡Las cosas se han precipitado! ¡Es muy pronto aún!

–Es cierto, es muy pronto todavía –repitió Jahn–, pero así son las cosas. Se ha prendido la mecha, ya nadie podrá sofocar el incendio.

9
Vuelta al pueblo

Al despertar, Helen comprendió que aquella mañana sería diferente. Tras el gran susto provocado por la irrupción de los milicianos en la habitación de Milena, había dormido profundamente sin soñar, y ahora estaba sentada, alelada, al borde de su cama. El despertador marcaba casi las diez de la mañana. Nunca desde su llegada a casa del señor Jahn se había levantado tan tarde. Se aseó, se vistió rápidamente y salió al pasillo silencioso. La puerta destrozada de Milena le recordó de repente la violencia de la noche. Pasó por delante sin detenerse y bajó la escalera con el sentimiento confuso de que el mundo estaba patas arriba.

En la primera planta, fue hasta la puerta de Bartolomeo y constató que la habían derribado también. Echó una mirada dentro del cuarto, en el que reinaba el mismo caos que en el de Milena tras el paso de los bárbaros. Los objetos, rotos, pisoteados, cubrían el suelo. La angustia le hizo un nudo en el estómago: ¿qué ocurriría si sus dos amigos acababan en manos de esos siniestros individuos?

Las salas del restaurante estaban desiertas. Helen bajó al sótano en ascensor; en el profundo silencio, la maquinaria de ese cacharro infernal desencadenó un ruido aún más fuerte que de costumbre. Al cruzar las cocinas, percibió desde la cantina el rumor de las voces del personal, que se transformó rápidamente en exclamaciones más fuertes. Abrió la puerta y descubrió a unos treinta compañeros suyos apretados en un espacio muy reducido y reunidos en asamblea. La discusión era tan acalorada que casi ni se percataron de su presencia.

–Pienso que aunque no esté Lando podemos encargarnos de las comidas –comentaba un chico sentado en la esquina de una mesa–. ¡No somos tontos, digo yo!

–Este no es el problema –repuso otro vestido con una bata gris de empleado de la manutención–. La cuestión es otra: no tenemos nada que ofrecerles. Los repartidores saben que el señor Jahn no está, y esta mañana no hemos recibido ni la mitad del pedido; no hay ni verduras ni pan... ¿Qué les vamos a ofrecer a los clientes?

Una mujer joven apoyada contra el armario intervino con voz tranquila:

–Yo estoy dispuesta a servir lo que haya, pero creo que no vendrá nadie. Dicen que la fábrica está cerrada por huelga.

–¡Es cierto! –confirmó un joven situado a su lado con un cigarrillo en los labios–. Es más, hubo jaleo a la entrada.

–Entonces, ¿qué hacemos? –preguntó una joven.

El debate siguió sin prosperar durante varios minutos hasta que un chico de unos veinte años se levantó de su silla furioso.

–Lo siento, ¡pero ya me estáis poniendo nervioso con esas historias de reparto de frutas y verduras! –exclamó–. ¡Estáis hablando de zanahorias y patatas cuando unos tipos han montado barricadas la pasada noche! Lo habéis oído igual que yo, ¿no? Así que ¿a qué estamos esperando para participar?

–Tienes razón –asintió otro–. Yo no pienso quedarme de brazos cruzados. Me voy al centro a ver lo que pasa. ¿Vienes?

Los dos chicos se pusieron una chaqueta y, resueltos, salieron con paso firme.

–¡Sed prudentes! –les gritó el tipo del cigarrillo–. Dicen que anoche hubo muertos.

Siguió un silencio sepulcral.

–Yo me pregunto lo que opinaría el señor Jahn de todo esto –comentó suspirando una cocinera con un delantal blanco.

–¿Lo que diría el señor Jahn? –repuso otra levantándose–. Diría que él no es nuestro padre y que ya iba siendo hora de que aprendiésemos a arreglárnoslas sin él. ¡Y a perder el miedo! Esos dos tienen razón. Yo me voy con ellos. ¿Alguien me acompaña?

La que acababa de hablar era Rachel, una amiga de Dora. Helen la conocía perfectamente.

–Voy contigo –dijo, sorprendida de su audacia.

Al caminar por el corredor que llevaba a su cuarto, la exaltación le henchía el pecho. Quedaban tres días para los combates de invierno. Tan solo tres días. Pero ¿y si la revuelta se desencadenaba antes? ¿Si el caos se apoderaba de la ciudad? En tal caso, ¿no tendrían los de la Falange cosas más urgentes que hacer que ir a contemplar la muerte de unos gladiadores? ¡Claro que sí! ¡Renunciarían! ¡Renunciarían y anularían los combates! Por primera vez desde hacía meses, vislumbró una luz de esperanza. ¡Era una luz tenue, pero era real!

En la pequeña habitación miró a su alrededor los escasos adornos, las dos estanterías cubiertas de libros, la ropa colgada de la cuerda del «ropero», y se hizo esa pregunta inesperada: «¿Qué se llevaría una chica de diecisiete años dispuesta a montar barricadas en la calle para salvar a su amor?». Como no encontró ninguna respuesta que la satisficiera, se plantó en la cabeza su gorro de colores, se puso el abrigo y se marchó.

Sus tres compañeros la esperaban a la puerta del restaurante. Se pusieron de acuerdo rápidamente y decidieron ir hasta la fábrica. De lejos, vieron que una decena de milicianos armados vigilaban las altas rejas. Dieron media vuelta y bajaron por las callejuelas con cuidado de no resbalar sobre el hielo. El chico que había prendido la mecha en la cantina estaba cada vez más exaltado:

–Quieren prohibir las reuniones, ¡pero no lo conseguirán! Solo hace falta que la gente pierda el miedo y salga a la calle, ¡eso es lo que hace falta!

–Habla más bajo... –le recomendó el otro chico.

–Hablaré alto si me da la gana –replicó el primero–. ¡Estoy harto de callar desde hace años! Harto, ¿me oís? ¡Harto!

Lo dijo a voz en grito y lanzó una carcajada:

–¡Ay, qué bien me siento! Deberíais intentarlo.

Un tranvía circulaba con normalidad. Subieron a un vagón y se percataron enseguida de la presencia de tres milicianos sentados en la parte trasera, con una porra en la mano y la pistola al cinto. El chico se calmó un poco, pero siguió mirándolos desafiante.

–¿Algún problema? –preguntó uno de los hombres.

–No, estoy admirando su uniforme –contestó el chico.

No solo tenía labia sino también arrojo. Los escasos pasajeros sonrieron discretamente y el miliciano se puso tenso.

A medida que el tranvía se acercaba al centro de la ciudad por la larga avenida que precedía la plaza de la Ópera, iba subiendo más gente en las paradas. Helen tuvo la sensación de que las personas parecían especialmente ansiosas, como si estuviesen esperando algo. Quizá solo fuera su imaginación. Apoyó la frente contra el cristal helado. El tranvía se detuvo.

–¿Bajamos? –preguntó Rachel.

–¡En la próxima! –contestó uno de los chicos.

Las puertas se estaban cerrando cuando Helen se quedó de piedra. ¡Ahí! ¡En la acera! ¡Al otro lado de la calle! No estaba soñando...

–¡Espere! –gritó poniéndose de pie–. ¡Abra la puerta! ¡Por favor, déjeme salir!

Nerviosa, tiró de la cuerda para avisar al conductor. Rachel la cogió del brazo:

–¿Qué te ocurre?

–Acabo de ver ahí... –balbució Helen.

Como el tranvía arrancaba, se abrió paso a empujones entre los pasajeros y se pegó al cristal trasero sin prestar atención a los milicianos, que no pudieron sino apartarse ante tanta fogosidad. Las dos siluetas se alejaban por una callejuela transversal. Una, la de una mujer mayor vestida de negro que cojeaba y llevaba una bolsa de la compra en la mano, le era desconocida, pero la otra... estaba segura... ¿Cómo no reconocer aquella cara? ¡La habría reconocido entre mil! Tuvo el tiempo justo de verlas empujar la puerta de entrada de un edificio, el segundo de la calle, o al menos eso fue lo que creyó, y desaparecieron.

–¿Qué has visto? –le preguntó Rachel por segunda vez.

–¡A alguien que conozco! Pero me cuesta creerlo.

Ahora el tranvía estaba abarrotado de gente. El trayecto entre las dos paradas le pareció interminable. A duras penas, consiguió acercarse a la puerta y saltó fuera en cuanto se abrió la puerta.

–¡Os dejo! –lanzó a los otros tres y, con el corazón a punto de salirse del pecho, fue corriendo por la acera.

¿Y si se hubiera confundido? No, era imposible parecerse hasta ese punto... Al llegar a la parada anterior, tomó sin aliento la calle que subía ligeramente. La fachada del edificio era de color gris. Al empujar la segunda puerta de entrada, tuvo la certeza de que las dos personas habían entrado ahí. Un pasillo oscuro se abría ante ella. Pulsó en vano el interruptor y avanzó a tientas hasta un pequeño patio en cuyo pavimento roto crecía una hierba de color grisáceo entre las grietas. Unos cubos de basura yacían en el suelo. Pese a encontrarse cercano a la avenida, el lugar parecía abandonado. Dos escaleras subían a las plantas superiores. Tomó al azar la de la izquierda, cuyos escalones ennegrecidos ascendían en espiral. Olía a moho. Se detuvo en el primer piso y aguzó el oído; hizo lo mismo en el segundo, luego en el tercero; pero su búsqueda resultó infructuosa. Era como si los moradores hubiesen abandonado el edificio ¿Quizá por insalubre? Bajó de nuevo al patio y tomó la segunda escalera; tenía más luz y estaba más cuidada. La electricidad funcionaba. En el primer piso, había dos puertas cerradas aunque no se oía ningún ruido; lo mismo en el segundo y en el tercero; sin embargo, en la cuarta y última planta, justo bajo el tejado... Una voz clara e infantil, que venía del interior, hizo que se deshiciera emocionada.

–¡Pica! –gritaba la voz–. ¡El jabón me pica en los ojos!

Esa vez no tuvo ninguna duda y llamó enérgicamente a la puerta. Abrió la señora mayor que le había parecido ver en la calle. Tenía la blusa remangada sobre unos brazos blancos y arrugados, su mano derecha estrujaba una esponja de color rosa. Helen no le prestó atención y fue directamente hacia el barreño lleno de agua hirviendo, colocado en medio del cuarto. Desnudo y chorreando, Octavo se puso de pie y se dejó caer en sus brazos.

–¡HELEN!

–¡Octavo! ¡Qué alegría volver a verte! ¡Dios mío, qué alegría!

Lo estrechó entre sus brazos un largo momento, luego lo besó fuertemente en la cara, en las manos.

–¡Octavo! ¿Qué haces aquí?

–Estoy en casa de tita Marguerite. ¿Estás llorando?

–No. Pues sí... ¿Tita Marguerite?

Dejó al niño y se incorporó de repente, consciente de su mala educación.

–Perdóneme, señora. He entrado como una...

–No pasa nada. Si mal no entiendo, ¿es usted la famosa Helen?

–Famosa, no sé, pero efectivamente soy Helen. Y usted, usted será...

–... Marguerite, la hermana mayor de Paula.

El parentesco era innegable. Tenía los mismos ojos muy dulces y de color marrón de su consoladora, y el perfil de la nariz era idéntico. Únicamente la corpulencia y la edad eran diferentes. Marguerite le llevaba diez años a su «hermana pequeña» y pesaría cuatro veces menos. De pronto Helen rememoró el recuerdo de infancia que le había contado Paula: «Mi hermana Marguerite y yo habíamos cazado un erizo...». Era gracioso ver aparecer así al segundo personaje de la historia más de medio siglo después. ¡Esa señora mayor y coja ya no podría correr detrás de un erizo!

–Paula me mandó a Octavo en autobús en pleno invierno –dijo para explicar la presencia del niño.

–Sí –confirmó Octavo–. Pronto vendrá a buscarme. Le escribí una carta sin faltas de ortografía y con un dibujo.

–Eso está muy bien, Octavo. ¿Y qué tal está tu mamá Paula?

–Está bien.

Marguerite asintió con la cabeza, pero la sombra de preocupación que le asomó a la sonrisa ocultaba manifiestamente otra verdad. En cuanto pudo, se llevó rápidamente a Helen a la cocina y cerró la puerta.

–¿Qué tal está Paula? –volvió a preguntar la joven, y se puso tensa preparándose para oír la respuesta.

–Llevo sin noticias de mi hermana desde hace más de un mes –comentó llorosa Marguerite, y se deshizo en sollozos. La pobre mujer llevaba tiempo con ganas de desahogarse, aunque fuera ante una desconocida.

–¿Teme que le haya ocurrido algo?

–¡Oh! ¡Sí que tengo miedo! Octavo tenía una carta para mí en el bolsillo de su pantalón. Puede leerla, ¡mire!, está en el aparador.

La letra apretada y aplicada de Paula cubría media página. Helen imaginó con ternura la mano gruesa de su consoladora deslizándose por la hoja. Leyó hasta el final sin levantar la cabeza.

Querida, queridísima Marguerite:

Mañana por la mañana te mando a Octavo en autobús. Lo confiaré a alguien que te lo llevará a casa. Aquí las cosas se vuelven muy peligrosas. Este invierno se han producido varias fugas del internado. Esos pobres niños huyen hacia la montaña o hacia el río. ¡Dios sabrá lo que será de ellos! Los de la Falange nos acusan de ser cómplices (por una vez, no están equivocados) y nos amenazan con escarmientos si las cosas siguen así... Dicen que saben cómo castigarnos, que todas tenemos nuestros puntos flacos. Así que he decidido mandarte a mi punto flaco en autobús. Cuídalo mucho, como si fuera tuyo. Es un buen niño. Me da mucha pena separarme de él, pero iré a recogerlo en cuanto pueda;

sé que no tienes muy buena salud, pero es un crío bastante dócil. Te compensaré por los gastos. Si puedes, inscríbelo en la escuela porque le encanta aprender. Muchos besos cariñosos.

Tu hermana Paula

–Esta es la situación –comentó suspirando Marguerite cuando Helen hubo acabado la lectura–. No he vuelto a tener noticias desde esta carta. Las mías no tuvieron respuesta tampoco. Me habría gustado ir allí para ver lo que pasa, pero el viaje es muy duro para mí. Tengo el corazón agotado y me duele la cadera, y además no puedo dejar a Octavo solo.

Helen se quedó pensativa un instante. ¿Varias fugas? ¿Paula se refería solo a la suya, a las de Milena y los dos muchachos, o habría habido más? ¿Sería posible que su fuga hubiese insuflado entre los muros tristes del internado un viento de libertad que nada podía retener? ¿Qué sería de Catharina Pancek, Vera Plasil y las otras? Y, sobre todo, ¿qué tal estaría Paula? Su silencio era preocupante. La sola idea de que su consoladora pudiese sufrir le resultaba insoportable.

–¿Sabe a qué hora sale el autobús que va al norte? –preguntó.

–Hay uno que sale a las doce y media del mediodía desde la estación de autobuses, pero no pensará... Ni siquiera ha comido...

Helen ya estaba de pie.

–Si me doy prisa, podré cogerlo.

Se puso el abrigo, comprobó que tenía suficiente dinero en su monedero para comprar el billete y se precipitó hacia Octavo, que seguía chapoteando en el barreño.

–Debo irme ya, Octavo, cariño... Perdóname.

–¡Ah, sí! Es cierto, te tienes que ir porque si llegas tarde meterán a alguien en el agujero negro...

Helen tardó unos segundos antes de entender lo que el niño quería decir.

–¡Qué va! ¡Eso era antes, en el internado! Ahora ya no estoy allí. Soy libre. Puedo ir y venir a mi antojo.

–¿A Miantojo? ¿Dónde está Miantojo? ¿Me llevarás?

Helen lanzó una carcajada:

–Mi antojo está en todas partes. Es ahí donde uno quiere ir. Ya te llevaré.

–¿Me lo prometes? –inquirió el niño al tiempo que, con la espuma, le pintaba un dibujo en la mejilla.

–Te lo juro. En cuanto todo esté mejor.

Dio un beso a Marguerite como si fueran amigas de toda la vida, y bajó corriendo la escalera.

–¿Quiere que le diga algo a su hermana? –gritó desde el patio.

–Sí, ¡no olvide decirle que Octavo está matriculado en la escuela!

La parte delantera de su abrigo estaba mojada aún del agua del baño de Octavo; corrió por las márgenes del río y siguió en sentido contrario el camino que había recorrido algunos meses antes, en medio de la noche, en busca del *Pont aux Fagots*. Por aquel entonces ignoraba que iba a reencontrarse con Milena, y en ese preciso momento la había perdido por segunda vez.

La estación de autobuses estaba tranquila; sin embargo, Helen se percató de que había muchos soldados con uniformes caqui y armados que iban y venían por los andenes. Resultaba patente que estaban en pie de guerra. Tomó al vuelo el autobús, casi vacío, que se dirigía al norte. Una vez sentada, tuvo tiempo para recapacitar sobre lo que acababa de hacer. Era evidente que dejaba la capital en el momento en el que probablemente iba a empezar la lucha; por supuesto, tendría que estar de vuelta dentro de algunos días para los combates de invierno en caso de que se celebrasen. Pero una fuerza diez veces superior la empujaba a montar en ese autocar polvoriento para reunirse con Paula: no abandonaría a su suerte a esa mujer que tantas veces la había acogido y consolado cuando la tristeza y la desesperación la embargaban. ¡No, no podía abandonarla, nunca se lo perdonaría!

Fue un viaje largo y, encima, sin lectura. En cada pueblo, la gente bajaba o subía, indiferente a sus compañeros de ruta. El rubicundo conductor conducía nerviosamente en las curvas y las cuestas y tocaba el claxon con ira siempre que se encontraba con otros vehículos, como si la carretera le perteneciera. Al final de la tarde, estacionó el vehículo ante una fonda en la que se metió y de la que no volvió a salir. Poco a poco, los pasajeros hicieron lo mismo y rápidamente todos se reunieron en el local. Era un cuarto oscuro y lleno de humo. Helen se sentó en el extremo de una mesa. Por encima de su cabeza pasaban sopas humeantes, apetitosos platos de jamón y olorosas tortillas. El hambre le atenazaba el estómago. Miró en su monedero, pero tenía lo justo para comprar el billete de vuelta.

–Señorita, ¿no come nada? –le preguntó el hombre sentado a su izquierda, y ella reconoció a uno de sus compañeros de autobús.

–No, no tengo hambre.

–¿No tiene hambre o no tiene dinero? La he visto contar su dinero. No hay que avergonzarse. Todos tenemos derecho a comer, ¿no?

Tendría unos cincuenta años. No tuvo tiempo para oponerse, pues ya había levantado la mano para llamar a la camarera.

–Por favor, ¡una tortilla para la señorita!

Mientras ella vaciaba su plato, el señor miraba a otro lado y charlaba con otras personas, quizá para que no se sintiera violenta.

–¿Adónde va? –le preguntó en cuanto hubo engullido el último bocado.

Nombró el pueblo adonde iba y él se sorprendió.

–¿Piensa llegar hasta allí?

–Sí. ¿Y por qué no?

–Dicen que hay jaleo, barricadas. No dejan entrar en la ciudad... ¿Quiere un café?

Había anochecido cuando reanudaron el camino. Seguramente, la comida compartida había ayudado a romper el hielo, y las alegres conversaciones mezcladas con el ronroneo del motor animaron el trayecto durante algunos kilómetros.

Luego se acallaron paulatinamente y los pasajeros se quedaron dormidos. Helen, que no tenía ningún compañero a su lado, se descalzó, puso los pies en el asiento y usó su abrigo a modo de manta para darse calor en los hombros y en las rodillas.

Al dormirse, se acordó de Octavo y de «Miantojo». Luego se preguntó una vez más con quién habría tenido Paula ese niño... La consoladora le había confiado muchos de sus secretos, aunque nunca le había contado ese. Se limitaba a reírse y a tratar a Helen de indiscreta si insistía.

El frío la despertó. El autobús estaba parado. La puerta, doblada como un acordeón, estaba abierta y dejaba entrar un aire helador. De pie en el pasillo central, el conductor la miraba fijamente sin ninguna simpatía:

–Señorita, ha llegado a su destino. Tiene que bajar.

Se incorporó, miró a su alrededor y constató que era la única pasajera. El autocar estaba vacío y era noche cerrada.

–Pero no hemos llegado a la estación de autobuses...

–No voy. Hay pelea. Las cosas están que arden. No pienso ir.

Helen empezó a bajar y, muerta de miedo, se detuvo en el estribo.

–¡Pero no puede dejarme aquí!

Ni siquiera le contestó.

–Al menos dígame dónde está la ciudad...

–Hacia allá. Llegará siguiendo esta carretera. Y si no, puede atajar por la colina. ¿Tiene una linterna?

Helen dio un respingo.

–La colina... ¿de las consoladoras?

–Exacto. Bueno, ¡adiós!

Le tocó el hombro con la punta de los dedos, sin disimular su impaciencia; seguramente estaría pensando: «Bueno, ¿te decides o qué? ¡No querrás que te empuje!». Renunció a discutir más tiempo y bajó. ¿Tendría este hombre una hija de su misma edad? ¿Soportaría la idea de dejarla sola en este lugar desierto en plena noche?

Como no llevaba linterna, decidió que sería mejor seguir la carretera hasta alcanzar la ciudad y tomar después el camino situado más allá del puente; lo conocía perfectamente. Inmóvil, esperó hasta que ya no se oyera el ruido del motor y se puso en marcha. Después de dar unos pasos, se detuvo en seco: por el lado de la ciudad, ladraban unos perros. Se oían nítidamente los ladridos rabiosos en el silencio y parecían acercarse. Se estremeció y dio media vuelta en dirección a la colina.

La luna iluminaba débilmente el sendero empinado. Tropezó varias veces con unas piedras; sin embargo, consiguió alcanzar la cima sin hacerse daño. Arriba, el viento soplaba en ráfagas y le castañetearon los dientes. Los tejados de las primeras casas de las consoladoras aparecieron un poco más abajo. Intentó localizar la ciudad y el río a lo lejos, pero la oscuridad de la noche se lo impidió.

Al tomar la primera calle, experimentó una sensación de desasosiego. Algo no iba bien. Evidentemente, el pueblo dormía, pero era un sueño inquietante. Había una puerta abierta de par en par. Un postigo golpeaba la pared movido por el viento. Aceleró el paso. A la altura de la fuente, torció a la derecha y tomó la callejuela que le era familiar. Las palabras de Marguerite le venían a la mente: «Estoy sin noticias de mi hermana desde hace más de un mes...». ¿Qué podría hacer si Paula no estaba en su casa? ¿Dónde dormiría?

Cuanto más progresaba, más convencida estaba de que la gente había abandonado las casas a la izquierda y a la derecha del camino, las presentía vacías, como si las moles de las consoladoras ya no las habitasen ni les diesen calor. Se detuvo ante el número 47 con el corazón en un puño. La luz tenue de una vela temblaba detrás del cristal. Se acercó y vio a Paula.

Sentada en un sillón, estaba dormida con la cabeza ligeramente ladeada hacia el hombro. Helen empujó la puerta, la cerró sin ruido, se puso en cuclillas a los pies de la consoladora, tomó sus manos entre las suyas y la contempló largo rato. Nunca la había visto dormida, era extraño sentirla tan lejana, y tuvo la desagradable sensación de estar robándole su intimidad. La llamó suavemente:

–Paula... Paula...

La señora gorda abrió los ojos y no pareció sorprenderse. Era como si se hubiese dormido con Helen a sus pies y despertase ahora en la misma postura.

–¡Oh, preciosa! –gimió–. ¡Mira, mira lo que han hecho!...

Fue entonces cuando Helen se dio cuenta del estado de la habitación. Las sillas estaban rotas, la mesa volcada, las estanterías hechas pedazos, el aparador tirado al suelo y destripado. Se adivinaban los hachazos furiosos y la saña de la destrucción.

–He vuelto esta tarde, después de un mes. He puesto un poco de orden en la cocina, pero no he hecho nada más... estoy cansada... tenía que haber subido al dormitorio...

Su voz vacilaba, estaba a punto de llorar.

–¿Dónde has estado todo el mes?

–He estado en prisión, preciosa.

–¿Tú en prisión?

–Sí, vinieron cuatro de ellos y me llevaron. Se comportaron como auténticos brutos, sabes. Me hicieron daño en el brazo, en la cabeza. Es por las fugas.

Helen sintió cómo la rabia la invadía.

–Hubo más de veinte –siguió comentando Paula–. Tú fuiste una de las primeras y las otras siguieron. Nosotras les dimos ropa y comida a esos pobres niños y los escondimos cuando fue necesario. Así que nos detuvieron a Martha, a Mélie y a mí. A las otras las expulsaron del pueblo. Luego volvieron y lo destrozaron todo. ¿Has visto? ¡No se salvó ni una casa! Y mi pequeño Octavo, que ya no está conmigo...

Profirió una queja dolorosa y cerró los ojos.

–Paula, vida mía... –murmuró Helen.

–¿Qué será de mí ahora? –se lamentó la consoladora–. La revuelta ha estallado. Han montado barricadas en la ciudad y seguramente echarán a los falangistas en algunos días. Los odian tanto... Tendría que estar contenta, pero no puedo. He consolado tanto, sabes... ¡Ay, cómo me gustaba mi trabajo! Creo que no sé hacer otra cosa además de cocinar. Ahora las puertas de los internados se abrirán y se marcharán esos niños a los que he querido tanto. ¡Oh, preciosa!, ¿qué va a ser de mí? Ya no seré más que una gorda inútil. Y mi querido Octavo ya se ha ido...

Ahora las lágrimas corrían abundantemente por sus mofletes.

–Paula, vida mía –repitió conmocionada Helen.

Se levantó, se colocó en la parte trasera de la silla y tomó entre sus brazos la pesada y cálida cabeza de Paula. La besó, con las dos manos le acarició el pelo y la cara cubierta de lágrimas.

–Paula, no te preocupes... Octavo está bien. Lo he visto en casa de Marguerite. Tu hermana lo ha matriculado en la escuela. Estudia mucho. ¿Recibiste su carta?

Paula asintió con la cabeza.

–Paula, ¿sabes lo que vamos a hacer? Vamos a subir a la habitación. Dormirás en tu cama, y yo en la de Octavo. Y mañana por la mañana, tomaremos las dos el autobús y nos reuniremos con ellos en la capital. Te cuidaré. No temas. Te quiero como si fueras mi madre. Sabes, solo te tengo a ti...

La consoladora meneó otra vez la cabeza y escondió su cara en el regazo de la niña, de aquella chiquilla que un día se presentó a su puerta, cuatro años antes, y a la que había llamado *gatito perdido*.

10

EL COMBATE DE INVIERNO

Milos aguardó la presencia del arrendajo durante toda la semana anterior a su marcha del campamento. Aunque afirmaba rotundamente que no era supersticioso, no podía dejar de pensar que el pájaro multicolor iba a aparecer otra vez para darle suerte. Se apostó cada mañana y cada atardecer detrás de la enfermería, ahí donde lo había visto por primera vez en otoño; sin embargo, el ave no apareció en el alféizar, ni detrás de la reja, ni en ningún otro sitio. Milos lo consideró como un mal presagio.

No era el único que tenía en cuenta las señales del destino. Un primus se puso furioso porque otro ocupaba su sitio habitual en el refectorio. Levantó el banco para que el intruso se cayera y lo molió a palos gritando como un poseso: «Quieres que me maten, ¿verdad? Quieres que me maten, ¡desgraciado!». Dos compañeros tuvieron que separarlos.

Los entrenamientos se habían vuelto muy violentos en los últimos tiempos. Al acercarse la fecha de los combates, los gladiadores parecían querer ser aún más duros, más insensibles. La última noche después de la cena, Myricus los convocó a todos en el circo. Las lámparas estaban apagadas, pero unas antorchas fijas en los maderos redondos proyectaban una luz rojiza en los semblantes huraños. Los hombres se dispersaron por el coso y permanecieron inmóviles con la espada en la mano. Myricus caminaba a pasos lentos entre ellos, luego subió a la galería y les habló con voz grave.

–Señores, miraos. Miraos unos a otros: Caïus, Ferox, Delicatus, Messor...

Citó lentamente los treinta nombres sin olvidar ninguno, y esa letanía protocolaria le confirió al momento una solemnidad turbadora.

–Miraos detenidamente, pues dentro de escasos días, cuando os reúna aquí otra vez, muchos de vosotros habréis muerto. Miraos...

Un silencio sepulcral cayó sobre los asistentes. Los gladiadores permanecieron con la vista fija en el albero. Ninguno levantó la cabeza como pedía Myricus.

–En este mismo instante en el que me dirijo a vosotros –siguió diciendo el entrenador–, hablan del mismo modo a los combatientes de los otros cinco campos. Al igual que vosotros, están de pie rodeados por las antorchas, y cada uno se pregunta: «¿Estaré entre los muertos o entre los vivos?». Se lo digo a los novicios y se lo repito a los otros: vuestra única arma es vuestro odio. Debéis odiar a vuestro adversario en cuanto lo veáis aparecer al otro lado de la plaza. Debéis odiarlo inmediatamente por la vida que os quiere arrebatar. Y debéis estar convencidos de que su odio no es equiparable al vuestro.

Hizo una pausa. Los gladiadores permanecían en silencio, sumidos en el tormento de sus pensamientos. A algunos metros delante de él, Milos vio la nuca afeitada de Basile; sus imponentes hombros se movían al ritmo regular de su respiración. Esa visión lo reconfortó, luego se preguntó cuál de los dos combatiría el primero. Rezó por que fuera él.

Myricus siguió hablando largo tiempo. Evocó a los grandes gladiadores de la Antigüedad: Flamma, que había salido victorioso treinta veces; Urbicus, trece veces vencedor y finalmente vencido por no haber asestado el golpe mortal a su adversario y haberle dado una oportunidad.

–Saldremos mañana –anunció finalmente–. Dejad las espadas a vuestros pies. No las necesitaréis para viajar. Las guardaremos todas juntas y os las devolveremos en el momento del combate.

Ninguna pesadilla perturbó la paz de aquella noche. La calma era total e irreal en los dormitorios. Seguramente, nadie dormía. Cada vez que estaba a punto de quedarse dormido, Milos se sobresaltaba y despertaba del todo, como si se negara a desperdiciar durmiendo esas horas que quizá fueran las últimas. Tampoco Basile conseguía dormir.

–¿Cómo se llama tu novia? –preguntó a medianoche.

–Helen... –musitó Milos.

–¿Cómo?

–Helen –repitió un poco más fuerte, y era como si la hubiese llamado en el silencio de la noche.

–¿Y cómo es?

–Es... normal.

–¡Venga! –insistió Basile–, me lo puedes decir. No se lo contaré.

–Bueno –contestó Milos un tanto incómodo–, no es muy alta, tiene el pelo corto y la cara bastante redonda...

Basile no se conformó con esas generalidades:

–Dime si tiene algo especial, ¿qué sé yo?... algo que haga muy bien...

–Sube... sube bien por la cuerda.

–¡Pues ya está! –contestó el joven hombre-caballo, y se dio la vuelta satisfecho.

Por la mañana se abrieron las rejas del campo y tres furgones del ejército, seguidos de dos camiones cubiertos con un toldo y llenos de militares armados, estacionaron delante de la cantina. Reunieron a los combatientes bajo el viento y la llovizna. Le tocó a Fulgur distribuirlos y atarlos con unas esposas a una cadena que los unía a todos. Cumplió su cometido con perversa delectación, espiando en las caras las señales del miedo. Milos procuró disimular su angustia, pero su palidez lo delataba, y cuando Fulgur le dirigió un guiño sarcástico que significaba: «¡Ves cómo tienes miedo!», se contuvo por no abalanzarse sobre él y abrirle la frente de un cabezazo.

Buscó desesperadamente la presencia del arrendajo hasta el último momento. «¡Vuelve, por favor! ¡Aparece! ¡Un segundo nada más para que te vea por última vez y me lleve tu imagen multicolor, la imagen de la vida!».

Tuvieron que empujarlo para que subiera.

Fulgur había hecho todo lo posible para que Basile y él no estuviesen juntos. Lo metieron en el segundo furgón, en medio de los otros combatientes, y se sentó en uno de los bancos de madera situados en la parte lateral. El convoy se puso en marcha y salió del campo, vigilado por los camiones de los soldados. Cualquier tentativa de fuga habría sido un suicidio. Habían recortado una ventanita cubierta por una rejilla en la chapa del furgón. Por ella vieron pasar las ramas desnudas de los robles; tenían formas retorcidas que se movían constantemente a causa de los baches. A mediodía, salieron por fin del bosque y se metieron en la carretera principal hacia el sur, en dirección a la capital.

Un poco más tarde, un autocar proveniente del norte adelantó el convoy, que iba muy despacio, forzando el motor de su vehículo con un zumbido insoportable. Cuando llegó a la altura del segundo furgón, los dos vehículos casi se tocaron y permanecieron uno al lado del otro durante algunos metros. Con las manos apoyadas en las rodillas, Paula dormitaba al fondo del autobús. Sus anchas posaderas ocupaban dos asientos. Detrás de ella y sentada junto a la ventana, Helen intentaba leer una novela. Levantó la mirada y vio vagamente el furgón en el que Milos estaba encerrado, con las muñecas esposadas y el corazón pesaroso.

Durante algunos segundos, no hubo más de tres metros entre los enamorados; luego, el autobús aceleró y los separó.

El convoy llegó a su destino a medianoche. Los gladiadores que no conocían la capital se pegaron uno tras otro a la ventanita cubierta por la rejilla para contemplar la gran ciudad, pero solo vieron fachadas grises sin gracia. Al bajar de los furgones, el frío húmedo de la noche los sobrecogió. Los faros de los vehículos, que maniobraban para irse, barrieron la base de una enorme masa oscura: el circo. Así que era el final del viaje... quizá del último viaje...

Esposado y estrechamente vigilado, Milos fue empujado con treinta de sus compañeros de infortunio hacia el edificio. Franquearon una pesada puerta de dos hojas que se cerró detrás de ellos; la atrancaron con una viga de madera del tamaño de un tronco de árbol. Caminaron por un suelo de tierra, pasaron por debajo de las gradas, siguieron un corredor y entraron en su celda; era una amplia sala cuyas paredes de adobe despedían un fuerte olor a moho. El suelo estaba cubierto de jergones en los que los gladiadores cayeron rendidos en cuanto les quitaron las esposas. Agotados por su largo viaje en los duros bancos de los furgones, la mayoría de ellos se metió rápidamente en las mantas para intentar dormir; los demás permanecieron sentados, con ojos febriles, tratando de descubrir en las paredes algún signo secreto de lo que iba a ser su suerte. Cuatro soldados armados vigilaban la puerta.

–¿No nos dan nada de comer? –preguntó Basile–. Estoy muerto de hambre.

Tuvieron que esperar una hora antes de que les trajeran a cada uno un tazón de sopa espesa y un panecillo.

–Está mejor que la del campo, ¿no crees? –se alegró Basile–. ¡Quieren que estemos en forma mañana!

Milos le dirigió una amarga sonrisa. Era la primera vez que le costaba comer, y no era el único. Basile consiguió tres platos de sopa más y otros tantos panecillos que engulló con ansia.

Unos guardias entraron para recoger los tazones y las cucharas; cuando los soldados se hubieron marchado, se oyó el ruido de las llaves en la cerradura. Todas las luces se apagaron al mismo tiempo a excepción de una lámpara de emergencia, instalada encima de la puerta y protegida por una rejilla, que despedía una luz macilenta. Luego sintieron durante un largo rato el jaleo y las carcajadas de los que llegaban y se instalaban en las salas contiguas. «Nuestros adversarios», pensaron, «los que nos matarán o a los que mataremos...».

A la mañana siguiente, Milos despertó como ausente. Se preguntó si había dormido, si seguía soñando o si era la realidad. El lugar apestaba a orina. Seguramente, algún gladiador se habría aliviado en un rincón de la sala. Se dio la vuelta hacia Basile. Estaba lívido, con los ojos como platos.

–Basile, ¿estás bien?

–No, no me encuentro bien. Estoy enfermo.

–¿Qué te pasa?

–Será la sopa... No la he digerido...

Se abrió la puerta y, con una hoja de papel en la mano, apareció Myricus acompañado de dos soldados.

–Os voy a comunicar el orden de actuación de hoy. Son las ocho. El primer combate tendrá lugar a las diez. Flavius, empezarás tú. ¡Prepárate!

Todas las miradas se dirigieron hacia el huraño gladiador que llevaba unos días sin hablar con nadie. Sentado en su jergón, con las rodillas dobladas contra el pecho, hizo como si no le concerniera.

–Lucharás contra otro novicio. ¡Suerte! Tu victoria dará ánimo a los otros. ¿Tienes algo que decir?

Flavius no contestó.

–Bien –siguió diciendo Myricus–, para los más jóvenes de vosotros, he conseguido el privilegio de combatir esta mañana porque sé que la espera es difícil de soportar. Rusticus, serás el segundo, y Milos, el tercero. Rusticus, te enfrentarás con un campeón. Es el mejor caso de probabilidades, ya lo sabes...

–El mejor... ¿qué? –masculló a duras penas el joven hombre-caballo con la mandíbula temblorosa; Milos pensó que iba a vomitar.

–La mejor posibilidad de ganar –rectificó Myricus al darse cuenta de pronto de que estaba hablando con Basile–. Cuando un novicio lucha contra un campeón, suele ganar. ¿Lo recuerdas?

–Sí, lo recuerdo. Entonces, ¿voy a ganar?

–¡Estoy seguro, Rusticus! Únicamente, procura no mirarlo a los ojos. Tiene una mirada más fuerte que la tuya.

–Entonces, ¿no lo miro?

El entrenador ni se molestó en contestar y siguió diciendo:

–Milos, combatirás contra un primus. Lo he visto esta mañana. Es alto. Ten cuidado con la distancia de sus brazos, son muy largos. Y no olvides: hazle creer que usas la mano derecha hasta el último momento, y cambia la espada de mano cuando lo ataques. ¡Recuérdalo! Mi último consejo: no te ablandes al verlo. ¿Algo que añadir?

Milos negó con la cabeza y ya no oyó nada más del discurso de Myricus. ¿Ablandarse? ¿Por qué iba a ablandarse? No prestó atención a los nombres de los demás combatientes. Se secó las palmas de las manos, que tenía sudorosas, y en una fracción de segundo le golpeó esa evidencia inapelable: iba a combatir hasta la muerte. Creía saberlo desde hacía meses, pero se percató de que acababa de entenderlo en ese preciso instante. Recordó las palabras de Myricus: «Hasta el último momento estáis convencidos de que algo impedirá el combate y no entraréis *realmente* en el circo». Era exactamente lo que le pasaba. A su pesar, había vivido ese sueño imposible, y ahora la verdad lo abofeteaba. Se sintió abrumado por el cansancio, incapaz de llevar un gatito en brazos. ¿Tendría la fuerza suficiente para sujetar su espada?

Hacia las nueve, les trajeron pan y tazones llenos de café. Basile ni lo probó. Su rostro se demudó, pasó de un color lívido a otro verduzco. Milos procuró masticar lentamente y tragar su ración entera. «Debo comer», se repetía sin creérselo, «hay que comer para tener fuerzas».

Myricus se había marchado. La dolorosa espera había empezado. Absorto en sus sombríos pensamientos, Flavius permanecía inmóvil como una estatua. A su lado, Delicatus hacía lo posible por conservar una sonrisa sardónica e irrisoria. Al otro extremo de la sala, Caïus estaba más demacrado que nunca; sus ojos negros lanzaban destellos. En una fracción de segundo, su mirada de loco se cruzó con la de Milos, y los dos se desafiaron en silencio.

Todos se sintieron aliviados cuando, sobre las nueve, les trajeron sus espadas. Al tomar la suya en las manos, Milos experimentó una especie de paz. Acarició la empuñadura, la guarnición, pasó los dedos sobre la hoja reluciente. Muchos combatientes se levantaron, se quitaron la camisa, las sandalias, y empezaron sus ejercicios rutinarios: correr a pasitos con el arma en la mano, saltar, rodar por el suelo, esquivar, brincar. Algunos esbozaron simulacros de combate con otro gladiador.

–¿Vienes, Basile? –preguntó Milos–. Tienes que hacer ejercicios de calentamiento.

–No puedo –gimió el muchacho, encogido en su manta–. Me duele la barriga. Después...

–¡No, Basile! ¡No te dejes vencer! ¡Ahora no! ¡Da la cara!

La cabeza alargada del joven hombre-caballo asomó lentamente, y Milos se dio cuenta de que la sopa no debía de ser el único motivo del lamentable estado de su compañero. El terror se había apoderado de su mirada, le temblaba todo el cuerpo.

–De acuerdo, Basile, te dejo tranquilo un rato más, pero en cuanto Flavius haya salido, te levantarás, ¿de acuerdo?

–Sí, si puedo...

Milos se mezcló con los otros combatientes y se concentró en los movimientos de autómata que había realizado miles de veces en los entrenamientos. Todos se detuvieron de repente cuando dos soldados abrieron la puerta. Percibieron el rumor del circo, lejano y amenazador; era como el gruñido sordo de un monstruo agazapado allí en algún lugar, al que iban a entregarlos. Myricus apareció y gritó con voz estentórea:

–¡Flavius!

Con el torso desnudo empapado en sudor, el gladiador caminó lentamente hacia la salida con la mirada fija. Sus mandíbulas apretadas, sus rasgos duros rezumaban odio puro. Sus compañeros lo notaron y se apartaron a su paso.

En cuanto se cerró la puerta, Milos se abalanzó sobre Basile y lo sacudió por los hombros:

–¡Basile! ¡Ven!

Como este no se movía, lo levantó literalmente del suelo, lo puso de pie y le colocó la espada en la mano derecha.

–¡Venga, Basile! ¡Lucha!

Frente a él, con los brazos caídos y a punto de vomitar, el pobre infeliz tenía un aspecto lamentable.

–¡Lucha! –le exhortó Milos, golpeándole los brazos y los muslos con la parte plana de la hoja para provocarlo.

El joven hombre-caballo no reaccionaba. Al final levantó la espada como si fuera a luchar, pero la tiró inmediatamente al suelo, fue corriendo hacia un ángulo de la sala y empezó a vomitar, doblado bajo los espasmos.

Nadie coreó la risa obscena y despreciativa de Delicatus. Basile la ignoró también. Se limpió la boca con el brazo, se acercó a Milos, recogió su espada del suelo y sonrió débilmente a su amigo:

–Ya me siento mejor...

Sus mejillas habían recobrado algo de color. Se quitó la camisa e intercambiaron unos cuantos golpes que a Milos le parecieron muy flojos.

–Pero, ¡por Dios!, ¡despierta! –vociferó–. Vas a combatir dentro de escasos instantes, ¿lo sabes, verdad?

Tuvo ganas de abalanzarse sobre él y hacerle daño, incluso herirlo si fuera necesario, para obligarlo a reaccionar, a luchar. Estaba a punto de hacerlo cuando la puerta se abrió. Myricus entró, seguido de los dos soldados.

–¡Rusticus!

Jadeante, el joven hombre-caballo lo miró estúpidamente:

–¿Me toca?

–Sí. ¡Ven!

–¿Y Flavius? –preguntó un combatiente.

–Flavius ha muerto –respondió el entrenador con indiferencia.

Rusticus seguía sin moverse; los dos soldados dieron un paso adelante y, con la punta del fusil, le indicaron la salida. Se puso en marcha lentamente. Le temblaba la barbilla como a un niño que contiene a duras penas el llanto.

–Entonces, ¿no debo mirarlo? –le preguntó a Myricus.

–No, evita su mirada.

Milos se le acercó y quiso abrazarlo, pero Basile lo apartó suavemente con la mano:

–No te preocupes... el campeón me importa un bledo... si creen que me da miedo... volveré, te lo prometo... yo no soy Flavius...

La espera fue insoportable. Lo peor era no oír nada, no poder imaginar nada. Incapaz de seguir haciendo ejercicios de calentamiento, Milos se puso en cuclillas contra la pared y escondió la cara entre las manos. «¡Basile! ¡Basile, hermano de infortunio! ¡No me dejes solo! ¡No te mueras! ¡Vuelve, por favor!».

Fue una espera interminable. A su alrededor, los gladiadores se lanzaban furiosos ataques y el aire vibraba con el choque de sus espadas. Hubo una breve pausa durante la cual le pareció percibir a lo lejos un clamor sordo que venía del circo. ¿Qué estaría ocurriendo allí? Su corazón latía a todo romper. El combate parecía no tener fin, en todo caso estaba durando más que el de Flavius. ¿Qué significaba?

Cuando los goznes de la puerta emitieron un chirrido, no se atrevió a levantar la cabeza. Solo oyó un ruido de pasos, y luego, la voz apagada de Basile:

–He ganado...

El joven hombre-caballo avanzaba, seguido de Myricus y Fulgur. Parecía conmocionado.

–He ganado –repitió como para intentar convencerse a sí mismo, aunque su triunfo carecía de alegría.

Por su costado corría un espeso hilo de sangre. Dejó caer la espada teñida de rojo que le colgaba del brazo y murmuró:

–Quería matarme... tenía que defenderme...

–Ha luchado valientemente y ha vencido –dijo Myricus con voz fuerte–. ¡Tomad ejemplo!

Feliz de tener al mismo tiempo a un vencedor y a un herido, Fulgur ya se lo llevaba a la enfermería:

–Ven conmigo. Te voy a coser un poco.

Con la mano derecha comprimiéndose la herida, Basile se puso en marcha. A la altura de la puerta volvió la cabeza buscando a Milos con la mirada. No había en sus ojos ninguna muestra de alegría, sino tan solo una profunda tristeza y un enorme asco por el acto que acababa de perpetrar.

–¡Suerte, amigo! –dijo–. Hasta ahora... Por favor, ¡no te rindas!

–Hasta ahora –consiguió articular a duras penas Milos, con un nudo en la garganta.

Myricus salió también y le recomendó a Milos que no se quedara quieto. Antes de su combate, habría otros dos que lucharían con gladiadores venidos de otros campos. Se puso inmediatamente a ensayar sus movimientos, pero en un momento de pánico, se dio cuenta de que el miedo modificaba todas sus percepciones: el peso de su espada, la distancia de su brazo, la velocidad de sus piernas. Era como si hubiese perdido de repente el control de su cuerpo. Sus carreras le parecían muy lentas; sus apoyos, inseguros.

–No siento nada –se quejó, a punto de dejarse vencer por el miedo.

–Es normal –dijo una voz a su lado–. Siempre pasa lo mismo antes de entrar. Ven a luchar conmigo.

Reconoció a Messor, que estaba delante de él para servirle de pareja. Nunca se habían dirigido la palabra hasta ese momento.

–Gracias –murmuró Milos, lleno de gratitud.

Los asaltos que intercambiaron lo sacaron de su apatía, y cuando Myricus volvió a aparecer a la puerta con los dos soldados, había recobrado algo de confianza.

–¡Milos! –llamó el entrenador con tono indiferente.

A punto de salir, Milos sintió la necesidad de despedirse de alguno de sus compañeros. Como Basile se había ido, optó por Messor, con el que acababa de compartir los últimos momentos. Se acercó a él y le estrechó la mano.

–Adiós, muchacho, y suerte... –balbució el gladiador.

Por el pasillo, Myricus le repitió varias veces los mismos consejos:

–Calcula bien la distancia de su brazo, no olvides que es alto. Hasta el último momento hazle creer que usas la mano derecha, no lo olvides.

Milos oía a su entrenador, pero sus palabras le sonaban lejanas e irreales. Por dos veces estuvo a punto de desmayarse; sin embargo, las piernas seguían sosteniéndolo sin flaquear.

Los cuatro hombres continuaron por el corredor y pasaron debajo de las gradas. Las voces y las pisadas de los espectadores se entremezclaban por encima de sus cabezas. Las tablas de madera crujían bajo su peso. Sonó una trompa; eran tres notas graves y prolongadas. Milos entendió que anunciaban su llegada. Los dos soldados se detuvieron en una puertecita que un guardia abrió para dejarlo pasar. Mirycus empujó suavemente a Milos por la espalda, y el muchacho apareció en el circo.

Se tambaleó bajo la violencia del encuentro. Lo recibieron a la vez miles de miradas clavadas en él y la luz deslumbrante de los focos en el albero. «Es como si naciera», pensó. «Los recién nacidos deben experimentar la misma violencia cuando se ven proyectados desde el vientre de su madre hacia la vida».

No le habían mentido. El área de combate se parecía a la del campo de entrenamiento, y bajo sus pies el albero tenía idéntica consistencia. Sin embargo, todo era diferente. Aquí el espacio se abría hacia arriba; más allá de la empalizada, las filas de gradas, en las que se agolpaban los espectadores, ascendían hacia el tejado como una gigantesca caracola. Myricus lo condujo hasta el palco de honor, donde había unos diez falangistas sentados con sus abrigos. Entre ellos identificó inmediatamente al gigante pelirrojo y barbudo al que había visto en el internado algunos meses antes: ¡era Van Vlyck!

Se recordaba tumbado junto a Helen en el suelo de la buhardilla del internado, cómplices los dos... Le venían a la memoria la risa de la joven, el contacto de su hombro contra el suyo, su respiración tan cercana en el silencio del desván y la turbación que sintió en aquel instante. ¿Realmente había existido aquella dulzura? ¿La había vivido él? En aquel entonces se creía invencible. ¡Qué lejos estaba ya todo aquello! Ahora los bárbaros lo tenían en sus manos; debía luchar hasta la muerte para placer de esos desalmados, para sobrevivir, y también para estar de nuevo junto a Helen... Estaba seguro de que ella lo esperaba en alguna parte. Por ella debía olvidar todo aquello en lo que había creído hasta ahora: las reglas, el respeto al adversario. ¡Solo debía sentir rabia y deseo de matar, y nada más!

Un sudor caliente le corrió por los ojos y lo cegó. Se pasó la mano por la cara.

–¡Milos, novicio! –anunció Myricus dirigiéndose a los representantes del régimen, al tiempo que nombraba el campo del que venía.

Un hombrecillo enjuto, sentado al lado de Van Vlyck, entrecerró los ojos:

–Milos... ¿Ferenzy?

Milos asintió con la cabeza.

–Así que nos vas a enseñar cómo haces para matar –dijo bromeando el individuo.

Milos no dijo nada. Myricus lo asió del brazo y se lo llevó a la otra punta del circo.

–La distancia del brazo... la mano derecha primero... –repitió una última vez antes de desaparecer.

La puertecita opuesta se abrió y Milos vio entrar a su adversario. Era un tipo alto y delgado con la cabeza afeitada; iba acompañado de su entrenador, al que sacaba una cabeza. Ambos se dirigieron al palco de honor. A la distancia a la que Milos se encontraba, no oyó ni el nombre ni el origen de su contrincante.

El silencio se abatió de repente cuando los dos gladiadores permanecieron solos en el coso, frente a frente, a unos veinte metros de distancia. Milos dio algunos pasos hacia su rival, y este hizo lo propio. Tenía la espalda encorvada, típica de las personas muy altas, el pecho arrugado y flácido cubierto de un vello blanquecino, la cara chupada devorada por una barba canosa; la espada le pendía de un brazo larguísimo. Milos le calculó más de sesenta años. Ningún combatiente alcanzaba esa edad en el campo del que venía. «¡Es un anciano!», pensó, «¡no puedo luchar contra él!». Recordó las palabras de Myricus, que adquirieron de repente todo su sentido: «No te ablandes».

Cuando solo estaban a cinco metros, ejecutaron el mismo movimiento, doblaron las rodillas y tendieron hacia delante el brazo que empuñaba la espada. A Milos le costó resistirse a la tentación de pasar el arma a la mano izquierda. Se mantuvieron así, casi inmóviles, mirándose fijamente.

Algunos silbidos, mezclados con gritos, estallaron en las gradas: «¡Venga! ¡Ataca!». Los azuzaban también de modo grotesco como si fueran animales: «¡Sss, sss!».

«Se mueren de impaciencia por ver correr la sangre», pensó Milos asqueado. «Se sienten protegidos en las gradas y seguros de su impunidad. ¿Tendría acaso uno, tan solo uno, el valor de saltar la empalizada y venir aquí a pelear en el albero? No, ¡son demasiado cobardes! No se merecen que les entregue mi vida».

Estaba ahora a escasos metros de su adversario; vio su frente surcada por profundas arrugas, y leyó en sus ojos el mismo miedo que le atenazaba. Hizo todo lo posible por no pensarlo. Debía odiar a ese hombre y no tenerle lástima. Resopló ruidosamente por la nariz, se le endureció la mirada, asió su espada con todas sus fuerzas y dio un paso más. Fue justamente en ese instante cuando su adversario se inclinó hacia delante como si estuviese practicando esgrima. Con la hoja de su espada, rozó el tobillo desnudo del chico y se apartó rápidamente. Milos profirió un grito de dolor y vio cómo el pie se le cubría de sangre, mientras los aplausos y las risas celebraban ese insólito ataque. La vaga compasión que Milos había sentido un minuto antes por su contrincante se desvaneció de pronto. Ese hombre mayor y flaco estaba allí para matarlo, y lo haría sin escrúpulos a la primera oportunidad. Decidió mantenerse alerta.

Como se acercaba de nuevo, el chico pasó bruscamente la espada a su mano izquierda y empezó a desplazarse con rápidos pasitos laterales, obligando a su rival a evolucionar dando vueltas sobre su lado contrario. Este se sintió desamparado un momento, luego se inclinó de nuevo hacia delante, una, dos y tres veces siempre hacia las piernas o hacia los pies de Milos. «¿Crees que me vas a engañar?», pensó divertido el muchacho al tiempo que recobraba sus reflejos de luchador cuando participaba en una competición. «Apuntarás diez veces a las piernas, me obligarás diez veces a inclinarme para protegérmelas, y la siguiente vez apuntarás al busto y me abrirás el pecho, ¿verdad? Pues, ¡venga!, te espero...».

Continuaron así su danza mortal, cada cual fiel a su estrategia. El viejo atacaba constantemente las piernas. Milos daba saltitos a su alrededor. El combate acababa de empezar, pero la tensión era tan fuerte que los dos estaban ya sin aliento y sudorosos.

«¡Atácame al pecho!», suplicaba Milos para sus adentros. El pie le ardía y dejaba a cada paso un reguero de color rojo en el albero. «¡Por favor, atácame al tronco...! Una sola vez... Mira, me inclino... Te ofrezco el pecho... ¡Venga!... ¡No lo dudes!...».

Y así ocurrió. El viejo combatiente se abalanzó de repente hacia delante, blandiendo horizontalmente la espada con su inmenso brazo. Lanzó un grito desgarrador, más desesperanzado que rabioso. Milos lo esperaba. Lo esquivó en el último instante y tropezó de lado. Su asalto frustrado hizo perder también el equilibrio a su contrincante, que cayó al suelo boca abajo en el albero. Como era más joven, Milos fue también más rápido: se incorporó en una fracción de segundo y saltó. Con la rodilla aplastó la espalda blanca y empapada en sudor de su adversario, que había tardado demasiado en reaccionar, y, con el codo levantado, le puso la punta de su espada en la nuca arrugada.

Con su mano libre inmovilizó la cabeza, y con la pierna, la parte inferior del cuerpo. Pero todo parecía ahora inútil. El viejo tenía un aspecto lastimoso y respiraba con dificultad.

La saliva, que le corría por la boca torcida, se mezclaba con el albero, y una queja débil se le escapaba de los labios. El público empezó a gritar y esperaba ahora el sacrificio por el que había venido. Milos experimentó durante algunos breves segundos una sensación violenta de triunfo: «¡He vencido!». Pero apareció inmediatamente otra espantosa, la de volver a vivir una pesadilla. Una vez más y sin proponérselo, se veía dueño de la vida de un ser humano a merced de su voluntad.

Algunos meses antes en la sierra, envuelto en la soledad y el frío, había optado por el gesto decisivo a fin de salvar a Helen, que temblaba de frío y miedo detrás de la roca, y para proteger también a los otros dos fugitivos. Ahora debía matar para preservar su propia vida, y la escena ocurría a la luz cegadora de los focos, bajo la mirada insana de los espectadores que, presos de una violenta excitación, se ponían de pie en todas las gradas para ver mejor. ¿Qué querían presenciar? ¿Su humillación? ¿Querían ver cómo remataba a un anciano que podría ser su abuelo? Comprendió que sería incapaz de dar la muerte que exigían de él. ¿Cómo hundir la hoja de su espada en el cuerpo de un hombre vencido? ¿Cómo podría seguir viviendo después? Había creído que sería capaz de hacerlo en un movimiento de defensa propia. Pero en ese caso concreto, se trataba sin más ni más de un crimen. No les daría ese placer. Estaba a punto de aflojar la presión, ponerse de pie, ocurriera lo que ocurriera. Proclamarían vencedor al anciano. A él lo entregarían sin arma a un gladiador, luego a otros dos, y a un tercero si hiciera falta, y moriría bajo sus golpes. «Ya veremos...», pensó, «ya veremos...».

Ahora, el público vociferaba y gritaba palabras que no entendía. Se inclinó sobre su adversario y casi se tumbó sobre él.

–¿Qué estás haciendo? –preguntó el anciano en un estertor–. ¡Mátame y sálvate! Eres joven...

–No puedo... –respondió Milos.

Levantó su espada, cuya punta había trazado una marca del color de la sangre en el cuello arrugado, la tiró a escasos metros y esperó de rodillas. «Ahora podéis hacer conmigo lo que queráis».

En ese instante, en vez de oír las protestas esperadas, se produjo un silencio extraño, como el que precede a un cataclismo, quizá un temblor de tierra. Un primer golpe sordo hizo temblar el circo. Las bocas se abrieron, los oídos se aguzaron, y se oyó un segundo golpe, pesado y profundo. Los hombres de la Falange se levantaron y abandonaron precipitadamente el palco. Otros espectadores los imitaron, y la agitación cundió por todas las gradas.

Con la cara lívida, el anciano se había arrodillado al lado de Milos.

–¿Qué ocurre?

Pero ya nadie les hacía caso.

–¡Ellos están tirando abajo la puerta! –vociferó alguien.

Fue la señal del pánico. Todos empezaron a correr y a darse empujones en las gradas para buscar una manera de salir.

Pero ¿quiénes eran «ellos»? ¿Quién intentaba derrumbar la puerta? Sin tener ni idea de lo que pasaba desde hacía meses, Milos no podía creérselo. Y sin embargo, así era: los de la Falange habían desaparecido; desamparados, algunos soldados esperaban en vano unas órdenes que ya no llegaban, y el público intentaba huir en un «sálvese quien pueda» enloquecido. ¿Quién, aparte de los resistentes, podría haber provocado semejante desbandada?

En el momento en que Milos y el anciano se levantaban, con el corazón palpitante, las puertas se abrieron de par en par y los gladiadores, liberados de sus celdas, surgieron lanzando un clamor espantoso, blandiendo sus espadas encima de la cabeza. Invadieron el circo y se lanzaron al asalto de las empalizadas. Sus caras temibles, sus gritos salvajes sembraron el pánico entre los espectadores horrorizados.

–¡Basile! –gritó Milos al tiempo que buscaba a su amigo entre la multitud de combatientes.

Seguramente el joven hombre-caballo no conocía aún el desenlace de su combate y debía tranquilizarlo. Luego recordó la herida de su amigo, la sangre que le corría por el costado, y pensó que quizá fuera grave. ¿Dónde estaría esa famosa «enfermería» que había mencionado Fulgur? Quizá estuviese en un cuarto cercano a las celdas. Se abrió camino a contracorriente, franqueó la puertecilla, pasó por debajo de las tribunas sacudidas por el estrépito de los espectadores que estaban huyendo, y llegó a la vasta celda en la que había pasado la noche anterior con sus compañeros. Estaba vacía. Entre los jergones solo encontró las sandalias de Flavius, muerto en el circo, y las suyas, las del superviviente. Se las puso y salió.

–¡Basile!

Se fue ahora hacia la derecha abriendo a su paso todas las puertas que encontró. Al fondo, una escalera de madera, muy empinada y carcomida, subía a un piso por una trampilla abierta. Soltó su espada y subió los escalones:

–¡Basile! ¿Estás ahí?

Asomó la cabeza para inspeccionar el cuarto. No había nadie. Una minúscula apertura hecha en la pared de adobe iluminaba débilmente la habitación. Al bajar de nuevo y al volver la cabeza, vio a Caïus que le estaba cerrando el paso con la espada en la mano. Había tirado la suya un poco más lejos, fuera de su alcance.

–¿Y qué? Gato, ¿ya no escupes?

Milos se quedó de piedra.

–Caïus, por favor, ¡déjalo! Ya somos libres...

Este no oía. Se adelantó con la mirada perdida, con el cuerpo encogido, los brazos abiertos, a punto de saltar. Apretaba muy firme su espada.

–Voy a enseñarte a dar arañazos, ¡cerdo! –lo insultó entre dientes.

En su cara, que rezumaba odio, las cicatrices parecían todavía más horribles. Dibujaban unas ramificaciones de relieves violáceos.

–¡Caïus! –suplicó Milos–, ¡déjalo ya! Vamos a hablar tú y yo... ¿Qué te hicieron los gatos? Dime... Vamos a hablar... ¿vale?

Jadeante, loco de ira, dio un paso adelante.

–¡Voy a enseñarte a arañar! –repitió con un brillo asesino en los ojos.

–¡Por favor, al menos déjame coger mi espada! –pidió Milos procurando no hacer gestos bruscos–. ¡Soy gladiador como tú! ¡Tengo derecho a defenderme! ¡Dame mi espada! Caïus, ¿me oyes?

Caïus ni contestó.

–¡Caïus, por favor te lo pido! –suplicó Milos débilmente–, te lo pido... si ya somos libres... ¿sabes que somos libres? Y no soy un gato, sabes... no soy un gato...

Caïus no oía. En su delirio, era incapaz de oír nada. Entonces Milos se dio cuenta de que su vida corría peligro. Gritó con todas sus fuerzas:

–¡Auxilio! ¡Ayudadme!

No hubo ninguna respuesta. El pasillo era demasiado estrecho para que pudiera salir sin tropezar con Caïus, y este iba a atacarlo en cualquier momento, lo sabía. Sin pensárselo dos veces, cogió la escalera situada detrás de él, y la subió ayudándose con las manos y las piernas. Dos escalones cedieron bajo su peso. Una vez arriba, se pegó a la pared del fondo. Caïus ya lo había alcanzado.

El terrible cara a cara se reanudó, ahora en la penumbra. Milos buscó en vano las palabras que pudieran detener la locura de ese hombre, del que ya no distinguía sino una forma oscura a dos metros de él. Estuvieron así algunos segundos; los dos llenaban el aire con su respiración entrecortada.

Y de repente, en un movimiento furtivo de su adversario, en un modo diferente de respirar, Milos entendió que este iba a abalanzarse sobre él para matarlo. Entonces decidió actuar el primero y se lanzó sobre su adversario.

Todo ocurrió muy rápido.

La hoja le penetró en el vientre a Milos como un rayo largo y frío. Solo fue un golpe.

Atónito, se desplomó de rodillas.

Cuando recobró el conocimiento, estaba solo. A lo lejos, los golpes sordos seguían resonando contra la puerta de entrada del circo. Yacía de costado, hecho un ovillo. Su cabeza descansaba sobre la tierra húmeda y fresca. A escasos centímetros de su cara, un ratón de color gris lo observaba con curiosidad. Daban ganas de acariciar su pelaje suave. Tras sus bigotes temblorosos lucían las dos hermosas ágatas de sus ojillos negros. No tenía miedo. «Él sabe que no soy un gato...». Intentó moverse, pero el cuerpo no le obedeció. Quiso gritar, pero temió que su grito lo desgarrara y matara. Se sintió muy frágil, como si fuera una llama al viento que el menor soplo pudiera apagar

Tenía la tripa empapada de sangre pegajosa. «Por ahí se me está yendo la vida...», pensó, y se comprimió la herida con ambas manos.

–¡Socorro! –gimió–, no quiero morir...

Sus lágrimas resbalaron por la tierra y trazaron un pequeño surco de barro. El ratón se acercó a pasitos, dudó un instante y se tumbó contra su mejilla. Parecía decirle: «No estás totalmente solo. Soy poca cosa, pero estoy aquí».

En ese momento empezaron a pasar las imágenes de su vida.

Primero apareció Bartolomeo en el puente; lo estrechaba entre sus inmensos brazos antes de alejarse a grandes pasos: «Milos, ¡nos volveremos a ver! Nos veremos... ¡en otro lugar! Nos reuniremos todos, ¡los vivos y los muertos!».

–Bart, ¿por qué me has abandonado? –le preguntó.

El chico alto no respondió. Simplemente se puso en cuclillas cerca de Milos y le dirigió una sonrisa cariñosa.

Basile lo visitó también. Era agradable contemplar su rostro de bruto fiel. Balbució unas palabras torpes aunque tranquilizadoras:

–No te preocupes, amigo... Mira, ¡no tengo nada! –y le enseñaba su herida totalmente curada.

Luego aparecieron otras caras. La de un profesor de lucha del pasado:

–Os lo repito, muchachos, ¡no se debe estrangular!

Milos rodaba en cascadas en una colchoneta de gimnasia cuando todavía era un combatiente principiante. Otras caras olvidadas volvían a surgir del pasado: unos niños del orfanato que le proponían intercambiar canicas, compañeros del internado que le daban palmadas en la espalda...

–¿Qué tal, Milos? –le preguntaban con tono amistoso–. ¡Qué alegría volver a verte!

Su consoladora los invitaba a entrar y sentarse, y regañaba a los que armaban bulla. Quiso saber si tenían hambre y empezó a preparar algo de comida. Milos se preguntó cómo podría cocinar y cómo cabía tanta gente en ese cuartito diminuto, y le hizo gracia.

Finalmente le tocó el turno a Helen. Apareció ante él, muerta de frío bajo la capucha de su abrigo de interna. La nieve le caía en los hombros blanca y liviana. Ella también se puso de rodillas a su lado y le cogió la cabeza entre sus manos heladas.

–No te vayas, Milos –dijo llorando–. No te vayas, amor mío...

Contempló la mirada profunda de la joven inclinada hacia él, vio sus mejillas redondas, y le pareció guapa, de una belleza sin par.

–No me voy –quiso responder, pero sus labios ya estaban fríos como el mármol, y no pudo contestar. Así que se lo dijo con el corazón: «No me voy, amor mío. Me quedo contigo. Te lo prometo».

Luego, todos aquellos que estaban inclinados sobre él, Bartolomeo y Basile, los dos compañeros de su vida; Helen, lucero del alba de su breve existencia, todos se apartaron lentamente y volvieron la cabeza hacia la entrada donde se encontraban un hombre y una mujer jóvenes y vestidos con elegancia. La mujer era guapa y llevaba un vestido de primavera y un sombrero con flores. El hombre, bastante alto y fuerte, tenía los mismos ojos risueños que Milos. Este, cuyos párpados se iban cerrando ya, les dirigió una sonrisa y se agacharon inmediatamente a su lado. La mujer le acarició el cráneo rasurado al tiempo que le preguntaba:

–¿Qué ha pasado con tu pelo, hijo mío?

Un poco más atrás, el hombre meneaba la cabeza y lo contemplaba con una expresión de inmenso orgullo. Sus caras no reflejaban ninguna preocupación. Muy al contrario, ambos parecían llenos de esperanza, como cuando reaparece un ser querido tras una larga ausencia y saben que van a empezar juntos una vida para siempre feliz.

–Padre... –murmuró Milos–. Madre... ¡Por fin me habéis encontrado!

–Shhh... –dijo la mujer poniéndose el índice sobre los labios.

El hombre hizo lo mismo:

–Shhh...

Y Milos volvió a ser un niño obediente. Se acurrucó para conservar en el ovillo de su cuerpo el calor y la ternura que acababa de recibir y llevárselos con él allá adonde iba.

Luego cerró los ojos y se abandonó.

El ratoncito gris siguió correteando un momento por la pierna, la espalda, el hombro. Se frotó una vez más contra la cara yerta, permaneció ahí algunos minutos con el hocico tembloroso. Esperó en vano una señal de vida. A lo lejos se produjo de repente un choque violento, al que siguió un crujir siniestro; la viga que cerraba la puerta de entrada acababa de ceder. Asustado, el ratón corrió hacia la pared y desapareció en un agujero.

11
El Puente Real

Siempre que hacían una pausa para descansar, Milena se sentaba en una piedra, se quitaba las botas y se daba masajes en sus pies doloridos. Guerlinde, la muchacha-caballo que la había llamado *princesa* y no se separaba de ella, trajinaba en torno a un fuego para hervir un poco de agua.

–¿Me cantarás algo si te preparo un té?

Milena sonrió. Cualquier pretexto era bueno para oírla. Aunque no forzara la voz, todos se juntaban a su alrededor en cuanto empezaba a cantar; y si conocían la melodía, la tarareaban con ella.

La larga marcha iniciada dos días antes para llegar a la capital le recordaba la que había hecho con Bart cuando se fugaron en otoño. Rememoraba la exaltación que sintió en aquel entonces en la inmensidad de la montaña desnuda. Pero recordaba también la terrible incertidumbre y el temor al futuro. En cambio, ahora le parecía que nada les podría ocurrir mientras estuviesen con el pueblo protector de los hombres-caballo, envueltos en el olor penetrante de su ropa de terciopelo y lana. La fuerza natural de aquella gente, su apacible bondad y su inocencia eran contagiosas. Tranquilizaban, insuflaban una confianza ilimitada. Milena había sentido lo mismo con su consoladora Martha en la época del internado, pero entonces se trataba de una sola persona. Ahora era un inmenso cuerpo múltiple y cambiante movido por una energía irresistible.

El número de caminantes crecía constantemente conforme avanzaban hacia la capital. A los pequeños grupos que caminaban por el campo, como si fueran numerosos arroyos, se habían unido centenares y millares de hombres, mujeres y jóvenes. Se habían juntado en las colinas, en los bosques y en los campos para formar riachuelos que se convertían en inmensos ríos. Las puertas de las casas se abrían a su paso. Les ofrecían comida, llenaban sus bolsas, les dejaban dormir en los graneros.

Guerlinde se acercó y le dio a Milena un vaso de té hirviendo.

–¿Y mi canción?

– Bueno, de acuerdo, pero solo para ti. No me apetece cantar para cincuenta personas. Acércate...

Una sonrisa iluminó la cara sin gracia de la joven mujer-caballo, y pegó el oído a la boca de Milena. Esta empezó a cantar suavemente:

Blow the wind, southerly, southerly...

Pero ya se acercaban otros para escuchar, así que se levantó bruscamente con el vaso en la mano:

–¡No! ¡Ya no tengo ganas de cantar! En otro momento... Esta noche...

Se puso las botas y se reunió con Bartolomeo y Dora, sentados un poco más lejos en un pequeño muro de piedra. Los dos estaban arrebujados en sus abrigos de invierno. El vaho se les escapaba de la boca formando nubecillas azuladas. «Las dos personas a las que más quiero en el mundo», pensó al acercarse, «solo bastaría con que se les sumaran Helen y Martha para que, con mi baza, consiguiera un triunfo».

–Seguramente Jahn y Faber ya estén en el puente –comentaba contrariado el joven–. Tenía que haberme quedado con ellos...

–Te llamarán si te necesitan, te lo han prometido –repuso Dora.

–Sí, lo sé. Solo espero que no sea demasiado tarde. Los combates de invierno empiezan mañana por la mañana en el circo... Quizá Milos no tenga que actuar el primer día, pero nunca se sabe... ¡Hay que entrar en la ciudad cuanto antes!

Milena se acurrucó contra él:

–Hay que tener confianza. Mañana estaremos, ya verás.

–Sí. No se atreverán a dispararnos. Estamos desarmados, hay mujeres y niños... No podrán.

–No –lo tranquilizó Milena–, no podrán. Y en cuanto a Milos, lo volverás a ver muy pronto. Siempre me has dicho que tenía dotes para la vida.

–Sí, es cierto, lo he dicho. También tiene dotes para la felicidad. Mucho más que yo.

–La felicidad... –ironizó Dora–. ¿Eso qué es? ¡Qué aburrido debe de ser!

Durante las horas siguientes, recorrieron juntos caminos angostos y carreteras en mal estado. Guerlinde no se separaba de Milena por temor a que se perdiera. ¿Qué era lo que guiaba su avance? Era imposible saberlo. Se dejaban llevar por la multitud. Llegaron al anochecer a las colinas que dominaban la ciudad, y se quedaron anonadados al constatar que, miraran donde miraran, había un hervidero humano por todas partes.

Aunque ya sabían que la población se había adherido a la causa, el espectáculo de esa inmensa multitud superaba con creces sus expectativas. Era imposible imaginar que la Falange pudiera oponerse a esa fuerza. El rumor se difundió rápidamente: entrarían en la capital al amanecer, solo había que esperar y abrigarse. Los gritos de alegría prorrumpieron como si la batalla ya estuviese ganada. Guerlinde daba saltitos y besó a Milena.

–¿Te alegra la perspectiva de morirte de frío toda la noche? –preguntó asombrada la joven–. ¡Estaremos todos congelados antes del amanecer!

Guerlinde la miró sin entender, luego se limitó a decir:

–¡No te preocupes! ¡Vamos a ayudarnos todos!

Tenía razón, y la noche, que se anunciaba terrible, fue milagrosa. Rápidamente encontraron madera y encendieron hogueras que chisporroteaban y lanzaban unas llamas rojas al cielo oscuro. ¿Milena temía morirse de frío? Tuvo que insistir muchas veces para ceder su sitio cerca del fuego, lugar en el que todos se instalaban uno tras otro sin discutir. ¿Pensaba que la comida sería insuficiente? ¡Sobraba! ¡En todas las bolsas aparecieron hogazas, jamón, paté, manzanas, vino, chocolate! En cuanto Milena se sentaba, alguien se ponía en cuclillas detrás de ella y la abrazaba para darle calor. La primera vez pensó que era Bartolomeo, o Dora, o Guerlinde. ¿Quién si no se habría permitido tanta confianza? Pero solo era una mujer-caballo a la que no conocía. Milena dispensó también su calor a desconocidos, y constató que era tan gratificante dar como recibir.

Al rayar el día, todos amanecieron entumecidos, muertos de sueño; pataleaban en el suelo para calentarse los pies, pero sabían que habían sido capaces de resistir juntos, conscientes de que algo fabuloso iba a acontecer. Se elevaban hilillos de humo de los fuegos mal apagados. El cielo nublado del día anterior se había abierto, y en el frío cortante aparecieron las otras colinas pobladas de miles de siluetas, la llanura cubierta de caminantes, y vislumbraron a lo lejos la cinta centelleante del río.

La multitud se puso lentamente en movimiento, y fue una sensación reconfortante la de caminar juntos de nuevo. Alguien entonó:

En mi cesta,
en mi cesta no hay cerezas,
príncipe mío,
no hay cerezas rojas,
ni tampoco almendras.

Y acto seguido, todos tararearon: los inmensos hombres-caballo y los otros, los que cantaban bien y los que desafinaban.

No hay pañuelos,
no hay pañuelos bordados,
ni tampoco perlas.
Ni pena ni tristeza, amor mío,
ni pena ni tristeza...

Todos cantaban menos Milena. Tímidas, torpes, vacilantes, las voces se elevaban a su alrededor; el fervor y la convicción vibraban en todas ellas.

–¿No cantas? –preguntó Guerlinde.

–No –contestó la joven con un nudo en la garganta–. Por una vez soy yo la que escucha. Yo también tengo derecho...

Un niño-caballo de unos doce años, de piernas cortas, con la cara colorada y sin aliento por haber corrido todo el camino, se acercó a Bartolomeo y le tiró de la manga:

–El señor Jahn quiere verte. Con tu señora.

–¿Con mi señora?

–Sí, con tu señora Milena.

–¿Dónde está el señor Jahn?

–En el puente. Los llevo.

–¡Os acompaño! –dijo Dora, y sin esperar la respuesta los siguió.

–¡Yo también! –dijo Guerlinde, y se precipitó también.

Primero tuvieron que abrirse camino con los codos y los hombros entre la multitud; de repente, el niño torció hacia la izquierda y, después de algunos metros, se encontraron finalmente solos bajando un sendero en pendiente.

–¡Veo que te sabes los atajos! –gritó Bartolomeo.

–¡Sí! –respondió el niño, que iba delante y hacía rodar las piedras bajo sus zapatos–. ¡Vivo aquí!

–¿Dónde? –preguntó Milena, pues no venía ninguna casa en los alrededores.

El niño no contestó y aceleró el paso. Estaban ahora al pie de la colina y evitaban bosquecillos centelleantes de escarcha. La hierba helada crujía bajo sus pisadas.

–¡Esperadme! –gritó Dora, rezagada al igual que Guerlinde–. ¡Ese crío se ha puesto las botas de siete leguas!

El joven mensajero no volvió la cabeza y prosiguió su carrera endiablada. Visto por detrás, parecía moverse con gracia y ligereza, como si de pronto fuese más alto. Milena se quedó rápidamente sin aliento.

–¡No puedo más! –le gritó a Bartolomeo–. ¡Nos vemos allí! ¡No te detengas!

El joven se lanzó tras el niño, que corría ágil y aéreo. Lo alcanzó en algunas zancadas:

–¡No corras tanto! No podemos seguirte...

Mientras el cielo se teñía hacia el este de un color rosa y azul, sonaron a lo lejos unos chasquidos secos, como si fuera el chisporroteo de una hoguera. Las dos siluetas, la alta y la pequeña, prosiguieron su camino, sorteando los taludes y las cunetas. Nunca Bartolomeo había recorrido tanta distancia en tan poco tiempo. El viento cortante del amanecer le silbaba en los oídos. El zumbido de su respiración entrecortada lo aturdía.

–¿Queda mucho? –gritó al cabo de un rato, ebrio de emoción.

–No –contestó el niño parándose en seco–. ¡Ya hemos llegado!

Permanecía inmóvil, con los puños en las caderas; su cara ingenua tenía un halo angelical. Bartolomeo se quedó estupefacto al comprobar que el chico respiraba casi con normalidad y, sobre todo, al constatar que parecía otro.

–¡Vaya! –lanzó atónito–. ¿Eres mago o qué?

–Sí –contestó el niño al tiempo que le designaba un montículo hacia la izquierda–. ¡Sube ahí! A mí me han prohibido ir más lejos.

Desconcertado, Bartolomeo empezó a escalar a gatas. A media altura, volvió la cabeza y se dio cuenta de que al pie del montículo ya no había nadie. Buscó en vano a su extraño guía y, convencido de que se había evaporado, prosiguió la escalada. Al llegar a la cumbre, vio que estaba a menos de cien metros de la entrada del Puente Real. El espectáculo que descubrió le heló la sangre.

Por la parte donde Bartolomeo estaba situado, la tropa feroz del pueblo-caballo, armada con picas y porras, intentaba cruzar el río. Una espesa nube de vaho se elevaba por encima de la multitud. En la parte opuesta, invisibles en sus cien camiones cubiertos de toldos y dispuestos en batería, los soldados armados con fusiles repelían su avance disparando. Una centena de enormes cuerpos yacían en el puente. Pero lo peor era que, indiferentes a los proyectiles que los diezmaban, los hombres-caballo situados en primera fila hacían todo lo posible por tomar el puente. Bartolomeo vio a dos muchachos abalanzarse juntos. No habían alcanzado siquiera la mitad del puente cuando los disparos estallaron. El primero recibió una bala en el pecho, ejecutó un grotesco paso de baile, braceó y se derrumbó boca abajo. El otro, al que un disparo había alcanzado en la pierna, prosiguió renqueando su carrera otros diez metros antes de caer abatido. En su caída, arrojó con rabia su porra hacia los que acababan de matarlo.

–¡Parad! –chilló horrorizado Bartolomeo.

Pero ya otros diez hombres-caballo se lanzaban al ataque en bloque. A modo de escudos, sujetaban ante ellos todo tipo de objetos: tablas de madera, trozos de chapa oxidada... Pese a su fuerza y energía, no llegaron mucho más lejos que sus compañeros. Una ráfaga asesina los tumbó a la primera. Únicamente dos de ellos, unos auténticos colosos, permanecieron de pie. Fueron titubeando hasta el primer camión, que asieron por el chasis para volcarlo. Seguramente los soldados los habían dejado llegar hasta allí para jugar, pues les bastaron dos balas para acabar con la vida de esos pobres desgraciados.

–¡Parad! –gimió Bartolomeo mientras se precipitaba hacia la entrada del puente.

Un mar de brazos, espaldas y torsos imponentes lo sumergió inmediatamente, pero no tenía nada que ver con la sensación de paz que había experimentado con Milena algunos días antes cuando caminaban entre los hombres-caballo, guiados por Guerlinde. Ahora la ira deformaba esos rostros inexpresivos. Unas lágrimas de rabia les corrían por las mejillas.

–¡Señor Jahn! –gritó Bartolomeo–. ¿Alguien sabe dónde está el señor Jahn?

–¡Aquí está! –rugió la voz del inmenso Jocelin, que surgió de repente ante él, con los gestos de la cara totalmente trastornados–. ¡Rápido! ¡Quiere verte!

A pesar del frío, Jahn estaba empapado en sudor. Asió a Bartolomeo por el cuello del abrigo y lo zarandeó:

–¡Casal, por Dios, detenlos! ¡Ya no me hacen caso! ¡Ya no le hacen caso a nadie!

–¿Y Faber?

–Faber ha intentado dialogar con ellos, pero los soldados lo han abatido. ¡Se han enfurecido! ¡Los van a masacrar a todos!

Bartolomeo abandonó a Jahn y, con los hombros, se abrió paso hacia el puente. Cuanto más se acercaba, más densa era la masa de cuerpos. A duras penas consiguió pasar, y cuando llegó finalmente a las primeras filas, comprendió que los hombres-caballo se preparaban para un ataque masivo. Con el pelo alborotado, un joven vestido con una camisa, y cuya espalda gigantesca recordaba la de Faber, ejercía de jefe de mando y arengaba a sus tropas.

–¡Todos juntos ahora! –les exhortaba–. ¡Les vamos a mostrar cómo las gastamos!

Bartolomeo se plantó delante de él y lo reprendió duramente:

–¡Cállate! ¡No sabes lo que estás diciendo!

Aunque mucho más delgado, era casi tan alto como el otro y su voz sonó con fuerza.

–¡No lo hagáis! –dijo al tiempo que volvía la cabeza hacia los hombres-caballo a punto de cargar–. ¡No vayáis! ¡Os matarán a todos! ¡Es lo único que quieren!

Cualquiera en su lugar habría sido aniquilado por esos colosos furiosos, pero él se llamaba Casal y por eso le hicieron caso.

–¡Han matado a Faber –gritó una voz chillona.

–¡Y te matarán a ti también si vas! –replicó Bartolomeo–. ¡No eres un animal conducido al matadero!

–¡Me da igual que me maten! –lanzó el muchacho, de apenas dieciséis años.

–¡Te prohíbo seguir! –tronó Bartolomeo, cuyos ojos negros echaban chispas, al tiempo que enseñaba el puño.

–Si estuviese aquí tu padre... –empezó diciendo otro.

–¡Mi padre os diría lo mismo! –lo cortó Bartolomeo–. ¡Hablo como él lo habría hecho!

Ante semejante determinación, la duda se insinuó entre las filas de combatientes.

–Sé que tenéis mucho valor y que estáis dispuestos a morir –siguió diciendo Bartolomeo–, pero ¿para qué? ¿Solo por su placer? ¿Para qué?

–Y entonces, ¿qué hacemos? –preguntó uno de los hombres–. ¡No vamos a retroceder!

–¿Y nuestros compañeros que han muerto en el puente? ¡No vamos a dejarlos allí! –añadió otro.

Tenían razón. Por encima de sus rostros furiosos, Bartolomeo vio a la multitud de los que estaban esperando a lo lejos, ignorantes del drama que estaba sucediendo en el puente. La luz oblicua de la mañana los alumbraba ahora hasta el horizonte de las colinas. Miró también al otro lado del río. Detrás de la fila de camiones de color cardenillo en los que esperaba el enemigo, implacable y silencioso, la ciudad parecía contener el aliento. Tuvo que reconocer que se había equivocado, al igual que Jahn, Lando, Faber y todos los demás: los soldados habían abierto fuego. Habían obedecido las órdenes y disparado sin contemplaciones a esos pobres infelices armados de bastones.

¿Qué podría decir ahora a esos hombres que acababan de ver caer bajo sus ojos a un amigo, a un padre, a un hermano, y también a Faber, su amado jefe? Por un momento había conseguido detener la hecatombe, salvar algunas vidas, pero no podría retener más tiempo su ira mezclada con desesperación.

–¡Vamos! –ordenó el que dirigía el ataque–. ¡Adelante!

–¡Que nadie se mueva! –gritó Bartolomeo–. ¡Os ordeno que no os mováis! ¡Dejadme a mí!

Y sin saber muy bien lo que se proponía, caminó por el centro de la calzada, dio algunos pasos...

–Bart, ¿qué haces? ¡Vuelve! –le gritó alguien detrás de él.

Reconoció la voz de Jahn, pero no volvió la cabeza.

Enfrente no se percibía ninguna señal de vida. Seguramente estaban esperando a que alcanzase la mitad del puente para abrir fuego. Sería una diana mejor, más cercana y más visible. Avanzó un poco más. ¿Qué se proponía? No lo sabía.

De pronto, las palabras de Jahn empezaron a rondarle la mente: «Tu padre... la oportunidad soñada para terminar su vida con elegancia... mucha melancolía... ignoro el motivo...».

Dio un respingo. Creía entender la siniestra tentación que lo movía a él, a Bartolomeo. En el fondo de su propia alma, ¿no anidarían acaso la misma melancolía, la misma profunda tristeza a las que resultaba muy tentador poner fin? Siguió adelante, tropezó con un adoquín suelto, pasó al lado del cuerpo abatido del niño-caballo que había intentado el asalto con su compañero, dio unos pasos más. Su bufanda negra se movía en el viento frío de la mañana. Desde el punto donde se encontraba ahora, ya no percibía los gritos de los hombres-caballo, ni el rumor de la multitud detrás de ellos. Solo oía el murmullo tranquilo del río. «Iré hasta el final», pensó. «No puedo hacer otra cosa: debo ir hasta el final».

Y de repente, Milena apareció a su lado.

–¡Milena! –exclamó estupefacto mientras la asía por los hombros–. ¡Vete!

La chica meneó la cabeza, cuyo pelo rubio muy corto parecía una aureola dorada:

–¡Ni hablar! Vamos a cruzar juntos. Ven.

Lo tomó del brazo y, erguida y serena, lo acompañó lentamente.

–Milena, van a dispararnos y lo sabes.

–A ti, quizá, ¡a mí, no!

–¡Son capaces! Mira, ¡han disparado a unos chicos de trece años! ¡Estamos pasando por encima de sus cuerpos!

–Bart, ¡a mí no me dispararán! ¡No dispararán a Milena Bach! ¡Ya no me escondo! ¡Que vean quién soy! ¡Que me vean bien!

Bartolomeo pensó por un momento que ella había perdido el juicio. La retuvo a la fuerza.

–Milena, ¡escúchame! ¿Qué te propones? ¿Convertirte en mártir? Ya sabes que los mártires no cantan.

Le acarició la mejilla suave y helada.

–Bart, nadie se atreverá a dar la orden de dispararme. ¡Nadie!

–Milena, ¡no olvides que soltaron los perros sobre tu madre hace quince años!

Clavó en el chico sus febriles ojos azules.

–Lo hicieron porque estaban en la sierra y nadie podía verlos. Mi madre murió sola en plena noche, ¿entiendes? Ni siquiera vio los colmillos que la despedazaron. Bart, ¡ahora es de día! ¡Mira a tu alrededor! ¡Mira a esos miles de personas! Son testigos, ¡sus ojos nos protegen!

Bartolomeo volvió la cabeza y vio que los combatientes se habían metido en el puente detrás de ellos. Habían renunciado por un momento a su furia y caminaban lenta y silenciosamente, hombro con hombro. Con sus rostros graves y los pliegues oscuros de su ropa, parecían estatuas de piedra a las que se habría insuflado vida, y que se habrían puesto en camino para formar un ejército invencible. Bartolomeo levantó la mano derecha y todos se detuvieron. Esa obediencia indicaba una fuerza superior, mucho más temible que los asaltos desordenados de hacía un momento. Más allá de esas siluetas parecidas a erizos, con las picas y las porras que se recortaban en la distancia, el joven vio la multitud incalculable que bajaba de las colinas: eran hombres, mujeres, niños que formaban en la lejanía un polvo diminuto y tembloroso.

Al otro lado del puente, los fusiles callaban. «Milena tiene razón», pensó. «Si nos disparan ahora mismo, desencadenarán una furia que los destruirá, se perderán para siempre, y lo saben».

Pese a su convicción, no podía olvidar que estaban corriendo un grave riesgo. Una bala, una única bala, bastaba... y una más para Milena... Sin embargo, no tenía miedo, solamente era consciente de estar viviendo los minutos esenciales de su vida y en acuerdo consigo mismo.

Tomó la mano de la joven y ambos dieron unos pasos más. En medio del puente se detuvieron y vieron que los hombres-caballo habían hecho lo mismo unos veinte metros más atrás. Echaron un vistazo hacia abajo, hacia el río que dejaba fluir sus aguas oscuras. Ese río los había traído hasta aquí al inicio del invierno, ¿por qué iba a traicionarlos ahora? A su alrededor, el viento había amainado. El mundo entero parecía contener la respiración y estar esperando.

–¡Venga! –dijo Milena–. ¡Sigamos!

Avanzaron como flotando, pasaban por encima de cuerpos dislocados, petrificados en la postura en la que habían caído. Entre ellos reconocieron a Faber tumbado boca abajo y cuyos inmensos brazos, desplegados como alas, parecían querer asir el puente entero y levantarlo. Un hilillo rojo de sangre le salía de la cabeza y corría entre los adoquines grises.

En la margen opuesta, la inmovilidad de los camiones resultaba inquietante. Los dos jóvenes dieron veinte pasos más al mismo ritmo. Bartolomeo sentía en su mano la de Milena, suave y segura. Volvió la mirada hacia su amiga. En ella todo respiraba juventud y luz. «No», pensó otra vez, «no pueden disparar sobre ella sin condenarse...».

Y de pronto se dio cuenta de que acababan de llegar al punto preciso a partir del cual no los dejarían pasar. Algo tenía que ocurrir. Sintió en la palma de su mano el temblor de la de Milena. ¿Tendría ella idéntica intuición? No se detuvieron. Cada metro recorrido sabía a victoria al tiempo que a terrible amenaza.

Fue entonces cuando oyeron rugir el motor del primer vehículo, allí en la margen del río. Efectuó maniobras para retirarse y se alejó lentamente por la avenida. Un segundo camión lo siguió, luego otro, y otro. Pronto, el convoy entero se puso en marcha hacia el sur, en dirección a los cuarteles. Hubo primero un momento de incredulidad. Luego estalló un grito entre los hombres-caballo:

–¡Se van! ¡Se largan!

Fue la señal de un inmenso clamor que subió hacia las colinas y que el eco repitió. Como si emergieran de un sueño,

Bartolomeo y Milena se dieron cuenta de que habían cruzado todo el puente. Los últimos camiones que obstruían la salida arrancaron también y se fueron. Vieron de cerca las caras preocupadas de sus conductores y constataron que muchos de ellos tendrían aproximadamente su misma edad. Apenas tuvieron tiempo para apartarse y ponerse a un lado cuando afluyó hacia ellos una marea humana que ya nada podría detener. En los dos puentes contiguos se vertió el mismo flujo de hombres y mujeres que gritaban su alegría: ¡la ciudad estaba abierta!

En escasos minutos, las márgenes se llenaron, y el increíble ejército pacífico llevado por los hombres-caballo invadió las avenidas gélidas de la capital. Las ventanas se abrieron a su paso, y de ellas brotaban las aclamaciones y también los gritos de odio contra el régimen, como si todos hubiesen deseado siempre su caída. Luego la población, por fin libre, descendió a la calle, se unió a la multitud, y ese descomunal cortejo se dirigió hacia la sede de la Falange en la ciudad nueva.

–¡Al circo! –gritó Bartolomeo–. ¡Debemos ir al circo!

–Sí –aprobó Milena.

Guerlinde apareció llorando; había reencontrado, de milagro, a su princesa entre esa multitud exaltada.

–¡Me has asustado! –sollozaba–. ¡Cómo me has asustado!

Ya no circulaba ningún tranvía por la ciudad, ni tampoco ningún coche. Se metieron por las callejuelas transversales. Bartolomeo iba en cabeza seguido de las dos chicas. Pasaron por los barrios de la ciudad antigua y, tras un cuarto de hora de carrera, llegaron sin aliento al circo. Asombrados, constataron que la efervescencia reinaba ya. En medio del barullo se mezclaban un gran número de hombres-caballo, la población y, como surgidos de otra época, unos gladiadores que, pese al intenso frío, iban con el pecho desnudo o con una camisa. Las dos enormes puertas de la entrada estaban cerradas, pero unos diez hombres-caballo avanzaban ya en fila y llevaban bajo el brazo una enorme viga que habían encontrado en una obra cercana.

–¡Quitaos del medio! –vociferaban–. ¡Vamos a echar la puerta abajo!

El espacio se despejó ante ellos y se lanzaron a paso de carga. La puerta de roble crujió bajo el choque. Retrocedieron un poco y cargaron de nuevo.

–No lo conseguirán –comentó Bartolomeo.

A su lado había un gladiador de rostro embrutecido y con la cabeza afeitada. Conservaba su espada en la mano y, alelado, miraba a su alrededor sin saber muy bien dónde se encontraba.

–¿Ya ha habido combates? –le preguntó Bartolomeo.

–¡Sí! –respondió el hombre.

–¿Ha visto a un chico llamado Milos?

–No lo conozco...

–¿Cómo ha salido?

–Por una pequeña puerta atrás... ¿Tiene tabaco?

–No... –balbució Bartolomeo, sorprendido por la inesperada pregunta, y se precipitó para dar la vuelta al edificio, con Milena y Guerlinde en los talones.

Efectivamente había una salida en la parte trasera, una puerta estrecha que un grupo de hombres-caballo e insurgentes vigilaban ya con el fusil en la mano. Dejaban salir a los gladiadores y también a los espectadores que habían venido a presenciar los combates, pero detenían a los miembros de la Falange que intentaban huir mezclándose con la multitud.

Al llegar, Milena pensaba que no iba a vivir un instante más emocionante que el que acababa de compartir con Bart en el Puente Real. Y, sin embargo, ocurrió algo extraordinario. Un hombre fuerte de barba pelirroja y vestido con un grueso abrigo se presentó cabizbajo en la puerta con la esperanza absurda de pasar inadvertido. Todos los dedos lo señalaron inmediatamente:

–¡Van Vlyck! ¡Es Van Vlyck!

Dos hombres-caballo lo asieron firmemente, un tercero lo esposó. Parecía abatido y no opuso resistencia. Cuando se lo iban a llevar, un grito de mujer se elevó entre la multitud:

–¡Esperad!

Milena apareció ante él. No hablaron, simplemente permanecieron cara a cara.

Boquiabierto y con la mirada alucinada, Van Vlyck contemplaba fijamente a la joven; era evidente que para él el tiempo acababa de desvanecerse. Ante sus ojos estaba la única persona a la que había querido, la mujer por la que había sacrificado lo mejor de su vida sin dudarlo, y a la que había entregado finalmente a los Diablos asesinos. Estaba de pie ante él, más joven y más rubia que nunca, fascinante, inmortal. Vio pasar en los ojos azules de esa chica su pasado destrozado y su futuro incierto.

Milena no pudo odiarlo. Al igual que en un espejo mágico, vio en la mirada de ese hombre la imagen de su madre viva. «Estoy frente al hombre que la... quiso», pensó, «el hombre que lloró al escucharla una tarde hace quince años en una pequeña iglesia de esta ciudad y que nunca pudo superarlo. Estoy ante el hombre que la quiso con locura, que la miraba como me está mirando ahora...».

Y cuando Van Vlyck se alejó, llevado sin contemplaciones por sus guardas-caballo, ajeno a lo que le estaba ocurriendo, fue como si se llevara de aquella mujer desaparecida un recuerdo vivo, carnal, que ninguna fotografía ni ninguna grabación podrían suplir nunca.

Trastornada, Milena tardó algún tiempo en volver a la realidad. Un terrible crujido, acompañado de un clamor de triunfo, la trajo de vuelta a la realidad. Bartolomeo la asió del brazo:

–¡Milena, el cierre acaba de ceder! ¡Vamos a entrar por la puerta grande!

Seguidos de la fiel y obstinada Guerlinde, se precipitaron hacia la puerta. En efecto, el ariete la había reventado, pero los que querían entrar chocaban con la avalancha de los que querían salir, fuesen estos gladiadores o espectadores avergonzados, y provocaban un atasco. Los tres jóvenes lograron entrar a duras penas. Bartolomeo preguntó a gritos más de veinte veces:

–¡Un muchacho de diecisiete años! ¡Se llama Milos! ¿Lo han visto?

Nadie le contestó. Milena le preguntó también a un gladiador cuyo rostro estaba horriblemente surcado de cicatrices protuberantes, como si lo hubiese arañado una fiera:

–¡Milos Ferenzy! ¡Un gladiador de diecisiete años! ¿Estaba en su campo? ¿Lo conoce?

Con la mirada extraviada, el hombre negó con la cabeza y se alejó. Renunciaron rápidamente a preguntar y subieron a la parte más alta de las gradas para llamar a voz en grito:

–¡Milos! ¡Milos!

Progresivamente, mientras el circo iba vaciándose, tuvieron la convicción de que su amigo no estaba.

–Quizá se encuentre en otra parte del edificio –sugirió Milena.

Pero era muy improbable. ¿Por qué se habría escondido? Sin duda habría salido y se habrían cruzado sin verse.

Fueron sin rumbo por los pasillos, abriendo aquí y allá las puertas de las celdas abandonadas. Dieron así la vuelta completa al edificio y volvieron al punto de partida.

–¡Milos! –gritó Bartolomeo por última vez.

Su voz sonó bajo el techo y se apagó dejando paso a un silencio sepulcral. Cuando iban a marcharse, Guerlinde señaló con el dedo el fondo del corredor:

–Ahí hay una escalera.

Se acercaron. Faltaban dos escalones carcomidos. Bartolomeo subió con precaución para que los otros no cedieran con su peso. Cuando llegó a la mitad, se detuvo un momento.

–¿Has visto algo? –inquirió Milena.

El muchacho no contestó y desapareció. Esperó un instante y, como ya no oía nada, preguntó una segunda vez:

–Bart, ¿has visto algo?

Tampoco obtuvo respuesta. La angustia le hizo un nudo en el estómago. Subió a su vez. Una luz tenue salía por una pequeña abertura hecha en la pared de adobe. Bartolomeo estaba en cuclillas al lado de un cuerpo hecho un ovillo que dibujaba una curva perfecta, como hacen los felinos cuando duermen. Se acercó a gatas y se acurrucó en el hombro de su amigo.

Milos llevaba una camisa de un blanco sucio cuya pechera estaba empapada de sangre. Uno de sus pies llenos de mugre había sangrado también. Sin poder hablar, contemplaron su rostro sereno, que parecía el de un niño de doce años.

–Milos... –murmuró Bartolomeo.

–Helen... –lloró Milena.

Y con las cabezas juntas, mezclaron sus lágrimas silenciosas.

Desde abajo oyeron la voz temerosa de Guerlinde, que se había quedado sola en el corredor oscuro:

–¿Habéis visto algo arriba? ¡Eh! ¿Hay algo?

12

La primavera

Aquel año, el invierno parecía no tener fin. Aunque algunos días augurasen la llegada de la primavera a mediados de marzo, el frío volvió con fuerza y nevó de nuevo copiosamente. Era como si la naturaleza no lograse romper su cáscara de hielo y escarcha. Por mucho que se desperezase y procurase moverse, volvía a caer agotada, helada y vencida.

Helen se enclaustró en su cuartito en casa de Jahn. Solo lo abandonaba para acudir a su trabajo; desempeñaba su servicio como si fuera una autómata. Milena y Dora eran las únicas personas cuya presencia soportaba. Estas hacían todo lo posible para que su amiga comiera un poco, la obligaban a hablar, a peinarse con algo de coquetería. Consiguieron dos veces que saliera a pasear con ellas al lado del río.

Por fin, una tarde, Helen quiso acompañar a Bartolomeo hasta el hospital donde estaba Basile. La herida del joven hombre-caballo había resultado más grave de lo que se había pensado en un primer momento, y su estómago perforado le provocaba dolores insoportables. El centro hospitalario estaba situado en las colinas, en medio de un parque plantado de alerces. Triste y enflaquecido, Basile descansaba en una habitación de paredes blanquísimas cuya pulcritud poco tenía que ver con su modo de vida habitual. En la primera visita, Helen se limitó a escuchar la charla de los dos amigos.

–¿Necesitas algo? –preguntaba Bartolomeo.

–Sí –contestaba, enfadado, Basile–. Me gustaría comer de verdad... Por la boca...

Al irse, Helen le dio un beso y le dijo que volvería. Cumplió su promesa y acudió todos los días, primero en compañía de Bartolomeo, y después sola cuando Basile estuvo mejor.

Para llegar al hospital debía cruzar toda la ciudad. Ajena a la alegría de los demás pasajeros, tomaba el tranvía hasta la última parada. En la cara de la gente brillaba una luz nueva tras la caída definitiva de la Falange y la libertad recobrada. Helen no lo entendía. «¿Por qué sonríen todos?», se preguntaba. «¿Acaso no saben que mi amor ha muerto?». Luego, cabizbaja, cruzaba el parque hasta el hospital, donde todo el personal acabó por conocerla y saludarla.

Primero le preguntó a Basile cosas del internado. El enfermo tuvo que relatar su primer encuentro con Milos el día en que le entregó a Bart la carta, el día en que todo empezó. «¿Hacía bueno aquella tarde, o llovía? Y Milos, ¿cómo iba vestido?». Luego le tuvo que describir la vida en el campo de entrenamiento. «¿Qué comían allí? ¿Quién les afeitaba la cabeza? ¿Cómo era aquel al que llamaba Fulgur? ¿Se entrenaban con los pies descalzos o con sandalias?». Impresionado por la atención que le prestaba la chica, el pobre Basile no podía omitir ningún detalle. Nunca nadie le había escuchado tan atentamente. Fruncía la frente por el intenso esfuerzo que hacía para recordar.

–¿Te hablaba Milos... de mí? –se atrevió a preguntar un día.

Basile no era muy listo, pero su corazón le dictó la respuesta exacta:

–¡No paraba de hablar de ti! ¡Me mareaba!

–¿Y qué decía?

–Pues... todo. Decía que eras muy guapa.

–¿Y qué más?

–Pues todo, te digo. Por ejemplo decía... pues... no sé... que subías muy bien a la cuerda...

Así, según pasaban los días y al hilo de las conversaciones, llegaron a la última mañana, a la mañana de los combates. Basile narró primero el suyo. Lo hizo sin emoción, hasta el momento en el que tuvo que relatar el golpe mortal que asestó a su adversario. Él, normalmente tan insensible, prorrumpió de modo inesperado en sollozos incontenibles.

–Quería matarme... entiendes... –comentaba entre hipos–, yo no quería morir... quería vivir...

Helen se acercó y le acarició la frente.

–Anda, Basile, no llores. No has hecho más que defenderte. No es culpa tuya...

–Ya lo sé, pero a nosotros, los hombres-caballo, no nos gusta matar a la gente.

Dejó el tema por aquella tarde, pero al día siguiente, tan pronto se sentó a la cabecera de su cama, empezó:

–Basile, por favor, háblame de Milos... Quiero decir de su último día en el circo... Dime todo lo que sepas. Lo necesito.

Por una vez, el joven hombre-caballo empezó por el final.

–Lo mató Caïus, estoy seguro. Lo tomaba por un gato.

–¿Por un gato?

Basile habló de Caïus, de su locura asesina, y luego relató el combate de Milos con el viejo gladiador. Helen lo escuchó fascinada. Cada palabra que oía se transformaba en imágenes de Milos vivo. Se aferraba a ellas con toda su alma.

–¿Lo viste con tus propios ojos? –musitó cuando Basile hubo terminado su relato–. ¿Le perdonó la vida a su adversario?

–Sí, lo vi detrás de la puertecilla. Volvía de la enfermería donde Fulgur acababa de coserme. Milos casi estaba recostado sobre el tipo, le habló y luego levantó su espada. ¡Había que tener narices para hacer eso! Y después se oyeron los golpes de ariete en la puerta. Luego empezó el jaleo, no lo volví a ver, y además me dolía mucho la barriga... Solo me pregunto por qué Milos se fue a aquel rincón al fondo del pasillo. Todos huían y él se fue allí... Quizá estuviese buscándome...

Helen asintió con la cabeza.

–Sí, Basile, estoy segura, te estaba buscando. Tú te lo merecías todo.

Al llegar el mes de mayo, el invierno se fue por fin. Las aves migratorias que volvían cruzaban el cielo, y el sol ya calentaba la piel. Helen se percató de que se iban aflojando las garras de la tristeza que le apretaban el corazón. Empezó a salir más y se sorprendió al constatar que se reía con las bromas de Dora y los chistes de sus compañeros de trabajo. Con toques ligeros y frágiles, recuperó paulatinamente las ganas de vivir. Tenía la sensación de estar derribando los muros de la cárcel de su duelo, al igual que la ciudad rompía el cerco del hielo que la aprisionaba. Pero a veces, en un momento de despreocupación, le parecía estar traicionando a Milos, y esto la sumía en un gran dolor.

Un domingo celebraron la llegada de la libertad. La capital en fiesta homenajeó a sus héroes: hombres-caballo y resistentes. Durante todo el día hubo bailes y canciones en plazas y calles. En todos los barrios se oía música. Por la noche trajeron a la plaza de la Ópera un remolque tirado por caballos, y cuando retiraron el toldo que lo cubría, Napoleón, el verraco gigante, apareció en todo su esplendor, monumental y más limpio que una patena. Aunque lo aclamaron como a un héroe, a él poco le importó su triunfo y se limitó a mover sus gigantescas orejas, a gruñir y a buscar alimentos a su alrededor. Con un sistema de palancas y correas, lo alzaron a un estrado montado en el centro de la plaza.

En todas partes, los asistentes brindaban con jarras llenas de cerveza y fraternizaban. Aturdida por la cerveza y el tumulto, Helen agarraba a Dora del vestido y no la soltaba. En medio de la población en fiesta, vislumbró a Mitaine, cojo y desdentado, riendo a carcajadas y bailando alegremente. Él la reconoció, se frotó la panza con las dos manos y, al tiempo que señalaba el cerdo, le gritó:

–¡Ya te lo dije! ¡Nos lo vamos a zampar!

Poco después, se encontró con el doctor Josef, que había venido para acompañar a Napoleón; se echó en sus brazos. Sin duda se había enterado del triste final de Milos, pues, con los ojos brillantes, la estrechó contra su pecho sin hablar.

Al caer el día, instalaron unos micrófonos en la plaza del teatro y allí se fueron sucediendo los músicos. Hacia medianoche, Milena apareció sola vestida con un traje azul que Helen nunca había visto, y entonó:

En mi cesta...
En mi cesta no hay cerezas,
príncipe mío...

Los presentes se quedaron inmóviles. Los hombres que llevaban una gorra o una boina se la quitaron, y miles de voces se unieron y alzaron su canto al cielo. Al principio, con un nudo en la garganta, Helen no pudo emitir ni un sonido; luego lo consiguió:

No hay pañuelos,
no hay pañuelos bordados,
ni tampoco perlas.
Ni pena ni tristeza, amor mío,
ni pena ni tristeza...

Helen cantaba uniendo su voz a la de Dora, que la asía por un hombro:

En mi cesta no hay gallinas,
padre mío,
ninguna gallina que desplumar,
ni patos tampoco.
No hay guantes de terciopelo,
guantes finamente bordados, no.
Ni pena ni tristeza, amor mío,
ni pena ni tristeza.

La muchacha cantó junto con los otros, y fue su modo particular de reintegrarse definitivamente al mundo de los vivos.

Helen siguió trabajando durante algunos meses en el restaurante del señor Jahn, luego encontró un empleo que le convenía más en una librería de la ciudad nueva. En los años siguientes, tuvo la gran alegría de encontrarse allí con varias compañeras del internado que habían conseguido localizarla: Vera Plasil acompañada de su marido, rebosante de felicidad, y unas semanas después, cuando iba a cerrar la tienda, apareció Catharina Pancek; apenas había cambiado y lloró de emoción al volver a verla.

Milena Bach y Bartolomeo Casal, juntos hasta el final de sus días, fueron una pareja inseparable y radiante. Bartolomeo realizó una brillante carrera de Derecho y se convirtió en un prestigioso abogado. Milena actuó con cautela, sin quemar etapas. Dora le obligó a tomar un profesor de canto que la hizo trabajar muy duro. Con los años, su voz natural adquirió cuerpo y equilibrio, y Milena se convirtió en la cantante incomparable que todos habían intuido siempre. Actuó en los escenarios más famosos del mundo, aunque no olvidó nunca sus orígenes, y cada temporada daba un concierto en el teatro de la capital en el que su madre había cantado. Helen siempre reservaba su entrada con meses de antelación y, fiel a su costumbre, se sentaba en la primera fila. Milena, aunque tuviera a su espalda una orquesta sinfónica, le dirigía siempre una discreta mirada llena de ternura: «¿Recuerdas el patio del internado? ¿Recuerdas el dormitorio helado y los largos inviernos?». A continuación, su canto se alzaba vibrante de humanidad.

Helen se dejaba llevar por esa voz familiar y misteriosa a la vez, como si estuviese navegando en un barco. Entonces veía pasar, al vaivén de la travesía, las imágenes secretas de su alma: el gran río tranquilo que corría bajo los puentes, el peso infinito del amor de las consoladoras, el recuerdo difuso de sus padres desaparecidos y, para siempre jamás, la cara sonriente de un muchacho de rizos morenos.

Epílogo

Anochecía en el jardín. Helen respiró con placer el aroma a miel de las clemátides y terminó de descolgar tranquilamente la ropa tendida en la cuerda. La noche sería suave y la joven no tenía ninguna prisa por entrar en casa.

–¡Mamá! ¡Te llaman por teléfono! –gritó una niña desde el ventanal del salón.

Helen dejó la cesta al pie de la cuerda y fue corriendo. La niña le tendió el auricular y articuló en voz baja:

–Un se-ñor.

–Gracias, cielo. Ponte el camisón, voy enseguida.

La voz grave y masculina le era desconocida:

–¿Helen Dormann?

–Sí, soy yo –contestó Helen, aunque su apellido fuera otro desde hacía ya muchos años.

–Buenas noches, Helen. Soy Octavo. Me alegra volver a oírte. Me ha costado encontrarte, no creas.

–¿Octavo?

–Sí, Octavo... Octavo, el hijo de Paula... ¿Recuerdas?

Se sentó lentamente en la silla. Hacía mucho tiempo que no había vuelto a ver a Paula. Se había prometido mil veces ir a visitarla, y mil veces lo había aplazado. La librería, los niños, la distancia... En cuanto a Octavo, hacía tiempo que le había perdido la pista por completo.

–¡Dios mío! –balbució–. Octavo... ¿Qué tal estás? Qué sensación más rara oírte hablar con voz de hombre...

–Te llamo desde el pueblo –dijo–. Paula acaba de fallecer. He pensado que debía comunicártelo.

A la mañana siguiente tomó el autobús. Durante todo el trayecto, los recuerdos la invadieron y no consiguió leer la novela que se había llevado. Octavo la recibió en la pequeña casa de ladrillo del número 47 del pueblo de las consoladoras. Le costó reconocerlo. Era alto y fuerte. Su barbilla y sus mejillas picaban.

–Ven. Está arriba, en su cama. Ya verás, tiene el gesto tranquilo.

Paula descansaba con las manos cruzadas sobre el pecho. La perfecta quietud de su rostro seguía insuflando tranquilidad y parecía querer decir a los que venían a hacerle su última visita: «¡Ya veis, no es para tanto!, ¡no es para hacer una montaña!». Helen, que había estado llorando durante todo el viaje, ya se había desahogado y se sentía ahora más allá de la pena. Le dio un beso en la frente a la que había sido su madre, y permaneció mucho tiempo sentada a su lado.

Ayudó a Octavo en los preparativos del entierro. Cuando todo hubiera acabado, este la llevaría en su coche de vuelta a la capital.

La mañana de la partida, le pidió a Octavo una hora antes de emprender el viaje de regreso. Descendió la colina y reconoció sin dificultad el lugar exacto en el que, en compañía de Milena, había visto por primera vez a Milos y a Bartolomeo quince años atrás, y le pareció que aquel encuentro acababa de producirse. Bajó la *Rue aux Ânesses*, cruzó el puente, admiró la infinita paciencia de los cuatro jinetes de piedra. Como el sol quemaba, se quitó el jersey, se lo puso sobre los hombros y prosiguió el camino con los brazos desnudos. El agua del río centelleaba.

Entró por la verja abierta del internado. La portería vetusta de Esqueleto seguía en pie. Al pasar delante, a Helen se le puso la carne de gallina y pensó que iba a oír en cualquier momento la voz agridulce de la vigilante: «¿Adónde va, señorita?». Pero solo oyó el gorjeo de los gorriones en los árboles del patio.

Bordeó el edificio, encontró la puerta entornada del refectorio y la empujó.

–Está cerrado, señora. ¿Busca algo?

La sala, en la que ya no había ni mesas ni sillas, era irreconocible. Unos rollos de cables eléctricos cubrían el suelo.

–¿Puedo ayudarla en algo? –preguntó un obrero que, armado con un destornillador, colocaba un interruptor.

–Sí... pues no... en fin, fui alumna de este internado... hace mucho tiempo... solo quería echar un vistazo...

–Ya entiendo. Pero está cerrado. Son las vacaciones...

–¡Oh! ¡Claro! Disculpe... no quisiera molestar. ¿Sabe si se puede abrir aquella pequeña puerta allí al fondo?

–¿Se refiere al sótano? No lo sé. Pero hay un manojo de llaves colgado del clavo, ahí. Si quiere intentarlo, puede usar mi linterna, está en la caja de herramientas.

La tercera llave abrió la cerradura. Helen apuntó la luz de la linterna hacia la oscuridad y bajó la escalera. Una vez abajo, siguió la galería cuyo techo estaba cubierto de telarañas llenas de polvo. La puerta del calabozo, arrancada y destrozada, impedía la entrada. Pasó por encima. El olor a moho le picaba en la garganta. En el suelo, el catre hecho añicos se confundía con la tierra. Un cubo lleno de agujeros y comido por el orín estaba abandonado en un rincón.

Ya no había dibujo, ni cielo, no quedaba nada.

Todos los pájaros habían volado.

Helen nunca hubiera imaginado que el momento más duro iba a ser cuando Octavo giró la llave y cerró tras él la casita de Paula. En la escalera, ninguno de los dos pudo contener las lágrimas.

En el camino de vuelta, charlaron alegremente, hablaron de sus vidas y rieron evocando el pasado.

–¿Te acuerdas de *Miantojo*? –preguntó Helen–. ¿Y de *un pie, una mano*?

Octavo no recordaba las anécdotas y reía a carcajadas. Era una persona graciosa y llena de alegría de vivir.

A medianoche, dejó a Helen delante de su casa y se separaron con la promesa de volver a verse de vez en cuando para hablar de Paula.

Helen entró sin hacer ruido en la casa dormida, pero cuando iba a llegar a su dormitorio, otra puerta se abrió al fondo del pasillo y apareció su hija.

–Cielo, ¿no duermes?

La pequeña meneó la cabeza. Manoseaba la parte delantera de su camisón y estaba a punto de llorar.

–Mamá, he tenido una pesadilla, y además tú no estabas.

Helen la tomó en sus brazos, la acostó de nuevo y se quedó sentada a su lado para tranquilizarla.

Acarició el pelo de su hija y le habló dulcemente.

Le parecía que en sus manos cariñosas y en su voz fluía, tan potente como el río, el amor que había recibido de Paula y que transmitía ahora a su hija.

–He vuelto –dijo–. Duerme, *preciosa,* duerme. No pasa nada.

Índice

Primera parte: La voz de Milena

Segunda parte: Como el río

Jean-Claude Mourlevat

JEAN-CLAUDE MOURLEVAT *nació en 1952 en Ambert, Auvernia. Estudió en Estrasburgo, Toulouse, Bonn y París. Fue profesor de alemán durante algunos años, hasta que decidió dedicarse al teatro. Primero, como payaso, cuyos números fueron representados en multitud de países. También ha montado obras de Brecht, Cocteau, Shakespeare...* **EL COMBATE DE INVIERNO** *es su tercera novela, desde que en 1998 iniciase su andadura como escritor.*

SI TE GUSTAN LAS HISTORIAS CUYO PUNTO DE PARTIDA SON UNOS PERSONAJES QUE VIVEN EN UN INTERNADO, **LOS CHICOS DE DICIEMBRE** ES TU LIBRO. En él, sus protagonistas estarán dispuestos a todo con tal de abandonar el orfanato.

LOS CHICOS DE DICIEMBRE

Michael Noonan
Gran Angular Alerta Roja, n.º 81

SI LO QUE TE HA GUSTADO DE **EL COMBATE DE INVIERNO** ES CÓMO DESCRIBE EL AMBIENTE OPRESOR EN EL QUE SE DESARROLLA LA NOVELA, NO TE PIERDAS **VÍCTOR JARA, REVENTANDO LOS SILENCIOS**, cuyo protagonista tendrá que enfrentarse a la dictadura chilena.

VÍCTOR JARA, REVENTANDO LOS SILENCIOS

Jordi Sierra i Fabra
Gran Angular, n.º 183

SI TE HA GUSTADO **EL COMBATE DE INVIERNO** POR CÓMO ABORDA EL TEMA DE LA AMISTAD Y LA LUCHA POR LA LIBERTAD, **EL ZULO** NO TE DEJARÁ INDIFERENTE. En esta novela, Raúl arriesgará su vida por liberar a sus compañeros secuestrados.

EL ZULO

Fernando Lalana
Gran Angular, n.º 54

SI TE ATRAPAN LAS HISTORIAS QUE DESVELAN UN TERRIBLE SECRETO FAMILIAR, **MENSAJE CIFRADO** TE ENGANCHARÁ DESDE EL PRINCIPIO. Narra la aventura que vive Santiago tras la muerte de su abuelo, hasta descubrir qué extraño secreto se oculta en su pasado.

MENSAJE CIFRADO

Marta Zafrilla
Premio Gran Angular 2007
Gran Angular, n.º 267